OETINGER TASCHENBUCH

DAS GEHEIMNIS

KÖNIGLICHER ERLASS ZUR BRAUTSCHAU FÜR PRINZ LEONARD

Seine Majestät, König Gisir I., der Gütige und Gerechte, unumschränkter Herrscher des Reiches und Bewahrer des Friedens, veranstaltet in seiner Großzügigkeit Feste und Spiele aller Art im Vorfelde zur Feier des neunzehnten Jahrestages seines einzigen Sohnes und Erben, Prinz Leonard. Im Rahmen dieser Feierlichkeiten wird Seine Majestät König Gisir die zukünftige Gemahlin unseres Kronprinzen, und somit die zukünftige Königin des Reiches, erwählen. Zu diesem Zwecke mögen sich alle Jungfrauen des Königreichs zwischen sechzehn und achtzehn Jahren zwei Wochen vor dem achten Monde am Königsschloss einfinden, unbesehen ihrer Herkunft und ihres Standes, ob adelig oder bürgerlich. Eine vollständige Teilnahme wird erwartet.

Wenn das ein Scherz ist, dann wird jemand dafür hängen.

Ungläubig lese ich den Text ein zweites Mal. Doch, darunter prangt das offizielle Siegel des Königshauses aus schwarzem Wachs mit der glänzenden Krone in der Mitte. Ich trete ganz nah heran und fahre mit dem Finger über das Blattgold der Krone. Es ist echt. Kein Zweifel. Und so frisch, wie es aussieht, hängt das Plakat noch nicht lange da, auf der Bretterwand vor dem Dorfbrunnen.

Der Prinz … mir wird bewusst, dass ich noch nie ein Bild von ihm gesehen habe. Auf den wenigen Bildern in unseren Schulbüchern war immer nur König Gisir allein zu sehen: breit und kräftig, mit sehr hellen Haaren und einem leicht schiefen Kinn, in seinem goldenen Königsmantel. So habe ich ihn vor Augen.

Moment, *ein* Bild des Prinzen gibt es. Ich stelle meinen Korb hin, krame in meiner Schürzentasche und fische eine der kleinen Kupfermünzen heraus. Prinz Leonards Porträt ist daraufgeprägt, im Alter von drei Jahren. Weshalb gibt es nirgendwo Bilder der kompletten königlichen Familie? Auch von Königin Eugenia habe ich noch nie eins zu Gesicht bekommen. Solche Fragen stellt man hier am besten nicht laut. Was der König wünscht (oder nicht wünscht), wird nicht infrage gestellt. Das ist oberstes Gesetz. Für Ungehorsame und Tratschmäuler steht der Pranger gleich neben dem Galgen auf dem Hügel nördlich vom Dorf.

Also eine Brautschau. Dunkel erinnere ich mich, dass Mutter mir von einer solchen erzählt hat, damals, als König Enrik, der Befreier, eine Braut für seinen Sohn, unseren heutigen König Gisir, suchte. Zu jener Zeit durften natürlich nur Adelige teilnehmen. Und dieses Mal also alle. Weshalb sollte der König auch nur daran denken, seinen Sohn mit einem einfachen Dorfmädchen zu verheiraten? Da muss etwas anderes dahinterstecken, sicher nichts Gutes.

Dennoch … gedankenverloren blicke ich auf das schwarze Siegel.

Vor meinen Augen erscheint das Königsschloss, ich male mir all die vornehm gekleideten Damen aus, wie sie dort stehen, in Samt und Seide gekleidet, kichernd und tuschelnd die Ankunft des Prinzen erwarten. Daneben sehe ich mich. In meinem geflickten Rock und der Bluse mit den zu kurzen Ärmeln und den Holzpantoffeln. Meine langen rotbraunen Haare zu einem schlichten Zopf geflochten, statt zu einem juwelengeschmückten Lockenturm hochgesteckt. Und da kommt er, eine schattenhafte Gestalt, fast so groß wie Vater, die goldene Krone des Siegels ziert sein Haupt. Die Damen halten die Luft an, klimpern mit den Wimpern, doch er geht an all diesen aufgeputzten Schönheiten vorbei, bleibt vor mir stehen, reicht mir die Hand und führt mich zum Tanz.

Ich seufze und schüttele den Kopf. Woher kommt dieser Blödsinn denn auf einmal? So etwas passiert vielleicht im Märchen, aber sicher nicht im wahren Leben. In meinem Leben. Wie auch? Nein, ich bin nicht auf der Suche. Nicht nach einem Mann, geschweige denn nach einem Prinzen. Vor allem nicht nach dem Sohn des Schattenkönigs, wie wir den König im Geheimen zu nennen pflegen. Gütig und gerecht? Von wegen! Und sein Sohn wird kaum besser sein.

In diesem Moment sehe ich Severin und seine Gesellen aus dem Heilerhaus kommen. Das hat mir gerade noch gefehlt. Ich bin ohnehin schon zu spät dran. Noch haben sie mich nicht entdeckt. Ich halte instinktiv die Luft an, schnappe meinen Korb und laufe über den Platz zum Seiteneingang des Wirtshauses »Zum Fetten Ochsen«. Geschafft. Dieses Mal bin ich entkommen. Mein Atem beruhigt sich langsam wieder.

Kaum stoße ich die Türe auf, empfängt mich Meister Herkant.

»Gut, dass du da bist.« Die kurzen grauen Haare um sein rundes Gesicht glänzen vor Schweiß.

»An die Arbeit! Alles wie gestern. Die Säcke mit den Karotten stehen beim Bottich, und die Zwiebeln sind in der Kiste.«

Ich stelle meinen Korb in die Ecke neben dem Tisch, binde die Schürze um, kremple die Ärmel hoch und greife nach der ersten Karotte.

Doch bevor ich noch das Messer ansetzen kann, spüre ich den Luftzug einer Bewegung hinter meiner linken Schulter und zucke unwillkürlich zusammen.

»Hallo, meine Schöne«, säuselt eine mir nur zu gut bekannte Stimme. Jerome.

Gleichzeitig knallt ein armlanger, blutiger Kadaver neben meinem Schneidebrett auf den Holztisch. Ein Kitz. Die Beine zusammengeschnürt, ausgeweidet, gehäutet bis auf den Kopf, starrt es mich aus leeren Augen an. Ich lasse das Messer fallen, verschlucke mich und huste. Rasch drehe ich mich weg vom Tisch und blicke geradewegs in Jeromes grinsendes Gesicht. Er steht so nah vor mir, dass ich die gelblichen Flecken auf seinen Zähnen zählen kann. Das helle Leinenhemd unter seiner braunen Weste hat er fast bis zur Mitte aufgeknöpft, sodass die blonden Brusthaare hervorquellen. Seine Augen saugen sich an der Stelle fest, wo die alte Bluse meiner Mutter sich über meinen Brüsten spannt. Mir schießt das Blut in die Wangen, instinktiv verschränke ich die Arme und funkle ihn wütend an, was ihn jedoch kein bisschen aus der Fassung bringt.

»Ich habe noch zwei davon erlegt. Ganz zartes Fleisch. Ich lade dich gern auf einen Bissen ein und auf ein Glas Rotwein dazu. Bei mir zu Hause, heute Abend?«

Es ist nicht das erste Mal, dass er solche Sprüche klopft. Das Angebot ist etwa so verlockend wie das blutige Tier neben meinen Karotten.

»Du bist doch mit Helene zusammen«, erinnere ich ihn.

Jerome macht eine wegwerfende Handbewegung. »Schon seit Tagen nicht mehr. Viel zu anstrengend. Du bist da ganz anders, mit dir könnte ich es glatt ein Leben lang aushalten, meine Schöne.«

Das sind neue Töne, und sie gefallen mir gar nicht. »Das meinst du nicht ernst, oder?«

Jerome reibt sich die kaum sichtbaren Brauen. »Rahel, Rahel … ich weiß, die Vorstellung, dass der beste und schönste Jäger der Grafschaft sich in eine Küchenmagd und Holzfällertochter verliebt, ist schwer zu begreifen.« Er legt eine Hand auf seine Brust. »Ich bin selbst überrascht, wie sehr du mein Herz bewegst.«

Hat er etwa ernsthafte Absichten? Das ist doch lachhaft. Lachhaft und gruselig gleichermaßen. Auf seine Art ist Jerome nicht weniger grausam als Severin. Ich hole tief Luft. Keine gute Idee. Sogleich steigt mir der Geruch von dem toten Kitz in die Nase. Es ist nicht nur das rohe Fleisch, ich rieche darin auch Tod, Verlust und Schmerz. Armes Kleines. Ob seine Mutter noch nach ihm sucht? »Jetzt bist du sprachlos, nicht wahr?«, deutet er mein Schweigen völlig falsch.

Ich kämpfe die Übelkeit nieder und zwinge mich, ihm direkt in die Augen zu schauen. Hatten sie schon immer diesen stumpfen Blick? »Jerome, ich kann dich nicht ausstehen. Such dir eine andere!« Das sollte deutlich genug sein.

Er wird nicht einmal wütend. Ganz nah tritt er an mich heran.

»Die Rosen mit den längsten Stacheln begehren am meisten, von starker Hand gepflückt zu werden.«

Wo hat er das denn her? Seine klobige Hand greift nach mir, an seinen Fingern klebt noch Blut. Entsetzt weiche ich zurück, bis ich mit der Hüfte so heftig gegen die Tischkante stoße, dass die Schüsseln aneinanderschlagen.

Meister Herkant drüben am Herd fährt herum. »Jerome, was machst du schon hier um diese Zeit?«

»Das hier bringen, Meister.« Mit einer lässigen Bewegung schnappt sich Jerome das Kitz vom Tisch und zeigt es ihm.

Der Meister runzelt die Stirn. »Ich hab keines bestellt. Und was hast du bei Rahel zu suchen?«

»Nur ein Pläuschchen mit meiner Zukünftigen.« Jerome legt den Arm um meine Schulter.

Ich reiße mich los und flüchte auf die andere Seite des Tisches. »Das … das stimmt nicht!« Im Stillen verfluche ich mein Gestammel, zwinge mich, Ruhe zu bewahren, und setze ein betont kühles Gesicht auf. Es ist der Ausdruck, den meine Mutter macht, wenn jemand auf dem Markt ihr gegenüber unverschämt wird oder sie übers Ohr hauen will. Zumindest hoffe ich, dass es dem irgendwie nahekommt.

»Jerome, wärst du so freundlich, mich jetzt in Ruhe zu lassen?« Ich greife nach dem Messer. »Ich habe zu tun.«

Meister Herkant verschränkt die Arme vor der Brust. Er reicht Jerome nur bis zu den Ohren, doch seine Stimme lässt keine Zweifel daran, wer hier das Sagen hat.

»Du hast sie gehört, Jerome. Das Kitz kannst du in den Keller hängen. Der Wirt soll dir zwölf Silber dafür geben. Aber das nächste Mal nur auf Bestellung, hörst du? Und von Rahel lass gefälligst die Finger. Die ist viel zu gut für dich!«

Die drei jungen Hilfsköche auf der anderen Seite der Küche lachen. Jerome schiebt seinen kantigen Kiefer vor. Ich kann die Ader an seiner Schläfe pochen sehen.

»Das war nicht das letzte Wort, hörst du«, quetscht er drohend zwischen den Zähnen hervor, drückt die Schultern nach unten und stolziert aus der Küche, ohne Meister Herkant oder die anderen eines weiteren Blickes zu würdigen.

Ich lege das Messer hin. Der Tisch ist mit Blut beschmiert, und der Geruch nach Tod hängt in der Luft. Es ist noch nicht ausgestanden. Ich muss unbedingt verhindern, ihm allein zu begegnen.

»Hier!« Meister Herkant reicht mir ein feuchtes Tuch. »Tut mir leid, dass ich ihn nicht habe kommen hören. Verdammter Schleicher. Alles in Ordnung bei dir?«

Ich wische die Blutspritzer vom Tisch und zwinge ein Lächeln auf mein Gesicht. »Er kann mir nichts anhaben«, entgegne ich. Zumindest nicht hier.

Meister Herkant nickt und wendet sich erneut seinen Töpfen zu. Ich werfe das Tuch in den Putzeimer und reibe mir die Unterarme, während mir kalte Schauer über den Rücken laufen.

Ausgerechnet ein Reh!

Ich bemühe mich, ruhig zu atmen, nehme das Messer und beuge mich tiefer über die halbe Zwiebel. Grübeln bringt nichts. Ich werde künftig einfach noch vorsichtiger sein müssen.

Am Nachmittag, ich packe gerade die Schürze in den Korb, hämmert es plötzlich an die Hintertür.

»Dörfler zum Richthügel! Dörfler zum Richthügel!«, brüllt eine raue Stimme. Alle in der Küche zucken zusammen, mich eingeschlossen.

»Aber es hieß, erst in drei Tagen …«, platzt einer der Hilfsköche heraus, und mein eigenes Entsetzen spiegelt sich in seinen Augen wider.

Meister Herkant nickt düster. »Das ist ihre Art, uns zu zeigen, dass sie mit uns machen können, was sie wollen.« Er rammt das Messer in den Rindsrücken, der vor ihm liegt. Seine Lippen bewegen sich, ohne dass jemand hören kann, was er sagt, doch es ist nicht schwer, die Worte zu erraten: »Verdammte Mörder!«

Er atmet tief durch, zieht das Messer heraus und legt es auf das Brett. Seine Blicke wandern zu mir, und er legt mir seine warme Hand auf die Schulter.

»Bleib einfach dicht neben mir.«

Mit zittrigen Fingern packe ich den Griff des Korbes und versuche mich an einem Lächeln, es misslingt jedoch.

»Wenn wir nur etwas tun könnten …«, flüstere ich. »Die arme Heidrun, die Kinder …« In meinem Magen liegt ein schwerer, kalter Stein. Herkant schaut kurz zum Fenster, sein Gesicht eine Maske grimmiger Entschlossenheit.

»Wir können etwas tun. Danach.«

Ich weiß, sie haben im Dorfrat abgesprochen, wer die drei ältesten Kinder bei sich aufnehmen kann, damit Heidrun sich und die zwei jüngsten durchbringen kann. Nur wird das nicht genug sein, sagt mein Gefühl. Nicht, wenn sie wirklich zusehen müssen, so wie es der Richter im Prozess angeordnet hat.

Wir bleiben alle eng zusammen, als wir die Küche verlassen. Das ganze Dorf ist unterwegs. Bis auf die Schwerkranken. Alle anderen müssen dabei sein, es sei denn, man steht gut mit den Soldaten und dem Richter. So wie Hertha, die Apothekerin, mit ihrem Mann Conrad, unserem Dorfheiler, und auch Jerome, der liebste Trinkkumpan des Hauptmanns. Severin könnte bestimmt ebenfalls zu Hause bleiben, aber er steht schon begierig in erster Reihe vor dem Galgen, seine Bande wie immer dicht um sich geschart. Es wäre auch zu schön gewesen, wenn ich ihnen heute hätte entgehen können. Jerome hatte ich ebenfalls erwartet, doch ich kann ihn nicht entdecken. Merkwürdig, normalerweise lässt er sich keine öffentliche Bestrafung entgehen. Umso besser. Ich blicke mich weiter um, bis ich meine Eltern entdecke. Vater steht bei den anderen Holzfällern und den Leuten aus dem Sägewerk, Mutter bei den Frauen und größeren Kindern aus der Siedlung. Unsere Blicke treffen sich. Mutter sieht mich fragend an, Sorgenfalten auf der Stirn.

›Ich halte durch‹, schicke ich ihr als stumme Botschaft mit einem Lächeln hinüber und nicke Vater zu. Und genau das habe ich vor. Wie alle hier. Für Heidrun, die Frau von Ulbert, dem verurteilten Köhler, der in dem kleinen Schuppen hinter dem Galgen warten muss, bis alle versammelt sind. Und vor allem für ihre Kinder.

Einer der Soldaten steht vor der Tür Wache, damit niemand auf dumme Gedanken kommt. Um und unter dem Galgen ist das Gras deutlich dunkler als auf dem Rest des Hügels. Dort wachsen die schönsten der gelben Löwenmäulchen, die sich in dieser Größe nur hier finden. Gerdas Blumen, nennen wir sie im Dorf. König Enriks Rachefeldzug nach der Ermordung der Königin hat damals auch vor unserem Dorf nicht haltgemacht. Gerda, eine wunderliche alte Frau, die von sich behauptete, dass sie mit Tieren sprechen und kranke Bäume gesunden lassen könne, wurde genau an dieser Stelle, wo jetzt der Galgen steht, vor aller Augen verbrannt. Auch König Gisir hält an der Jagd auf Menschen mit übernatürlichen Fähigkeiten fest. Eine offizielle Aufhebung des Gesetzes gegen die »Königsfeinde« gab es nie. Wobei damit außergewöhnliche Fähigkeiten ebenso gemeint sein können wie Widerspruch gegen die Krone oder deren Amtsträger.

»Zur Seite!«, erklingt es hinter uns.

Vier Soldaten führen Heidrun und die Kinder in die erste Reihe. Ausgerechnet dorthin, wo Severin und seine *Freunde* sich aufgebaut haben. Heidrun trägt bereits Witwenschwarz, ihr Gesicht ist bleich, doch ihre rot geschwollenen Augen blicken starr geradeaus. Den fünf Kindern hat sie schwarze Bänder um die Oberarme gebunden, und beim Blick in ihre blassen, verweinten Gesichter zieht sich mir das Herz zusammen. Die vier Jungs stehen dicht gedrängt bei ihrer Mutter. Einzig Sophie, mit zwölf Jahren die Älteste, hält einen halben Schritt Abstand, den Kopf gesenkt, die Arme um den Oberkörper geschlungen. Ich kann ihre Trauer und Verzweiflung fast körperlich spüren. Auch wenn es das Kommende nicht zu ändern vermag, würde ich sie am liebsten in die Arme nehmen und fest an mich drücken, doch zwischen uns stehen zwei Reihen Dörfler, Schulter an Schulter. Schweigend, wie wir alle.

Auf die Familie folgt der Richter in seinem tiefroten Mantel und dem schwarzen Hut, eine Schriftrolle unter dem Arm, eskortiert von zwei weiteren Soldaten. Er erklimmt als Erster den Galgen, zerrt am Strick, prüft die Schlinge. Dann huschen seine Augen über die Versammelten, als hake er in Gedanken eine Liste ab. Um mich herum spüre ich sowohl dumpfe Resignation als auch blanken Hass. Nicht wenige würden gern ihm selbst die Schlinge um den Hals legen. Der Richter meidet es, auf Heidrun und die Kinder zu blicken, stattdessen dreht er ihnen den Rücken zu und gibt dem Soldaten vor dem Schuppen ein Zeichen. Der öffnet die Tür, und zwei weitere Soldaten, einer davon der Hauptmann, zerren Ulbert heraus. Sie haben ihm die Arme auf dem Rücken festgebunden. Sein Gesicht ist voll blauer und grüner Flecken, ein Auge ist komplett zugeschwollen. Als er Heidrun und die Kinder erblickt, ruft er erstickt ihre Namen, reißt sich los und stolpert fahrig auf sie zu.

Noch ehe die Soldaten ihn eingeholt haben, hat Severin sich vor Ulbert aufgebaut und stellt ihm ein Bein, sodass er mit dem Gesicht voran zu Boden fällt. Grinsend tritt er ihm in die Seite, und seine widerwärtigen Kumpane grölen auch noch, als Ulbert schmerzerfüllt aufschreit. Ich balle die Hände zu Fäusten. Weshalb hilft ihm keiner? Eine Hand legt sich auf meinen Arm. Als ich hochblicke, sehe ich in Meister Herkants ernstes Gesicht. Er schüttelt den Kopf. Erst jetzt merke ich, dass ich einen halben Schritt nach vorn gemacht habe. Herkant deutet mit dem Kinn auf den Richter, der nicht auf Ulbert, sondern auf uns Zuschauer blickt. Ich senke den Kopf und presse die Zähne zusammen.

»Nein! Nicht!« Sophie will zu ihrem Vater laufen, doch ihre Mutter packt sie am Handgelenk und zieht sie zu sich.

Severin lacht und tritt noch einmal zu. Ulbert krümmt sich ächzend am Boden, dann zerren die Soldaten ihn in die Höhe.

Seine Nase steht merkwürdig schief, Blut läuft heraus und tropft auf den braunen, sackartigen Kittel, in den sie ihn gesteckt haben. Als sein Kopf und seine Schultern kraftlos herabsinken und er sich ohne Gegenwehr zum Galgen schleppen lässt, begreife ich, dass sie nicht nur seine Nase gebrochen haben. Von dem lustigen, herzensguten Mann, den ich kannte, ist nichts mehr übrig geblieben. Mit aller Macht dränge ich die Tränen zurück, während die Soldaten ihn die Treppe hinaufschleifen, bis er vor dem Richter steht. Seine Kraft ist gebrochen, so wie seine Hoffnung. Er wehrt sich nicht länger, als sie ihn zum Galgen schleppen, die Treppe hochzerren, bis er vor dem Richter steht. Es zerreißt mich innerlich, ihn so zu sehen und nichts tun zu können. Er hat immer so gern gesungen, besonders nach einem Humpen im ›Ochsen‹, zusammen mit den anderen Köhlern. Auch an dem unglückseligen Abend vor sechs Wochen, als Sophie ihn holen kam und der besoffene Hauptmann sie abgefangen hat. Und jetzt … jetzt ist er nur noch ein Schatten seiner selbst. Nicht mal das. Ein gebrochener Schatten.

Der Richter entrollt das Blatt Papier mit dem Urteil.

»Ulbert, Köhler in Weißrosen. Du hast einen Soldaten Seiner Majestät angegriffen und schwer verletzt.«

Schwer verletzt? Er hatte nur eine kleine Beule und ein blaues

Auge. Hätte er einfach seine schmierigen Finger von Sophie gelassen, wäre nichts geschehen. Die Gesichter rings um uns werden grimmiger und härter.

Der Richter scheint es zu spüren, so wie er den Bogen fester packt und nach seinen Soldaten schielt, die einen losen Kreis um den Galgen gebildet haben und deren Hände locker auf den Knäufen ihrer Schwerter liegen. Dabei würde sowieso niemand hier und jetzt einen Aufstand wagen, nicht mit den Kindern, den Alten und all den Frauen in der Menge. Noch dazu völlig unbewaffnet.

Der Richter senkt seinen Blick wieder auf das Papier in seinen Händen. »Ulbert, du wurdest als Königsfeind verurteilt, zum Tod durch den Strang. Siebzehn Tage diene dein Körper als Mahnung für jeden, der Hand oder Wort gegen Seine Majestät König Gisir I., den Gütigen und Gerechten, oder gegen dessen Vertreter erhebt.«

Ich muss schlucken. Siebzehn Tage und das bei der Hitze, jetzt, so kurz nach dem sechsten Mond. Noch nicht einmal im Tod lassen sie ihm seine Würde. Es werden auch nicht die Soldaten sein, die seinen Leichnam losschneiden und in ein Tuch schlagen, um ihn zum Aschenfels zu tragen, wo wir unsere Toten verbrennen. Ich bin so wütend, dass ich zu zittern beginne. Der Stein in mir hat sich in ein loderndes Feuer verwandelt, und in meinen Augen sammeln sich heiße Zornestränen.

»Hauptmann, vollzieht das Urteil!«

Einer der Soldaten hält Ulbert am Arm gepackt, während der Hauptmann ihm die Schlinge über den Kopf schiebt und festzieht. Ein letztes Mal hebt Ulbert den Kopf. Sein gutes Auge blickt geradeaus, über unsere Köpfe hinweg, so als sehe er etwas in der Ferne. Meine Hand klammert sich an Meister Herkants Unterarm.

Der Hauptmann selbst greift zum Hebel, um die Klappe zu öffnen. Alle halten den Atem an.

Ich kann nicht hinschauen und schließe im letzten Moment die Augen, höre jedoch den Ruck und das Knacken, spüre, wie Ulberts Fühlen, sein Leben erlischt.

Heidrun ist in die Knie gegangen und hat die Arme um ihre weinenden Kinder geschlungen, auch um Sophie, die ihren toten Vater wimmernd und schluchzend um Verzeihung bittet.

Wir anderen schweigen. Kurz sehe ich zum Galgen, nur um gleich darauf den Kopf wegzudrehen. Zu furchtbar ist der Anblick.

Dabei fällt mein Blick auf Severin, der auf den Galgen starrt, ein breites Grinsen im Gesicht. Ein kalter Schauer läuft mir über den Rücken, als ich seine Gier nach mehr Nervenkitzel dieser Art spüre – wie ein dunkles Tier, das in seinem Inneren lauert und nur auf das passende Opfer wartet. Er tritt vor und streckt seine Faust in den Himmel. »Nieder mit den Königsfeinden! Ein Hoch auf Seine Majestät König Gisir und seine Gerechtigkeit!«

Die Soldaten, der Richter und einige der Jugendlichen stimmen mit ein. Auch Heidrun. Sie hat sich aus der Umklammerung der Kinder gelöst, schaut dem Richter direkt ins Gesicht und wiederholt den Ruf.

Mir steigen die Tränen in die Augen, weil ich fühlen kann, wie viel es sie kostet. Die Kleinen sprechen brav mit, selbst Sophie, und nach und nach fallen wir alle mit ein.

Severin und seine Speichellecker ziehen lange Gesichter, enttäuscht, dass sich niemand verweigert hat und verhaftet werden kann.

Auch als der Richter verkündet, dass wir entlassen sind, bleiben wir alle an Ort und Stelle. Heidrun ist noch nicht bereit zu gehen, und wir werden sie ganz sicher nicht alleine hier zurücklassen. Immer wieder blickt sie zum Galgen, als wolle sie nicht glauben, dass ihr Ulbert da hängt. Niemand wagt es, sie anzusprechen. Die Soldaten und der Richter haben sich vor dem Galgen versammelt und kehren der Familie den Rücken zu, während sie leise miteinander sprechen.

Ich löse mich von Meister Herkant und dränge mich durch die Leute, bis ich neben Heidrun stehe. »Heidrun …« Sie sieht mich an. Ich bücke mich und pflücke eines der gelben Löwenmäulchen. Mit zitternden Fingern stecke ich den Stängel durch ein Knopfloch meiner Bluse.

»Wir werden nicht vergessen.« Mehr brauche ich nicht zu sagen. Sie schließt kurz die Augen und nickt.

»Danke.«

Links und rechts von uns bücken sich die Menschen plötzlich ebenfalls nach den Löwenmäulchen. Heidrun sieht es und beginnt zu weinen. Die alte Amalia steht plötzlich neben mir. Auch sie trägt ein Löwenmäulchen und nimmt Heidrun in die Arme.

»Komm«, sagt sie sanft. »Wir gehen.« Der Krämer und seine Frau stoßen dazu und lotsen Ulberts Familie in Richtung Dorf.

Ich halte nach meinen Eltern Ausschau, da richten sich die Härchen an meinem Nacken auf, und ich spüre ein Brennen zwischen den Schulterblättern. Rasch werfe ich einen Blick über meine Schulter. Severin hat sich zu den Soldaten und dem Richter gesellt, redet auf diesen ein und zeigt dabei in meine Richtung. Mir ist, als drücke eine kalte Hand mein Herz zusammen. Ich fröstle. Meine Finger tasten nach dem Knopfloch. Die gelbe Blüte ist noch da.

»Das war verdammt leichtsinnig«, höre ich Meister Herkants Stimme hinter mir.

»Es ist doch nur eine Blume«, sage ich mit schwacher Stimme.

»Und sie hat dich möglicherweise auf die schwarze Liste des Richters gebracht.« Er stellt sich neben mich, nimmt mich am Arm und zieht mich mit sich.

Das ist doch lächerlich!, will ich einwenden, doch ich bekomme kein Wort heraus. Noch immer fühle ich die kalten Blicke in meinem Rücken.

»Sieh zu, dass du dem Richter aus den Augen kommst«, murmelt Meister Herkant. »Nicht dass er noch denkt, du sammelst die Leute um dich.«

»Ich … ich nehme den Weg durch den Wald«, stammle ich, während wir uns den ersten Häusern nähern.

»Gut. Ich werde es deinen Eltern sagen«, erwidert er und nimmt die Hand von meinem Arm. »Jetzt lauf!«

Und genau das tue ich.

Hier werden sie mich nicht finden. *Hier*, das ist meine ganz besondere Lichtung im Wald. Der ideale Platz, die Hinrichtung weit wegzuschieben und meine Gedanken auf anderes zu lenken. Dinge, die, verglichen mit den Geschehnissen auf dem Richterhügel, plötzlich weit weniger wichtig erscheinen, so wie Jeromes Aufdringlichkeiten in der Küche heute. Dennoch kocht bei dem Gedanken an ihn erneut Ärger in mir hoch. Nicht nur gegen Jerome, sondern auch gegen mich selbst. Warum habe ich ihm nicht deutlicher gezeigt, dass ich nie im Leben seine Freundin oder gar Frau sein werde? Lieber lasse ich mich in den Kerker sperren. Zugleich bekomme ich eine Gänsehaut, obwohl ich in der Sommersonne liege. Sprüche hat Jerome immer gern gerissen, schon als wir noch Kinder waren, er zwei Klassen über mir in der Dorfschule. Genau wie Severin.

Mich überfällt der Wunsch, die Zeit zurückdrehen zu können.

Denn diese Tage sind lange vorbei. Ich weiß nicht, wie viele Male ich mich schon gefragt habe, was genau Jerome zu einem grausamen Tiermörder und Severin zu einem Menschenquäler werden ließ. Sicher, die Zeiten sind für uns alle viel härter geworden. Jedes Mal, wenn die Steuereintreiber durch das Land ziehen, stehen wir hilflos daneben, wenn sie immer mehr von unserer Ernte aus Scheunen, Kellern und Vorratskammern schleppen, und kratzen zähneknirschend unsere mühsam angesparten Silbermünzen zusammen, um sie in die schweren Truhen zu werfen. Wer nicht zahlen kann, wird ausgepeitscht. Wenn er Glück hat. Andere verlieren Haus und Vieh und müssen sich als Tagelöhner oder Bettler durchschlagen. Wer Einspruch erhebt oder sich wehrt, dem droht der Strick. So wie Ulbert.

Erneut sehe ich sein Gesicht vor mir, mit dem halb offenen Mund und dem milchigen, leeren Auge, das über uns hinweg in die Ferne starrt. Schaudernd wende ich mich zu den Heckenrosen und atme tief ihren Duft ein.

Vater meint, früher hätte es so etwas nicht gegeben, damals, bevor uns König Enrik *befreit* hat. Doch das sagt er nur, wenn wir allein sind, Mutter, er und ich. In den Geschichtsbüchern steht es anders, aber die beginnen ja erst mit König Enriks *glorreichem* Kampf um den Rosenthron.

Ich zupfe gedankenverloren eine Erdbeere vom Stiel und kehre zu Severin und Jerome zurück. Weshalb nur haben sie sich mit den Soldaten verbrüdert, statt zu uns, zum Dorf zu halten? Sehen sie denn nicht, was König Gisirs *Gerechtigkei*t schon angerichtet hat? *Wie der König, so das Land*, hat Meister Herkant erst vor zehn Tagen vor sich hin gemurmelt, als auf dem Markt keine einzige Zwiebel ohne angefaultes Herz zu finden war.

Gedankenverloren zerdrücke ich eine weitere Erdbeere an meinem Gaumen. Langsam, damit ich den süßen Saft möglichst lange genießen kann. Wie jedes Mal, wenn ich verzweifelt, wütend oder traurig hier im Wald Zuflucht suche, wünsche ich, ich könnte bleiben. Im Moos liegen, die Sonne genießen, an nichts denken müssen und nur den Wald spüren. Pure Freiheit. Doch mehr als ein paar Atemzüge kann ich mir selten erlauben. Mutters Husten ist schlimmer geworden, und sie weigert sich immer noch, Hilfe zu suchen. Heiler Conrad würde ihr sicher Bettruhe verordnen und ihr eine Tinktur verschreiben, die wir uns doch nicht leisten können. Es reicht so schon kaum für die Heilsalbe für Vaters Rücken. Und wenn Mutters Verdienst für ihre Näh- und Stickkünste wegfällt, werden wir uns bald nur noch von dem ernähren können, was im Wald zu finden ist. Einen Winter könnten wir vielleicht überstehen, aber es würde nicht mehr für die Steuern reichen. Ich zwinge mich, den Kloß in meinem Hals hinunterzuschlucken. So weit wird es nicht kommen, schwöre ich mir im Stillen, und wenn ich mir die Hände blutig spinnen muss!

Von der Buche hinter mir stößt der Eichelhäher seinen rauen, krächzenden Ruf aus und holt mich vollends in die Gegenwart zurück. Es wird Zeit.

Während ich mich auf die Beine kämpfe, teilen sich plötzlich die Büsche, und ein mir nur zu gut bekanntes Reh tritt auf die Lichtung. Auf sie habe ich gewartet – Ricke. Den Namen habe ich ihr gegeben, als wir uns zum ersten Mal begegnet sind. Vor rund drei Jahren schätze ich. Genau hier. Sie ist spät dran heute, zu spät, sodass uns keine gemeinsame Zeit mehr bleibt. Ricke bemerkt, dass ich schon aufbrechen will, da ich sie im Vorbeigehen nur kurz begrüße. Sie beginnt, wie ein Kitz zu fiepen, und sieht mich bettelnd an, doch heute geht es wirklich nicht mehr, leider. Ich werfe ihr noch einen bedauernden Blick zu, zwänge mich zwischen den

Zweigen der jungen Fichten hindurch und mache mich auf den Heimweg.

Eine gespenstische Stille lag über dem Thronsaal. Selbst die Wachsoldaten in ihren blank polierten Rüstungen schienen den Atem anzuhalten, als Ivald vom Haushofmeister bis zu den Stufen am Kopfende des Saales geleitet wurde. Sir Bertold, sonst die steife Förmlichkeit in Person, unnahbar wie ein Klumpen Granit, trippelte über den goldfarbenen Teppich, statt zu stolzieren.

Beim Blick auf das Gesicht des Monarchen verstand Ivald Sir Bertolds Vorsicht nur allzu gut. Tiefe Falten hatten sich in Enriks Stirn gegraben, seine Mund war nicht mehr als ein schmaler Bogen, dessen Enden grimmig nach unten wiesen, und seine buschigen Brauen bildeten eine einzige Linie. Die Hände hinter dem Rücken verschränkt stapfte er hinter den Lehnen der beiden Throne hin und her, als gelte es, mit seinen Ledersohlen Löcher in den Stein zu treten.

»Sire«, Sir Bertold räusperte sich und klopfte mit dem Zeremonienstab auf den Stein der ersten Treppenstufe. »Sire!«

»Was will Er?« Der König machte sich nicht die Mühe, den Kopf zu drehen. »Haben Wir Ihm nicht gesagt, dass Er alle Besucher abweisen möge? Ist Er nicht fähig, Unserem Wunsch Folge zu leisten?«

Bei jedem Wort sackten Sir Bertolds Schultern tiefer. »Sire, es ist Meister Ivald«, sagte er mit verzweifeltem Unterton. »Ihr hattet verlangt, dass er sofort zu Euch geführt würde.«

»Ivald!« Der König unterbrach seine Wanderung, schnellte herum und fixierte den Neuankömmling mit eisigem Blick. »Er ist tatsächlich zurückgekehrt.«

»Ich habe Euch mein Wort gegeben, Majestät«, entgegnete Ivald, stellte seine schwere Ledertasche ab und verbeugte sich langsam, die Hände nach hinten gestreckt, um den Korb auf seinem Rücken festzuhalten. »Und hier bin ich, gerade rechtzeitig, um Euch zur Geburt Eures Sohnes zu gratulieren.«

»Rechtzeitig?« Der König spie das Wort förmlich in den Saal. »Rechtzeitig wäre bei seiner Geburt gewesen! Ehe die Unfähigkeit dieser elenden Stümper meine Königin gar das Leben kostet.«

Enrik fuhr sich mit beiden Händen durch die ergraute Mähne. »Wenn ich sie zu Grabe tragen muss, wird das Kind ihr sicher bald folgen.« Die letzten Worte hingen wie ein Donnergrollen in der Luft, während sich der König an der Lehne seines Thrones abstützte, sein Gesicht eine aschgraue Maske.

»Mein König«, der Zwerg senkte den Kopf tiefer, um seine Betroffenheit kundzutun, »mein König, ich ahnte nicht … ich wusste nicht …« Die gelbbraunen Augen unter dem Gestrüpp seiner Brauen schossen hin und her, als ringe er mit sich selbst, wäge eines gegen das andere ab. Seine Hand zupfte an den braunen Bartzöpfen, während sein Unterkiefer nervös mahlte, vielleicht drei Atemzüge lang. Dann richtete er sich auf. »Mein König, lasst nicht alle Hoffnung fahren! Es könnte sein, dass mir auf meiner Reise etwas untergekommen ist, das die Königin zu retten vermag.«

»Die rote Wunderblume?« Mit neuer Kraft erfüllt, sprang der König die Stufen hinab und schloss seine Hand um Ivalds Oberarm. »Er hat die Blume aus den Legenden gefunden?«

»Nein, nein!« Ivald hob beschwichtigend die Arme und wand sich geschickt aus des Königs Griff. »Etwas anderes, unerprobt, ist es. Ein Wunder kann und will ich nicht versprechen. Gewährt mir einen Blick auf die Königin und Euren Erben, damit ich abwägen kann, ob ich zu helfen vermag.«

»Den soll Er haben und was immer Er sonst noch braucht.« Der König winkte einem Diener. »Er da, nehme Er unserem gelehrten Gast das Gepäck ab!«

Der Angesprochene wieselte herbei und griff nach dem Korb auf Ivalds Rücken. »Lasst mich das für Euch tragen, Meister Ivald.«

»Rühr ihn nicht an!« Ivald drehte sich blitzschnell zur Seite und stieß die ausgestreckte Hand des Dieners rüde beiseite. Der sog erschrocken die Luft ein, und die Falten auf der Stirn des Königs vertieften sich, woraufhin sich Ivald räusperte und zu ihm sprach: »Mein König, vieles habe ich auf meiner Reise gesammelt und notiert. Wenn mir dort jemand Unordnung bereitet, finde ich am Ende gar das richtige Mittelchen nicht. Ich trage mein Eigentum daher lieber selbst.« Dann griff er entschlossen nach seiner Ledertasche.

Der König nickte und scheuchte den Diener mit einer Handbewegung zurück zu den anderen. »Genug! Er bekomme seinen Willen. Jetzt folge Er mir, es darf nicht noch mehr Zeit verstreichen!«

Mit langen Schritten durchmaß er den Thronsaal, stürmte in die Empfangshalle, die breite Treppenflucht hinauf, den Gang hinab, um eine Ecke, wieder ein langer Gang, dann um eine zweite Ecke. Ivald hatte alle Mühe, mit ihm Schritt zu halten.

Als er die mit Schnitzereien und goldenen Beschlägen verzierte Tür erreichte, hatte der König die beiden Wachsoldaten davor bereits angewiesen, diese zu öffnen. Das Gemach dahinter lag in dämmrigem Licht. Die weißen Leinenvorhänge vor den Fensterbögen flatterten leicht im Sommerwind. Der prachtvolle Baldachin über dem Himmelbett war gerafft und an die kunstvoll geschnitzten Bettpfosten geschnürt worden, sodass Ivald einen guten Blick auf die Königin werfen konnte.

Ihr verschwitztes rotes Gesicht hob sich deutlich von den blassblonden Haaren ab, die über die Kissen ausgebreitet worden waren. Ihr Atem ging schwer, und sie schien in unruhigen Schlaf gefallen zu sein. Rechts und links von ihr erhoben sich zwei in grüne Heilerroben gewandete Männer und verbeugten sich nun hastig vor dem König. Ihr weißes Haar und ihre Falten sprachen von Erfahrung, doch die Blicke, die sie tauschten, von Angst. Von Todesangst.

»Nun?« König Enrik stemmte die Hände in die Hüften und rückte mit der Rechten sein Schwert zurecht. »Hat Er Neuigkeiten für Uns?« Die Frage galt dem älteren der beiden Heiler.

Dieser klappte vor dem König zusammen, dass sein Bart den Boden streifte. Seine geflüsterten Worte waren kaum zu verstehen. »Majestät, wir haben getan, was wir konnten. Doch Kindbettfieber ist unheilbar.«

Enriks Hand legte sich um den Schwertgriff. »Was will Er Uns damit sagen? Spreche Er hörbar mit Uns!«

Die Stimme des Heilers bebte, als er den Kopf etwas anhob und mit kräftigerer Stimme antwortete. Dabei hielt er den Blick immer noch nicht auf den König, sondern auf den Boden vor ihm gerichtet: »Mein König, wir können nicht mehr für die Königin tun, als wir bereits getan haben. Entweder eine Frau überwindet das Geburtsgift aus eigener Kraft, oder es fordert ihr Leben. Es liegt nicht in andrer Menschen Hand.«

»Nicht in Seiner, meint Er wohl!«, donnerte der König. Mit einer unwilligen Geste entließ er den Heiler, welcher entkräftet und geknickt an die Seite seines Kollegen zurückschlich, der aussah, als müsse er sich gleich übergeben. Der König jedoch kümmerte sich nicht weiter um die beiden verängstigten Männer, sondern bedeutete Ivald, an seine Seite zu treten. »Unser Glück, dass der Gelehrte Ivald hier kein solcher Stümper ist wie Er. Er stammt vom edlen … wie war das noch?«

»Vom edlen ›Volk unterm Berge‹«, half Ivald bereitwillig aus. »Mit Eurer Erlaubnis, Majestät.«

Schweigend deutete Enrik mit dem Kinn zum Podest. Ivald verbeugte sich und schritt zum Kopfteil der Bettstatt. »Ihr entschuldigt.« Er drängte sich an dem bärtigen Heiler vorbei, stellte die Ledertasche ab und beugte sich vorsichtig über das vor Fieber glühende Gesicht der Königin. Die Hand auf ihre Stirn gelegt, schloss er die Augen.

Die beiden Heiler wechselten einen ratlosen Blick.

»Mein König«, hob der bärtige an, »Herr Ivald mag ein belesener Mann vom … ähm … Unterberg sein, aber …«

»Ihr dürft mich auch ›Zwerg‹ nennen, wenn Euch der Name meines Volkes die Zunge verknotet«, unterbrach ihn Ivald, ohne die Augen zu öffnen, »und ›Meister Ivald‹ für Euch, wenn es genehm ist. Doch wenn Euch das Leben der Königin lieb ist, stört mich nicht mit Euren nichtigen Zweifeln.«

Ehe die Heiler protestieren konnten, befahl Enrik den beiden Wachen, sie aus dem Gemach zu entfernen. »Bewache Er sie gut! Sollte Unsere Gemahlin sterben, sind ihre Stricke schon geknüpft.«

Der Schultern der beiden Heiler sackten herab. Kreidebleich, die zitternden Hände tief in den weiten Ärmeln ihrer Roben vergraben, verließen sie unter dem Geleit der Wachen das Gemach. Währenddessen ließ Ivald den Korb von den Schultern gleiten und stellte ihn behutsam neben dem Podest auf den Boden.

»Kann Er helfen?« Die Stimme des Königs klang angespannt und rau.

»Das vermag ich noch nicht zu versprechen. Euer Sohn, mein König?«

»Dort im Erker.«

Ivalds Blick folgte der ausgestreckten Hand des Königs, bis er die geschnitzte Wiege gewahrte, welche halb hinter einem bunt bemalten Raumteiler verborgen war.

Wie auf ein Stichwort ertönte ein leises Wimmern aus der Wiege.

»Seine Amme?«

»Unsere Gemahlin wollte ihn selber nähren. Sie konnte ihn nur ein Mal an die Brust legen, ehe das Fieber kam. Seitdem hat er geschlafen. Wir werden nach einer Amme schicken lassen, wenn … wenn es nötig ist.« Der König räusperte sich.

Ivald sprang vom Podest und ging zur Wiege hinüber. Sinnend betrachtete er den Säugling, blickte dann erneut zur Königin und nickte. »Ich sehe Hoffnung.«

Die tiefen Furchen auf der Stirn des Königs milderten sich. »Dann handle Er!«

Ivald verbeugte sich in Richtung der offenen Türe.

»Wenn Ihr solange draußen warten würdet, Majestät. Die Behandlung verlangt, dass nichts das Gemüt der Kranken stört. Ganz sicher spürt und hört die Königin Eure Sorge um ihr Befinden.«

Die Zornesader an Enriks Stirn schwoll an, und für einen Wimpernschlag sah es so aus, als würde König Enrik endgültig die Beherrschung verlieren und den Zwerg umgehend in den Kerker werfen lassen. Doch mit einem Blick auf seine leidende Gattin riss er sich zusammen und nahm die Hand vom Schwertknauf. »Wenn Er dies für nötig erachtet. Doch hüte Er sich, mit Unserer Hoffnung zu spielen. Für einen dritten Strick finden Wir noch Platz.«

Mit diesen Worten stapfte er durch die Türe auf den Gang. Aus den Augenwinkeln sah er noch, wie Ivald zum Podest zurückkehrte und seine Ledertasche öffnete.

Draußen warteten die beiden Heiler in einer Nische, nur einen Schritt entfernt von den beiden Wachen, die sie grimmig beäugten.

»Wir sind des Todes«, seufzte der Jüngere leise. »Was weiß dieser sonderbare kleine Mann schon von der Heilkunst? Zwei Jahre ist es her, seitdem er seinen Bückling vor dem König gemacht hat, zwei Jahre mit der Nase vergraben im Staub der Bibliothek. Hat er je einen Körper von innen betrachtet? Sich in Alchemie versucht? Heilpflanzen studiert?«

»Psst!«, zischte der Ältere mit Blick auf den König, der vor der Tür hin und her marschierte. »Wenn die Königin stirbt, wird dieser ›Meister Ivald‹ neben uns baumeln«, flüsterte er mit grimmigem Lächeln. »Ist dies auch kein Trost, so doch zumindest eine kleine Genugtuung.«

Die beiden versanken in bitterem Schweigen, während die Minuten verrannen wie Honig im Sand. Der Glockenschlag zur vollen Stunde erklang.

»Genug!«, grollte König Enrik und langte nach dem Türknauf.

In diesem Augenblick flog die Türe auf, und ein sichtlich erschöpfter Ivald verneigte sich vor ihm.

»Es ist vollbracht, Majestät.«

Der König stürmte an ihm vorbei zu seiner Gemahlin, die aufgerichtet im Bette saß, das Gesicht blass, doch die Augen klar.

»Mein Gemahl, habt Ihr schon Euren Stammhalter bewundert?«, fragte sie lächelnd.

Doch König Enrik hatte nur Blicke für seine Gemahlin, strich ihr die schweißfeuchten Haare aus der Stirn, und ein Lächeln breitete sich auf seinem Gesicht aus. Ivald jedoch schritt hinüber zur Wiege.

»Mir scheint, Euren Erstgeborenen verlangt es nach Nahrung, meine Königin«, sagte er, hob den in blaue Tücher gewickelten Säugling heraus und trug ihn zum Himmelbett hinüber, wo er ihn der Königin in die Arme legte.

»Ist er nicht wunderschön, unser Gisir?«, murmelte sie und

strich über die hellen Härchen, die das gelbliche, verrunzelte Gesicht umgaben. Der König sah zu Ivald hinüber. »Ist es üblich, dass sie so gelb sind?«

»Die ersten Tage immer«, gab die Königin selbst die Antwort. »Meine Mutter hat mich schon beizeiten vorgewarnt. Doch das geht vorüber.«

Derweil hatte sich Ivald gebückt und seinen Korb wieder huckepack genommen. »Darf ich mich zurückziehen, mein König?«, fragte er und hob die Ledertasche vom Boden auf. »Mein Werk ist getan.«

»Was war es?«, verlangte der König zu wissen. »Was hatte die Macht, Unsere Königin zu retten? Hat Er mehr davon?«

Ivald rückte den Korb zurecht. »Es ist verbraucht, mein König. Es war ein uralter Heiltrank, der durch Zufall in meine Hände fiel. Doch da ich seine Rezeptur nicht kenne, kann ich kein weiteres Wunder damit wirken.«

Der König öffnete den Mund, um zu protestieren, doch seine Gattin fasste ihn am Arm. »Seien wir dankbar, Enrik. Dankbar und nicht gierig. Es gibt Mächte, die könnt selbst Ihr nicht herausfordern, mein Gemahl.«

Einige Atemzüge lang rang der König mit sich. Doch dann glätteten sich seine Züge. Langsam erhob er sich und nickte. »Ihm gebührt Dank«, sagte er zu Ivald. »Was ist Sein Begehr? Gold und Edelsteine? Eine Grafschaft? Was immer es ist, es sei Ihm gewährt.«

Ivald hob die Hände. »Nichts von alledem, mein König. Gewährt mir nur weiterhin, in der königlichen Bibliothek zu studieren und diese zu erweitern. Und«, er neigte den Kopf in Richtung der Königin und des Säuglings, »es wäre die allergrößte Ehre, wenn ich mein Wissen an Prinz Gisir weitergeben dürfte.«

Der König nickte. »Dieser Wunsch sei Ihm gewährt. Sobald Unser Sohn alt genug ist, eine Feder zu halten, sei Er sein Lehrmeister in allem, was aus Schriften gelernt werden kann.«

Ivald verbeugte sich noch tiefer. Dabei stieß der Korb hart gegen einen der Bettpfosten, was ihn jedoch nicht zu stören schien.

»Sind damit alle Seine Wünsche gewährt?«, fragte der König.

»Eure Großzügigkeit überwältigt mich, mein König«, murmelte Ivald und zog sich Schritt um Schritt zurück zur Tür. »Wenn ich noch um eines bitten dürfte?« Abwartend sah er den König an, der ihm jedoch mit einem Nicken befahl, weiterzusprechen.

»Die beiden Heiler, nehmt ihnen nicht das Leben. Unfähig, wie sie sind, gehören sie natürlich nicht an den Hof, vielleicht in ein Bauerndorf weit weg von Ruhm und Behaglichkeit?«

Der König stutzte kurz, dann warf er den Kopf in den Nacken und lachte. »Er überrascht Uns. Statt Gold für Ihn selbst erbittet Er Gnade ausgerechnet für diese beiden Schlangenzungen. Sein Wunsch gefällt Uns. Er sei gewährt! Nun gehe Er in den Thronsaal und lasse Er sich vom Haushofmeister neue Gemächer zuweisen, wie sie sich für den Lehrmeister des Prinzen geziemen.«

Mit einer letzten Verbeugung drehte sich Ivald um und hastete hinaus. Wenig später gab die Königin einen unterdrückten Schmerzenslaut von sich.

Sogleich beugte sich König Enrik über Mutter und Kind.

»Es ist nichts, mein Gemahl«, beruhigte ihn die Königin. »Nur, der Hunger Eures Sohnes übertrifft, was ich zu geben vermag.« Sie schloss ihr Nachtgewand. Sogleich begann der Prinz zu schreien. Sein runzeliges Gesicht war krebsrot angelaufen, und seine kleinen Fäuste hieben kraftvoll durch die Luft.

»Er hat Euer Temperament, wie mir scheint«, scherzte die Königin und schaukelte den Säugling in den Armen, um ihn zu beruhigen.

»Ich schicke nach einer Amme.« Enrik richtete sich auf.

»Besser nach zweien. Ich fürchte, ich werde ihn nicht lange nähren können. Wenn er so schnell wächst, wie er trinkt, wird er Euch bald überragen.«

Ein stolzes Lächeln spielte um des Königs Lippen, als er in den Gang trat, wo die beiden Heiler die Hände rangen und sich tief verbeugten, kaum dass sie seiner ansichtig wurden.

»Er da!« Enrik deutete auf einen der Wachsoldaten. »Begleite Er die beiden zu ihren Gemächern. Dort mögen sie auf Unser Urteil warten. Danach befrage Er das Gesinde, den Prinzen verlangt es nach der Milch zweier Ammen. Wer Uns diese heute noch beschaffen kann, wird mit Gold belohnt werden.« Den zweiten Soldaten hieß er, die Mitglieder des Thronrates zu wecken.

»Unsere Arbeit hat lange genug geruht. Es mögen sich alle umgehend in der großen Ratskammer einfinden. Wir haben noch längst nicht alle Getreuen und Günstlinge meines willensschwachen Vorgängers aus ihren Löchern getrieben. Die Jagd geht weiter.«

Gerade als ich aus dem Schatten des Waldes heraus auf den Karrenweg trete, ruft hinter mir eine wohlbekannte Stimme meinen Namen. »Rahel, bist du das?«

Kann das sein? Ich drehe mich um, und da, eine Kehre vor unserer Hütte, steht sie tatsächlich. Mitten auf dem Weg. Meine beste Freundin. Sie lächelt breit, sodass die Grübchen in ihren Wangen gut zu sehen sind. Lachend falle ich ihr in die Arme und drücke sie fest an mich. Giselas weiches Haar duftet nach Lavendel und Kamille. Wie sehr ich sie vermisst habe!

»Ich hatte ja keine Ahnung, dass du jetzt schon Ferien hast! Wie lange kannst du bleiben? Wie ist es dir ergangen? Ich freue mich so, dass du da bist!«, sprudelt es aus mir heraus. »Lass dich ansehen!« Rasch trete ich einen Schritt zurück, um sie besser betrachten zu können.

Gisela lächelt und dreht sich im Kreis. Ihre kunstvoll eingedrehten, karamellbraunen Locken fliegen um ihr herzförmiges Gesicht. »Wie gefalle ich dir? Das Kleid ist unglaublich, oder?«, fragt sie, ein verschmitztes Funkeln in den goldbraunen Augen. »Tante Ella hat gleich fünf von den besten Schneidern in Sturmhafen für mich nähen lassen.«

Das Kleid ist wirklich prachtvoll. Allein der Glanz des dunkelrosa Stoffes mit dem hellen Blattmuster, einfach wunderbar. Und sicher extrem teuer.

»Seidendamast?«, frage ich fast ehrfürchtig, und sie nickt. »Wie sehe ich aus?«, fragt sie.

»Du wirkst älter«, sage ich zögernd.

Und das liegt nicht nur an dem Kleid, dem tiefen Ausschnitt oder daran, dass sie mich inzwischen fast um eine Handbreite überragt. Ein breiter Streifen rosa Puder betont ihre Wangenknochen, farblich perfekt abgestimmt auf den Stoff ihres Kleides, die Brauen hat sie mit Kohle nachgezogen und die Lippen mit himbeerfarbenem Balsam bemalt.

Das ist nicht mehr die Gisela, die ich kenne. Sie gleicht einer dieser reichen Kaufmannstöchter aus den Städten. Mir ist, als stünde eine völlig Fremde vor mir, eine, die sich nur zufällig in unser Dorf Weißrosen verirrt hat, aber gar nicht hierhergehört. Außerdem sterbe ich fast vor Neugier: »Erzähl, wie ist es in der Heilerschule?«

»Stinklangweilig, kann ich dir sagen.« Gisela verdreht genervt die Augen und lacht, als sie mein überraschtes Gesicht sieht. »Ob du's glaubst oder nicht, es gibt nur Schülerinnen. Auch in diesem

Jahr hat kein einziger männlicher Schüler die Aufnahmeprüfung geschafft. Die Lehrer sind allesamt Greise und so was von öde.«

Das hatte ich jetzt nicht erwartet.

»Hast du«, ich räuspere mich, »hast du denn gar nichts Neues lernen können? Keine Prüfungen gemacht und so? Neue Rezepte, die wir ausprobieren könnten?«

Sie winkt ab. »Nicht mehr von Bedeutung.« Ehe ich nachhaken kann, deutet sie auf den Korb, der neben ihr steht. Einige Brombeerblätter liegen darin, dicke Stoffhandschuhe und eine kleine Sichel.

»Mutter hat mich Kräuter sammeln geschickt. Ihr ist der Huflattich ausgegangen, die Schafgarbe und so weiter. Du kennst ja ihre lange Liste.« Sie stöhnt. »Gleich nach dem Nachmittagstee hat sie mich losgeschickt. Ich habe noch nicht mal alles auspacken dürfen.«

Wenigstens etwas, das sich nicht geändert hat. Bevor Gisela vor gut einem Jahr nach Sturmhafen zu ihrer Tante gezogen ist, haben wir zusammen mindestens einmal die Woche den Wald nach Kräutern abgesucht und auch sonst jede freie Minute miteinander verbracht, ohne dass sie es zu Hause erzählte. Als Holzfällertochter war ich ihrer Mutter Hertha, der Apothekerin, nie gut genug. Gisela durfte mich noch nicht einmal zum Tee einladen. Nicht dass es uns beide gestört hat, wir hatten ja den Wald, um ungestört zu träumen. Damals sahen wir uns schon beide in der eigenen Apotheke, die wir gemeinsam führen wollten. Gisela trieb mich an, allen Mut zusammenzunehmen und in meinem besten Kleid vor ihre Mutter zu treten, um sie zu fragen, ob sie mich ebenfalls ausbilden würde.

Herthas Worte brennen noch heute in mir. »Was soll ich mit einer Holzfällertochter? Du riechst nach Harz, hast ständig Dreck unter den Nägeln und willst in diesen Lumpen vor meine Kundschaft treten? Ich wette, du kannst dir nicht mal die Phiolen leisten oder eine Waage. Und wovon wollen deine Eltern die zehn Gold Lehrgeld pro Jahr bezahlen?«

Niemals zuvor habe ich mich so schäbig gefühlt. Ich schiebe die Erinnerung beiseite und wende mich wieder Gisela zu. »Bist du zum Kräutersammeln nicht viel zu fein angezogen?«, hake ich vorsichtig nach.

Sie zwinkert mir zu. »Das weiß ich doch. Aber ich musste dir dieses Kleid einfach zeigen.« Sie hebt den Rocksaum und zieht eine Grimasse. »Jetzt, wo du es sagst … Mutter bringt mich um, wenn ich voller Grasflecken heimkomme.«

»Soll ich dir helfen?« Sobald ich die Frage ausgesprochen habe, meldet sich mein schlechtes Gewissen. Ich müsste längst zu Hause sein.

Doch da ist dieser bittende Blick in Giselas Augen, dem ich auch früher nur schwer widerstehen konnte. Ich werde heute einfach länger in die Nacht hinein arbeiten.

»Komm, wir gehen zu unserer Lichtung. Viel Zeit haben wir nicht, die Sonne geht gleich unter«, versuche ich Gisela zur Eile anzutreiben. Als ich mich nach dem Korb bücke, sehe ich aus den Augenwinkeln, wie sie mich mustert, meinen geflickten Rock, die Bluse, die mir zu etwas zu klein ist, und die Holzpantoffeln. Ist das Mitleid in ihrem Blick? Kaum sehe ich sie direkt an, lächelt sie wieder.

»Eine gute Idee. Ich wusste, ich kann mich auf dich verlassen.«

Zusammen schlendern wir den Trampelpfad entlang. Während Gisela über das Leben in Sturmhafen plaudert, sich über ihre viel zu strenge Tante beschwert und an den anderen Schülerinnen der Heilerschule kein gutes Haar lässt, bücke ich mich alle paar Schritte nach Kräutern. Gisela hingegen greift nicht einmal nach der Sichel, obwohl sie die Kräuter genauso gut kennt wie ich, wenn nicht besser. Fast alles, was ich über Kräuter weiß, habe ich von ihr gelernt.

Als wir unsere kleine Lichtung nahe dem Waldweg erreichen, liegen schon einige Kräuterbündel im Korb.

Ich streife mir die Handschuhe über und beginne Brennnesseln zu schneiden. »Wie kommst du mit Severin klar?«, frage ich wie beiläufig.

»Gar nicht. Ich habe ihn nur kurz gesehen, das hat gereicht.« Gisela zuckt die Schultern. »Vater hätte ihn längst aus dem Haus jagen sollen, aber du kennst ja Mutter. Sie stellt sich jedes Mal aufs Neue vor ihren *Liebling*. Egal, was er angestellt hat. Nur gut, dass er in ein paar Wochen zum Militär muss. Vater hat ordentlich tief in die Tasche gegriffen, um alles auf der Ausrüstungsliste kaufen zu können. Das Beste ist gerade gut genug. Er sagt es nicht laut, aber ich glaube, er ist dankbar, dass der König dieses Jahr alle Jugendlichen in Severins Alter einberufen hat. So haben wir ein halbes Jahr lang Ruhe vor ihm.«

Das ist auch mein erster Gedanke gewesen, als ich von Severins Namen auf der Liste der Einberufenen gelesen habe. Doch was, wenn er zurückkommt und sich sein Charakter nicht verändert hat? Wenn er Soldat bleibt, weil ihm das Töten so gefällt? Endet dann jeder, der sich im Dorf gegen ihn stellt, als »Königsfeind« am Galgen? Bei dem Gedanken wird mir ganz anders.

Ich streife die Handschuhe ab und reibe mir die Stirn. »Gisela …«, es fällt mir nicht leicht, die Frage zu stellen, auch wenn sie mir auf der Seele brennt, »Gisela, hast du meine Briefe bekommen?«

Sie schaut mich ein wenig schuldbewusst an. »Oh ja, stimmt. Tut mir echt leid, Rahel, ich hatte sooo schrecklich viel zu tun in den letzten Tagen.«

Den letzten Brief habe ich ihr vor drei Wochen geschrieben. Und schon davor hatte ich lange nichts mehr von ihr gehört. »Und hast du deine Mutter gefragt?«

Sie winkt ab. »Bei der dreht sich alles nur noch um Severin und seine Einberufung. Sie tut, als würde er direkt von zu Hause in die Schlacht ziehen. Dabei haben wir Frieden, seit König Enrik damals den Thronkampf gewonnen hat. Ich weiß ohnehin nicht, wozu dieser Erlass gut sein soll. Warum brauchen wir all diese Soldaten? Für die paar Kämpfe mit Rebellen oder Räuberbanden?« Sie zögert kurz, ehe sie mir einen entschuldigenden Blick zuwirft. »Mutter will noch immer den Platz für ihn freihalten. Falls er doch noch zur Vernunft kommt irgendwann.«

Ich lächle, obwohl mir danach eigentlich gar nicht ist. »Schon gut. Ich gebe nicht auf. Vielleicht überlegt es sich deine Mutter ja noch, wenn Severin auch nach dem Militärdienst nicht bei ihr lernen will. Und bis du fertige Heilerin bist …«

»Hast du den Aushang auf der Schwarzen Wand nicht gesehen?«, unterbricht mich Gisela.

Ich nicke zögernd. »Das mit der Brautschau? Was hat das mit unseren Zukunftsplänen zu tun?«

Mit einem Schlag ist Giselas freundliches Lächeln wie weggewischt. Mit einer affektierten Bewegung wirft sie ihre Lockenmähne zurück und schürzt abfällig die Lippen. »Du meinst jetzt nicht wirklich diesen kindischen Traum von der Apotheke, oder? Vor dir steht Prinz Leonards künftige Braut!« Sie hebt einen Handrücken vor den Mund und lacht. Hart und heiser. »Glaubst du wirklich, wenn ich die Wahl hätte zwischen einem Leben in Luxus auf dem Schloss und einem Raum voller Dörfler mit Husten, Ausschlägen und eitrigen Geschwüren, würde ich das Zweite wählen?«

Ich nicke stumm. Genau das würde Gisela tun. Die Gisela, die ich bis eben noch glaubte so gut zu kennen, dass ich ihr alles anvertrauen kann. Nun ja, alles bis auf eins vielleicht. Doch diese Gisela hier … sie blickt mich plötzlich mit stechendem Blick an. Ein Blick, der mich erschreckend an Severins kalte Augen erinnert.

Aber so schnell gebe ich nicht auf. »König Gisir wird seinen Sohn niemals mit einem Dorfmädchen verheiraten, egal, was auf dem Plakat steht. Und selbst wenn, ist dir schon einmal aufgefallen, dass es nicht ein einziges Bild von Prinz Leonard in unseren Büchern gibt? Auch keine Anekdoten, keine Lieder, gar nichts. Wer weiß, vielleicht ist er genauso abstoßend und grausam wie sein Vater? Oder sogar schlimmer?«

Sie zuckt die Achseln. »Und wenn? Er ist der Prinz. Jedes Mädchen im Reich will ihn haben.«

»Ich nicht.«

Gisela mustert mich, als wäre ich ein Stück Dreck unter ihren Nägeln. »Ist auch besser so. Du wärst die absolute Witzfigur am Hof.«

Das lasse ich nicht auf mir sitzen. »Ach ja? Meine Manieren sind nicht schlechter als deine«, kontere ich.

»Was bildest du dir eigentlich ein, du … du Nichts!«, zischt sie und schürzt die Lippen. »Wie lange trägst du diesen Haufen Flicken schon? Zwei Jahre, drei? Willst du so etwa vor den Prinzen treten? Ganz zu schweigen davon, dass du keine Ahnung hast, welche Gabel man für welchen Gang benutzt, wie man einen Fächer richtig hält, wie man als Königin spricht und …« Dann lacht sie erneut. Höhnisch und kalt.

»Was starrst du mich so an? Mach dich lieber nützlich und sieh zu, dass der Korb voll wird. Zu mehr taugst du ja doch nicht.«

Wie kann sie so mit mir sprechen? Sie sieht mich verächtlich an, so als warte sie nur darauf, dass ich heulend zusammenbreche, damit sie sich weiter lustig machen kann. Ich beiße mir auf die Lippen, schmecke Blut und reiße mich zusammen.

»Ich habe versprochen zu helfen«, sage ich langsam. Meine Stimme zittert leicht, aber es ist mir egal. »Das habe ich getan. Ich habe nicht versprochen, dir die ganze Arbeit abzunehmen. Den Rest schaffst du allein. Und den Weg zurück kennst du ja.«

Ich stelle ihr den Korb vor die Füße, drehe mich um und mache mich auf den Weg. Ich habe schon viel zu viel Zeit vergeudet.

»Das kannst du nicht machen! Komm gefälligst zurück! Rahel!« Außer sich vor Entrüstung, versucht Gisela, mich am Arm zu packen und zurückzuhalten, doch ihre Hand greift ins Leere. Sie ist längst nicht so schnell wie Severin, und selbst er hätte es hier schwer. Der Wald ist mein Revier. Ich höre sie noch fluchen, als sie strauchelt und in die Brennnesseln fällt. Geschieht ihr recht. Dann liegt die Lichtung hinter mir, und das Halbdunkel des Waldes heißt mich willkommen.

Ich achte nicht sonderlich auf den Weg, während ich durch den Wald laufe und über meinen merkwürdigen Streit mit Gisela grüble. Ein Jahr nur, ein einziges Jahr hat gereicht, sie derart umzudrehen. Meine beste, nein, halt, ehemals beste Freundin hat sich in eine oberflächliche, arrogante, herzlose Speichelleckerin verwandelt. Und ich … ich habe geglaubt, Gisela arbeite so hart an der Heilerschule, dass sie keine Zeit hat, mir zu schreiben. Ich hätte viel früher misstrauisch werden müssen.

Erst als ich auf den Wildwechsel stoße und den grauen Felsen mit der verkrüppelten Fichte vor mir sehe, bemerke ich, dass ich in meiner Wut nicht auf den Weg geachtet habe und viel zu weit nach Osten gelaufen bin. Mist! Auch das noch! Als wäre der Tag bisher nicht schon schlimm genug gewesen. Die Sonne ist inzwischen untergegangen, und im Licht der Abenddämmerung sind Wurzeln und Steine nur noch schwer zu erkennen.

Mir bleibt nichts anderes übrig, als rasch wieder umzukehren. Dabei fällt mein Blick auf eine kränkliche Buche. Die Ausbuchtungen da oben bei der Astgabel, sind das nicht …? Ich laufe hin, und tatsächlich: Zunderschwämme. Gleich drei, nein, vier der schönen, gebänderten Baumpilze. Solche habe ich neulich erst auf dem Markt gesehen. Für zwei Silber das Stück! Der unterste der Schwämme dürfte nur zweieinhalb, drei Meter vom Boden entfernt sein. Ein echter Glücksfall.

Eilig schüttle ich die Holzpantoffeln von meinen nackten Füßen und suche den Stamm nach Kletterhilfen ab. Es sieht gut aus, er bietet ausreichend Aststümpfe und Löcher, um meinen Zehen und Fingern Halt zu geben.

Im Dämmerlicht taste ich nach meinem Haarknoten und stecke zwei der Nadeln um. Ich hasse es, wenn sich beim Klettern die Haare in den Zweigen verheddern. Zuletzt binde ich den Rock mit einem Lederstreifen hoch, trete dicht an den Stamm heran und strecke mich, um den ersten Stumpf zu greifen.

Kurze Zeit später mache ich es mir in der Astgabel bequem. Vorsichtig beuge ich mich vor und breche den Baumpilz behutsam von der Borke.

Gerade als ich das letzte Stück in meine Rocktasche schiebe, höre ich unter mir jemanden lachen. »Was haben wir denn da für ein Eichhörnchen?«

Jerome. Ich schlucke den Fluch hinunter, der mir auf den Lippen liegt, und stürze fast ab, als ich hastig wieder herunterklettere. Und bin trotzdem nicht schnell genug – er hat sich breitbeinig unten aufgebaut, einen toten Hasen in der linken Hand, dessen Kopf seltsam am Hals baumelt. Jerome muss ihm das Genick gebrochen haben. Armes Ding. »Ein kleines Präsent für den hübschesten Rotschopf des Waldes«, sagt er und drückt mir das leblose Fellbündel in die Arme, kaum dass meine nackten Sohlen das Moos berühren.

»Danke, nein und nein, danke!« Ich lasse den Hasen ins Gras fallen. An Jeromes Gürtel hängt das zusammengeraffte Netz, mit dem er ihn wohl gefangen hat. Ich wünsche mir einen Eimer heißes Wasser und viel Seife, um den Geruch nach Schmerz und Tod von meiner Haut zu bekommen. Meine Finger zittern, als ich die Arme verschränke, so zuwider ist mir Jeromes Nähe.

»Weshalb machst du nicht Gisela einen Antrag? Sie ist wieder im Dorf und sieht umwerfend aus.«

»Na und?« Er beugt sich vor, sodass sein Gesicht meinem ganz nahe ist. Angewidert weiche ich zurück, bis mein Rücken gegen den Buchenstamm stößt. »Ich habe doch schon eine Verlobte, nämlich dich, meine Schöne.«

Verdutzt starre ich ihn an, während er mit der Hand durch seine geölten Locken streicht.

»Deine Eltern sind mir vor Dankbarkeit fast um den Hals gefallen, als ich um deine Hand angehalten habe. Noch diesen Sommer wirst du meine Frau.«

Mein Herz beginnt zu rasen. Ich weiß, wie sehr mein Vater sich wünscht, dass ich in gute Hände komme. Würde er sogar so weit gehen …? Aber nein, sie wissen, wie sehr ich auch nur den Anblick von toten Tieren verabscheue, und Jeromes Leidenschaft fürs Töten ist wahrlich kein Geheimnis. Zudem haben meine Eltern ein gutes Gespür für Menschen und würden niemals zulassen, dass jemand wie Jerome herausfindet, welcher Schatten auf mir liegt, und dadurch Macht über mich gewinnt. Oder?

Aber Jeromes siegessicheres Lächeln kann mich nicht täuschen. »Lügner«, zische ich ihm ins Gesicht und versuche, mir meine Zweifel nicht anmerken zu lassen. »Meine Eltern würden niemals jemandem wie dir meine Hand versprechen.« Und richtig, in Jeromes linker Wange zuckt ein Muskel. Den Tick hatte er schon als Kind, und ich weiß ihn zu deuten. Ich habe recht. Rasch lege ich nach: »Sie haben dich abgewiesen, nicht wahr? Sie wissen, ich würde dich selbst dann nicht nehmen, wenn du ein Prinz und der einzige Junggeselle im Reich wärst!«

»Das werden wir noch sehen!«, zischt er. Ehe ich begreife, was er vorhat, hat er mich an den Oberarmen gepackt und drückt mich gegen den Stamm. »Du willst es ja nicht anders«, stößt er wütend hervor. In seinen stumpfen Augen bildet sich ein glutroter Punkt. Er lacht, als ich mich in seinem Griff winde. Sein Atem stinkt nach Alkohol. Noch stärker jedoch ist der Geruch nach Blut und Tod, der nicht nur von dem Hasen kommt. Auch Jeromes Kleider und seine Hände riechen danach. Wie viele Tiere hat er seit heute Morgen getötet? Ich würge.

»Schaffen wir Tatsachen, dann bleibt dir keine Wahl!«, verkündet er. Was er damit meint, wird mir schlagartig klar, als er die feuchten Finger seiner rechten Hand zwischen die Knöpfe meiner Leinenbluse zwängt. Mit dem linken Unterarm drückt er meine Schultern gegen den Baum. Ein Knopf platzt auf. Einen Augenblick später spüre ich, wie sich seine groben Finger um meine Brust schließen und sie zusammenquetschen. Ich ziehe scharf die Luft ein, um nicht vor Schmerz aufzustöhnen.

»Das magst du, oder?« Jerome lacht dreckig. »Und wie ist es damit?« Er drängt ein Bein zwischen meine Schenkel. Ich versuche, mich wegzudrehen, doch er ist viel stärker als ich. Panik überrollt mich, verzweifelt schnappe ich nach Luft. Wehr dich! Wehr dich!, schreit ein Teil von mir und hämmert an die Tür, hinter der mein Zorn gefangen ist, und plötzlich ist meine Stimme wieder da.

»Lass mich los!«, quetsche ich zwischen den Zähnen hervor, dann nehme ich alle Kraft zusammen und drücke ihn von mir weg, sodass ich einen Fuß frei bewegen kann. Leider wird mir erst wieder bewusst, dass ich meine Pantoffeln ausgezogen habe, als meine Zehen gegen sein Schienbein prallen.

Jerome zuckt nicht einmal zusammen. »Uh, hat sich das kleine Eichhörnchen wehgetan?«, spottet er. »Wenn ich mit dir fertig bin, wirst du meine Füße küssen vor Dankbarkeit und nicht nur das!«

Seine Hand packt mein Kinn, und er presst seinen Mund auf meinen, während seine Finger erneut in meine Bluse gleiten. Dieses Mal tiefer. Gleichzeitig reibt er seine Zunge gegen meinen Gaumen. Er schmeckt nach Alkohol und altem Fleisch, schleimig süß und widerwärtig. Ich muss erneut würgen und beiße zu. Mit einem Schmerzensschrei presst er die Hand auf seinen Mund und holt mit der anderen aus, um mich zu schlagen. Aber er ist zu langsam. Ich ducke mich darunter hinweg und ramme ihm mit aller Kraft meinen Ellbogen in den Magen. Überrascht japst er nach Luft und stolpert einen Schritt zurück. Mir bleiben wenige Augenblicke, mich zu entscheiden. Heftig atmend balle ich die Fäuste und rufe mein anderes Ich herbei, denn barfuß und bei Dunkelheit werde ich ihm nie entkommen. Nicht als Mensch.

Schon spüre ich die vertraute Hitze in meinem Nacken. Sie erfasst mein Gesicht, meine Arme, meinen Rücken. Meine Haut, mein Inneres, jeder Muskel scheint zu brennen, zu schmelzen. »Was zum …?« Jerome verschluckt sich an seinem Fluch. Mit offenem Mund weicht er einen weiteren Schritt zurück.

Mich kümmert es nicht. Mein Fühlen ist allein auf das gerichtet, was mit mir geschieht. Ich kann nicht mehr sprechen, und meine

Gedanken zerlaufen wie flüssiges Glas. Es dauert nur wenige Augenblicke, doch es fühlt sich viel, viel länger an. Stoff, Haare, Haut werden eins, meine Knochen verformen sich, ich spüre, wie mein Gesicht sich streckt, meine Ohren wachsen. Vor meinen Augen verschwimmen Jeromes Gesicht und die Lichtung zu einem hellen Fleck. Dann hüllt mich Dunkelheit ein. Warm. Tröstend.

Einen Atemzug später stehe ich auf vier dünnen Beinen vor der Buche, während meine Sinne langsam erwachen.

»Was, was …?« Jerome steht noch immer am selben Fleck und starrt mich fassungslos an.

Weshalb macht er nicht kehrt, rennt schreiend davon und lässt mich in Ruhe?

Stattdessen stemmt er die Fäuste in die Hüften und leckt sich die Lippen. »Was für ein Fang … Bleib brav da stehen, Kleines …« Seine Hand greift zu dem Fangnetz an seinem Gürtel.

Ich will loslaufen und kann mich doch nicht rühren. Noch habe ich keine volle Kontrolle über meine neue Gestalt, das dauert immer einige Atemzüge. Vielleicht einen zu lang.

»Weichet!« Mit gezogenem Schwert hetzte König Enrik um die Ecke, vier Männer seiner persönlichen Garde in schwarzen Harnischen und blutroten Mänteln im Schlepptau.

Diener sprangen zur Seite, flüchteten sich zu zweien oder dreien in Erker und Nischen, wo sie die Köpfe zusammensteckten und hektisch tuschelten. Die einfachen Wachsoldaten entlang des Ganges verharrten bewegungslos wie Steinsäulen, die flackernden Blicke auf die Wand gegenüber gerichtet, während Schweißtropfen unter den Rändern ihrer Helme hervorperlten.

»Adelind!« Der König verharrte einen fassungslosen Moment vor der offenen Tür zum Gemach seiner Gemahlin. Dann schlug sein Schwert klirrend auf dem Boden auf, während er zur Wiege stürmte und dort neben dem reglosen Körper der Königin in die Knie sank. Seine zitternden Finger strichen über das blutverklebte Haar. Seine schmerzverzerrten Blicke wanderten von ihren leeren, weit aufgerissenen Augen zu der tiefen Stichwunde auf ihrer Brust und zu den Schnitten an ihren Händen. »Adelind«, flüsterte er, und seine Stimme brach.

»Eure Majestät!« Der junge Heiler kniete zwei Schritte neben der Königin neben Ivalds Körper. »Wir konnten nichts mehr für die Königin tun. Sir Ivald hier …«

Das Wams des Zwerges war blutverschmiert und seine linke Schulter in einen dicken Verband gepackt. Seine Augen waren geschlossen, und er bewegte sich nicht.

»Er lebt?«

»Das Glück war ihm gewogen, Majestät. Durch den Stich in die Schulter hat er viel Blut verloren, doch wir haben ihn noch rechtzeitig gefunden.«

»Und jener dort?« Mit dem Kinn wies Enrik auf den Körper des Wachsoldaten, der eigentlich vor der Tür der Königin hätte stehen sollen. Ein Dolch mit silbernem Griff steckte in seinem Hals, und um seinen Kopf hatte sich eine Blutlache gebildet. Rumpf und Gliedmaßen hingegen waren unverletzt. Sein Schwert lag neben ihm, die Klinge dunkel verfärbt von getrocknetem Blut.

»Wachsoldat Erold ist etwa zur selben Zeit gestorben wie die Königin«, erwiderte der Heiler. »Und Euer Sohn …«

Enrik sprang auf die Füße. »Was ist mit Gisir?«

»Es geht ihm gut.« Die junge, dralle Amme kam hinter dem Raumteiler hervor. Sie hielt Prinz Gisir in den Armen. Er hatte feine Blutspritzer auf den Wickeltüchern und im Gesicht. Das schien ihn nicht zu stören. Er nuckelte gierig an der Brust der Amme und drückte seine kleinen Händchen abwechselnd dagegen, um den Milchfluss zu beschleunigen. Mit der freien Hand wischte sich die junge Frau die Tränen aus den Augen. »Der Prinz … er bekommt immer Hunger um diese Zeit, und ich hatte heute die Nachtschicht. Als ich ankam, war keine Wache zu sehen, und die Tür stand einen Spalt offen. Da habe ich sie aufgestoßen und gesehen …« Ihre Stimme versagte, und neue Tränen rannen ihr über die bleichen Wangen. »Prinz Gisir war wach, aber er hat nicht geschrien, Euer Majestät. Alles, was er wollte, war trinken. Die Wiege, er, alles voll Blut, seine Mutter ermordet vor seinen Augen, und er hat nicht geschrien.« Entsetzen schwang in ihrer Stimme.

»Prinz Gisir ist eben kein schreckhaftes Bauernbalg«, sagte der König heiser. Für einen Moment schloss er die Augen und schluckte. Dann atmete er tief durch, straffte die Schultern und blickte zu zweien seiner Gardesoldaten. »Ihr beide, geleitet die Amme und Unseren Sohn in eines der Gästezimmer. Niemand betrete es, ohne eine schriftliche, gezeichnete Genehmigung von Uns vorweisen zu können. Und schickt die Diener aus, eine Ersatzwiege zu finden.«

Die junge Frau knöpfte rasch die Bluse zu, was Gisir mit lautstarkem Protest quittierte. Sie war sichtlich erleichtert, diese Kammer des Grauens verlassen zu dürfen.

Indes schritt König Enrik wie in Trance um die Wiege und seine tote Gemahlin. »Die Königin muss mit dem Kopf an der Ecke der Wiege aufgeschlagen sein. Sie muss davor gestanden haben, um Unseren Sohn zu schützen.« Seine Stimme wurde wieder rau, und er räusperte sich. Mehrmals. »Mit ihrem Leben.«

»Vor … vor wem, Majestät?«, warf der Hauptmann seiner Garde ein. »Wir haben die Fenster überprüft. Nirgendwo Spuren von Seilen oder Haken. Auch keine Abdrücke in den Blumenbeeten unter den Fenstern.«

Gisir deutete auf den Zwerg. »Heiler, wecke Er ihn auf.«

Das Fläschchen Hirschhornsalz tat seine Wirkung, und Ivald schlug seine Augen auf. »Was … was ist passiert?«, fragte er mit schmerzverzerrtem Gesicht.

»Das wollen Wir von Ihm hören«, erwiderte der König barsch.

Ivald rieb sich die Stirn und setzte sich mit der Hilfe des Heilers auf. »Es ist alles etwas verschwommen, Eure Majestät. Ich kam mit dem Buch dort«, er wies mit der Hand zu dem Wälzer, der unbeachtet neben dem Podest lag, »um Prinz Gisir auf Wunsch Ihrer Majestät, der Königin, eine neue Traumgeschichte vorzulesen, das hilft ihm beim Einschlafen, auch wenn er die Worte selbst noch nicht versteht. Bei meiner Ankunft fand ich die Türe einen Spaltbreit offen. Ich konnte sehen, wie die Königin vor der Wiege stand, und der Wachsoldat, der sie eigentlich beschützen sollte, schlug sie von hinten nieder, sodass sie stürzte und liegen blieb. Er zog sein Schwert, da bin ich hineingestürmt und habe ihn aufhalten wollten.« Er griff sich an die Schulter und stöhnte leise. »Verzeiht mir, mein König, dass ich kein Kämpfer bin. Der Verräter Erold stach zu, ehe ich ihn erreichen und mich vor die Königin stellen konnte. Er traf mich an der Schulter, ich warf meinen Dolch, dann wurde alles schwarz. Die Königin, Prinz Gisir … mein König?«

König Enrik ballte die Fäuste. »Unsere Gemahlin ist tot, Unseren Sohn hat Er gerettet.« Er schloss kurz die Augen. »Heiler, bringe Er Sir Ivald in sein Gemach und kümmere sich gut um ihn. Meister Ivald«, der König neigte den Kopf; es war das erste Mal, dass er den Zwerg solchermaßen ansprach und ihm damit Respekt zollte, »wir werden Eure Heldentat angemessen belohnen. Später. Erst müssen Wir in Erfahrung bringen, weshalb dieser Soldat Unsere geliebte Gemahlin heimtückisch ermordete und Unseren Sohn und Erben töten wollte.«

Der Heiler half Ivald auf die Beine und geleitete ihn hinaus. Vor der Türe drehte sich der Zwerg nochmals um. »Mein König, gerade kam mir in den Sinn, dass dieser Verräter hier noch etwas schrie, als ich fiel. Es hörte sich an wie ›Tod der Brut des Usurpators!‹.« Vielleicht sollte man seine Leiche genauer in Augenschein nehmen.«

»Durchsucht seine Kleidung!«, wies Enrik die beiden verbliebenen Gardesoldaten an. Der Hauptmann selbst war es, der den blutbefleckten Brief fand.

»Mein König, dies ist ein Schreiben der Rebellen. Sie haben Erold bestochen, den Prinzen zu töten.«

»So ist das also!« Enrik trat in die Tür und hob das Schwert auf, sein Gesicht starr, kaltes Feuer in den Augen. »Wenn sie Blut wollen, sollen sie darin ertrinken. Rufe Er Unsere Generäle zusammen. Wir werden sie aus ihren Löchern holen. Jeder, der den Rebellen hilft, soll büßen. Treibt zusammen, wer irgendwie dem alten Adel nahestand. Und wenn ihr jemanden findet, der noch das Blut des alten Königshauses in sich trägt – Greise, Frauen, Kinder –, erschlagt sie wie Ungeziefer. Zeigt keine Gnade!«

Schneller!

Während Jerome sich die Lippen leckt und das Netz entfaltet, stehe ich immer noch wie festgenagelt vor dem Baum. Mein Herz hämmert gegen meine Rippen. Meine Beine zittern, doch zu mehr reicht es noch immer nicht.

»Hast du wirklich gedacht, das würde dich retten?« Jerome lacht.

Er hat die Hände ausgebreitet und macht einen langsamen Schritt auf mich zu. »Wie wird es dir gefallen, wenn sie neben dem Galgen wieder einen Scheiterhaufen errichten? Ganz allein für dich, du … du Untier, Monster – was immer du bist!«

Ich sehe bereits vor mir, wie sie mich aus unserer Hütte zerren, in einen Kittel stecken, wie ihn der arme Ulbert getragen hat, und mich mit Fackeln vor sich her durch das Dorf treiben, hinauf zum Richthügel.

Jerome sieht wohl die Furcht in meinen Augen aufflackern, denn er grinst hämisch und legt sofort nach: »Und was wird aus deinen Eltern, wenn sie erkennen, dass sie einen verfluchten Wechselbalg großgezogen haben? Wenn die Leute mit den Fingern auf sie zeigen, auf sie spucken, sie aus dem Dorf jagen?«

Das will ich nicht hören, das darf nicht sein! Mein Zittern wird heftiger. Jerome senkt die Arme, und sein Ton wird fast mitleidig. »Das alles wird natürlich nur passieren, wenn ich dich verrate. Das willst du doch nicht, oder? Also wirst du dich jetzt auf der Stelle wieder in Rahel verwandeln, in eine brave, gehorsame Rahel, die mir auf Knien beweist, wie dankbar sie ist, dass ich, der angesehenste Jäger der Grafschaft, mich überhaupt mit jemandem wie ihr abgebe, obwohl sie nicht mehr ist als Abschaum.« Er klopft mit beiden Daumen auf seine Gürtelschnalle.

Niemals! Eher lasse ich mir das Herz herausschneiden! Ich hebe das Kinn und drehe den Kopf zur Seite.

»Du willst nicht?«, zischt er und hebt das Netz erneut. »Dann muss ich dir wohl anders beibringen, wer ab jetzt dein Herr und Meister sein wird.«

Jerome kommt auf mich zu, das Netz in der einen Hand, und rückt sein Jagdmesser zurecht. Ich sehe die Gier in seinen Augen.

Endlich spüre ich das vertraute Kribbeln in meinen Beinen und merke, wie die Starre nach der Verwandlung sich zu lösen beginnt. Doch es dauert immer noch zu lange … Verzweifelt suche ich in mir nach Kraft, nach einem rettenden Einfall. Mir ist, als würde ich gegen eine Tür rennen, zu der mir der Schlüssel fehlt. Ich kann sie nicht einschlagen, nicht aufreißen. Alles, was ich bekomme, ist der goldene Schimmer, der durch die Ritzen dringt.

Plötzlich werfe ich, von einer inneren Kraft getrieben, den Kopf in den Nacken und stoße einen durchdringenden Schrei aus. Und habe Erfolg – Jerome zuckt zusammen und presst für einen Moment die Hände auf die Ohren. Gerade lange genug, um Gewalt über meine Muskeln zu gewinnen. Im letzten Augenblick kann ich zur Seite springen, ehe das Netz gegen den Stamm klatscht. Exakt dort, wo ich nur einen Wimpernschlag zuvor noch gestanden habe.

Jerome flucht laut und greift nach seinem Bogen. Ich hetze davon, doch ich komme nicht weit. Kaum habe ich ein gutes Stück Unterholz zwischen Jerome und mich gebracht, da raschelt es vor mir im Gebüsch, und Ricke tritt auf den Weg.

Nicht auch noch das! Natürlich. Ich habe sie mit meinem Ruf selbst herbeigelockt. Und in Gefahr gebracht. Ich sehe die Sorge in ihren Augen, doch ich habe keine Worte, ihr zu erzählen, was geschehen ist.

»Gefahr! Lauf weg! Schnell!« Das alles liegt in meinem warnenden Bellen, mit dem ich auf ihr fragendes Fiepen antworte. Jerome darf sie nicht sehen, sonst glaubt er noch, sie wäre ich. Und wenn er am Ende sie statt meiner fängt und quält, um sie zu zwingen, sich in eine menschliche Rahel zu verwandeln … Nein, das werde ich nicht zulassen! Ein Stück hinter mir zerbrechen Zweige unter schweren Sohlen.

Keine Zeit. Mir bleibt keine Zeit. Ich stoße Ricke mit dem Kopf nachdrücklich in die Seite, schiebe sie vom Weg. Ein letztes warnendes Bellen, dann fege ich herum, laufe zwei Sprünge weit in meinen eigenen Spuren zurück. Mit angespannten Muskeln bleibe ich stehen, bis ich Jerome kommen sehe, um dann sofort durch die Büsche zu brechen, runter vom Weg, einfach geradeaus, quer durch den Wald, Hauptsache, fort von Ricke.

Bald lichten sich die Bäume, Kräuter und Büsche bilden ein dichtes Unterholz. Das Terrain wird schwieriger, doch ich halte nicht inne. Die Angst treibt mich an. Alles ist besser, als Jerome in die Fänge zu geraten.

Vor mir taucht ein Rinnsal auf, und ich setze mit einem langen Sprung darüber hinweg. Auf der anderen Seite ist nach ein paar Sprüngen der Wald zu Ende, es riecht nach gepflügter Erde und nach Rüben. Mit bebenden Flanken halte ich inne. Mein ganzer Körper glüht vor Hitze und Anstrengung. Ich muss mich dringend abkühlen, sonst breche ich zusammen und bin ein leichtes Opfer für Jerome. Meine Zunge fühlt sich an wie mit Sand eingerieben, und mein Kopf pocht schmerzhaft. Vorsichtig stakse ich zum Rinnsal zurück. Bei jedem Schritt lausche ich, doch ich höre keine Schritte, keine Stimme, nicht einmal ein Schnaufen. Ich kann Jerome auch nicht mehr wittern. Scheint so, als wäre ich ihm tatsächlich entkommen. Noch einmal.

Erleichtert tauche ich meinen Kopf ins Wasser, trinke hastig, bis mein Durst gestillt ist und das Kratzen in meinem Hals nachlässt.

Inzwischen ist der Mond aufgegangen. Am liebsten würde ich zu meiner Lichtung laufen und mich dort den Rest der Nacht über verstecken. Doch ich muss an meine Eltern denken, die bestimmt schon ganz krank sind vor Sorge. Also mache ich mich auf den Heimweg und laufe, so schnell es die Dunkelheit zulässt.

Ich verwandle mich wieder in meine menschliche Gestalt, bevor ich aus dem Wald trete und zu unserer Hütte eile. Das mit Leuchtmoos bewachsene Schindeldach hebt sich deutlich vom dunklen Umriss des Waldes dahinter ab. Durch das kleine Fenster der Stube dringt kein Licht. Die Tür ist geschlossen, jedoch nicht versperrt. Auf Zehenspitzen tapse ich in die Küche. Sie sitzen beide am Küchentisch, die Köpfe auf die Arme gebettet, und schlafen. Mutters Näharbeit ist unter die Holzbank gefallen. Sie muss mitten in der Arbeit einfach eingeschlafen sein. Im Mondlicht, das durch das Fenster fällt, sind die Falten in ihrem zarten Gesicht kaum zu sehen. Und auch Vater hat es heute vor lauter Sorge nicht ins Bett geschafft. Schuldbewusst greife ich in die Tasche und fische den Zunderschwamm heraus. Die einzelnen Stücke sind tatsächlich heil geblieben. Ich lege den kostbaren Fund behutsam neben die erloschene Öllampe und schleiche mich zu meiner Kammer. Ursprünglich war das unser Vorratsraum, bis Vater ihn für mich umgebaut hat. Die Tür ist nur angelehnt, und ich drücke sie vorsichtig auf, um sie dann noch vorsichtiger hinter mir zu schließen. Ich entzünde die Kerze neben meinem Bett und bemerke, dass auf dem Strohsack, den ich als Kissen benutze, ein Blatt Papier liegt. Das bisschen Licht reicht gerade aus, um die Worte zu entziffern:

Wir werden Dich beschützen!

Ich erkenne Vaters ungelenke Handschrift, die zwei Löwenmäulchen unter dem Satz hat Mutter gezeichnet. Meine Hände zittern, als ich das Blatt nehme und auf den Hocker lege. Ich setze mich aufs Bett und starre auf die geschlossene Tür. An Schlaf ist nicht zu denken. Ich kann hier nicht länger bleiben. Nicht, nachdem ich Jerome mein Geheimnis preisgeben musste. Doch wohin soll ich bloß flüchten? Wir haben keine Verwandten, und ich habe mich noch nie weiter als einen Tagesmarsch von Weißrosen entfernt.

Mir fällt der Aushang wieder ein. Natürlich, dort wäre ich sicher vor Jerome, doch nur, solange man uns Dorfmädchen bei Hofe duldet. Ein paar Tage vielleicht, und das wird nicht reichen. Zugleich kommen mir Meister Herkants Worte in den Sinn, mit denen er mich zu loben pflegt, wenn er besonders zufrieden ist: »Du wärst auch in einer Schlossküche nicht fehl am Platz, Mädchen.« Und seine Geschichten aus jener Zeit, als er selbst Hilfskoch war und zusammen mit Reinald, dem jetzigen Küchenchef am Königshof, für den alten König gekocht hat. Wenn das mit der Brautwahl stimmt und tatsächlich alle Mädchen des Reiches geladen werden, werden sie doch sicher in der Schlossküche noch ein paar geschickte Hände brauchen … Aber ohne Empfehlungsschreiben …?

Und wenn schon! Mehr als wegschicken können sie mich nicht. Notfalls klopfe ich in der Hauptstadt an jede Wirtshaustür, bis mir irgendjemand Arbeit gibt.

Mein Blick wandert zu Vaters Worten. Die beiden würden alles geben, um mich zu beschützen. Aber Vater ist nicht mehr so stark wie früher. Da hätte er einen wie Jerome mit einer Hand hochgehoben und über den Zaun geworfen. Doch seit dem Verlust eines unserer beiden Pferde hat er selbst härter mit anpacken müssen. Die Rückenschmerzen und das knappe Essen haben an ihm gezehrt. Ich schließe die Augen. Und selbst wenn Vater noch voll bei Kräften wäre … Der Graf hält große Stücke auf seinen Lieblingsjäger Jerome, und Vater ist abhängig von den gräflichen Aufträgen. Nicht zu vergessen der Hauptmann, mit dem Jerome so gerne einen über den Durst trinkt ... Vater wäre der Strick so gut wie sicher.

Entschlossen wische ich mir über die Augen. Nein, ich muss das allein durchstehen. Ich muss fort von hier, es gibt keinen anderen Weg. Still und heimlich, damit sie mich nicht aufhalten können. Und zwar sofort.

Im Dorf weiß jeder, was für ein Weiberheld Jerome ist und dass er zu viel trinkt. Solange er also meine Verwandlung nicht beweisen kann, besteht eine gute Chance, dass der Richter und die Soldaten ihm nicht glauben, seine Geschichte von meiner Verwandlung für die Rache eines gekränkten Freiers halten. Und solange werden meine Eltern sicher sein. Dazu muss sich nur herumsprechen, dass er sich nach der Abfuhr in der Küche auch eine bei meinen Eltern geholt hat.

Wenn ich verschwinde, wird er mich vergessen und sie in Ruhe lassen. Und außerdem ... wenn er es noch mal versuchen würde, mich erneut berühren würde, das könnte ich nicht ertragen.

Nun, da die Entscheidung getroffen ist, geht alles ganz schnell. Ich werde mich verwandeln, als Reh bin ich schneller und kann mich im Wald besser tarnen. Aber es bedeutet auch, dass ich kein Gepäck mitnehmen kann. Sei's drum.

Entschlossen gehe ich hinüber zu meiner Kleiderkiste. Ganz unten liegen die Holzpantoffeln, die Vater mir zu meinem letzten Jahrestag geschnitzt hat. Die Rosen darauf hat Mutter gemalt, und ich trage sie sonst nur an Feiertagen.

Ich ziehe meinen besten Rock an und eine Bluse, die noch nicht ganz fadenscheinig geworden ist.

Fehlt nur noch eines. Ich krame einen Kohlestift aus einer Kiste unter meinem Bett und knie mich vor den Hocker. Mit den Fingern ziehe ich die Umrisse der beiden Löwenmäulchen nach und spüre, wie sich Tränen in meinen Augen sammeln. Sie werden es verstehen und nicht nach mir suchen. Hoffentlich.

Ich drehe das Blatt um und beginne zu schreiben. Erst zögerlich, dann immer rascher, um es hinter mich zu bringen.

Habt keine Angst, mir geht es gut.
Ich lasse von mir hören und schicke euch bald Geld.
Es ist besser, ihr wisst nicht, wo ich bin.
Ich danke euch für alles.
In Liebe
Eure Rahel

Es bricht mir das Herz, aber es geht nicht anders. Ich darf sie nicht in Gefahr bringen. Die beiden haben mich aufgenommen, als ich in ein paar Tücher gewickelt in einem Korb auf ihrer Schwelle lag. Nur ein paar Zeilen auf einem Blatt Papier haben sie vorgewarnt, dass ich mich irgendwann in ein Tier verwandeln werde und vor den Schergen des Königs beschützt werden muss. Ich hätte mir keine besseren Eltern wünschen können … Und gerade darum muss ich jetzt fort.

Ich wage nicht, mich wieder in die Küche zu schleichen und den Brief auf den Tisch zu legen, denn falls sie das wecken sollte, würden sie um jeden Preis versuchen, mich aufzuhalten. Eilig puste ich die Kerze aus, raffe den Rock und klettere aus dem Fenster.

Über meinem Kopf spannt sich das Band aus Sternen, fast so hell wie die Mondsichel, die ein Stück darunter hängt.

Mitternacht ist nicht mehr weit. Vor mir liegt noch eine lange Nacht. Kaum bin ich um das Haus herum gelaufen, befällt mich ein ungutes Gefühl. Ich spüre es zwischen meinen Schulterblättern. Wie heute nach der Hinrichtung, als mir der Richter hinterherstarrte. Und Severin.

Auf dem Weg bleibe ich stehen, blicke mich um und lausche. Rings um mich bleibt es still.

Ich laufe weiter, doch das Gefühl verschwindet nicht. Jemand ist hinter mir, ich fühle es. Ohne mich umzudrehen, fange ich an zu rennen, fliehe in den Wald hinein und tauche in die dunklen Schatten. Im Schutz eines Brombeergestrüpps verwandle ich mich und mache mich ganz klein. Der Wind weht in die falsche Richtung, trägt Gerüche und Geräusche von mir weg statt zu mir her. Doch ich kann nicht warten, bis er sich dreht. Sobald meine Beine mir gehorchen, richte ich mich auf und bahne mir meinen Weg durch das dichte Unterholz. Nach Süden. Als ich einige Stunden später den Waldrand erreiche, steht der Morgenstern bereits am Südhimmel. Das bedrohliche Gefühl ist endlich verschwunden, und ich atme auf. Entkommen. Vorerst.

»Genug!« König Enriks Stimme schnitt durch die stickige Luft des Stalles wie heißer Stahl durch Butter. »Er befolgt lediglich Unseren Befehl.«

Prinz Gisir presste die Kiefer aufeinander, doch er vermochte dem Blick des Königs nicht standzuhalten. Langsam senkte er den Arm, und die Schnur der Peitsche fiel kraftlos auf das Stroh zu seinen Füßen, blutige Spuren hinterlassend.

»Wo ist es?«, quetschte er zwischen den Zähnen hervor, »wo ist das Pferd, nach dem ich verlangt habe?« Der Prinz schleuderte die Peitsche zu Boden, und sie schlitterte an seinem Vater vorbei bis vor die Knie des Stallburschen, der hinter dem König kauerte. Er hielt beide Hände über den Kopf, sein Hemd war am Rücken und an den Armen mit zahlreichen blutigen Striemen überzogen.

»Dein Pferd?« König Enrik wies mit dem Kinn auf eine leere Box. »Es stand dort links. Bis vor drei Tagen.«

»Wenn Ihr das Pony meint, Vater, ich bin zwölf und zu alt für diesen Kinderkram.« Er bohrte die Hacken seiner Reitstiefel in das Stroh. »Außerdem ist es nicht mehr da. Soll ich etwa zu Fuß auf die Jagd gehen?«

»Das neue ist schon unterwegs, Gisir«, entgegnete König Enrik ungerührt. »Bis zur Jagd nächste Woche bleibt dir ausreichend Zeit, dich mit ihm vertraut zu machen.«

»Wieder ein Pony?«

Der König nickte. »Eine andere Rasse und somit eine Handbreit höher als das letzte.«

Gisir ballte die Fäuste. »Soll ich als der Erbe des Reiches wiederum hinter meinen Jagdgefährten herzockeln? Kein einziges Wild haben wir erlegt, dank des lahmen Kindergauls unter meinem Sattel.«

Enriks grau melierte Brauen wanderten einen Fingerbreit nach oben. »Mäßige deinen Ton, Gisir. Solange du kein würdiger Reiter bist, wird niemand im Schloss eines Unserer Pferde für dich satteln.«

»Ein *würdiger* Reiter?« Gisir schnaubte. »Seit ich sechs bin, hat mich kein Pony mehr abgeworfen!« Er hob die Peitsche wieder auf und ließ sie auf den Boden knallen, dass der Stallbursche zusammenzuckte und wimmerte. »Lasst mir ein paar Tage Zeit, und ich breche jedes Pferd, dass es mir gehorcht wie ein Lamm.«

König Enrik seufzte. »Gisir, genau das ist das Problem. Wir haben nicht Jahre und Truhen voll Gold eingesetzt, um die wertvollsten Pferde des Reiches in Unserem Stall zu versammeln, damit du sie zugrunde richtest wie deine Ponys.« Er zählte stumm an seinen Fingern bis acht. »Seit deinem sechsten Lebensjahr haben Wir dir gesunde Ponys geschenkt, eines nach dem anderen. Und eines nach dem anderen mussten Wir nach wenigen Monaten dem Abdecker übergeben, weil du sie zuschanden geritten hast. Das letzte Tier hatte bereits Maden in den von deinen Sporen eingerissenen Flanken, die nie richtig heilen konnten. Du wirst Unsere edlen Rösser nicht berühren, ehe du gelernt hast, fehlerlos zu reiten, ohne deinem Pony zu schaden.«

Er suchte auf dem Gesicht des Sohnes nach einem Zeichen, dass dieser begriffen hatte, wovon er sprach, doch sein Blick traf nur auf Unverständnis und Zorn. König Enrik schloss kurz die Augen und rieb sich die Stirn. »Adelind, hilf mir«, murmelte er kaum hörbar. »Wenn deine Mutter noch lebte, müssten wir diese Unterhaltung nicht führen …«

»Mein König.« Ivald, der bis zu diesem Moment am Eingang des Stalles gestanden hatte, trat vor und verbeugte sich tief vor Enrik.

»Was wollt Ihr?«, fragte der König unwirsch.

»Ich bitte Eure Majestät um die Gelegenheit, einige Worte mit dem Prinzen wechseln zu dürfen.«

»Es sei Euch gestattet«, stimmte der König zu und winkte den Stallmeister herbei, der vor der Tür zur Sattelkammer stand. »Zeige Er mir, welche Unserer prachtvollen Rösser Er für den Sechsspänner ausgewählt hat!«

Während der Stallmeister den König unter vielen Bücklingen in den hinteren Teil des Stalles führte, wies Ivald den Stallburschen an, sich im Schloss vom Heiler versorgen zu lassen. Allein mit dem Prinzen, räusperte sich Ivald und bat um Verzeihung. »Hoheit, ich habe Euch gelehrt, wie Ihr mit Beharrlichkeit und Stärke Eure Ziele erreichen könnt. Ihr wart ein solch gelehriger Schüler, dass selbst die Generäle Eures Vaters voll des Lobes für Euch sind, und das in Eurem Alter.« Er zog ein Tuch aus der Tasche und wischte sich die feuchte Stirn. »In meiner Freude über Eure Fortschritte habe ich einen schweren Fehler begangen.«

»Und der wäre?«

Der Zwerg legte die Fingerspitzen aufeinander und seufzte. »Ich habe leichtsinnigerweise darauf vertraut, dass Eure Kindermädchen und Eure Benimmlehrer Euch das richtige Verhalten für jene Situationen zeigen, für welche Gewalt nicht das passende Instrument ist. So aufbrausend und herrisch, wie Ihr jetzt seid, könnt Ihr viele Ziele nicht erreichen. Ihr müsst Maß, Vernunft und gesellschaftliche Finesse ebenso verinnerlichen. Nicht immer ist es ratsam, zu äußern, was man denkt, und auf seinem Willen zu bestehen. Es gibt andere Wege zu bekommen, wonach Euch verlangt, mein Prinz.«

Gisir zog eine seiner hellen, fast farblosen Brauen hoch. »Das heißt, die Wege der Schwächlinge?«

Ivald drehte die Handflächen nach oben. »Nennt es, wie Ihr wollt, mein Prinz. Gebt mir drei Monate Zeit, in denen Ihr meine Anweisungen befolgt, ohne zu murren und zu trotzen, und ich verspreche Euch, Ihr werdet danach nie wieder auf einem Pony auf die Jagd reiten müssen.«

Gisir legte seine Stirn in Falten. »Bislang habt Ihr mich noch nie absichtlich getäuscht, Meister Ivald«, sagte er langsam. »Wie lautet Euer Rat?«

»Schnallt bitte Eure Sporen ab und gebt sie mir, Hoheit.«

Der Prinz schluckte, bückte sich und tat, wie der Zwerg ihm geheißen hatte.

»Hier!« Er warf die Sporen Ivald vor die Schuhspitzen. »Und jetzt?«

»Eure Peitsche und die Zusicherung, dass Ihr Euer neues Pony drei Wochen lang nur in meiner Begleitung reiten werdet.«

Daran hatte Gisir deutlich länger zu kauen. Er zog die Peitschenschnur durch seine Finger, sodass die Blutreste rote Spuren auf seiner Haut hinterließen, ehe er sie Ivald zuwarf.

»Drei Monate und keinen Tag mehr«, sagte er mit Blick auf die Köpfe der edlen Rösser seines Vaters. »Enttäuscht mich nicht, Ivald. Sollten Eure Methoden für Schwächlinge versagen …«, der Prinz zerrieb betont langsam Krümel getrockneten Blutes zwischen seinen Fingerspitzen, »beschafft Ihr mir persönlich eine neue Peitsche. Eine mit Widerhaken.«

DAS ROSENSCHLOSS

Ich bin dankbar für den kühlen Schatten der Bäume und froh, wieder als Mensch unterwegs zu sein. Die letzten vier Tage waren mir eine Lehre. Als Reh ist es nicht ratsam, an Feldern vorbeizuschleichen. Dass die Bauern uns nicht mögen, war mir klar. Dass sie mich aber mit Mistgabeln in den Händen verfolgen würden, sobald ich ihren kostbaren Rüben oder Krautköpfen zu nahe komme, damit hätte ich nicht gerechnet.

Mein Magen knurrt schon wieder. Nach vier Tagen Rehdiät aus Beeren, rohe Pilzen, Kräutern und Gras wäre ich zutiefst dankbar für einen Teller heiße Suppe und zwei, drei dicke Scheiben Brot.

Bisher habe ich mich allerdings ganz gut geschlagen, finde ich. Nach den ersten Begegnungen mit wütenden Bauern war ich klug genug, um jedes Dorf einen weiten Bogen zu machen. Und zum Glück sind mir weder Bären noch Wölfe über den Weg gelaufen. Und keine Jäger.

Vor mir liegt der letzte Abschnitt meiner Reise, der Schlosswald, der den Park und das Schloss wie ein breiter, dunkler Ring umgibt. Er ist ganz anders als der Wald bei Weißrosen. Hier wachsen mehr Eichen, Ulmen und auch Linden. Er riecht weniger nach Blüten und Kräutern, dafür modriger. Und nach Wildschweinen.

In der Nähe klopft ein Specht, und etwas dahinter gluckert ein Bach.

Nach einer weiteren Stunde wird der Wald lichter, und ich sehe das helle Grün des Parks zwischen den Stämmen durchblitzen. Am Waldrand angekommen, bleibe ich stehen und atme tief ein. Süß, sehr süß duftet es, nach Astern, Margeriten und vor allem nach Rosen. Nicht umsonst wird der Königspalast im ganzen Reich auch das »Rosenschloss« genannt.

Weiße Kieswege führen von kleinen Teichen zu Pagoden, rings um Springbrunnen und Statuen, entlang an Blumenrabatten und quer durch kleine Birkenhaine, verschwinden hinter hohen Hecken und kreuzen immer wieder die breite Straße, die pfeilgerade auf das Schloss zuführt.

Vom eigentlichen Schloss sehe ich lediglich die vier Türme des Mittelteils über die hohe Mauer ragen.

Ich brauche zwanzig Minuten, bis ich in Sichtweite des Tores bin. In alten Zeiten, heißt es in den Büchern, waren die weitläufigen Schutzmauern überzogen mit rankenden Rosen, und die Tore standen Tag und Nacht offen, damit Menschen jederzeit Schutz und Hilfe suchen konnten. Jetzt blitzen die Schutzmauern wie frisch gekalkt, und vor dem Tor stehen zwei Wachen in Kettenrüstungen mit gefährlich aussehenden, langstieligen Waffen.

Ich ziehe mich hinter einen blühenden Busch zurück, stecke meinen Zopfknoten fester, klopfe den Staub aus meinem Rock und zupfe die Spitzen an meinen Ärmeln zurecht. Meine Hände sind schweißnass, und meine Wangen brennen. »Ruhig bleiben«, rede ich mir selbst gut zu.

Mein Blick wandert über die Mauer zu einem der Turmfenster, in dem sich die Mittagssonne spiegelt. Für einen Augenblick schließe ich die Augen. Ganz gleich, was jetzt passiert, ich kann nicht zurück. Nicht, solange Jerome hinter mir her ist und ich nicht weiß, ob und wer ihm die Rehgeschichte glaubt. Und etwas Gras über die Sache mit den Löwenmäulchen wachsen zu lassen, ist vermutlich auch nicht die schlechteste Idee.

Ein letztes Mal atme ich tief durch, dann trete ich hinter dem Busch hervor und marschiere lächelnd auf das Tor zu.

»Eugenia, du bist dir wirklich sicher, dass es richtig war, Gisirs Antrag anzunehmen?«

Die dunkelhaarige junge Frau auf dem gepolsterten Stuhl nickte entschlossen und hob den Spiegel eine Handbreit höher, ehe sie mit einem feinen Pinsel rosa Puder auf die Wangen tupfte. »Ja, Ekarius, Vater, das bin ich. Versucht bitte nicht, es mir jetzt noch auszureden.«

Der rundliche Mann seufzte und wischte sich mit einem Tuch über die Halbglatze. »Es geht nur alles so schnell. Gestern erst wurde verkündet, dass du seine Erwählte bist, und heute feiert ihr schon Verlobung.«

Eugenia lächelte ihrem Spiegelbild zu. »So war es doch vorgesehen. Weshalb all die Gäste ein zweites Mal anreisen lassen? Für die Verkündung der Gewinnerin der Brautwahl sind doch ohnehin alle schon vor Ort.« Sie drehte sich herum und musterte ihren Ziehvater. »Was liegt Euch sonst noch auf dem Herzen?«

Ekarius druckste herum. »Ich … ich habe mich umgehört.«

»Bei wem? Dem Gesinde? Diesem sonderbaren Ivald?«

»Bitte, Kind«, Ekarius legte den Zeigefinger auf die Lippen, »sprich nicht in diesem Ton über den engsten Ratgeber des Königs.« Er zog einen zweiten Stuhl vor die Kommode, setzte sich und seufzte. »Ich habe mit den Vätern und Müttern jener Damen gesprochen, die neben dir noch das Vergnügen hatten, beim Wettstreit um die Gunst des Prinzen mit ihm zu tanzen, spazieren zu gehen, sich zu unterhalten.«

Eugenia ließ den Pinsel sinken, und ein kleines Lächeln kräuselte ihre vollen Lippen. »Und, was wussten sie zu berichten?«

»Nun«, Ekarius nestelte am Ausschnitt seiner Tunika, als wäre sie ihm zu eng, »jeder Einzelnen ist er beim Tanzen auf die Füße getreten. Mehrfach.«

»Meine Tanzschuhe können auch ein Lied davon singen. Das schreckt mich nicht.«

»Er hat sicher nie ein Buch von vorne bis hinten gelesen, und man kann sich mit ihm auch nicht über Musik, Kunst oder Gärten unterhalten. Seine einzigen Themen sind Pferde, militärische Drills, Manöver, Waffen und …«

»Die Jagd«, ergänzte Eugenia. »Darüber unterhielten wir uns bereits ausgiebig. Und über das Wetter. Wir werden schon noch andere Themen finden.« Sie rückte die filigrane Kristallkette zurecht, die im Fackelschein funkelte und den Blick auf ihren anmutigen Hals zog. »Ekarius, ich war heute Morgen in der Bibliothek.«

Sein Kopf ruckte hoch. »Allein?«

»Nein, zusammen mit dem Prinzen und diesem Ivald. Vater, habt Ihr je zuvor etwas über dieses ›Volk unter dem Berge‹ gehört, von dem er behauptet abzustammen?«

»Hmm …« Er runzelte die hohe Stirn. »Vor langer Zeit vielleicht. Ich erinnere mich nicht mehr richtig. Ich dachte eigentlich, es sei nur eine Legende. Wenn ich zu Hause bin, sehe ich in meinen Büchern nach.«

»Nicht so wichtig.« Sie senkte die Stimme zu einem Flüstern. »Ich konnte einen Blick in die Ecke werfen, welche Ihr mir beschriebt.«

Ekarius beugte sich noch weiter vor. »Und?«, hauchte er.

»Ein Regal steht davor und ein Tisch, auf dem sich die Bücher türmen. Ihr solltet den Saum meines blauen Samtrockes sehen … als wäre ich durch einen See aus Staub gewatet.«

»Das alte Versteck ist also wirklich nicht entdeckt worden?«

Sie deutete ein Kopfschütteln an, achtete dabei aber sorgsam darauf, dass ihr Smaragddiadem, das Verlobungsgeschenk des Prinzen, nicht verrutschte.

»Es sieht nicht danach aus«, bekräftigte sie seine Vermutung. Ich glaube, dort war seit Jahren niemand mehr. Papa war wohl der Letzte, der es geöffnet hat. Dummerweise betrachtet dieser Ivald die Bibliothek praktisch als sein Eigentum. Ich werde zunächst sein Vertrauen gewinnen müssen, damit ich mich dort allein aufhalten darf. Und wer weiß, wie lange es dann noch dauert, bis ich den Öffnungsmechanismus enträtselt habe.«

Ekarius nickte. »Nataniel hat mir dafür leider keinen Hinweis hinterlassen. Dein Blutsvater war immer sehr vorsichtig, Eugenia.«

»Nicht vorsichtig genug«, murmelte sie und schluckte. »Hoffen wir, dass die restlichen der ›Vergessenen Schriften‹ wirklich dort verborgen sind.«

Dann straffte sie die Schultern. »Gebt mir ein bisschen Zeit, Vater«, sagte sie wieder in normaler Lautstärke, »und ich werde dem Prinzen auch die Schönheit der Poesie nahebringen, die Ihr mich gelehrt habt. War das alles, oder sind Euch noch weitere Gerüchte untergekommen?«

»Keine Gerüchte. Tatsachen, Eugenia. Leider. Drei der jungen Damen hatten blaue Flecken an Armen und Handgelenken von seinen groben Griffen. Das ist es, was mir die größte Sorge bereitet.«

Eugenia zupfte die Spitzen an ihren Handgelenken zurück. »Wie Ihr seht, habe ich nichts dergleichen abbekommen. Er war mir gegenüber stets sehr höflich.« Sie strich sich mit dem Zeigefinger über die Unterlippe. »Und die kleine Wunde ist längst verheilt.«

»Hat er dich etwa geschlagen?«

Sie lachte warm. »Nein, Seine Hoheit war nur etwas zu stürmisch bei unserem ersten Kuss.«

»Ihr habt euch schon geküsst? Davon hast du mir gar nichts erzählt.«

»Weil Ihr Euch wieder unnötig Sorgen gemacht hättet.« Eugenia erhob sich und trat ans Fenster. Die Sonne war vor Kurzem untergegangen. Draußen im Burghof wurden rings um den großen Springbrunnen schon die ersten Ferkel über dem Feuer gedreht.

Vertreter der Zünfte, Kaufleute, Dorfrichter und Stadträte sowie Dorfsprecher waren geladen, die Verlobungsfeier des Prinzen mit Speis, Trank und Tanz zu begehen. Während der Adel im Schloss feiern sollte, hatte man für die einfachen Bürger Schlafzelte und Essensstände aufgebaut. Bald würden die ersten Gäste eintreffen, und es konnte nicht mehr lange dauern, bis man Eugenia als künftige Königin in einer feierlichen Zeremonie in den großen Ballsaal geleiten würde.

Sie stand gedankenverloren am Fenster und schien Eukarius' Warnungen zu überdenken. In dessen Blick mischten sich Stolz und Sorge gleichermaßen, als er sie in ihrer neuen königlichen Pracht betrachtete. Eugenias schlanke Gestalt strahlte Würde aus, und ihre Natürlichkeit und schlichte Eleganz hatten schon während des Wettkampfs alle Blicke auf sich gezogen. Nicht nur die des Prinzen. Dennoch schluckte Ekarius schwer, während sich Eugenia ihm wieder zuwandte.

»Der Prinz ist eben ein Soldat und kein gelackter Höfling.« Sie breitete die Arme aus und drehte sich übermütig vor dem Fenster im Kreis, als wolle sie damit auch die letzten Zweifel aus der Welt fegen. Der Rock des hellblauen Kleides, welches extra für die heutige Verlobungsfeier von der besten Schneiderin bei Hofe aus feinster Seide gefertigt worden war, bauschte sich um ihre Knöchel. Die aufgestickten silbernen Blüten passten perfekt zu den Schmucknadeln in ihrem Haar. Sie wirkte wie die Anmut selbst, als sie so unbeschwert durch den Raum schwebte und dann übermütig vor Ekarius haltmachte.

»Ich werde Prinz Gisirs Frau, auch wenn sein *Meister* Ivald dem König gegenüber angedeutet hat, als Tochter eines einfachen Barons wäre mein Blut nicht vornehm genug für den Thron.«

»Vergiss nie, wessen Sohn Gisir ist, und versprich mir, dass du immer vorsichtig sein wirst.« Seine hellgrauen Augen hielten ihren Blick fest. »Und dass du dich an mich wendest, wenn du Hilfe brauchst.«

»Vater, er hat mir gesagt, dass er mich liebt und keine andere an seiner Seite haben möchte. Wir haben alles richtig gemacht.«

Er stand auf und trat an ihre Seite. »Ach, Kind, alles, was ich gemacht habe, ist, dir nicht im Weg zu stehen bei deinen Plänen. Mir war von Anfang an nicht wohl dabei.«

»Und wer hat mir dieses freche Frühlingslied gezeigt, wo der Schafhirte und der Edelmann um das Bauernmädchen wetteifern?« Sie zwinkerte ihm zu.

»Es war deine wunderbare Altstimme, die den Prinzen angezogen hat, und nicht der Text«, sagte er und blickte leicht verlegen zur Seite.

Als er sie wieder ansah, war sein Blick ernst. »Was ist denn mit dir?«, fragte er leise. »Liebst du ihn, oder ist das lediglich ein Teil dieses irrwitzigen Plans? Du weißt, ich würde dir nie verbieten, deinem Herzen zu folgen, und du hattest so viele Freier. Das Einzige, was ich mir für dich wünsche, ist, dass du glücklich wirst. Und glaub mir, ein Leben kann lang sein mit einem Menschen an der Seite, dem man nicht in Liebe verbunden ist.«

Eugenia spielte mit einem der silbernen Zierbänder, die in ihre weiten Ärmel geflochten waren. »Ihn lieben?« Sie hob die Schultern. »So wie sich meine Blutseltern geliebt haben oder Kilian und Jonata?«, fragte sie mit gesenkter Stimme und schüttelte sacht den Kopf. »Weder bete ich ihn an, noch bin ich blind für seine Fehler.«

Sie hielt einen kurzen Moment inne und suchte nach den richtigen Worten, um ihren Gefühlen Ausdruck zu verleihen. »Prinz Gisir fasziniert mich. Wo andere mir Gedichte schrieben, voll blumiger und doch leerer Phrasen, ist er direkt, stürmisch, unbeholfen, wie ein Welpe, der gefallen und spielen will.«

Sie umarmte Ekarius vorsichtig und gab ihm einen Kuss auf die Wange. »Habt Dank, Vater, doch Ihr müsst Euch nicht um mich sorgen. Ich zähle nun schon neunzehn Winter. Die meisten meiner Freundinnen sind bereits lange vermählt. Ich bin alt genug, um zu wissen, was ich will, und bin bereit, dafür zu kämpfen. Unser Reich wird sich wieder zu dem wandeln, was es vor dem Umsturz gewesen ist.«

Ekarius sah nicht sehr überzeugt drein. »Du weißt, was ich von diesem Teil des Plans halte, Eugenia. Dein Blut allein ist keine Garantie dafür, dass euer Kind die alte Macht des Rosenthrons erwecken kann.«

Es klopfte an der Tür.

»Lady Eugenia, sie erwarten Euch«, tönte es halblaut durch das dunkle Holz.

»Ich komme.« Sie warf noch einen letzten Blick hinab auf den Hof, wo die Freudenfeuer loderten. »Egal, wer oder was sich mir in den Weg stellt, ich werde mein Glück finden.« Im Vorbeigehen neigte sie sich zu ihrem Ziehvater und flüsterte: »Vielleicht müssen wir gar nicht so lange warten, und es reicht allein die Liebe, Gisirs Liebe zu mir, damit sich alles zum Besseren wendet.«

Als sie die Tür öffnete, stand sie Ivald gegenüber. Der Zwerg war in eine prächtige purpurne Robe gekleidet, einige Schattierungen heller als der Königspurpur, der Enrik allein vorbehalten war. »Seid Ihr bereit, Lady Eugenia?«, fragte er leicht ungeduldig. »Seine Majestät hat schon zwei Mal nachschenken lassen.«

Sie neigte den Kopf. »Das bin ich, Ratgeber Ivald.«

Seine Stirnfalten glätteten sich ein wenig. »Nun gut, dann folgt mir.«

Ekarius schloss sich den beiden an. Links und rechts vor der Tür hatten zwei Wachsoldaten gewartet, die sie nun in die Halle geleiteten. Anders als bei den sonstigen Wachen im Schloss verdeckten die schwarz lackierten Teile ihres Helmes Nasen und Wangenknochen, sodass ihre Gesichter nicht zu erkennen waren. »Die Spezialgarde des Königs«, sagte Ivald, noch ehe Ekarius eine Frage stellen konnte, »ausgewählt zum Schutz des Prinzen und seines Eigentums.«

Da Ekarius hinter seiner Ziehtochter schritt, konnte er nicht sehen, wie die freudige Hoffnung auf ihrem Gesicht kurz vorsichtiger Besorgnis wich, ehe sie ihr Kinn hob und von Neuem lächelte, ganz das Bild einer strahlend schönen, königlichen Braut.

»Was haben wir denn da für ein abgerissenes Ding?«, spottet der jüngere der beiden Wachsoldaten. Sein älterer Kollege kichert in den ergrauten Bart.

Ich spüre, wie mir das Blut in die Wangen schießt.

Ich trete noch einen Schritt näher, doch keiner der beiden macht Anstalten, seine Waffe zu heben.

»Mein Name ist Rahel. Ich stamme aus Weißrosen, habe einen

langen Weg hinter mit und möchte ins Schloss«, sage ich, so ruhig ich kann, und drücke den Rücken durch, um größer zu wirken.

Während der jüngere lediglich den Kopf schüttelt, kratzt der ältere Wachsoldat sein bärtiges Kinn. »Kleines, du bist zu früh dran. Die Brautwahl ist erst in zwei Wochen. Sie haben noch nicht mal die Zelte für deinesgleichen aufgebaut. Und ehrlich, mal unter uns, wenn sie dich so sehen, schicken sie dich gleich wieder heim.«

Ich brauche einige Augenblicke, um zu begreifen, worauf er hinauswill. »Meinesgleichen«, das sind wohl die einfachen Mädchen, die kein »von« im Namen tragen. Die *Vons* dürfen wohl im Schloss selbst nächtigen und speisen, wir aus dem Volk schlafen und essen außerhalb der Mauern. Das wird Gisela wenig gefallen. Ob ich ihr begegnen werde, wenn sie zur Brautwahl kommt? Hoffentlich nicht. Überhaupt hatte ich diese ganze Brautwahlsache schon fast wieder verdrängt. Bei all den vielen Mädchen aus dem Reich werden sicher welche dabei sein, die noch schöner sind als Gisela. Wenn die alle so darauf aus sind, den Prinzen für sich zu gewinnen, wie Gisela, gibt es bestimmt Mord und Todschlag. Was bin ich froh, nicht mit diesen bissigen Stuten zusammengepfercht zu werden und mit ihnen um das Herz des Prinzen kämpfen zu müssen. Ich kann nicht verhindern, dass sich bei dem Gedanken daran ein kleines Lächeln auf meine Lippen schleicht. Am Ende wird ja doch eine der Vons gewinnen. Vielleicht bringt diese Niederlage Gisela wieder zur Vernunft.

Einer der beiden Wachsoldaten räuspert sich hörbar und reißt mich aus meinen Gedanken. Die beiden sehen mich fragend an. Offenbar wundern sie sich, warum ich noch immer vor ihnen stehe.

»Wegen der Brautwahl bin ich nicht gekommen, ich bin erst fünfzehn. Ich suche Arbeit. In der Küche werden derzeit flinke Hände gesucht, habe ich gehört. Ich habe in Weißrosen als Küchenmädchen für Meister Herkant gearbeitet. Er ist ein alter Freund von Meister Reinald.«

Das ist jetzt reine Vermutung und das Alter glatt gelogen. Ich kann nur hoffen, dass es ausreicht und sie mich passieren lassen. Die beiden Soldaten wechseln einen Blick, und der ältere hebt die Schultern. »Nun, das ist Sache von Meister Reinald. Wir gewähren dir Zutritt, aber wenn er dich abweist, musst du das Schloss sofort wieder verlassen, verstanden?«

Ich beeile mich zu nicken und dabei nicht zu erleichtert auszusehen, woraufhin sie mir das Tor einen Spaltbreit öffnen, gerade so weit, dass ich mich hindurchzwängen kann.

»Die Küche hat einen eigenen Eingang im Dienstbotentrakt, hinter dem alten Ziehbrunnen!«, ruft der bärtige Wachsoldat noch durch den Spalt, ehe sie zu zweit das schwere Tor wieder zuziehen. Ungewollt kommt hier niemand herein, so viel steht fest. Die erste Hürde habe ich genommen.

Ein paar Schritte vom Tor entfernt bleibe ich erst mal stehen und blicke mich um. Das Rosenschloss sieht noch viel beeindruckender aus als auf den Zeichnungen in den Schulbüchern.

Vor mir liegt ein rechteckiger Platz, der mich an unseren Dorfanger erinnerte, nur, dass dieser wohl dreimal hinein gepasst hätte. Er ist mit unterschiedlich farbigem Granit gepflastert. Wenn man vom Schloss aus darauf blicke, so heißt es, ergäben die roten und die grünen Steine ein Rosen-Ranken-Muster. Im Zentrum steht ein mächtiger Springbrunnen. In der Mitte des Marmorbeckens sprudelt Wasser aus goldenen Rosen, die sich um eine große Marmorstatue ranken. Das Gesicht der Statue ist von feinen Rissen durchzogen, und Vögel haben ihre Spuren auf dem Schwert in ihrer Hand hinterlassen. Ich gehe um den Brunnen herum und bewundere die Blüten. Keine sieht genau aus wie die andere, sie wirken zart und zerbrechlich, obwohl sie aus Metall geschmiedet sind. Welch ein Meisterstück! So schmutzig, wie ich mich nach der Reise fühle, kremple ich mir die Ärmel der Bluse hoch und tauche die Hände in das wunderbar kalte Wasser. Da ich keine Seife zu Hand habe, kann ich nicht mehr tun, als mich notdürftig zu richten und die Gelegenheit zu nutzen, mich weiter umzusehen. Es ist einfach überwältigend.

Auf der linken Seite des Hofes stehen sechs zweistöckige Bauwerke mit Mauern aus rosafarbenem Marmor. Die hohen Fenster sind mit weißem Stuck verziert. Ich erkenne Rosen, kleine Vögel und Ranken. So vornehm wirkt alles, und doch verraten die Zunftzeichen über den Türen, dass sich dahinter eine Schmiede, eine Wäscherei, eine Bäckerei, eine Schreibstube und ein Heilerhaus verbergen. Die rechte Seite des Platzes nimmt die Fassade einer ebenfalls zweistöckigen Schlosskaserne ein. Deren weiß gekalkte Mauern wirken sehr nüchtern, verglichen mit den prunkvollen Häusern gegenüber, und die Fenster sind viel kleiner. Doch die gold und schwarz gestrichenen Fensterrahmen und die schwarzen Fensterläden mit je einer vergoldeten Krone in der Mitte geben dem Gebäude eine königliche und gleichzeitig leicht bedrohliche Ausstrahlung.

Und doch ist es der Mitteltrakt des Schlosses, von dem ich die Augen kaum wenden kann. Vier quadratische Türme bilden die Ecken des vierstöckigen Baus. Auf ihren spitzen blauen Türmen flattern schwarze Fahnen. Auch auf dieser prangt das Wappen des Königshauses, die goldene Krone.

Jedes der elegant gebogenen Fenster wird von Stuckranken und -rosen eingerahmt. Jeweils links und rechts ist ein dreistöckiger Seitentrakt angebaut worden. Die gesamte Breite des Schlosses übertrifft somit die des Platzes inklusive der Fachwerkhäuser und der Kaserne. Wie viele Menschen wohl darin wohnen und arbeiten?

Während beim linken Anbau und beim Mitteltrakt vergoldete Dachschindeln in der Sonne blinken, sind sie auf dem rechten Anbau lediglich versilbert. Im mittleren Herzteil des Schlosses befinden sich die Gemächer der königlichen Familie und die offiziellen Räumlichkeiten. So viel weiß ich noch aus den Büchern unserer kleinen Schulbibliothek. Da der linke Trakt die gleichen wertvollen Schindeln trägt, wohnen dort sicher die Ratsmitglieder und andere hochrangige Adelige. Also bleibt der rechte für die Dienstboten. Während ich den Blick nur schwer von der mich umgebenden Pracht abwenden kann, schlage ich langsam diese Richtung ein. Kaum biege ich um die Ecke der Kaserne, stehe ich auch schon vor dem Ziehbrunnen, von dem der Wachsoldat gesprochen hat. Dahinter führen drei Stufen zu einer grün gestrichenen Türe. Ich streiche den Rock glatt und stecke eine lose Haarsträhne hinter das Ohr. Dann greife ich nach dem Ring des Türklopfers und lasse ihn zweimal fallen. Nichts passiert, obwohl ich bestimmt zehn Atemzüge lang davor ausharre, während mir mein Herz bis zum Hals schlägt.

Ich will schon ein drittes Mal klopfen, da knirscht es im Türschloss. Als die Tür sich schließlich mit einem leisen Quietschen öffnet, stehe ich einer älteren, stämmigen Frau in blauem Kleid und grauer Schürze gegenüber. Sie hat die Arme vor ihrem üppigen Busen verschränkt und mustert mich aus wachen Augen.

»Was willst du?« Sie sieht mich fragend an. Ihr Tonfall ist bestimmt, aber nicht unfreundlich.

»Mein Name ist Rahel. Ich bin fünfzehn, und ich suche Arbeit«, erwidere ich und deute hastig einen Knicks an, »... als Küchenmädchen. Ich habe für Meister Herkant in Weißrosen gearbeitet und möchte fragen, ob zur Brautschau hier vielleicht eine Stelle frei ist.«

Sie mustert mich. »Meister Herkant, sagst du?«, brummt sie schließlich. »Warte hier!«

Die Türe fällt ins Schloss, und ich starre auf den Ring des Klopfers, während meine Gedanken durcheinanderwirbeln. Was, wenn sie schon genug Küchenhelfer haben? Meine Kleidung zu abgerissen ist? Meister Reinald sich nicht an Meister Herkant erinnert?

Die Zuversicht, mit der ich meine Reise angetreten hatte, erscheint mir mit einem Mal entsetzlich naiv. Ich trete von einem Bein aufs andere, schlinge meine Finger ineinander und drücke sie, bis es wehtut. Wie immer, wenn ich nervös bin oder angestrengt nachdenke, ziehe ich die Unterlippe zwischen die Zähne und knabbere darauf herum. Ich werde in dieser Küche arbeiten, sage ich mir immer wieder aufs Neue, und wenn ich es für einen Strohsack und einen Teller Suppe tun muss.

Nach einer kleinen Ewigkeit öffnet sich die Küchentür, und ein rundlicher Mann mit schlohweißen Haaren steht im Rahmen.

»Meister Reinald?«, frage ich und knickse.

»Deine Hände«, sagt er statt einer Antwort. »Ich will sie sehen.«

Ich schlucke. »Hier.« Hastig wische ich sie an meinem Rock ab und strecke sie ihm hin. Er nimmt sie, dreht sie, befühlt meine Schwielen, kontrolliert die Nägel.

»Gut«, murmelt er, und ich weiß nicht, was er damit meint. Sein Blick wandert über mein Gesicht. »Herkant, sagst du? Von dem habe ich schon ewig nichts mehr gehört. Mischt er immer noch Kümmel unter seinen Rosenkohl?«

Kümmel? Ich schüttle entsetzt den Kopf. »Honig. Er würzt die Brühe stets mit einem kleinen Löffel Honig und schmeckt sie mit Sahne ab.«

»Wusste ich es doch!« Reinalds Augen blitzen triumphierend. »Mein Rezept …« Er legt den Kopf leicht schief und runzelt die Stirn. »Weshalb hat er dir kein Empfehlungsschreiben mitgegeben? War er nicht zufrieden?«

»Das nicht, aber …«, ich schaue ihm offen in die Augen, »ich habe ihm nicht gesagt, dass ich hier bei Euch Arbeit suchen will. Meine Eltern kommen kaum über die Runden, und es heißt, dass im Schloss mehr bezahlt wird als in den meisten Wirtshäusern. Und dann habe ich den Aufruf des Königs gelesen und …«

»… dir gedacht, dass es wegen der vielen Gäste in der Küche vielleicht eine Stelle für dich gibt?« Die Falten auf seiner Stirn haben sich geglättet, und ich nicke.

»Zumindest so lange, wie die Brautschau dauert.«

»Hmm … Mut hast du ja, dich allein auf den Weg zu machen, und dumm bist du auch nicht«, brummt er nicht unfreundlich. Dann mustert er meine Sachen. »Hast du ein Arbeitskleid? Eine saubere Schürze?«

»Mein … mein Gepäck ist verloren gegangen, Meister Reinald«, stottere ich. Es ist mir unangenehm zu lügen, aber ich kann ihm schlecht erzählen, dass ich als Reh keines bei mir tragen konnte. »Ich habe nur, was ich auf dem Leib trage. Darf ich trotzdem für Euch arbeiten?«

Er lacht. Seine Stimme ist viel dunkler als die von Meister Herkant. »Wenn, dann für den König, Mädchen. Und das ist noch nicht in trockenen Tüchern. Erst möchte ich sehen, was du kannst.«

Er führt mich in die Küche, und ich muss mich zusammenreißen, dass mir nicht vor Staunen der Mund offen bleibt. Hier gibt es nicht nur einen Herd, wie im »Ochsen«, sondern gleich drei, auf denen mehrere Dreibeine über der Glut stehen, bereit für die Töpfe. An den Wänden hängen Pfannen und Kellen, Fleischgabeln und Eisenspieße neben Schüsseln aus gehämmertem Kupfer. Mitten durch den Raum führt eine lange Reihe ausladender Tische, an denen vier Männer und zwei Frauen kneten, rühren, schälen und schneiden, als gelte es, eine Armee zu versorgen.

»Komm her!« Meister Reinald zeigt mir einen Raum gleich hinter der Küche. Dort stehen mehrere Bottiche mit Wasser auf zwei Tischen. Er deutet auf einen, neben dem mehrere Tücher und ein Stück Seife liegen. »Wasch dich und komm dann an den ersten Herd. Wir werden dich prüfen.«

Wenig später stehe ich am nächsten Waschbottich, dem für das Gemüse. Vor mir liegen ungefähr vier Dutzend Stangen Lauch, die ich zunächst sorgfältig putzen und dann in Halbringe schneiden soll. Kein Körnchen Sand darf seiner Majestät auf die Zunge geraten, also muss ich sehr genau arbeiten. Zum Glück stehen die drei Fenster offen, sodass ich sogar etwas Sonnenlicht abbekomme und noch das kleinste Körnchen erkennen kann. Ich achte nicht auf die Zeit, bin ganz konzentriert auf meine Arbeit. Als ich die letzten Stücke in die beiden Schüsseln gebe, steht Meister Reinald plötzlich vor mir. Ich habe ihn nicht bemerkt, aber er hat mich wohl die ganze Zeit genau im Blick gehabt und nur darauf gewartet, dass ich fertig werde. Ohne ein Wort zu sagen, kontrolliert er sie, um sie dann zu dem großen Tisch neben seinem Herd zu tragen, wo er die anderen Zutaten schon zusammengestellt hat.

Ob er zufrieden ist? Ich wische mir mit einem Tuch über die Stirn und säubere das Messer. An der Tür erschien er mir freundlich und wohlgesonnen, doch seit ich mit der Arbeit begonnen habe, hat er mich keines Blickes mehr gewürdigt.

»Mach dir nichts draus«, flüstert die ältere Frau, die mir zuvor die Türe geöffnet hatte. Sie heißt Irmgard und ist Küchenmagd wie ich. Also, falls ich die Prüfung bestehen sollte. Während ich den Lauch gewaschen und geschnitten habe, hat sie Blaubeeren verlesen und Gewürze gemörsert. »Der Meister ist immer so. Schau auf seine Brauen! Erst wenn die Enden hinunterrutschen, gibt es ein Donnerwetter. Sonst ist alles gut.«

Verschmitzt blinzelt sie mir zu. Ich nicke ihr zu, dankbar für ihre Worte. Erleichtert lege ich das Messer hin. »Kann ich sonst noch etwas tun?«, frage ich sie leise.

Doch Meister Reinald muss mich gehört haben. Er deutet auf einen Stapel schmutziger Töpfe. »Spülwasser ist auf dem hinteren Herd, der zweite Topf. Gespült wird hinten.«

Es ist nicht leicht, den schweren Eisentopf mit dem heißen Wasser in den Spülraum zu tragen und in das steinerne Becken zu kippen. Im »Ochsen« war immer einer der Hilfsköche zur Stelle, um mir den Topf abzunehmen.

Kaum sind die vielen Töpfe geschrubbt und trocken gerieben, muss altes Brot gewürfelt und anschließend Petersilie gehackt werden. Ehe ich mich versehe, ist die Mittagszeit gekommen. Eine ganze Schar Diener schwärmt geschäftig herein und trägt Tablett um Tablett mit Schüsseln und Tellern in den königlichen Speisesaal. Ich kann nicht anders, als Irmgard immer wieder flüsternd zu fragen, wie denn dieses oder jenes weiße, goldverzierte Teil genannt wird. So viele unterschiedliche Gedecke gibt es im »Ochsen« nicht mal beim großen Winterendfest. Am besten gefallen mir die kleinen bemalten Porzellanschälchen mit dem feinen Goldrand, in denen nach dem Hauptgang duftender Tee zum Gebäck gereicht wird.

Als das letzte Tablett zurückkommt, und bevor wir uns um das schmutzige Geschirr kümmern müssen, dürfen wir endlich auch zugreifen. Irmgard führt mich in den Gesindesaal, wo sich die Wachsoldaten, Diener, Zimmermädchen, Stallknechte und Gärtner auf die Tische verteilt haben. Wir von der Küche sitzen gleich beim Eingang. Ich werde allen als neues Küchenmädchen vorgestellt, was mir gar nicht recht ist. »Der Meister hat doch noch nicht gesagt, ob er mich behält«, flüstere ich Irmgard zu, die neben mir sitzt. »Vielleicht muss ich heute Nachmittag schon wieder gehen.«

Sie schaut mich an, lacht und klopft mir auf die Schulter. »Hast du nicht mitbekommen, wie Meister Reinald Haushofmeister Bertold gerufen hat?« Ich schüttele den Kopf. »Stimmt, da warst du ja hinten und hast Töpfe geschrubbt. Jedenfalls hat er ihm erklärt, dass er dich behalten will und mindestens noch zwei von deiner Sorte braucht.«

Mir fällt ein ganzer Fels vom Herzen. Hoffentlich hat sich Irmgard nicht verhört.

Die Köche tragen jetzt große Töpfe mit Gemüsesuppe herein und Tabletts mit den Resten, die aus dem großen Saal zurückgekommen sind. Es geht alles sehr gesittet zu hier, kaum ein lautes Wort fällt, und selbst die Humpen mit Most, die vor den Soldaten stehen, können ihre Zungen nicht lockern. Auch in der Küche ist es während der Arbeit sehr still gewesen. So wie ich jetzt nur die Löffel in den Tellern kratzen hören kann, so haben mir in der Küche die Scherze gefehlt, das Lachen und der Gesang. Hier geht es wirklich anders zu als in Meister Herkants Küche. Aber das war ja zu erwarten. Das hier ist der Hof und keine kleine Dorfwirtschaft. Als Meister Reinald seinen Teller geleert hat, wage ich es, von meinem aufzublicken und zu fragen: »Habe ich bestanden, Meister?«

Er runzelt die Stirn. »Habe ich dir das nicht gesagt? Du arbeitest ganz ordentlich. Herkant hat dich gut ausgebildet, man kann dich brauchen.« Sein Blick wandert zu Irmgard. »Bertold hat ihr die leere Kammer zwischen deiner und Bertas zugeteilt. Führ sie nach dem Spülen hinauf und such ihr aus der Kleiderkammer ein paar Sachen zusammen.«

Die Kammern für die Küchenhelfer liegen gleich neben denen der Dienstmädchen im dritten Stock des Gesindetrakts. Der zweite Stock, so erklärt Irmgard, ist für die verheirateten Paare, und da gibt es so einige im Schloss. Sie selbst hat ihren Mann, einen Soldaten, durch einen Unfall beim Übungsdrill verloren. Kinder hatten sie keine.

Zunächst jedoch führt sie mich in die Kleiderkammer im ersten Stockwerk. Verteilt auf gleich acht große Truhen liegen da Kleidungsstücke, die über die Jahre hinweg abgelegt und gesammelt wurden. »Hier wird nichts verschwendet«, sagt Irmgard und öffnet für mich eine Truhe mit Teilen, die noch aus der Zeit vor König Enrik stammen. Alles riecht nach den Lavendelsäckchen, die die Motten abhalten sollen. »Du bist ein sehr zartes Ding, mal sehen …«, murmelt sie, und innerhalb kürzester Zeit liegen zwei cremefarbene Blusen und zwei schwarze Röcke auf meinen ausgestreckten Armen. Schürzen und ein paar leicht vergilbte Wäschestücke holt sie aus der »Erblostruhe«, wie sie es nennt, weil die Vorbesitzer ohne Erben auf dem Schloss verschieden sind. Meine Dankesworte quittiert sie mit einem breiten Lächeln. »Es ist wenig genug. Doch es wird reichen, bis du genug von deinem Lohn für neue Sachen gespart hast.«

Ich schlucke und muss daran denken, dass ich auch meinen Eltern Geld schicken will. Sacht drücke ich die Kleidungsstücke an mich. Sie werden lange Zeit ihren Dienst tun müssen. Sehr lange.

Auf dem Weg in den dritten Stock beschäftigt mich noch etwas anderes. »Weshalb ist es hier so still?«, frage ich Irmgard. »Müssten nicht alle über die Brautwahl reden und darüber rätseln, wer die künftige Braut des Prinzen werden könnte? Finden die anderen Küchenmägde das nicht spannend?«

Irmgard seufzt. »Mädchen, vor neunzehn Jahren, gerade selbst frisch verheiratet, stand ich mitten in der Menge, die Prinz Gisir und«, sie dämpfte die Stimme, »Lady Eugenia zugejubelt hat. Die Barden haben Lieder über Lieder geschrieben, um das Paar zu preisen, und jeder, der einen Pinsel gerade halten konnte, hat die beiden auf Leinwand verewigt und gut daran verdient.« Sie marschiert den Flur hinunter, dass die Dielen unter ihren Sohlen knarren, während sie leise fragt: »Und was hat es ihr gebracht?« Ich schaue sie verdutzt an und will nachhaken, doch Irmgard schüttelt den Kopf und legt den Zeigefinger an die Lippen.

Vor der vorletzten Türe hält sie an. »Hier, das ist dein Zimmer. Du hast frei bis eine Stunde vor Sonnenuntergang. Dann beginnen die Vorbereitungen fürs Abendessen.«

Während ich an ihr vorbei in den Raum trete, raunt sie mir noch zu: »Und sei vorsichtig, worüber du hier mit wem sprichst. Manche der Wände haben Ohren.« Ehe ich sie fragen kann, was sie damit meint, hat sie die Türe hinter mir geschlossen. Ich bin allein.

Zehn Fuß lang und fünf Fuß breit. So groß ist das Kämmerchen, in das mich Haushofmeister Bertold einquartiert hat. Mein Kämmerchen. Zu meiner Erleichterung liegen Kamm, Seife und ein paar Waschfetzen bereits neben der Waschschüssel auf der Kommode. Sonst hätte ich auch darum noch bitten müssen. Obwohl es nett und gemütlich ist und ich noch nie so viel Platz für mich alleine hatte, zu Hause fühle ich mich hier noch nicht. Zumindest kann ich mich endlich richtig waschen. Danach fühle ich mich gleich viel besser. Ich löse meinen Zopf, kämme das Haar und flechte einen neuen.

Jetzt sollte ich eigentlich ein Nickerchen machen, wie Irmgard mir geraten hat. Der Abend wird lang und die Nacht kurz, weil wir schon vor Sonnenaufgang mit den Vorbereitungen für das Frühstück und den nächsten Tag beginnen müssen.

Ich streife die Pantoffeln ab, strecke mich auf dem Bett aus, verschränke die Arme unter dem Hinterkopf und starre zur Decke. Meine Eltern sorgen sich sicher fürchterlich nach meiner nächtlichen Flucht. Das hat der Brief bestimmt auch nicht ändern können. Ich wälze mich herum, vergrabe mein Gesicht im Kissen und nehme mir vor, Meister Herkant zu schreiben, sobald ich den Versand bezahlen kann. Das ist sicherer, und er wird sie informieren, dass es mir gut geht. Ich seufze und schließe die Augen, doch der Schlaf will nicht kommen.

Dann fängt Irmgard im Zimmer neben mir auch noch zu schnarchen an. Ich gebe auf. Seufzend verlasse ich das Bett, schlüpfe in die Pantoffeln, stecke den Zopf zu einem Knoten hoch und trete ans Fenster.

Von hier kann ich auf den Gemüsegarten sehen. Sehr groß ist er nicht, da das Schloss sein Gemüse von den umliegenden Höfen kauft. Im Schlossgarten züchten sie vor allem Kräuter, die müssen natürlich frisch sein für die Speisen des Königs. Das wenige Gemüse ist für Notfälle, falls eine Hoflieferung zu knapp ausfällt, wie mir Irmgard erklärt hat.

Hinter dem Schlossgarten ragt die Schutzmauer in die Höhe. Mir fällt ein bogenförmiger Schatten an der Mauer gleich hinter dem Garten auf, den ein Strauch fast völlig verdeckt. Ein Torbogen? Das wäre aber ein sehr kleines Tor, nicht einmal so groß wie ich.

Neugierig geworden, laufe ich die Treppe hinunter, durch den Gang zur Rückseite des Gesindetraktes. Praktischerweise gibt es hier noch einen Ausgang, den Irmgard mir gezeigt hat, sonst müssten die Köche um den ganzen Flügel herumlaufen, nur um ein einzelnes Kraut aus dem Garten zu holen.

Schon stehe ich vor dem Strauch an der Mauer, den ich vom Fenster aus sehen konnte. Ein Schlehdorn. Es dauert, bis ich eine

Stelle finde, wo ich auf allen vieren unter den Zweigen hindurchkriechen kann, ohne dass mir die langen Dornen die Haut aufreißen. Hinter dem Busch und vor dem kleinen Tor ist nicht einmal genug Raum, um mich aufzurichten. Zumindest steckt der Schlüssel und lässt sich drehen. Ich krieche hindurch und ziehe das Törchen hinter mir ins Schloss. Zum Glück hat es auch auf der Außenseite einen Knauf, sodass ich es zuziehen und trotzdem auch von dieser Seite öffnen kann.

Der Teil des Parks, der auf die Rückseite des Schlosses blickt, hat weder Springbrunnen noch Seerosenteiche zu bieten. Statt in Blumenrabatten wuchert es bunt auf den Wiesen, Reste von Mauern zwischen Buschwerk und Baumgruppen zeigen, dass früher auch außerhalb des Schutzwalls Gebäude standen. Vielleicht sogar ein kleines Dorf.

Alle Bilder, die ich je vom Schloss gesehen habe, zeigen es nur von vorn, von der *schönen*, der prachtvollen Parkseite aus. Ich laufe um die Schlossmauern herum bis zu einer Hecke, welche die *schöne* von der *wilden* Parkseite trennt. Nach einigem Suchen finde ich eine Lücke, durch die ich mich zwängen kann. Ich schlendere durch den Park, bewundere die gepflegten Blumenterrassen und kunstvoll beschnittenen Buchsbäume, staune über die verschlungenen Wege und verspielten Teichanlagen mit unzähligen Springbrunnen und Wasserspielen. Immer wieder ertappe ich mich dabei, wie ich stehen bleibe und zum Wald hinüber blicke. Noch steht die Sonne recht hoch, die Zeit sollte reichen für einen kleinen Abstecher.

Eine halbe Stunde später finde ich mich unter den ersten Bäumen des Waldes wieder. Um sicherzugehen, dass mich niemand sieht, spaziere ich ein Stück in den Wald hinein. Dann erst verwandle ich mich.

Dieser Wald ist tatsächlich anders. Statt Holunder und Himbeeren wachsen hier vor allem Schlehdorn, weiß blühende Feldrosen und Brombeeren, deren Früchte noch nicht reif sind. Ich koste eine und spucke sie sofort wieder aus. Viel zu sauer.

Meine Rehnase erschnuppert reichlich Mäusespuren. An einigen Stellen ist der Boden aufgewühlt von den Schnauzen der Wildschweine auf der Suche nach Pilzen. Rehspuren finde ich wenige, und sie alle riechen fremd. Ich kann mich nicht überwinden, ihnen zu folgen. Eine zweite Ricke gibt es ohnehin nirgendwo. Es nagt an mir, dass ich mich nicht einmal von ihr verabschieden konnte. Bestimmt kommt sie zu unserer Lichtung, um auf mich zu warten. Vergeblich.

Hirschkot liegt reichlich auf dem Waldboden, und etliche Bäume zeigen Fraßspuren. Wenn die Tiere jetzt schon an die Rinde gehen, wie überstehen sie bloß den Winter?

Die Antwort gibt mir ein sonderbares Gestell aus Holz, das ich mitten auf einer Lichtung finde. Es ist mit Heu, Kastanien und Beerenzweigen gefüllt. Doch was mich so anzieht, ist der Salzstein, den jemand an einem Pfosten daneben festgebunden hat. Als Kitz habe ich ab und zu einen von meiner Mutter gereicht bekommen, ich liebe den würzigen Geschmack fast so sehr wie die Süße der Erdbeeren. Wie in Trance gehe ich darauf zu. Dann dreht der Wind, und es riecht plötzlich nach Mensch und Pferd.

Ich wende den Kopf gerade noch rechtzeitig, um den Pfeil zu sehen, der auf mich zugeschossen kommt. Instinktiv zucke ich zur Seite, und die Spitze verfehlt meine Ohrenspitze um Haaresbreite. Als der Schütze den Bogen senkt, kann ich ihn sehen. Er hockt auf einem Hochsitz, dem Geruch nach ein jüngerer Mann. Ich warte nicht ab, bis er den nächsten Pfeil eingelegt hat – sondern fege herum und hetze in weiten Sprüngen davon. Hinter mir ertönt ein scharfer Pfiff, ich höre Wiehern und wie Äste unter harten Hufen brechen.

Ich setze über einen morschen Stamm und halte auf ein Brombeergestrüpp zu. Das Hufgetrappel kommt näher. Hastig schlage ich einen Haken und gehe hinter den Brombeeren in Deckung. Da Rehe nicht wirklich scharf sehen können, bleibt das Gesicht des Jägers ein verwischter Fleck auf einem dunklen Umriss, als er hoch zu Ross zwischen den Bäumen auftaucht. Jetzt hängt er sich zur Seite, tätschelt das Pferd am Hals und sagt: »Es ist hier langgelaufen und dann verschwunden. Ich kann es fast riechen. Seine Spuren müssen hier irgendwo sein.«

Mir stellen sich die Rückenhaare auf. Er hat den Instinkt eines Raubtiers. Und gestern hat es geregnet. Meine Abdrücke sind nicht zu übersehen.

Ich gebe mein Versteck auf und laufe weiter. Etwas anderes bleibt mir ja nicht übrig. Dabei versuche ich, mich so klein wie möglich zu machen und Geräusche zu vermeiden. Aber ich habe keine Chance.

»Da vorne ist es!«

Geradeaus, nach links, zwischen zwei Büschen hindurch, über ein Bächlein hinweg. Er holt auf. Der nächste Pfeil schwirrt eine Handbreit über meinen Kopf hinweg. Gegen diesen Jäger ist Jerome im Verfolgen ein blutiger Anfänger. Mein Herz hämmert, und die Angst drückt mir die Kehle zu.

Wieder ein Haken, ein Stück geradeaus, die Senke hinunter, um einen Felsen herum und … ich sitze in der Falle. Hier hat sich eine ganze Gruppe von Felsen ineinander verkeilt und bildet eine Barriere, zu hoch, um darüberzuspringen, und zu weitläufig, als dass ich sie rasch genug umgehen könnte. Der Spalt zwischen den mittleren Felsen, den ich von oberhalb der Senke zu erkennen glaubte, ist viel zu schmal für mich.

Als ich mich umdrehe, kommt mein Verfolger bereits den Abhang heruntergeritten. Hilflos blicke ich ihm entgegen, wie er einen Steinwurf vor mir anhält und den Bogen zückt.

»Hab ich dich, Reh. Wusste ich es doch, dass du mir nicht entkommen kannst«, höre ich seine Stimme. Sie klingt nicht einmal triumphierend, fast schon bedauernd. »War eine gute Jagd.«

Ich könnte mich verwandeln, doch was, wenn er dann erst recht schießt, weil er mich, wie Jerome, für ein Monster hält? Als Mensch bin ich noch viel hilfloser und langsamer als in Rehgestalt. Oder, wenn er mich mitten in der Verwandlung trifft ... Es ist zu spät.

Er legt den Pfeil an die Sehne. Langsam, fast so, als wolle er mir noch eine Chance geben.

Nicht aufgeben! Es gibt einen Ausweg, ich muss ihn nur finden. In meiner Verzweiflung ziehe ich mich abermals in mein Innerstes zurück, versuche diese merkwürdige Kraft zu ertasten, die mir gegen Jerome beigestanden hat. Einen Moment lang passiert nichts, doch ich beruhige meinen Atem, gehe noch weiter ... und sehe erneut die schimmernde Tür vor mir, den goldenen Glanz, der aus ihr hervordringt. Und dieses Mal gelingt es mir, die Türe aufzustoßen. Dahinter liegt das Licht wie ein goldener See. Ich berühre ihn, und es strömt durch meine Finger, meine Kehle, in meine Augen. Sie fühlen sich an, als würden sie brennen, nicht heiß, sondern kühl, und für diesen einen Moment leuchtet die Welt um mich herum in allen Schattierungen von Gold und Grün. Da ist ein roter Fleck, in einer alten Baumhöhle ganz in der Nähe. Instinktiv weiß ich, dass ich ihn erreichen muss, wenn ich mich retten will. Die goldene Kraft scheint meinen Wunsch zu spüren, sich ihm zu fügen, formt einen Wirbel aus Funken und schwebt darauf zu. Einen Atemzug später ist der See verschwunden. Ich fühle mich leer, ausgebrannt.

Meine Beine zittern. Der Jäger hebt den Bogen, zielt.

Ist das jetzt mein Ende?

Plötzlich fängt sein Pferd an zu tänzeln. Er muss nach den Zügeln greifen und verliert den Pfeil. Um ihn herum schwirren Wespen, nicht nur zwei oder drei, sondern Hunderte, ein ganzer Schwarm umhüllt ihn von einem Moment auf den anderen. Sein überraschter Schrei, als ihn die erste sticht, ist genau das Signal, auf das ich gewartet habe.

Jetzt! Ohne zu zögern, laufe ich direkt auf den Jäger zu. Er bemerkt mich, kann sich aber nur mit Mühe auf dem panischen Pferd halten, während er gleichzeitig versucht, mit der rechten Hand die Wespen zu verscheuchen. Als sich unsere Blicke treffen, werden seine Augen einen Atemzug lang ganz weit, als hätte er etwas Erstaunliches gesehen.

Ich schlage einen Haken um die beiden und laufe den gleichen Weg zurück, den ich gekommen bin.

Gerettet. Einen Moment lang dachte ich, mein Leben wäre vorbei.

Am Waldrand lausche ich angestrengt, doch weder der Jäger noch sein Pferd sind zu hören. Ich verwandle mich zurück und trete aus dem Schatten der Bäume auf den Rasen des Parks. Die Sonne hängt nur mehr eine Handbreit über dem Horizont.

Verdammt. Ich komme zu spät.

»Es sind alle versammelt, Hoheit.« Sir Bertold, der Haushofmeister, verneigte sich. »Sie harren Euer.«

»Wir sind längst bereit.« Prinz Gisir warf einen letzten Blick auf den Bogen Papier, den er in der Hand hielt, ehe er diesen an Ivald weiterreichte.

Er nickte in Richtung der mit schwarzem Damast bespannten Türe zum Thronsaal. »Hat Er dem Pöbel erklärt, dass es ihm zwar gestattet ist, Unserer Krönung beizuwohnen, mehr aber auch nicht?«, fragte er Bertold.

»Die Zunft- und Standesvertreter fügen sich Euren Wünschen und danken Euch, dass Ihr sie nicht ausschließt, wie Euer verehrter Herr Vater es getan hat.«

Ivald schnalzte mit der Zunge. »Gut, gut …«, murmelte er.

Es raschelte hinter ihnen, und Eugenia betrat den Vorraum, in welchem sonst Bittsteller und Abgesandte auf Einlass warteten. Ihre Kammerfrauen hatten sie in ein burgunderrotes Seidenkleid gehüllt und ihr langes, dunkles Haar mit Perlenkämmen hochgesteckt. Die Spuren durchwachter Nächte waren aus dem Gesicht verschwunden. Ihre Wangen schimmerten rosa, und zum ersten Mal seit ihrer Hochzeit trug sie wieder roten Balsam auf den Lippen. In ihrem tiefen Ausschnitt funkelte die Rubinkette, die Gisir ihr zur Geburt ihres Sohnes geschenkt hatte.

Auf dem Arm trug sie ein schlafendes Baby. Es war in weiße Spitze und ein goldenes Tuch gewickelt. Der König warf einen flüchtigen Blick auf das friedliche Gesichtchen und deutete eine Verbeugung an. »Meine Königin.«

Sie sank in einen tiefen Knicks. »Sire.«

Seine Mundwinkel zuckten. »So gefallt Ihr mir.«

Sir Bertold räusperte sich. »Wann sollen wir beginnen, Eure Hoheit?«

»Sofort. Lasst die Musik erklingen.«

Sir Bertold verbeugte sich, öffnete die Türe einen Spaltbreit und schob sich hindurch.

Eugenia erhob sich und wollte an Gisirs Seite treten. Dieser jedoch verwies sie hinter Ivald. »Dies ist Euer Platz, meine Liebe.«

Eugenia öffnete den Mund, um zu protestieren, doch Gisir

schnitt ihr das Wort ab. »Wenn Euch das nicht gefällt, setzt Euch doch zum Pöbel.«

In diesem Augenblick wurde die Tür weit aufgerissen, und Sir Bertold klopfte mit seinem Zeremonienstab auf die Steinplatten. »Seine Hoheit, Prinz Gisir. Sir Ivald. Lady Eugenia.«

Im Audienzsaal erhoben sich die geladenen Gäste von den Sitzen. Rechts der Adel von seinen gepolsterten Stühlen, links die einfachen Bürger von ihren Holzbänken. Die Männer verbeugten sich, und die Frauen knicksten. Durch die hohen Glasfenster des Saales fiel das Sonnenlicht genau auf die drei. Voran Gisir in seiner schwarzen Samttunika, das Schwert seines Vaters um die Taille gegürtet. Der Blick seiner blassgrauen Augen war geradeaus gerichtet. Jede seiner schulterlangen blassblonden Strähnen saß perfekt. Alle drei Schritte wandte er den Kopf nach rechts oder links und verzog kurz seine schmalen Lippen zur Andeutung eines Lächelns. Hinter ihm Ivald, in silbergrauem Wams und schwarzer Hose, das graubraune Haar unter einer mit Silberfaden bestickten Kappe verborgen. Eugenia, als Letzte, zog weit länger die Blicke auf sich. Binnen der nächsten fünf Wochen würden Zeichnungen ihres Kleides auch das entlegenste Dorf erreichen. Zum Leidwesen der einfachen Dorfschneiderinnen, die dann gezwungen waren, ähnlich Extravagantes mit der Nadel zu zaubern.

Am Kopfende des Saales stand ein Thron, einst aus einem einzigen Kristall geschnitten.

In der Nacht, als der alte König Laureyn und seine Gemahlin von Enrik hingerichtet wurden, wandelten sich die beiden Rosenthrone. Von einem Moment auf den anderen verschwanden die prächtigen Rosen, die sie seit jeher zierten, und hinterließen nur die blanke Oberfläche des Kristalls. Seither hatten sie beide dort gestanden und schmucklos dem neuen Königspaar gedient.

Nun gab es nur noch *einen* Thron im königlichen Thronsaal. Auf den Marmorplatten, wo zuvor der zweite Rosenthron gestanden hatte, lag lediglich ein Stück goldfarbenen Teppichs.

Gisir erklomm die Stufen als Erster und stellte sich vor den Thron. Sir Ivald platzierte sich rechts zur Seite der breiten Gestalt des Königs und deutete auf das Teppichstück auf der linken Seite, der Platz, der offensichtlich für Eugenia vorgesehen war.

Die Leute begannen zu tuscheln, doch sie schob stolz das Kinn vor, lächelte den Menschen zu und wiegte ihren Sohn in den Armen. Sir Bertold, der am Fuße der Treppe stehen geblieben war, klopfte mit dem Stab auf den Boden, und das Getuschel erstarb.

Gisir räusperte sich. »Mein Vater, unser geliebter König Enrik, ist tot. Und als sein Erbe ist es meine Pflicht, die große Verantwortung und Bürde der Krone so rasch als möglich auf mich zu nehmen. Sir Ivald.«

Der Zwerg verbeugte sich und huschte hinter die breite steinerne Lehne, um ein schwarzes Kissen mit der goldenen Krone hervorzuholen. Er hielt es Prinz Gisir hin, und dieser ergriff die schwere Krone, auf der walnussgroße Edelsteine funkelten, und hob sie über sein Haupt. »Heute krönen Wir Uns zu König Gisir, dem Ersten seines Namens, Herrscher über das eine Reich von den Eisklippen im Norden bis zum großen Ozean im Süden und alle, die in diesem, Unserem Reich leben. Wir werden euch führen und beschützen. Dafür verlangen Wir Treue und Gehorsam. Unser Wort ist Gesetz und Unser Wille absolut.«

Ivald wandte sich an die Gäste. »Lang lebe König Gisir!«

Die Leute, Adelige wie Bürger, sahen sich verdutzt an, hatten sie doch eine erhabenere Zeremonie und eine längere Thronrede erwartet. Doch einer nach dem anderen rief »König Gisir!«, und am Ende erklang es wie aus einer Kehle.

Bertolds Klopfen unterbrach die Rufe.

»Treue Untertanen, Wir sind noch nicht am Ende. Wie es dem Brauch gebührt, ernennen Wir Unseren Erben. Prinz Leonard!« Er wies auf das Baby in Eugenias Armen. Ivald huschte erneut hinter den Thron und tauschte das Kissen gegen eine schwarze, glänzende Decke aus, auf die eine silberne Krone gestickt war.

Eugenia wehrte sich nicht, als er das goldene Tuch vom Baby zog und gegen das schwarze austauschte. Die Gäste jubelten wie geheißen und ließen nun den neu ernannten Kronprinzen hochleben, bis Sir Bertold dem wieder ein Ende machte.

»Und Wir ernennen einen Regenten. Der an Unserer Stelle über das Land wacht, sollte Uns etwas zustoßen, ehe Prinz Leonard das achtzehnte Lebensjahr vollendet hat.«

Eugenia straffte die Schultern und richtete den Blick auf König Gisir. Er lächelte ihr zu, ein boshaftes Funkeln in den Augen, wandte sich wieder zu den Gästen und wies mit der Rechten auf den Zwerg. »Sir Ivald, Ihr seid ab nun Unsere rechte Hand.«

Eugenias Schultern sackten kaum merklich herab. Das Lächeln auf ihrem Gesicht erstarrte für einen kurzen Moment. Ivald verbeugte sich tief vor dem König und winkte den Versammelten zu. Dann schickte er ein entschuldigendes Lächeln zu Eugenia hinüber und hob die Schultern.

»Diener, bringt die Stühle!«, befahl der König.

Zwei Diener trugen einen kleinen, aus Mooreiche geschnitzten und aufwendig mit Goldintarsien verzierten Stuhl herbei und stellten ihn rechts neben den Thron. Darauf ließ sich Ivald nieder und nickte Sir Bertold zu, der laut »Regent Ivald!« rief.

Die Gäste sahen sich an und stimmten nach und nach in die Rufe ein. Die Adeligen schneller, die einfachen Bürger zögerlicher. Es war deutlich spürbar, dass nicht alle die Wahl des Königs guthießen.

Erst jetzt wurde ein silberner Stuhl für Eugenia und den kleinen Prinzen in ihren Armen herbeigetragen.

»Um diesen Tag zu feiern, erhält jedes Kind im Reich, das sein erstes Lebensjahr noch nicht vollendet hat, drei Goldstücke. Sir Ivald persönlich wird sich in den nächsten Tagen auf den Weg machen, in alle Städte und Dörfer, um die Familien zu beschenken und sich vorzustellen.«

Die Bürgerseite jubelte nun laut und versöhnt. Begeisterte »Sir Ivald!«-Rufe wurden laut. Die Adeligen hingegen nickten ohne große Begeisterung, woraufhin sich der König an sie wandte. »Für Eure Kinder werde ich nach Sir Ivalds Rückkehr ein Fest ausrichten, auf dem sie reich beschenkt werden.«

Nun jubelten sie ebenso.

»Eines noch.« Der König griff in die Seitentasche seiner schwarzen, goldbestickten Tunika und fischte einen goldenen Reifen heraus, der mit zarten Rosenranken verziert war. »Kniet nieder, Eugenia!«

Ivald stand schon bereit und streckte ihr die Arme entgegen. Sichtlich widerwillig übergab sie ihm den Prinzen. Mit einer Eleganz, die von viel Übung sprach, ließ sie sich auf ihre Knie nieder und beugte den Kopf.

»Hiermit krönen Wir Euch, Eugenia, zu Unserer Königin und ernennen Euch zu Unserer ersten Vasallin. Schwört Ihr Uns Ergebenheit und ewige Treue?«

Nur Ivald und der König sahen, dass Eugenia sich auf die Lippen biss und schluckte, ehe sie laut sprach: »Dies schwöre ich.« Gisir setzte ihr die feine Goldtiara auf die dunklen Haare, hieß sie aufstehen und sich wieder setzen, während er jeden Einzelnen der Gäste vortreten und den Treueeid schwören ließ.

Nachdem der formelle Teil vorüber war und Königin Eugenia

den Prinzen seiner Amme übergeben hatte, gesellte sie sich zu den Gästen, die jetzt in kleinen Gruppen zusammenstanden, Häppchen aßen und Wein tranken. Sie tauschte hier und da ein paar Worte, hörte sich die Sorgen der Bürger an, fand tröstende Worte für die Frauen, deren Kinder für das Krönungsgeschenk zu alt waren. Je üppiger der Wein floss, desto lockerer wurden die Zungen.

»Und König Enrik ist tatsächlich erstickt?«, fragte ein pickelgesichtiger Grafensprössling eine der Bürgersfrauen. Die blickte rasch nach rechts und nach links und murmelte: »Die Schwägerin meiner Nichte ist hier Zimmermädchen. Sie schwört, dass der Heiler ganz aus dem Häuschen war. Angeblich hat er dem König strikt untersagt, auch nur einen Tropfen Wein zu trinken, solange er noch die Kräutertinktur einnehmen muss. Er hatte ja so unter der Lungennässe zu leiden diesen Winter. Und auf dem Tischchen neben seinem Bett standen ein halb volles Glas und eine fast leere Flasche.«

»Und wer hat sie ihm gebracht?«

»Keiner der Diener will es gewesen sein. König Gisir hat kurzen Prozess gemacht und alle hinrichten lassen, die er verdächtigt hat.«

»Wie viele waren das? Hat einer gestanden?« Der Grafensohn hing förmlich an den Lippen der Erzählerin.

»Nein, offiziell war es die tödliche Dummheit eines der Diener, aber es wird gemunkelt, dass …«

»… dass Untertanen, die ihre Zunge nicht hüten, ihrer ganz schnell verlustig gehen können«, sagte Eugenia scharf.

Die beiden zuckten zusammen und wurden kreidebleich, als sie sahen, wer da hinter ihnen gestanden hatte.

»Königliche Hoheit, wir wollten nicht respektlos erscheinen«, versicherte die Bürgersfrau mit zitternder Stimme.

»Dann geht nach Hause, ehe Euer Geschwätz Seiner Majestät zu Ohren kommt«, entgegnete Eugenia. »Die Asche König Enriks ist noch nicht erkaltet. Mein Gemahl und das ganze Land sind in Trauer.«

Sie schlenderte zu König Gisir hinüber, der neben dem Thron stand und an seinem Wein nippte, während ein Baron ihn mit Jagdgeschichten unterhielt.

»Mein König«, sie knickste, »Ihr habt noch nicht auf Eurem Thron Platz genommen. Ist er Euch zu unbequem?«

Wie auf ein Stichwort erstarb das Geplauder, und alle Augen richteten sich auf den König. Gisir winkte dem Baron, sich zu entfernen, und stellte sich vor seinen Thron. »Nun dürft Ihr das Glas auf Uns erheben!«, sagte er, und alle Versammelten hoben ihre Gläser. »Auf König Gisir! Lang lebe König Gisir!«

Der trank sein Glas in einem Zug leer und nahm auf dem Thron Platz, der – seinen eigenen Worten zufolge – nun ihm zustand. In dem Moment, als sein Rücken die Lehne berührte, so jedenfalls berichteten es später jene, die ganz nah an der Treppe standen, erzitterte der Kristall, und schwarze Schlieren begannen ihn zu durchziehen, bis er sich schließlich tiefschwarz färbte … Schwarz wie die Tunika des Königs und das Tuch, das seinen Erben umhüllte.

Ein Raunen ging durch die Gäste, und ein Wort machte die Runde: »Schattenthron.«

»Sieh zu, dass du rauskommst!« Ich starre auf die geschwollene Ader auf Meister Reinalds Stirn. Die buschigen weißen Balken seiner Augenbrauen bilden einen einzigen dicken Strich.

»Am ersten Tag zu spät zur Arbeit zu kommen, das hat noch niemand gewagt. Nicht bei mir. Pack deine Sachen!«

An Meister Reinald vorbei suche ich Irmgards Blick, doch sie hat sich tief über die Zwiebeln gebeugt.

»Bitte!« Ich senke den Kopf, ziehe meine Schultern zusammen und falte die Hände vor der Brust. Das Bild einer reuigen Sünderin, doch einer Sünderin, die sich nicht einfach umdreht und geht. Ich kann nicht so schnell aufgeben.

Endlich holt Meister Reinald Luft, ich hebe den Kopf und lege meine ganze Verzweiflung in den Blick.

»Ja, ich bin zu spät. Bitte verzeiht.« Meine Stimme zittert. Ich schlucke und füge hinzu: »Es ist meine Schuld, weil ich im Wald den Sonnenstand zu wenig beachtet habe. Und dann habe ich mich auf dem Heimweg verlaufen.«

Auf einmal schauen mich alle an.

»Du bist in den Wald gegangen?« Ungläubig schüttelt Meister Reinald den Kopf. »Allein?«

Ich hebe die Schultern. »Ja. Mein Vater ist Holzfäller. Ich liebe den Wald.«

»Und was wolltest du dort?«, hakt er nach.

»Mich nur ein wenig umschauen. Ob ich Pilze finde und Beeren für die Küche.«

Meister Reinalds Zornesader ist abgeschwollen. Sein Blick nicht mehr entrüstet, sondern vor allem neugierig. »Was gefunden?«

Ich schüttele den Kopf. »Die Brombeeren sind noch nicht reif, und essbare Pilze waren überhaupt keine da.«

Meister Reinald nickt und seufzt. »Die vielen Hirsche fressen uns alles weg. Dabei würden Pfifferlinge so gut zu meinen Pasteten passen.«

Etwas mutiger geworden, wage ich es, eine Frage zu stellen: »Ich … ich habe so ein Holzgestell entdeckt, mit Futter und einem Salzstein. Wer stellt so was auf?«

Ich sehe, wie Irmgard kurz den Kopf hebt und mir einen warnenden Blick zuwirft.

Der Meister räuspert sich. »Die Waldaufseher des Schlosses haben dafür zu sorgen, dass Seine Majestät und alle Jagdgäste ausreichend Ziele vorfinden. Außerdem liebt Seine Majestät Wildgerichte. Besonders Rehbraten.«

Ich muss mich zusammenreißen, um meine Abscheu zu verbergen. Das Rotwild wird also an die Futterstellen gelockt, damit der König und die Adeligen es nicht aufspüren müssen. Dann ist Seine Majestät wohl kein guter Schütze und Spurenleser. Ganz im Gegensatz zu dem Jäger, der mich verfolgt hat, doch ich hüte mich, das auszusprechen. Eine Regel des Schlosses habe ich schon verstanden, es gilt das Gleiche wie in Weißrosen: nichts Schlechtes über den König sagen. Und nicht zu viele Fragen stellen.

Zumindest verlangt Meister Reinald kein zweites Mal von mir, dass ich meine Sachen packe. Er schickt mich in den Spülraum, damit ich mir gründlich die Hände wasche, und erklärt, dass ich heute Abend alle Böden zu schrubben habe. Allein. Ich muss mich zusammenreißen, damit ich vor lauter Erleichterung nicht aus der Küche tanze.

Als ich zurückkomme, schickt Meister Reinald mich in den Garten. »Wir brauchen Fenchelkraut, Liebstöckel und Dill. Jeweils einen Zweig.«

Viel zu wenig für die Mengen, die hier gekocht werden. Eine Art Prüfung? Sucht Meister Reinald nach einem Grund, mich doch noch vor die Tür setzen zu können?

Was auch immer hinter seiner Bitte steckt, ich muss die Chance nutzen. Eilig nehme ich Korb und Handsichel und laufe in den Garten zu den Beeten. Erstaunt bemerke ich, dass in einem der Beete der Dill zwischen den Fenchel und die Karotten gesät wurde, im Beet daneben wächst Liebstöckel genau neben der glatten Petersilie. Das kann leicht zu Verwechslungen führen. Absicht oder Unwissen? Ich zucke die Achseln und schneide mir erst etwas vom Dill, dann vom Fenchelkraut ab.

»Du, Mädchen!«, ertönt eine Stimme von der Türe her.

Ich drehe mich um, doch es ist keiner der Köche, der da auf den Stufen steht.

Die letzten Strahlen der Abendsonne fallen von Westen her auf sein Gesicht. Ich bin sicher, ihn zu Mittag nicht in der Gesindestube gesehen zu haben. Ein Mann mit solchen Schultern, die es fast mit denen meines Vaters aufnehmen können, wäre mir nicht entgangen. Ich komme näher und betrachte neugierig sein Gesicht, das leicht gerundete Kinn, die Wangenknochen und die gerade Nase. Dann blicke ich in seine Augen. Ein grüner Strahlenkranz in der Farbe frischer Buchentriebe umgibt die Iris, darum ein Ring aus dunklem Braun. Einen kurzen Augenblick verliere ich mich darin. Dann räuspert sich mein Gegenüber, ich lächle, und er lächelt zurück. Das erste Mal, seit ich mein Zuhause verlassen habe, stellt sich ein Gefühl der Wärme und Vertrautheit ein.

Es währt drei Atemzüge, dann greift er sich an den Arm, von dem der Leinenärmel in nassen Fetzen herunterhängt. Sein Lächeln ist wie aus dem Gesicht gewischt. »Dieser verdammte Heiler ist weder in seinem Haus noch hier. Kennst du dich mit Kräutern aus?« Er hat eine angenehm warme Stimme, doch sein Ton gefällt mir überhaupt nicht.

»Ich brauche etwas gegen Wespenstiche«, ergänzt er, als ich mich nicht rühre.

Wespenstiche? Als er seine Hand vom rechten Oberarm nimmt, erkenne ich erst, wie dick geschwollen dieser ist. Mein Blick wandert über den Rest seines feinen Leinenhemdes, über die locker geschnittene Hose bis zu den abgewetzten, schmutzigen Lederstiefeln. Er trägt zwar keinen Bogen, und für meine Menschenohren klingt seine Stimme anders als für mein Rehgehör, dennoch bin ich mir ziemlich sicher, dass er es ist.

»Hast du ein Wespennest erlegen wollen? Ziemlich ungewöhnlich für einen Jäger Seiner Majestät«, sage ich spitz und unterdrücke nur mühsam meine Wut.

Er zieht beide Brauen hoch. »Du hältst mich für einen Jäger des Königs?«

»Wie ein Küchenjunge siehst du jedenfalls nicht aus«, gebe ich zurück.

Der Jäger wirft den Kopf zurück und lacht schallend. Zumindest klingt sein Lachen echt und ehrlich, ohne fiesen Unterton wie das von Severin. Was nicht bedeutet, dass er mir nun sympathischer wäre. Keinesfalls. So ein Tiermörder verdient nicht, dass man ihm hilft. Zudem fehlt mir noch immer der Liebstöckel, und ich darf Meister Reinald nicht noch einmal verärgern. Doch als ich dem Jäger den Rücken zukehre und zum hinteren Teil des Beetes marschiere, ist er plötzlich neben mir.

Er ist schnell. Gefährlich schnell.

»Welches Kraut?«, fragt er.

»Liebstöckel«, antworte ich. »Meister Reinald wartet darauf.«

Seine Hand packt mich ungeduldig an der Schulter, zwingt mich, ihn anzusehen. »Welches Kraut für die Stiche, meine ich.«

Sein Arm sieht wirklich schlimm aus, so aus der Nähe. So wie der Jäger die Zähne zusammenbeißt, muss es schrecklich wehtun. Ihm nicht zu helfen, obwohl ich es könnte, wäre falsch. Innerlich seufzend gebe ich mir einen Ruck und bücke mich nach ein paar Blättern Spitzwegerich und Salbei. Die halte ich ihm hin. »Mein Vater sagt, die helfen ihm bei Wespenstichen am besten.«

Er nimmt sie und drückt sie auf den Arm, wobei er schmerzhaft das Gesicht verzieht. Ich schüttele den Kopf. »Nicht so, du musst sie kauen und den Brei dann draufschmieren. Drüber legst du Kohlblätter. Rohe. Die kühlen. Und immer wieder wechseln.«

Gleich den ersten Bissen spuckt er wieder aus. »Igitt. Ist das bitter!«

»Medizin muss nicht schmecken, sondern helfen.« Der Lieblingsspruch meiner Mutter, wenn sie mir als Kind den Hustensaft einflößte.

Ich pflücke neue Blätter. »Versuch es noch mal.«

Er gibt sich alle Mühe und zerkaut die Blätter, bis sie genug heilenden Saft abgeben. Wie ich es ihm erklärt habe, schmiert er sich den grünen Matsch auf den Arm. Währenddessen schneide ich einen Weißkohl und löse die zwei äußersten Blätter ab. »Die legt man außen drauf zur Kühlung.«

Mit einigen langen Halmen binde ich die Blätter fest. Merkwürdigerweise riecht er gar nicht so abstoßend wie Jerome. Eher angenehm, nach Harz, neuem Leder, Pferd und Honig. Vielleicht hat er in diesen Kleidern noch nie getötet. Ich bin dankbar dafür, dadurch wird mir wenigstens nicht übel in seiner Nähe. Sein Gesicht entspannt sich, sobald die Heilmittel zu wirken beginnen. So sieht er fast harmlos aus.

»Hier, den nimm mit.« Ich lege den Krautkopf in seinen gesunden Arm. »Du musst die Blätter wechseln, sobald sie warm geworden sind.«

Er nickt. »Ich werde vor dem Haus des Heilers warten. Irgendwann taucht der sicher auf.« Damit stapft er Richtung Pferdestall davon.

Kein Wort des Dankes. Nicht einmal vorgestellt hat er sich.

Was habe ich auch erwartet von einem wie ihm.

»Nimm das als Lehre und lass in Zukunft die armen Rehe in Ruhe!«, rufe ich ihm wütend hinterher.

Er dreht sich nicht einmal um. Ich verdränge meinen Ärger und pflücke rasch den Liebstöckel.

Meister Reinald wartet schon vor seinem Herd, den Blick auf die Tür gerichtet, die Hände in die Hüften gestemmt. Doch als er meine Kräuter begutachtet, lichtet sich seine Gewittermiene. »Alle richtig, gut gemacht«, murmelt er und schickt mich gleich wieder hinaus, noch mehr von jeder Sorte zu holen. Während ich seinem Wunsch nachkomme, ertappe ich mich immer wieder, wie ich aufschaue und erwarte, dass der namenlose Jäger auftaucht, weil er noch mehr vom Spitzwegerich braucht oder neuen Kohl. Natürlich lässt er sich nicht blicken.

Dafür fällt mir ein kleinwüchsiger Mann auf, der sich vom Mitteltrakt her zu den Ställen bewegt. Er schaut weder nach links noch nach rechts. In der Dämmerung kann ich sein Gesicht nicht genau erkennen, doch etwas an ihm weckt mein Misstrauen, und ich stärke meine Sinne. Der kleine Mann riecht nach staubigem Papier, Mottenpulver, modrigem Holz und Tinte. Aber darunter spüre ich noch etwas Dunkles, Altes, das ich nicht benennen kann. Die feinen Härchen an meinen Armen stellen sich auf, und ich fröstle. Dann hat der kleine Mann den Stall erreicht und öffnet die Tür. Im Lichtkegel sehe ich, dass er in ein feines Samtwams und eine ebensolche Hose gekleidet ist. Aus dem Stall strömt der Geruch nach Pferdemist und überdeckt den des Mannes. Mein Unbehagen löst sich auf, und ich beuge mich wieder über die Kräuter.

Zwei Stunden später verlässt die letzte Speise für den König die Küche. Während ein Teil der Diener bereits bei gefüllten Broten zusammensitzt, warten zwei neben dem Herd auf einen Topf Suppe und einen Korb mit gerollten Gemüsefladen.

»Für wen ist das denn?«, frage ich Irmgard leise.

»Die Gefangenen im Kerker«, antwortet sie mir ebenso leise. Ich mache große Augen. »Der Kerker ist auf dem Schlossgelände?«

»Ja, bei der Kaserne.« Sie tätschelt mir den Arm. »Keine Angst, von dort ist noch nie einer entkommen.«

Ich schlucke. »Sind … sind da viele unten?«

Sie zeigt auf die Holzschalen, die die Diener gerade zu den Fladen in den Korb stellen. »Ein gutes Dutzend, schätze ich.«

Mehr bekomme ich nicht aus ihr heraus. Die beiden Diener nehmen Topf und Korb in Empfang und tragen beides aus der Küche. Als sie zurückkommen, sind ihre Gesichter blass und ihre Mienen sehr ernst. Später im Gesindesaal beobachte ich, wie die beiden lustlos auf ihren Brotstücken herumkauen und an ihrem Apfelsaft nur nippen. Keiner blickt sie an. Und keiner stellt Fragen.

Als ich spätabends noch die Böden rings um die Kochfeuer wische, höre ich, wie sich draußen an der Hintertür zwei Männer unterhalten. Ich schnappe das Wort »Reh« auf und wecke meine tierischen Sinne, um alles zu verstehen.

»Das ist doch absolut verrückt«, flüstert der eine.

»Psst! Oder bist du so scharf auf ein Plätzchen im Verlies?«, zischt der andere.

»Aber … dass der Prinz alle Treiber mit ihren Meuten zusammenruft, nur um ein einzelnes Reh zu jagen, gab es noch nie. Und dazu noch eines, das hell leuchtende Augen hat. Ha! Ist dir schon mal ein Reh mit hellen Augen begegnet? Wer hat ihm nur diesen Floh ins Ohr gesetzt?«

»Keine Ahnung. Wie lange wird die Jagd gehen?«

»Bis wir es haben, und wenn es Wochen sind. Ich bin für die Nachmittage eingeteilt.«

Die Stimmen entfernen sich in Richtung der Ställe.

Meine Gedanken rasen.

Hundemeuten. Einem Jäger und einem Hund kann ich mit Glück entkommen. Doch einer ganzen Hundeschar und ihren Treibern nicht. Solange diese Jagd dauert, darf ich mich nicht mehr in den Wald wagen, die Gefahr wäre zu groß. Doch wo sonst kann ich mich verwandeln? Meine Kammer lässt sich nicht versperren … Unmöglich. Aber ich kenne mich. Irgendwann kann ich es nicht mehr kontrollieren, und es bricht aus mir heraus, ohne dass ich die Verwandlung länger steuern kann.

Ich muss einen Weg finden, die nächsten Wochen ohne den Wald als Zuflucht zu überstehen, oder mein Geheimnis wird schon bald keines mehr sein. Fröstelnd schlinge ich meine Arme um mich und starre in die Flammen.

»Weiß einer von euch etwas über den Pferch?«, fragt Berta die Hilfsköche.

»Welchen Pferch?«, wundert sich Irmgard.

Das würde ich auch gern wissen. Zehn Tage sind seit meiner Begegnung mit dem Jäger vergangen. Zehn Tage, in denen ich mich nicht verwandelt habe. Noch ist der Drang nicht übermächtig, doch ich ertappe mich immer wieder dabei, wie ich zum Wald hinüberstarre und mich frage, ob es das Risiko nicht vielleicht wert ist. Seit ich mit knapp einem Jahr das erste Mal Rehgestalt angenommen habe, ist es mir erst ein Mal gelungen, die nächste Verwandlung längere Zeit zu unterdrücken. Und das wohl auch nur, weil ich mit Keuchhusten wochenlang in der dunklen Kammer liegen musste und ohnehin zu geschwächt für jede Bewegung war.

»Na, den, der von den Gärtnern und den Jägern im Park errichtet wurde«, erklärt Gregor, der dritte Hilfskoch, gerade.

»Und wozu?«

Gregor hebt die Schultern. »Das hat mir keiner von ihnen sagen können. Befehl von ganz oben, angeblich. Vielleicht wegen dieses merkwürdigen Rehs mit den hellen Augen, auf das der Prinz es abgesehen hat. Keine Ahnung.«

Ich spitze die Ohren. Wieder ist die Rede von diesem besonderen Reh. Noch nie ist mir ein Reh mit hellen Augen begegnet.

»Und wie viele Rehe haben die Jäger inzwischen gefangen, ohne dass es dabei war? Zwanzig?« Irmgard schüttelt den Kopf.

»Eher dreißig.« Gregor grinst und nimmt die Schüssel mit den Karottenwürfeln von Bertas Platz. »Wartet, bis in drei Tagen die Brautschau beginnt, dann kommt er auf ganz andere Gedanken.«

Berta lacht, und selbst Irmgard muss schmunzeln. Ich senke den Kopf und kümmere mich nur um meine Arbeit. Ist der Pferch wirklich nur für dieses eine Reh bestimmt?

Während meiner Pause am frühen Nachmittag lässt mir die Sache weiterhin keine Ruhe, und ich spaziere am goldenen Brunnen vorbei durch das Burgtor hinaus in den Park. Der Pferch ist schon von Weitem zu sehen. Wie ein Fremdkörper sticht der mit einem behelfsmäßigen Zaun umgebene Bereich zwischen den bunten Blumenrabatten und gepflegten Rasenflächen hervor.

Und ich bin scheinbar nicht die Einzige, die sich für ihn interessiert. Vor dem Zaun des Pferchs steht ein Mann in Grün und Schwarz. Er kehrt mir den Rücken zu, den Blick starr auf die mit einer dicken Schicht Streu bedeckte Fläche gerichtet, aber ich erkenne ihn an seiner Größe, den breiten Schultern und den kinnlangen schwarzen Locken. Das ist eindeutig der Jäger, der mich um ein Haar getötet hat. Was macht er hier?

Sein Gesicht ist angespannt, dunkle Schatten liegen um seine Augen, als ob er die letzten Tage kaum geschlafen hat. Ich trete neben ihn, doch er scheint mich nicht zu bemerken.

»Müsstest du nicht im Wald sein und Rehe fangen?«, frage ich schnippisch. »Damit der Prinz endlich *sein* Reh bekommt?«

Jetzt habe ich seine Aufmerksamkeit. Er zieht die Brauen zusammen und mustert mich misstrauisch. »Woher weißt du davon?«

Ich zucke die Achseln. »Irgendwo aufgeschnappt.«

Er dreht sich zum Pferch und murmelt etwas, das wie »Jägergeschwätz« klingt.

Ich stelle mich neben ihn. Zu gern würde ich mehr über dieses mysteriöse Reh erfahren. »Weißt du, was das für ein Reh ist? Und warum der Prinz es unbedingt finden will?«

Mit einem Seufzer stützt er sich mit den Ellenbogen auf den Zaun, und sein Blick wandert in die Ferne. »Wenn ich das wüsste …«, murmelt er.

»Hast du es denn schon gesehen?«, hake ich nach.

»Ja«, sagt er schlicht und reibt sich den Arm. »An dem Tag, als mich die verdammten Wespen erwischt haben. Um ein Haar hätte ich es erschossen.«

Ich! Ich bin das Reh, das alle suchen? Aber als Reh habe ich dunkle, braune Augen mit großen, tiefschwarzen Pupillen, wie alle anderen Rehe auch. Ich kenne mein Spiegelbild. Jedes Mal, wenn ich in Rehgestalt an einer Pfütze oder einem Teich meinen Durst lösche, blickt es mir entgegen.

»Warum schüttelst du den Kopf?«, reißt mich seine Stimme aus den Gedanken.

Vorsicht!, ermahne ich mich stumm. »Ich … ich versuche nur, mir das Reh vorzustellen. Waren die Augen wirklich hell und leuchtend?«

Er runzelt die Stirn und richtet sich auf, um mich von oben herab zu mustern. »Zweifelst du an meinem Wort, Küchenmädchen? Wenn ich sage, dass das Reh helle, nahezu golden leuchtende Augen hatte ...«

Golden?

Kann es sein, dass das goldene Licht, das mir zu Hilfe kam, meine Augenfarbe verändert hat? Bei dem Gedanken, das eigentliche Ziel der Hunde und Jäger zu sein, die seit Tagen jedes Reh zur Strecke bringen, wird mir übel.

Zeitgleich wird mir etwas klar. »Du warst es. Du hast dem Prinzen davon erzählt, und deshalb will er das Reh fangen«, schlussfolgere ich halblaut. Und füge bissig hinzu: »Du bist wohl sein Lieblingsjäger, wenn er deswegen gleich eine Hetzjagd auf alle Rehe ausrufen lässt?«

Seine Mundwinkel zucken. Irgendetwas an meiner Frage scheint ihn zu amüsieren. »Sozusagen, ja.« Er packt die oberste Latte des Zauns mit beiden Händen, drückt sie, dass seine Knöchel weiß hervortreten. Es sind große, kräftige Hände wie die meines Vaters, mit Schrammen und Schwielen.

Mir muss etwas einfallen, ihn von der Hetzjagd abzubringen. Wenn er den Prinzen dazu angestiftet hat, kann er ihn vielleicht auch davon überzeugen, sie abzubrechen. »Angenommen, es gibt dieses Reh mit den goldenen Augen wirklich. Was, wenn es gar kein echtes Reh ist?« Kaum ausgesprochen, würde ich den Satz am liebsten wieder zurücknehmen. Zumal er sich mir sogleich neugierig zuwendet. Er ist wirklich verdammt groß.

»Wie meinst du das, Mädchen? Kein Reh? Was soll es denn sonst gewesen sein?«

Meine Gedanken rasen. »Ein ... ein Geist, eine Erscheinung? Oder ... ein Monster, ein Untier?«

Der Jäger schüttelt den Kopf. »Ich habe seine Spuren gesehen. Also war es kein Geist. Ein Untier? Es hat nicht gefährlich gewirkt. Nicht einen Atemzug lang. Und glaube mir, Küchenmädchen, ich weiß, wie sich Gefahr anfühlt. Echte Gefahr.«

Da ist ein alter Schmerz in seiner Stimme, den ich nicht zu deuten vermag. Überhaupt ist er für mich schwer zu lesen, als ob sein Innerstes hinter einer schützenden Wand verborgen wäre wie ein bittersüßer Nusskern in seiner Schale.

»Kümmre dich um deine Kräuter, Küchenmädchen«, sagt er und wendet sich von mir ab. »Was aus dem Reh wird, ist die Entscheidung des Prinzen, nicht die deine.« Sein Ton lässt keinen Widerspruch mehr zu.

Ich spüre, dass ich verloren habe. Zumindest vorerst. Geknickt drehe ich mich um und gehe zum Schloss zurück. Gregors Spruch fällt mir ein, und in mir keimt die Hoffnung, dass er recht haben möge. Vielleicht vergisst der Prinz über der bevorstehenden Brautschau das Reh und lässt von seiner Suche ab.

»Rahel, was ist mit den Gurken?«

Ich schiebe gerade die letzten Gurkenstücke in die flache Holzschale. »Sind bereit!«

Gregor taucht vor meinem Tisch auf, das runde Gesicht rot vor Anstrengung. Er schnappt sich die Schüssel. »Bitte noch drei. Und ebenso klein gewürfelt.« Und weg ist er.

Neben mir schimpft Irmgard vor sich hin. »Bitte keinen Fisch. Für mich keine Bohnen. Ich mag nur ganz wenig Dill in meiner Suppe. Die Brühe dreimal sieben, ich esse sie immer klar.« Bei jedem Satz zieht sie das Messer heftiger durch die Büschel Dill auf ihrem Schneidebrett.

Selbst Berta, die es sonst selten eilig hat mit ihrer Arbeit, hackt schweigsam und verbissen eine Handvoll Nüsse nach der anderen.

In der Tür tauchen die nächsten Diener auf. »Für Komtesse Fedora bitte zwei Scheiben Nussbrot und eine Schale Gurkensuppe, aber ohne Kresse, nur mit Dill«, sagt der eine, und der zweite Diener fügt hinzu: »Ihre Mutter, Gräfin von Krähenfels, wünscht dasselbe und dazu zweimal geräucherte Forelle und eine Scheibe Wildschweinschinken. Als Nachtisch zwei Schälchen Birnencreme, aber ohne Sahne.«

Schweigend füllt Meister Reinald die bereitgestellten Tabletts mit den gewünschten Gerichten. Kaum sind die beiden Diener mit ihrer Last verschwunden, kommen schon die nächsten.

Das geht bereits seit dem frühen Mittag so, und inzwischen hat die Sonne den Zenit längst überschritten. Wenigstens sind nicht alle Vons zugleich eingetroffen, jene aus Eichengold, der Hauptstadt, werden erst zum königlichen Empfang heute Abend erwartet. Laut Plan bekommen die adeligen Mädchen und ihre Begleiter eine Mahlzeit auf ihren Zimmern serviert, da im königlichen Speisesaal kein Platz für so viele ist. Am Nachmittag gibt es noch Tee und Kuchen, und dann machen sie sich fein für den Abend.

»Seien wir froh, dass wir nicht die Bewohner der Zeltstadt auch noch verköstigen müssen«, sage ich halblaut und schäle die nächste Gurke. Dafür wurden extra Zelte auf dem Schlossgelände eingerichtet und Köche aus der Hauptstadt angeheuert.

»Die hätten sicher weniger Sonderwünsche«, brummt Irmgard.

»Denkst du?« Berta dreht kurz den Kopf zu uns nach hinten. »Da sind doch bestimmt auch genügend darunter, die sich wichtigmachen wollen.«

Irmgard zuckt die Achseln. »Nun, jedenfalls müssten wir sie nicht alle erfüllen.«

»Pst!« Ich stoße Irmgard an, damit sie sich nicht in Schwierigkeiten bringt. Ich verstehe ihren Ärger, aber sie sollte ihm lieber nicht so laut Luft machen. Auch wenn es natürlich stimmt. Niemand in der Küche hat seit einer Woche tagsüber mehr als eine Stunde schlafen können, so viel galt es vorzubereiten. Und auch die Nächte werden immer kürzer.

Trotzdem habe ich mich zweimal nachts hinausgeschlichen, um mich im Sichtschutz der Mauer im verwilderten Teil des Parks kurz zu verwandeln. Immer nur ein paar Minuten lang. Solange das Reh weiterhin von den Jägern des Prinzen bei Tag und bei Nacht gesucht wird, kann ich nicht mehr riskieren. Doch das wird genügen müssen, bis die Brautschau vorbei ist oder die Rehsuche offiziell abgeblasen wird.

Irmgard reißt mich aus meinen Gedanken. Sie seufzt tief und widmet sich wieder ihrer Arbeit.

Zwei Stunden später sitzen wir Dienstboten endlich alle bei einem Teller Suppe, Brot und Gurkenquark an unserem Tisch im Gesindesaal und strecken erleichtert die Füße aus. Wir sind enger zusammengerückt, damit die Näherinnen und Zofen, die der König aus der Hauptstadt zum Schloss befohlen hat, noch Platz im Saal finden. Sie sehen nicht weniger erschöpft aus als der Rest von uns.

»Wenn ich noch einmal den Satz ›Aber vor zwei Tagen hat es mir noch gepasst‹ hören muss, klettre ich die Wände hoch«, erklärt eine von ihnen und pustet ein graues Löckchen aus der Stirn. »Dabei klafft das Mieder hinten gut eine Handbreit auseinander, und ich muss mir einfallen lassen, wie ich das Ding weit genug schließen kann, damit sie in das Kleid passt und dabei nicht in Ohnmacht fällt.«

»Wenigstens musst du nicht bei den ›von Krähenfels‹ ran. Die Gräfin hat irgendwo gehört, dass taillierte Kleider mit vielen Unterröcken wieder in Mode kämen, und will nun die gesamte Garderobe ihrer Tochter Fedora in diesem Stil umgenäht bekommen. Über Nacht.« Die Sprecherin, eine jüngere Näherin mit flinken mausgrauen Augen, wirft die Hände in die Höhe, die Verzweiflung ist nur halb gespielt. »Und dazu noch Rüschen an den Seiten, drei Reihen mit Silberborten.«

Die Zofe neben ihr stöhnt. »Das auch noch! Habt ihr eine Ahnung, wie lange es dauert, so viele Rüschen glatt zu bekommen?«

Eine Geschichte nach der anderen macht die Runde. Ich vergesse vor Staunen beinah, meine Suppe zu löffeln. Die Kleider müssen wirklich prächtig sein. Fast bedaure ich, dass ich sie wohl nicht zu Gesicht bekommen werde.

»Genug geplaudert, wir haben noch viel vor und nicht mehr viel Zeit.« Meister Reinald stemmt sich hoch. »Berta, du wäschst das restliche Geschirr und hast danach deine freie Stunde, der Rest der Küche hat jetzt Pause und steht in einer Stunde bereit für die Abendhäppchen«, ordnet er an.

Es erhebt sich leises Gemurmel, die letzte Nacht war schon so kurz. Lange halten wir das sicher nicht mehr durch. Meister Reinald hebt bedauernd die Schultern. »Tut mir leid, aber mehr ist nicht drin.«

Rasch lösen sich die gemütlichen Runden auf, jeder ist bestrebt, sich möglichst schnell zurückzuziehen, um ein wenig zu ruhen.

Irmgard ist mit einigen der Näherinnen schon auf dem Weg in die Kleiderkammer, um dort nach Material für absolute Notfälle zu wühlen. Stoffreste, Knöpfe und Broschen, die geplatzte Nähte und dergleichen kaschieren können.

Obwohl ich nicht weniger müde bin als die Tage zuvor, zögere ich, meine Kammer aufzusuchen. Mich zieht es in den Ballsaal. Seit Tagen haben die Diener kaum von etwas anderem gesprochen als von den Vorbereitungen im großen Saal des Schlosses. Von den unzähligen Kristallen, welche für die Kronleuchter alle einzeln von den Hausdienern poliert werden mussten, von den vielen Spiegeln, die es blank zu putzen galt, und den zahlreichen Vergoldungen im Saal selbst, die erneuert und aufgefrischt werden mussten. Von Irmgard weiß ich, dass der Saal seit der Feier zum ersten Namensfest des Prinzen nicht mehr benutzt wurde.

Nun ist alles fertig und bereit für die »Festliche Begrüßung« heute Abend. Ich muss mir diese Pracht einfach ansehen, und eine bessere Gelegenheit wird sich wohl nicht mehr bieten. Also husche ich aus dem Dienstbotentrakt in den Mittelteil des Schlosses, obwohl wir von der Küche dort nicht gern gesehen werden. Doch ich habe Glück. Ohne einem Menschen zu begegnen, schlüpfe ich durch eine verborgene Türe in einen der Laufgänge der Dienerschaft. Wenn ich mich recht erinnere, muss ich jetzt zweimal links abbiegen, geradeaus, dann rechts und … jetzt die zweite Türe auf dieser Seite … Der Knauf lässt sich sehr leicht drehen. Als sich die Tür nach außen öffnet, bleibt mir der Mund offen stehen. Der Saal ist sicher doppelt so hoch wie die Küche. Mindestens. Alle zwei Schritte sind große goldene Spiegel in die schimmernd weißen Wände eingelassen, eingefasst von vergoldeten Ranken und Blüten. Die Wände dazwischen schmücken rosa Seidentapeten und weiß gestrichene Holztäfelungen mit aufwendigen Vergoldungen. Überall brennen auch hier bereits die Öllampen an den Wänden, die Kerzen der riesigen Kronleuchter werden wohl erst später entzündet.

Ich sehe mein Bild im Spiegel gegenüber und ziehe rasch die fleckige Schürze aus, damit ich mir nicht gar zu schäbig vorkomme.

Schon besser. Der schwarze Rock fällt mir bis zu den Knöcheln, und die Bluse hat einen hübschen Stehkragen mit feiner Spitze. Die beiden Leihgaben aus der Kleiderkammer mögen altmodisch sein, doch sie sind aus sehr feinem Leinen und um einiges besser als meine eigenen Sachen.

Heute Abend geht es nur darum, dass die jungen Mädchen sich dem König präsentieren und er die Kandidatinnen für die eigentliche Brautschau auswählt. Dabei wird leider keine Musik ertönen, wie ich aus einer Unterhaltung zwischen Sir Bertold und Meister Reinald aufgeschnappt habe. Eigentlich schade, denn das Parkett glänzt mit den Vergoldungen um die Wette und lädt zum Tanz ein. Flink schlüpfe ich aus den Holzpantoffeln, um keine Kratzer zu hinterlassen, und wage einen Schritt in den Saal hinein.

Ich summe leise die Melodie meines Lieblingstanzes bei den Dorffesten. Einmal hier tanzen, unter den funkelnden Lichtern – sich verbeugen, knicksen, zwei Schritt vor, einer zur Seite, eine Drehung und dann …

Im Spiegel hinter mir bewegt sich etwas. Sogleich schnelle ich herum und … in der verborgenen Tür, die ich offen gelassen habe, steht ausgerechnet … er. Der namenlose Jäger, ein freches Grinsen auf seinem Gesicht.

»Was … was machst du hier?«, stottere ich, unschlüssig, ob ich mich an ihm vorbeidrängen soll oder lieber warte, bis er den Eingang räumt.

»Dir zusehen.«

Versucht er etwa gerade komisch zu sein? Mir fällt auf, dass er nicht seine übliche Jägerkluft trägt, sondern glänzende schwarze Beinkleider unter einer flauschigen grauen Wolltunika. Sie riecht ein wenig nach Lavendel, als hätte er sie hastig aus einer lange verschlossenen Truhe gezogen.

»Und dafür hast du dich so fein gemacht? Um einem Küchenmädchen beim Tanzen zuzusehen?«, frage ich.

Er geht nicht darauf ein, seufzt stattdessen und greift sich in den Kragen seiner Tunika. »Was anderes habe ich auf die Schnelle nicht gefunden, und ich wollte nicht warten, bis sie zurückkommen, um mich weiter zu piesacken.«

Ich gebe ihm nicht die Genugtuung, nachzufragen, wundere mich aber im Stillen, wen er damit meint. Die Näherinnen? Wohl kaum, die beschäftigen sich nur mit den Vons. Ich finde seine Kleidung auffallend fein für einen Jäger, aber er scheint damit nicht recht glücklich zu sein.

»Schon in der Kleiderkammer nachgesehen?«, rutscht es mir heraus. Wobei, bei seiner Größe und den breiten Schultern dürfte es gar nicht so leicht sein, etwas Passendes zu finden.

Er wirft mir einen Blick zu, den ich nicht deuten kann. »Ich glaube nicht, dass ich mir aussuchen kann, was ich heute Abend trage.«

Bei seinen Worten fällt mir wieder ein, was die jüngeren Offiziere der Wache erzählt haben. Sie bekommen von Sir Bertold Benimmunterricht und werden ausstaffiert, um während der Vorstellung heute Abend für Frieden unter den bürgerlichen Mädchen zu sorgen. Das Gleiche gilt wohl für die Jäger.

»Bist du eingeteilt worden, die jungen Damen zu unterhalten?«, hake ich nach.

»So könnte man es nennen«, sagt er und zieht dabei eine Grimasse, sodass er plötzlich viel mehr nach einem hilflosen Jungen aussieht als nach dem gefährlichen Jäger, als den ich ihn bisher kennengelernt habe. Ich unterdrücke ein Kichern. Mit mäßigem Erfolg. Irritiert zieht er die Brauen zusammen und wirft mir einen fast gekränkten Blick zu. »Was ist daran komisch?«

»Dein Gesicht.« Ich bemühe mich um eine ernstere Miene. »Du machst dir zu viele Sorgen«, versuche ich ihn zu beruhigen und denke dabei an Gisela. »Sie werden nur Augen für den Prinzen haben, und jede Einzelne wird alles tun, damit er sie auch bemerkt.«

»Und das soll mich beruhigen?« Ist er jetzt etwa blass geworden?

»Du musst ihnen ja nicht auf die Nase binden, dass du dem Prinzen nahestehst«, sage ich.

Er zieht beide Brauen hoch.

»Na, als sein Lieblingsjäger«, helfe ich ihm auf die Sprünge.

»Ach ja, stimmt.« Seine Stimme klingt, als wäre er mit den Gedanken woanders. Gleichzeitig hebt er den Kopf und dreht ein Ohr zu der mit Blattgold überzogenen, zweiflügeligen Türe.

Ich konzentriere mich auf meine Rehsinne und … da sind Schritte. Fest, eilig und nicht mehr weit entfernt. Wenn Sir Bertold erfährt, dass ich mich hier herumtreibe … Rasch dränge mich an ihm vorbei in den Laufgang und schlüpfe dabei in meine Pantoffeln. Sofort schließt der Jäger die versteckte Türe bis auf einen schmalen Spalt.

Wir sehen uns an, er hält den Zeigefinger vor die Lippen, ich nicke. Gleich darauf öffnet sich eine der beiden Flügeltürhälften, und ein kleiner Mann betritt den Saal. Ich habe ihn schon einmal gesehen, vor Tagen im Garten aus der Ferne, als er zu den Ställen unterwegs war. Auch heute riecht er nach Staub, altem Papier und Mottenkugeln. Nach drei Schritten in den Saal hinein bleibt er stehen, seine Augen wandern über die Täfelung und die Seidentapeten bis zu den hohen Fenstern am unteren Ende des Saales, die zum Blumengarten hinausblicken. Sie sind alle geschlossen.

Der Jäger und ich halten instinktiv beide den Atem an. Der kleine Mann murmelt etwas in seine Bartzöpfchen, dreht sich dann eilig auf den Hacken um und stapft hinaus, wobei er die Türe schwungvoll ins Schloss fallen lässt. Noch rühren wir uns nicht, sondern lauschen, wie sich die Schritte wieder vom Saal entfernen. Erst als ich sie auch mit meinem Rehgehör nicht mehr vernehmen kann, atme ich erleichtert auf. »Uff, das war knapp«, sagt der Jäger neben mir im gleichen Moment.

»Wer war das denn?«, frage ich vorsichtig.

Er blickt mich erstaunt an. »Du kennst den Regenten nicht?«

Das war der Regent? Mir fällt ein, dass sich die Hilfsköche im »Ochsen« einmal über seine kleine Gestalt lustig gemacht haben, bis Meister Herkant es ihnen rasch verboten hat. Jedes Jahr, wenn er auf seiner Rundreise nach Weißrosen kommt, bleiben all jene zu Hause, die nichts zu erwarten haben. Er lässt sich stets die Babys zeigen, die seit dem letzten Jahr das Licht der Welt erblickt haben, und händigt den Eltern auf Geheiß des Königs drei Goldstücke aus. Alle anderen fürchten diese Besuche, denn meist kündigen sie weitere Zusatzzahlungen an die Krone oder Steuererhebungen an, die kurze Zeit nach der Rundreise als königliches Dekret verkündet werden. Wozu also ein Geschenk beklatschen, das sich der König durch die überhöhten Steuern ohnehin wieder zurückholt?

Ich hebe die Schultern. »So oft schaut er nicht in der Küche vorbei«, antworte ich ausweichend.

Er schmunzelt und stößt die verborgene Türe wieder auf. »Bitte, du kannst weitertanzen.«

Seufzend schüttle ich den Kopf. »Meine Pause ist bald vorbei. Ich wünschte nur, ich könnte heute Abend zusehen, wenn die Kerzen in den Kronleuchtern brennen, die Spiegel das Licht reflektieren und der Saal zum Leben erwacht.«

»Seid ihr da in der Küche schon fertig?«, fragt er.

»Heute ja, weil wir nur Häppchen vorbereiten«, erwidere ich.

»Dann komm doch her und sieh zu.«

»Das kann ich nicht«, seufze ich. »Sir Bertold hat verboten, dass wir den Dienern hier drin im Weg stehen. Es wird ohnehin schon eng genug sein.«

Auf seiner Stirn bilden sich zwei senkrechte Falten, und er blickt an mir vorbei, als würde er angestrengt überlegen.

»Es gibt noch einen anderen Platz«, sagt er langsam. »Komm mit!«

Seine Stimme hat den Befehlston, den ich von Vater kenne, wenn er in alte Militärgewohnheiten zurückfällt. Da ist auch diese Wachsamkeit, die der Jäger ausstrahlt, so wie jemand, der gelernt hat, ständig auf der Hut zu sein. Und den Regenten hat er sogar noch vor mir kommen hören. »Hast du mal in der Armee gedient?«, frage ich, während er die verborgene Türe schließt und den Laufweg in Richtung Saaleingang weiterläuft.

Er bleibt stehen und wirft mir einen neugierigen Blick über die Schulter zu. »Wie kommst du darauf?«

»Du klingst wie mein Vater, und der war früher Soldat«, erkläre ich.

Ein Lächeln huscht über seine Lippen. Doch es strahlt keine Fröhlichkeit aus. »Gedient? Ja, das habe ich wohl …«

Etwas an seiner Haltung verbietet mir, nachzuhaken. Ungefähr auf der Höhe der vergoldeten Eingangstüre zum Ballsaal bleibt er stehen und öffnet an der dem Ballsaal gegenüberliegenden Wand des Laufganges eine weitere verborgene Tür. Dahinter liegt eine enge, nur schwach beleuchtete Treppe.

»Hier lang!«

Während ich hinter ihm die steilen Stufen erklimme, muss ich daran denken, wie sonderbar es doch ist, dass ich keinerlei Angst verspüre. Hier bin ich, nach all dem, was ich mit Jerome erlebt habe, im Halbdunkel, allein mit einem Mann, der auf seine Weise wohl noch gefährlicher ist. Der mich töten wollte, und dennoch ... ich spüre, dass er mir nichts Böses will. Im Moment zumindest.

Am oberen Ende der Treppe beginnt ein weiterer Laufgang. Hier muss sich der Jäger ducken, um mit dem Kopf nicht gegen die Decke zu stoßen. Weiter vorn fällt Licht in den Gang, und als wir die Stelle erreichen, öffnet sich ein Balkon, der knapp unter der mit bunten Blumengemälden überzogenen Decke in den Saal hineinragt. Er ist mir vorher gar nicht aufgefallen. »Hier sitzen bei Bällen die Musiker«, erklärt der Jäger und deutet auf die gut fünfzehn gepolsterten Stühle, die zwischen den drei weißgoldenen Säulen stehen. »Es ist ein guter Platz, wenn man von unten nicht gesehen werden will.«

Und es ist der beste Platz, um selbst alles zu sehen. Sogar das Podest mit den drei großen Stühlen ganz hinten vor den Fenstern, wo König Gisir, der Prinz und Regent Ivald sitzen werden. »Und?«, fragt er. »Wirst du kommen und zusehen?«

Ich nicke. In Gedanken suche ich schon nach dem idealen Zeitpunkt, mich hierherzuschleichen. »Versuchen werde ich es auf jeden Fall. Danke.«

Er blickt zur Seite. »Schon gut. Fall nur nicht runter.«

Meint er das ernst? »Für wie alt hältst du mich?«

»Vierzehn?«

Bitte? »Ich bin sechzehn«, rutscht es mir heraus. Einen Moment später würde ich mir am liebsten die Zunge abbeißen.

Sein Kopf ruckt herum. »Wirklich?«

»Ja, aber bitte verrate es niemandem. Meister Reinald und die anderen glauben, ich sei erst fünfzehn.«

»So siehst du auch aus. Aber wenn du sechzehn bist, warum stehst du in der Küche, statt dich für den Ball heute Abend und den Prinzen hübsch zu machen?«

Meine Finger streichen fahrig über den Rock. »In diesen Sachen?«

»Und wer hat mir etwas von einer Kleiderkammer erzählt?«

Punkt für ihn. Vielleicht würde ich wirklich etwas finden, das ein wenig festlich aussieht. Aber ich will gar nicht dabei sein. Also nicht als Teilnehmerin der Brautwahl. Da ziehe ich es vor, den Prunk aus der Distanz anzuschauen, fernab von Gisela und ihresgleichen.

»Ich mitten unter den Vons? Lieber putze ich Lauch und spüle Töpfe. «

»Vons?« Er runzelt die Stirn.

»Die Adeligen«, erkläre ich ihm. »Vor diesem Rudel Prinzessinnen, Komtessen und so weiter will ich mich nicht zum Narren machen.«

»Nicht mal für den Preis, die Braut des Prinzen zu werden?« Er sieht mich ungläubig an, und ich kann es ihm nicht verübeln.

»Schon gar nicht für diesen Preis«, sage ich nachdrücklich. »Wenn ich einmal heiraten würde, dann, um glücklich zu werden, und nicht, um eine Krone zu tragen.«

»Du glaubst das wirklich.« Es klingt nicht wie eine Frage.

Ich nicke und weiche seinem Blick nicht aus. Schließlich ist er es, der zu Boden schaut. Dabei wird sein Gesichtsausdruck immer nachdenklicher. Schließlich gibt er sich einen Ruck.

»Ich muss zurück.«

Das Gleiche gilt für mich. Ein wenig möchte ich mich noch ausruhen, bevor die Arbeit wieder ruft, und wenn es nur ein paar Minuten sind.

Unsere Wege trennen sich am Eingang zum Dienstbotentrakt. Er verschwindet so schnell um die nächste Ecke, dass ich nicht mehr dazu komme, ihn nach seinem Namen zu fragen. Während ich leise zu meiner Kammer zurückschleiche, beginne ich, mich auf heute

Abend zu freuen. Auf den Glanz, die Kleider … und auch ein wenig darauf, zu sehen, wie *er* sich schlägt.

»Und das letzte!« Meister Reinald wischt sich mit dem Ärmel den Schweiß von der Stirn, als einer der Diener mit einem weiteren Tablett voller Häppchen die Küche verlässt.

Irmgard und ich haben unsere Arbeitsplätze bereits geputzt und unser Geschirr gewaschen. Die Hilfsköche füllen die letzten Kristallkrüge mit Wasser, Saft und verdünntem Wein und stellen sie zu den drei Reihen auf den vordersten Tisch, damit die Diener sie bei Bedarf rasch tauschen können.

Im Gesindesaal stehen Wasser, Brot und Käse bereit, wir essen und trinken im Stehen, schweigend, denn niemand hat mehr die Kraft zum Plaudern. Einer nach dem anderen zieht sich zurück, dankbar, dass Meister Reinald Erbarmen gezeigt und gerade verkündet hat, der Abwasch könne bis morgen warten, da die Vons nach dem langen Abend sicher erst spät ihr Frühstück verlangen werden. Eigentlich sollte ich diese Chance auf etwas dringend benötigten Schlaf nutzen. Aber ich habe andere Pläne und trödle bewusst so lange, bis ich die Letzte in der Küche bin, um mich nun unbemerkt auf den Weg zum Saal zu machen. Wie erwartet, ist der Dienstbotentrakt menschenleer, im Mitteltrakt hingegen herrscht hektisches Treiben. Schwarz-weiß gekleidete Zofen trippeln mit gehetztem Gesichtsausdruck durch die Gänge, die meisten mit Kleidern auf den Armen, einige aber auch auf der verzweifelten Suche nach Hilfe:

»Hat jemand ein Stück weißes Samtband übrig?«

»Drei schwarze Haarnadeln, rasch, drei schwarze Haarnadeln!«

»Wer weiß, wo ich ein Stück Spezialseife für Goldschmuck herbekomme? Schnell!«

»Aus dem Weg, die Rüschen sind frisch geplättet!«

In diesem Gewühl falle ich nicht weiter auf. Auch im Laufgang ist niemand zu sehen, denn die Diener stehen im Augenblick alle im Ballsaal neben den Stehtischchen, bereit, den feinen Damen einzuschenken. Erst wenn die Krüge sich leeren, wird es hier drin wieder eng werden.

Trotzdem atme ich tief durch, als ich endlich die Treppe erreiche. Hier erwischt zu werden, würde gewaltigen Ärger bedeuten. Die Holzpantoffeln in den Händen, schleiche ich auf Zehenspitzen die steilen Stufen hinauf. Glücklicherweise knarrt das Holz kaum, sodass ich es ungesehen bis zum Balkon der Musiker schaffe. Noch wage ich es allerdings nicht, hinaus in den Saal zu blicken, einer der Diener könnte mich entdecken. Also setze ich mich auf den Boden und warte.

Eine gute halbe Stunde später öffnet sich die große Flügeltür.

»Tretet ein!«, höre ich Sir Bertolds feierliche Stimme. Es folgt helles Stimmengewirr und das Klappern vieler Absätze auf dem Boden.

Vorsichtig richte ich mich auf, den Rücken gegen die Wand gedrückt, linse ich durch die Öffnung in den Saal und … starre geradewegs auf einen Kronleuchter, der nur wenige Schritte vor dem Balkon hängt. Nun, da sich die Kerzenflammen in unzähligen Kristallen spiegeln, erstrahlt er so hell, dass ich von hier nur mit Mühe erkennen kann, was unten im Saal vor sich geht.

Eine kleine Lawine aus bunten Kleidern wälzt sich hinter dem weißhaarigen und ganz in Schwarz gewandeten Sir Bertold durch den Saal bis dorthin, wo das Podest mit den zwei massiven, vergoldeten Sesseln steht. Den dritten Stuhl entdecke ich gleich unterhalb vor einem kleinen Schreibpult. Dazugekommen ist auch der schmale schwarze Teppich, der von der Tür bis zu den Stufen des Podestes reicht. Rechts und links davon sind dicke schwarze Samtseile zwischen kleinen, vergoldeten Säulchen gespannt worden, die das königliche Podest abschirmen.

Ich wage mich einen Schritt hinaus auf den Balkon. Eng an die Rückseite einer Säule gedrückt, versuche ich mit zusammengekniffenen Augen, Einzelheiten zu erkennen. Mir kommt in den Sinn, was die eine Näherin über den Kleiderwunsch der Gräfin von Krähenfels gesagt hat. Offenbar hat diese Idee um sich gegriffen, denn ich entdecke gleich mehrere Vons in gebauschten, zweifarbigen Röcken und besonders engen Taillen. Die Mehrheit jedoch hat auf Schnitte gesetzt, die mich an Giselas Kleid erinnern: ausgestellte Röcke, gerade geschnittene Oberteile, helle Untergewänder mit Überkleidern in kräftigen Farben und verspielten Mustern, die unter der Brust mit goldfarbenen oder weißen Kordeln geschnürt werden, dazu flatternde Ärmel und vor allem tiefe, rechteckige Ausschnitte.

Ich sehe, wie die Stoffe glänzen, und frage mich einen Moment lang, wie es wohl wäre, da unten zu stehen, mitten unter ihnen, in einem ebensolchen, wunderschönen Kleid. Doch dann wird das Gedränge um die in der Mitte des Saals platzierten Stehtische mit den Häppchen dichter, es wird getreten und geschoben, und ich bin schlagartig wieder froh, hier oben zu sein, fernab des Getümmels.

Mir fällt auf, dass sich ein Mädchen nicht am Kampf um die Häppchen beteiligt. Ihr Kleid, in Puderblau und zartem Gelb gehalten, passt gut zu ihren dunkelbraunen Haaren, die ihr in langen Locken über die Schultern fallen. Ihr Gesicht versteckt sie hinter einem weißen Seidenfächer. Sie steht ein wenig abseits in Gesellschaft eines älteren Paares, sicher ihre Eltern.

Plötzlich ertönen vor dem Saal Fanfaren, und alle Aufmerksamkeit richtet sich schlagartig auf die goldene Tür schräg unterhalb des Balkons. Ich ziehe mich etwas in den Gang zurück, um nicht entdeckt zu werden, falls jemand zufällig nach oben blickt.

Sir Bertold klopft mit seinem Zeremonienstab auf das Parkett und verkündet: »Seine Majestät, König Gisir I., der Gütige und Gerechte, unumschränkter Herrscher des Reiches und Bewahrer des Friedens. Prinz Leonard, Erbe des Reiches und Träger des Ordens zum Goldenen Schwert. Regent Ivald, Schatzkanzler des Reiches, Meister der Lehren und Vorsitzender des Großen Rates.«

Ich warte noch etwas, um sicher zu sein, dass alle Gäste sich dem König zugewandt haben, dann schlüpfe ich zurück an meinen Platz hinter der Säule. Gerade noch rechtzeitig, um zu sehen, wie der König als Erster auf seinem goldenen Sessel Platz nimmt, dann der Prinz, ehe sich der Regent an das Schreibpult setzt und dort mehrere Bögen Papier ordnet.

Die jungen Damen drängen gegen die Samtkordel, um einen Blick auf den Prinzen zu werfen. Unter schmachtende Seufzer und aufgeregtes Gekicher mischen sich spitze Schmerzenslaute.

Alle drei Männer tragen schwarze Tuniken über schwarzen Hosen, der König dazu einen goldenen Mantel schräg über der Schulter, der Prinz einen silbernen und ein schwarzes Barett mit silbern schimmernden Federn, das sein Haar verbirgt. Schade, dass ich die Gesichter wegen des Kronleuchters kaum erkennen kann. Vielleicht gelingt es mir beim Auszug, einen Blick in das Gesicht des Prinzen zu erhaschen.

»Wir beginnen!«, übertönt Sir Bertold die Mädchenschar. »Jede junge Dame, die aufgerufen wird, trete vor, um Seiner Majestät und Prinz Leonard ihre Ehrerbietung zu erweisen. Erst nachdem alle Mädchen vorstellig geworden sind, wird die Entscheidung über die Auswahl der Kandidatinnen gefällt und noch heute Abend verkündet.«

Dann erklärt er auch noch, dass angesichts der großen Zahl an Kandidatinnen entschieden worden sei, dass die Damen von Adel und deren Begleitung die ganze Zeit über in der Gegenwart des Königs weilen dürfen, während die bürgerlichen Mädchen in kleinen Gruppen hereingebeten werden. Insgeheim hatte ich darauf gehofft, den Jäger bei seiner Rolle als Unterhalter der bürgerlichen Mädchen beobachten zu können, doch da die jetzt alle vor dem Saal warten, hält er sich wohl ebenfalls draußen auf.

»Prinzessin Gerlinde, Tochter des Fürsten von Sturmhafen!«

Eine gut gebaute junge Frau mit einem Turm aus blassblonden Locken macht den Anfang. Mir fällt auf, dass der Regent ihr Gesicht sehr genau mustert, bevor er etwas auf einen der vor ihm ausgebreiteten Papierbögen kritzelt.

Während der König sitzen bleibt und lediglich nickt, hat sich der Prinz erhoben und verbeugt sich vor der Fürstentochter. Anschließend zieht sich diese auf einen Wink Sir Bertolds wieder hinter die Absperrung zurück. Dieses Spiel wiederholt sich bei allen adligen Mädchen. Eine Prinzessin folgt auf die nächste, dann werden die Mädchen aufgerufen, die den Titel einer Komtesse tragen. Als Erste fordert Sir Bertold Komtesse Fedora, Tochter des Grafen zu Krähenfels, zum Vortreten auf. Ihr Kleid ist besonders eng geschnürt, ein Reif aus weißen Seidenblüten hält ihre hellbraunen Locken zusammen. Als sie knickst, beugt sie sich weit vor und verharrt länger als die Damen vor ihr in dieser Pose. Erst als Sir Bertold sich räuspert, erhebt sie sich und macht der Nächsten Platz. Kurze Zeit später wird das Mädchen im puderblauen Kleid aufgerufen.

»Komtesse Rieke, Tochter des Grafen von Wildenstein«, wird sie von Sir Bertold angekündigt.

Sie scheint förmlich durch den Saal zu schweben. Bei ihrem Knicks vor dem König kokettiert sie nicht wie die anderen vor ihr, die allesamt versucht haben, dabei noch Blickkontakt mit dem Prinzen aufzunehmen.

Eine weitere halbe Stunde später haben alle siebenunddreißig Vons ihren Knicks gemacht, und die erste Gruppe der Bürgerlichen wird in den Saal gerufen. »Die jungen Damen aus Auenheim«, kündigt Sir Bertold sie an und bittet sie alle zusammen in den Saal herein. Die Vons kichern, während sie die Dorfmädchen beobachten. Deren Kleider entsprechen zwar auch der gängigen Mode, sind jedoch viel einfacher geschnitten, mit matteren Farben und schlichteren Borten. Muster und Stickereien fehlen, ebenso die auffälligen Ziergürtel. Ihnen wurde offenbar der Ablauf schon draußen erklärt, denn sie gehen geordnet, eine nach der anderen, den schwarzen Teppich hinunter, um vor dem König und dem Prinzen ihren Knicks zu machen.

Der Prinz hat sich jetzt auch hingesetzt und nickt den Mädchen lediglich zu, statt sich zu verbeugen. So ungelenk einige der Bürgermädchen auch sind, keine stolpert, keine fällt hin. Wer an der Reihe war, wartet ein Stück hinter den Vons auf die anderen, und sie verlassen gemeinsam den Saal, so wie sie hereingekommen sind. Gruppe um Gruppe wird in den Saal hereingeleitet, der Strom will einfach nicht versiegen. Obwohl niemand sich zu murren traut, lässt nach den ersten zwei Stunden die Aufmerksamkeit der Vons deutlich nach. Grüppchen bilden sich und tuscheln, während andere begierig zu den Wassergläsern blicken, doch solange der König nicht dazu auffordert, ist jede Erfrischung untersagt.

Die Zeit verrinnt nur zäh. Bestimmt sind inzwischen dreihundert oder mehr Mädchen vorgestellt worden. Ich habe zu zählen aufgehört und bewundere Sir Bertold, der trotz seines fortgeschrittenen Alters kein Zeichen von Schwäche zeigt, auch wenn seine Stimme inzwischen schon ziemlich heiser geworden ist.

»Die letzte Gruppe, Eure Majestät«, verkündet er schließlich, und nun verrät sein Tonfall doch leise Erleichterung. »Die jungen Damen aus Weißrosen.«

Gespannt, ob Gisela dabei ist, schleiche ich geduckt zur vergoldeten Steinbrüstung, um einen genaueren Blick auf die Mädchen zu werfen. Ja, da sind sie, alle achtzehn, die in das entsprechende Alter fallen. Angeführt von Gisela, betreten sie den Saal. Ich erkenne das rosa Kleid aus dem Wald erst auf den zweiten Blick wieder. Irgendwie muss sie von Fedoras Stiländerung erfahren haben, sodass sie es noch schnell auf die gleiche Weise umschneidern lassen konnte. Nun steht es dem Kleid der Komtesse in nichts nach. Kaum bemerken es die Vons, ist das Geraune groß. Gisela schreitet als Erste über den Teppich, die Hände in den Hüften, als wäre sie bereits Königin und hielte Hof. Auch sie sinkt in einen tiefen Knicks und beugt sich genau wie zuvor Fedora weit nach vorn, sodass der Blick unwillkürlich auf ihr üppiges Dekolleté gelenkt wird. Der Prinz scheint das genauso wenig zu registrieren wie bei Fedora, jedenfalls fällt sein Nicken nicht anders aus als bei den anderen zuvor.

Alle aus meinem Dorf machen ihre Sache gut, soweit ich es sehen kann. Als Letzte knickst Dorina, die Tochter des Bäckermeisters. Noch während sie sich zurück zu den anderen Mädchen aus Weißrosen begibt, rutscht der Regent von seinem Stuhl und tritt mit den Blättern in der Hand zu Sir Bertold heran. Dieser schlägt mit seinem Stab sogleich dreimal aufs Parkett. Der König und der Prinz erheben sich. Ich versuche, einen besseren Blick auf Gisela zu erhaschen, die gerade mit den anderen Mädchen aus dem Saal marschiert.

»Sind noch Mädchen zugegen, die nicht auf den Listen stehen und noch nicht vorgetreten sind?«, fragt der Regent mit lauter Stimme, sodass er auch für die draußen Wartenden zu hören ist.

In diesem Augenblick hebt der Prinz den Kopf geradewegs in meine Richtung. Ich erstarre, dann ducke ich mich, mache mich ganz klein hinter der Brüstung.

Doch der Regent muss die Bewegung gesehen haben, denn er ruft laut durch den Saal: »Wer verbirgt sich da oben? Zeige dich, oder soll ich die Wachen schicken?«

Mir wird ganz flau im Magen. Was nun? Ich beiße die Zähne zusammen und stehe auf.

»Rahel? Bist du das da oben?« Giselas Stimme.

Der Regent eilt durch den Saal und baut sich vor meiner ehemals besten Freundin auf. »Du kennst das Mädchen?«, fragt er sie.

»Ich kenne sie auch!«, mischt sich Dorina ein. »Wir alle. Das ist Rahel, ein Küchenmädchen aus unserem Dorf und die Tochter eines Holzfällers.«

Einer der Diener huscht an die Seite des Regenten und flüstert ihm etwas zu. Der Regent zupft an seinen Bartzöpfchen. »Hmmm ... Küchenmädchen, wie alt bist du?«

Zu lügen hat keinen Sinn, nicht vor dem versammelten Dorf, alle Mädchen kennen mein wahres Alter.

»Sechzehn«, gebe ich also kleinlaut zur Antwort und verfluche meine Neugier. Wäre ich doch wie die anderen zu Bett gegangen.

»Und warum hast du dich nicht gemeldet?«

Die Wahrheit wäre eine Beleidigung des Königs und des Prinzen, daher sage ich das Erste, das mir in den Sinn kommt: »Weil ... weil ich dieser Ehre nicht würdig bin.«

»Das zu entscheiden obliegt nicht dir, Mädchen. Jede von euch hat sich vorzustellen. Auch du! Auf der Stelle!«

Kurz darauf schiebe ich mich durch die verborgene Türe in den Saal. Der Regent wartet schon und mustert mich kurz. »Hmmm ...«

Hastig streiche ich den Rock glatt. »Andere Kleidung besitze ich nicht«, murmle ich und höre hinter mir Gisela kichern.

Der Blick des Regenten wandert zu meinem Gesicht. Seine Augen sind so dunkel, dass es fast unmöglich ist, Pupille und Iris zu unterscheiden. Sein Geruch steigt mir in die Nase: Mottenkugeln, vergilbtes Papier, und zugleich ist da wieder dieser Unterton von etwas Uraltem, der mir einen kalten Schauer über den Rücken jagt. Er wirft mir einen weiteren, abschätzenden Blick zu, dann dreht er sich um und stapft über den Teppich zu seinem Pult.

»Los, geh ihm nach. Mach den Knicks, dann ist es gleich vorbei!« Ich blicke hoch, und da steht Komtesse Rieke in ihrem puderblauen Kleid und lächelt mich ermutigend an. »Es ist nicht schwierig. Du kannst das!«

Weshalb ist sie so nett zu mir? Ich komme nicht dazu, sie zu fragen, denn Sir Bertold räuspert sich und winkt mir mit seinem Zeremonienstab. Da mir ohnehin keine Wahl bleibt, bringe ich es lieber schnell hinter mich und eile über das Parkett zum Teppich. Meine Holzpantoffeln klappern viel lauter als die feinen Lederabsätze der anderen Mädchen, und mir steigt das Blut in die Wangen.

Die Blicke der Mädchen aus meinem Dorf brennen in meinem Rücken. Dazu das Getuschel der Vons von beiden Seiten wie das Zischen von Schlangen.

»Siehst du die Flecken an ihrem Ärmel? Und in so was wagt sie sich in den Saal!«

»Wenn sie wenigstens gebadet hätte! Bestimmt stinkt sie nach Kohl und Zwiebeln.«

»Angezogen wie eine Dienstmagd und dann diese Klumpen an den Füßen!«

»Besser als ihre dreckigen Zehen sind die allemal.« Gehässiges Kichern.

»Seht ihr den Stolz, mit dem sie den Kopf hält? Nichts haben, nichts sein und sich darauf noch was einbilden.«

Ich halte den Blick auf den Boden gerichtet, um nicht in ihre hämischen Gesichter blicken zu müssen. Jetzt nur nicht stolpern, nicht hinfallen!

Und dann stehe ich vor dem Pult des Regenten. Meine Hände greifen nach unten, ziehen den Rock ein Stück hoch, sodass ich in einen tiefen Knicks sinken kann, während Sir Bertold meinen Namen ruft: »Rahel, Tochter eines Holzfällers aus Weißrosen.«

Über mir räuspert sich eine mir vertraute Stimme. Ich hebe den Blick und erstarre. Denn nun kenne ich den Namen des »Jägers« – Prinz Leonard.

Für einen kurzen Moment treffen sich unsere Blicke. Doch falls er mich erkennt, so zeigt er es nicht.

Ich wende mich dem König zu. Gisir sieht genauso aus wie auf den Bildern, die ich von ihm kenne. Einen Kopf kleiner als sein Sohn und genauso breit und muskulös. Seine Haut ist hell mit einem leicht grauen Unterton, und seine Brauen sind kaum auszumachen. Am unheimlichsten sind jedoch seine Augen. Das Grau ist so blass, dass die dunklen Pupillen einen förmlich einzusaugen scheinen. Vorsichtig versuche ich, seine Gefühle aufzufangen, und erstarre. Kälte und Verachtung mischen sich mit Ungeduld und Lust an Grausamkeit. Sogleich verschließe ich mich vor ihm. Meine Eltern haben mich nicht umsonst so eindringlich vor ihm gewarnt. Er nickt nur kurz, ebenso der Prinz. Dessen Augen richten sich sogleich wieder auf die goldene Tür am anderen Ende des Saales. Kerzengerade sitzt er auf dem schweren, geschnitzten Stuhl, das Gesicht eine regungslose Maske gelangweilter Höflichkeit. Ich versuche zu erfühlen, was in ihm vorgeht, und stoße an eine Mauer.

Dann wedelt der König mit seinen kräftigen Fingern.

»Gut, gut … waren das jetzt alle, Ivald?«

»Jawohl, Eure Majestät.«

»Lasst Uns wählen!«

Unsicher, ob ich schon aufstehen darf, sehe ich zu Sir Bertold hoch. Der weist mit dem Kinn nach hinten in den Saal. Erleichtert neige ich den Kopf, erhebe mich und gehe drei Schritte rückwärts, ehe ich mich umdrehe und in den hinteren Teil des Saals eile, wo immer noch die Mädchen aus meinem Dorf stehen. Auf halbem Weg werfe ich einen Blick über die Schulter zurück. Der Prinz sitzt noch immer unbeteiligt auf seinem Stuhl, während neben ihm der König und Regent Ivald die Köpfe über den Papieren zusammenstecken. In meinem Inneren brodelt es. Wie konnte ich nur so auf ihn hereinfallen? Bestimmt hat es ihm Spaß gemacht, das dumme Küchenmädchen an der Nase herumzuführen. Hat er von Anfang an geplant, mich zu enttarnen und derart vorzuführen? Warum sonst auch sollte er mir diesen Platz zeigen und sich mit mir abgeben? Wahrscheinlich hat ihn nur die Aussicht auf diesen kleinen Spaß während der endlosen Vorstellungen wach gehalten. Zugleich wächst in mir das Unbehagen. Ich habe mich ihm gegenüber im Ton vergriffen. Trägt er es mir nach? Warten vielleicht draußen schon die Wachen, um mich abzuführen?

»Das hast du ja fein eingefädelt!« Giselas ätzender Tonfall reißt mich aus meinen Gedanken. Sie und die anderen Mädchen aus Weißrosen scharen sich um mich. Neid steht in ihren Augen.

»Dich derart in den Vordergrund zu drängen, als wärst du etwas Besseres als wir!«

Der Kreis wird enger. Unbehaglich drehe ich mich herum, doch der Weg zurück ist versperrt. Hastig schüttle ich den Kopf.

»Nein, ich … ich wollte das nicht. Deshalb habe ich mich doch versteckt. Seht, wie ich angezogen bin! Ich arbeite hier. Niemals wäre ich freiwillig vorgetreten.«

»Eingeschlichen hast du dich!«

»Während wir uns in Zelten drängen wie die Sardinen, hast du ein eigenes Zimmer. Im Schloss!«

»Du wolltest dich an den Prinzen heranmachen, gib es zu!«

Alle nicken zustimmend und erbost. Gisela krümmt ihre Finger zu Klauen, sie sieht aus, als würde sie gleich auf mich losgehen. Die anderen folgen ihrem Beispiel. Sie werden doch nicht vor aller Augen …

»Wenn die Damen erlauben …« Eine warme, leicht heisere Stimme lässt Gisela herumfahren. Ein rundlicher Herr mit schütterem, ergrautem Haarkranz, ein offenes Lächeln auf seinem Gesicht, drängt sich energisch zwischen die Mädchen. Er reicht mir den Arm. »Rahel, darf ich bitten? Meine Tochter Rieke möchte ein paar Worte mit dir wechseln.«

Erleichtert lege ich meine rechte Hand in seine Armbeuge. Angesichts seines bestimmten Auftretens, seiner festen Stimme und ganz offensichtlich adeligen Abstammung rücken die Mädchen widerwillig beiseite. Er bleibt höflich, dankt und führt mich in die Mitte des Saales, wo Komtesse Rieke bereits wartet. Sie begrüßt mich mit einem breiten Lächeln.

»Haben sie dich arg zerzaust?«, fragt sie und zwinkert mir zu. Die Frau neben ihr in Dunkelblau und hellem Ocker schüttelt den Kopf.

»Rieke, jetzt lass sie doch erst einmal zu Atem kommen.« Sie nickt mir freundlich zu. »Verzeih, Rieke ist mitunter einfach zu direkt und ungestüm. Ich bin Lady Melinda, Gräfin von Wildenstein. Das ist mein Gemahl, Fernand, und das hier unsere Tochter, Rieke.«

Ich besinne mich auf meine Manieren und mache einen leichten Knicks. »Herr Graf, Frau Gräfin, Komtesse …«

Rieke schüttelt den Kopf. »Nenn mich einfach Rieke. Wie unter Freundinnen.«

Da muss ich erst mal schlucken. Unter Freundinnen? Sie ist eine Komtesse und ich ein einfaches Küchenmädchen. Warum sollte sie mir die Freundschaft anbieten? Noch dazu, wo wir uns überhaupt nicht kennen.

»Das ist sehr großzügig, Komtesse«, entgegne ich vorsichtig und frage genau das, was mir durch den Kopf geht, »aber weshalb solltet Ihr dies wünschen?«

Der Graf lacht leise. »Was habe ich dir gesagt, Rieke? Einen Schritt nach dem anderen.«

Seine Tochter seufzt. »Na gut.« Sie sieht mich offen und voller Neugier an. Ihre vollen nussbraunen Locken heben sich deutlich von ihrer hellen Haut ab. Ihre Augen haben das kräftige Blau eines Winterhimmels. Sie funkeln übermütig und zeugen von einem starken Willen, brechen mit dem ansonsten perfekten Bild einer adeligen, wohlerzogenen jungen Dame.

»Als du aus der Tür gekommen bist, da hast du mir zuerst einfach nur leidgetan. Doch du bist nicht eingeknickt, auch nicht vor dem Regenten. Und dein Weg zum König, das war ein einziger Spießrutenlauf an all diesen eingebildeten Schlangen vorbei, und du hast sie einfach nicht beachtet. Das hat mir imponiert. Ich möchte dich gern näher kennenlernen, du gefällst mir.«

Verlegen starre ich auf meine Finger. »Das … danke für die Ermutigung. Vorhin. Aber ich … ich bin nichts Besonderes, Komtesse. Einfach nur ein Küchenmädchen aus einem kleinen Dorf.«

»Weißrosen, oder?«, wirft die Gräfin ein. »Da waren wir noch nie, oder, Fernand?«

Ihr Gatte schüttelt den Kopf.

»Wie ist es dort? Hast du noch Geschwister?«

Nach und nach entlocken sie mir Stück um Stück meiner Lebensgeschichte und berichten mir ebenfalls von sich und ihrem Leben in Wildenstein. Von dem kleinen Schloss und dem Park ringsherum, mit alten Bäumen und zahmen Rehen, die nicht geschossen werden dürfen. Rieke schwärmt von der Bibliothek und den Büchern, die sie am liebsten liest. Einige davon kenne ich auch, aber längst nicht alle. Je länger ich Rieke zuhöre und sie beobachte, wie sie lacht und gestikuliert, desto stärker wird das Gefühl der Vertrautheit. Dabei bin ich sicher, sie noch nie zuvor gesehen zu haben.

»Achtung, Fedora kommt«, murmelt die Gräfin plötzlich.

Rieke gefriert das Lachen auf den Lippen. »Rahel«, flüstert sie gerade laut genug, dass wir drei es hören, »versprich mir, dass du nichts von dem glauben wirst, was ich jetzt gleich sagen werde.« Der bittende Ausdruck in ihren Augen ist so warm und offen, dass ich gar nicht anders kann, als rasch zu nicken.

»Ah, die liebe Rieke hat sich ein neues Haustier angelacht«, säuselt eine unangenehm schrille Stimme. Fedora, Komtesse zu Krähenfels, schwenkt ihren Fächer in meine Richtung.

Der weiße Reif mit den Blüten sitzt jetzt leicht schräg auf ihren hellbraunen Locken. Ihre Augen sind ausschließlich auf Rieke gerichtet, mich beachtet sie überhaupt nicht.

Rieke hebt ihrerseits den Fächer und kichert. »Wie sehr du mich durchschaust, liebe Fedora. Das dauert aber auch ewig lang, nicht wahr? Irgendwie muss man sich ja unterhalten.«

Fedora lässt einen langen Seufzer hören. »Sieht der Prinz nicht zum Anbeißen aus, meine Liebe? Du hättest erst sehen sollen, wie er mich angeschaut hat.« Mit einem vielsagenden Lächeln fächelt sie Luft in ihr tiefes Dekolleté.

Rieke zwinkert ihr zu. »Dein Kleid ist aber auch sehr auffällig. Dass du überhaupt noch einen Bissen essen konntest bei der Schnürung.« Sie umrundet Fedora mit kleinen Schritten und begutachtet die Nähte an dem viel zu engen Oberteil. »Hmm … hmm …«

Fedora wird blass. »Was ist? Was siehst du?«

»Ach, nichts. Wohl nur das Licht.«

Auf einmal hat Fedora es sehr eilig, sich zu verabschieden, und steuert einen der Spiegel an.

»Das war nicht nett«, rügt die Gräfin ihre Tochter ohne großen Nachdruck. »Jetzt wird sie glauben, dass eine der Nähte gleich platzt.«

Rieke klappt den Fächer zu. »Es war auch nicht nett, was sie über Rahel gesagt hat.«

Ich räuspere mich. »Ist sie nicht Eure Freundin, Komtesse?«

»Rieke, bitte. Und nein. Die Ländereien ihrer Eltern grenzen an unsere, daher kann ich es nicht vermeiden, ihr bei offiziellen Anlässen ab und an zu begegnen.« Sie beugt sich zu mir und murmelt leise: »Entschuldige, dass ich mitgespielt habe. Aber so wissen die Schlangen da drüben, dass du unter meinem Schutz stehst, und denken hoffentlich zweimal nach, ehe sie erneut ihr Gift versprühen.«

Ich nicke zögernd, unsicher, was ich darauf antworten soll.

In diesem Augenblick ertönen Fanfaren. Der König hat sich erhoben, der Prinz ebenso.

Der Regent hat sich vor die beiden gestellt, und seine Stimme füllt den Saal: »Jene, deren Namen nun genannt werden, erscheinen morgen, drei Stunden nach Mittag, im Park vor dem Schloss. Sie werden am ersten Wettbewerb um die Hand von Prinz Leonard teilnehmen. All jene, deren Namen nicht genannt werden, dürfen, so sie von Adel sind, mit ihrer Begleitung im Schloss verweilen und als Gäste den weiteren Verlauf der Brautwahl beobachten. Sind sie jedoch bürgerlicher Abstammung, haben sie sich morgen vom Schlossgrund zu entfernen und in ihre Heimatorte zurückzukehren.«

Rieke hat die Hände zu Fäusten geballt und drückt diese an die Brust. Ich wünsche ihr, dass sie zu den Auserwählten gehört.

Sir Bertold nimmt vom Regenten das erste Blatt entgegen, schlägt mit dem Stab feierlich auf den Boden und liest laut vor: »Seine Majestät, König Gisir I., der Gütige und Gerechte, unumschränkter Herrscher des Reiches und Bewahrer des Friedens, hat gewählt.«

Es folgt Name um Name. Als Fedora genannt wird, sinkt sie in die Arme ihrer Mutter, einer üppig gebauten Frau in einem altrosa Kleid. Noch acht andere Vons werden aufgerufen und versammeln sich vor dem Podest, doch Rieke ist nicht darunter. Ihre Hände sinken herab, sie seufzt schwer. Ihre Mutter legt ihr tröstend den Arm um die Schulter und flüstert ihr etwas ins Ohr. Sogleich vertreibt ein Lächeln die Enttäuschung aus ihrem Gesicht. »Wirklich, wir bleiben?«

Ihr Vater nickt. »Du kommst ja sonst kaum unter deinesgleichen.«

Inzwischen geht die Verlesung der Namen weiter. Wachen werden ausgeschickt, die ausgewählten Bürgerlichen zurück in den Saal zu holen. Ich zähle neunzehn, dann ist als letztes Dorf Weißrosen an der Reihe.

»Gisela, Tochter des Dorfheilers.«

»Jahhh!« Sie wirft mir einen triumphierenden Blick zu.

»Rahel, Tochter eines Holzfällers.«

Gisela sackt die Kinnlade bis fast auf die Brust. »Das … das … ist unmöglich!«

»Los, geh schon! Ich freu mich ja so für dich.« Rieke umarmt mich fest, und ich lasse es stumm geschehen, während die Worte in meinen Ohren widerklingen. Sie riecht vertraut, doch ich kann den Geruch nicht einordnen. Als sie mich freigibt, verharre ich wie erstarrt an Ort und Stelle.

»Das geht nicht. Ich brauche meine Stelle in der Küche. Was ist, wenn ich sie verliere, weil ich bei der Brautwahl mitmache, statt zu arbeiten?«, bringe ich schließlich hervor.

Rieke runzelt die Stirn. »Das ist allerdings ein Problem. Komm!« Ohne langes Zaudern packt sie mich am Handgelenk und zieht mich bis zu Sir Bertold, der energisch die aufgebrachten Vons abwehrt, die nicht glauben wollen, dass sie nicht gewählt worden sind. Als wir zu ihm vordringen können und Rieke ihm mein Problem schildert, schüttelt er den Kopf.

»Du hast keine Wahl, Mädchen«, erklärt er mir. »Des Königs Wille hat Vorrang vor allem. Das weiß auch Meister Reinald. Er wird dich so lange entbehren müssen, wie du am Wettbewerb teilnimmst. Danach kannst du in die Küche zurückkehren, vorausgesetzt, deine Stelle wurde in der Zwischenzeit noch nicht neu vergeben. Die Entscheidung obliegt Meister Reinald.«

Wie in Trance lasse ich mich mit nach vorne ziehen, wo wir »Auserwählten« nochmals jede einen Hofknicks vor dem König machen und dann zusammen in einen vom restlichen Saal abgetrennten Bereich vor den hohen Fenstern geführt werden. Diesmal bin ich vorbereitet und suche den Blick des Prinzen. Doch er starrt an mir vorbei, selbst als er sich distanziert höflich vor mir verbeugt. Wie auch vor den anderen neunundzwanzig Auserwählten.

Die gleiche Mimik, die gleichen Gesten. Dreißig Mal. Als fließe kein Blut, sondern Staub in seinen Adern.

Ein letztes Mal ertönen die Fanfaren – der Abend ist beendet. König, Prinz und Regent verlassen zuerst mit ihren Wachen den Saal, gefolgt von den Vons. Ich verabschiede mich von Rieke und ihren Eltern, ehe ich in den Laufgang schlüpfe. Auf dem Weg in meine Kammer fasse ich den Entschluss, gleich morgen die erste Prüfung zu vermasseln. So schwierig wird das sicher nicht sein, bestimmt geht es um irgendetwas Höfisches, das ich sowieso nicht beherrsche. Je schneller ich wieder bei Meister Reinald, Irmgard und den anderen in der Küche stehe, desto besser. Ich darf meine Stelle nicht verlieren.

DIE BRAUTSCHAU

»Dies ist die erste von vier Prüfungen, um eure Eignung als Braut meines Sohnes auf die Probe zu stellen.«

Vom Rücken seines sichtlich nervösen Rappens aus blickt der König in den Pulk der Kandidatinnen. Einige sehen zur Seite, um dem stechenden Blick seiner hellgrauen Augen zu entgehen, andere versuchen sich in stolzen Posen, was ihnen giftige Blicke ihrer Nachbarinnen einbringt.

In der Nachmittagssonne wirkt das Gesicht des Königs noch blasser als gestern im Ballsaal. Wir stehen ein gutes Stück vor dem Schlosstor auf der Straße, die durch den Park führt. Weiter hinten, entlang der Schlossmauer, sind Soldaten, Gärtner und Diener damit beschäftigt, die letzten Reste der Zeltstadt zu beseitigen. Da ein Teil des Adels heute Morgen bereits abgereist ist, haben die auserwählten Bürgerlichen mit ihren Begleitern nun auch ein Quartier im Schloss bekommen.

Prinz Leonard, der einen Grauschimmel reitet, trägt heute grünen, silberverzierten Samt, auf dem Kopf einen gleichfarbigen Jagdhut, der mich wieder an unsere erste Begegnung im Wald denken lässt. Rechts und links des Weges haben sich die adligen Zuschauer versammelt und lauschen ebenso gespannt wie wir.

Komtesse Rieke hat sich genau am Rand der Lücke zwischen dem König und der Kandidatinnenschar bis ganz nach vorn gedrängt.

Vorhin hat sie mir erzählt, dass ihre Eltern heute Morgen überstürzt aufbrechen mussten, weil es auf Schloss Wildenstein gebrannt hat. Zum Glück halten sich die Schäden wohl in Grenzen, aber sie mussten dennoch zurück und die Renovierungsarbeiten beaufsichtigen. Rieke haben sie erlaubt zu bleiben, mit der Zofe ihrer Mutter als Anstandsdame. Ihr roter Umhang leuchtet in der Nachmittagssonne. Sie lacht und winkt in meine Richtung, ebenso die Frau neben ihr. Ich muss zweimal hinsehen, um unter der weißen Haube Giselas Mutter, die Apothekerin Hertha, zu erkennen. Gisela, die einen halben Schritt hinter mir steht, zieht die Luft ein. »Kann sie sich nicht zurückhalten? Ist ja total peinlich«, höre ich sie murmeln.

Die Stimme des Königs ertönt laut über unseren Köpfen. »Eure Aufgabe ist es, bis nach Sonnenuntergang als Präsent für den Prinzen, Erbe des Reiches und Träger des Ordens zum Goldenen Schwert, einen besonderen ›Schatz des Waldes‹ zu finden und Uns zu überbringen, egal ob lebend, tot, im Ganzen oder in Teilen.«

»Was meint er denn damit?«, höre ich eine der Vons, Komtesse Fedora, fragen.

Diese zieht ihre Brauen hoch. »Ein Tier, meine Liebe. Der König sucht eine ›Königin der Jagd‹.« Sie lächelt und reibt sich die Hände in den eleganten Lederhandschuhen. »Wie für mich gemacht.«

Überhaupt sind die adeligen Mädchen für die Aufgabe durchweg passend angezogen, in gedeckten Grün-, Beige- und Brauntönen, in Leder, Leinen und Filz. Die bürgerlichen Mädchen hingegen tragen bunte Kleider, breitkrempige Hüte und Schmuck, als wären sie zu einem feierlichen Anlass geladen worden.

Auch ich habe mit einem Gartenfest oder Ähnlichem gerechnet und mich absichtlich für den dunkelbraunen Rock und die helle Bluse entschieden, die ich auf der Reise zum Schloss getragen habe, beides gewollt unangemessen für ein Fest in diesem Rahmen.

»Du hast gewusst, dass wir in den Wald müssen. Wie die Vons auch! Gib es zu! Bestimmt hast du im Schloss was aufgeschnappt und willst uns jetzt ausstechen«, zischt Gisela und fährt mit den Händen über ihr himmelblaues Rüschenkleid.

»Unsinn«, gebe ich zurück, ohne den Blick vom König zu wenden, der jetzt dem Regenten zunickt. Sir Ivald tritt vor, räuspert sich und weist auf den Pferch, in dem verschiedene Waffen und Werkzeuge bereitliegen. »Ihr könnt wählen, was immer ihr hilfreich findet.«

Auf einen Wink hin bläst einer der Soldaten in ein Jagdhorn. Die Wachen am Schlosstor drücken beide Flügel weit auf. Eine Gruppe berittener Jäger führt Jagdpferde den Fahrweg hinunter bis zum Pferch. Die Pferde tragen alle Damensättel. »Jäger wie Pferde stehen ausschließlich den Damen edlen Blutes als Hilfe für den Transport des Schatzes zur Verfügung. Sonst wird keine Hilfe bereitgestellt.«

Die Vons haben natürlich auch die erste Wahl bei den Gerätschaften im Pferch. Aber mir soll es gleich sein, je früher ich diese Farce hier beenden kann, umso besser.

Gisela neben mir scheint wiederum ganz andere Probleme zu haben.

»Unfair!«, zischt sie und stampft gereizt mit dem Fuß auf die Erde. Die anderen bürgerlichen Mädchen nicken, doch keine andere wagt ein lautes Wort.

»Den dort!« Komtesse Fedora weist, ohne zu zögern, auf einen langen Jagdspieß, der am Zaun lehnt. Der ihr zugewiesene Jäger eilt sogleich herbei und reicht ihn ihr. Sie nimmt ihn routiniert in die Hand und weiß ganz offensichtlich mit ihm umzugehen. Doch nicht alle Vons suchen sich eine Waffe, zwei von ihnen belassen es bei Netzen. Dann erst werden die bürgerlichen Kandidatinnen in den Pferch gelassen. Gisela greift sich ebenfalls ein Netz und dazu ein scharfes Jagdmesser.

Ich bin als Letzte an der Reihe. Waffen sind keine mehr da, was mir nur recht ist. Ich entscheide mich lediglich für einen großen Stoffbeutel zum Umhängen. Als ich signalisiere, dass ich es dabei belasse, müssen wir alle erneut vor den König treten.

»Eines noch«, erklärt der König. Das kaum wahrnehmbare blecherne Kratzen in seiner Stimme jagt mir einen kalten Schauer über den Rücken. »Mit leeren Händen zu erscheinen, werten Wir als eine Beleidigung der Krone.«

Was, wie alle wissen, mit Auspeitschung bestraft wird. Wenn man Glück hat. Allerdings ist es mir neu, dass auch Adeligen solche Strafen angedroht werden. Den anderen wohl auch. Entsprechend geht ein entsetztes Raunen durch die Reihen der Mädchen.

Prinz Leonard scheint das alles ohnehin nicht zu berühren. Mit versteinerter Miene sitzt er auf seinem Pferd, so als ginge ihn die ganze Angelegenheit nichts an. Rechts und links neben mir nicken die Kandidatinnen nun mit grimmigen Gesichtern und packen ihre Waffen fester.

»Auf zur Jagd!«

Der Ruf des Königs treibt uns auseinander. Die Vons laufen zu den Pferden, wo die Jäger darauf warten, ihnen in die Sättel zu helfen, und sogleich entbrennt unter ihnen ein heftiger Streit, wer welches Pferd reiten darf. Wir anderen rennen in Richtung Wald. Die Mädchen vor mir drängen sich in einem dichten Pulk, jede ist der anderen im Weg. Kurz entschlossen schere ich aus und weiche auf den Rasen aus. Nach kurzer Zeit habe ich alle anderen Läuferinnen überholt, da preschen auch schon die Vons und ihre Jäger an mir vorbei, allen voran Fedora auf einem Apfelschimmel.

Als ich zehn Minuten später den Waldrand erreiche, muss ich

erst einmal wieder zu Atem kommen. Hinter mir nähern sich die anderen Mädchen in einer lang gezogenen Reihe, wobei sich Gisela einen kleinen Vorsprung erkämpft hat. Von den Vons ist nichts zu sehen, doch ihre Pferde haben deutliche Spuren hinterlassen, die sich jetzt teilen. Jeweils eine Gruppe Reiter ist linker beziehungsweise rechter Hand abgebogen, offenbar in der Absicht, eher nahe am Waldrand zu jagen. Doch da ist eine dritte Spur, die eines einzelnen Pferdes. Sie führt als einzige geradewegs tiefer in den Wald. Während die anderen vorsichtig im Schritt geritten sind, war diese Reiterin, der Spur nach zu urteilen, im Trab unterwegs. Neugierig geworden, folge ich der einzelnen Spur. Bald schon kommt mir die Gegend bekannt vor. Hier geht es genau zu der Futterstelle, bei der mir der Prinz aufgelauert hat. An dieser Stelle auf einen »Schatz des Waldes« zu warten, finde ich besonders hinterhältig und hoffe, dass sich heute kein Wild in diesen Teil des Waldes verirrt.

Um die adelige Jägerin nicht auf mich aufmerksam zu machen, schlage ich einen großen Bogen um die Lichtung. Zu meiner Erleichterung liegt sie verlassen da. Wenig später bemerke ich Fedora, auf ihrem Pferd sitzend, genau unterhalb des Hochsitzes am Rand der Lichtung. Rasch ziehe ich mich zwischen zwei mächtige Holundersträucher zurück und frage mich, wo Fedoras Jäger geblieben ist.

Kurz darauf taucht eben dieser neben ihr auf und präsentiert einen Frischling, den er mithilfe eines Netzes gefangen hat. »Der lebende ›Schatz des Waldes‹, wie versprochen, Komtesse.« Das Tierchen zittert am ganzen Leib.

»Gut. Bringt es zum Pferch. Und kein Wort darüber, dass nicht ich es gefangen habe.«

»Meine Lippen sind versiegelt«, gibt der Jäger zurück.

»Du bist sicher, dass noch einer kommen wird?«

»Ihr müsst nur Geduld haben, Komtesse. Es kann noch etwas

dauern.« Der Jäger deutet eine Verbeugung im Sattel an und reitet mit dem Frischling in Richtung Schloss davon.

Ich zittere vor Wut. Die Bache hat ihr Junges nicht ohne Kampf einfangen lassen. Bestimmt liegt sie irgendwo tot im Laub, und der Rest ihres Wurfs wird gefressen oder verhungert. Grimmig entschlossen verwandle ich mich im Schutz der Holunderzweige. So leicht wird sie kein ahnungsloses Opfer überraschen.

Und tatsächlich, der Jäger hat nicht gelogen. Keine halbe Stunde harren wir beide in unseren Verstecken aus, da wagt sich der erste Hirsch auf die Lichtung. Ein stattlicher Zehnender, das Fell an Hals und Brust schon grau, trägt er sein ausladendes Geweih mit beeindruckendem Stolz. Langsam schreitet er zum Leckstein, genau in Reichweite der Komtesse. Der Wind kommt aus meiner Richtung, weshalb der Hirsch Fedora und ihr Pferd nicht wittern kann. Ich sehe, wie sie den Spieß aus dem Steigbügel löst, in die Waagrechte hebt und sich nach hinten lehnt.

Jetzt. Meinen Warnruf belle ich, so laut ich es vermag. Der Hirsch schreckt zusammen und sucht das Weite. Fedora kommt nicht mehr dazu, ihren Spieß auf ihn zu werfen, zu schnell ist er zwischen den Bäumen verschwunden.

»Verdammt!«, höre ich sie fluchen. Sie sieht sich um und sucht nach dem Urheber des Lärms.

Zeit, zu verschwinden, doch beim Versuch, mich herumzudrehen, verfange ich mich in den dichten Holunderzweigen.

»Hab ich dich!«

Sie hat mich entdeckt, während ich noch versuche, mich zu befreien, und mich dabei nur immer weiter verheddere. Schon ist sie bei mir, hebt den Spieß … Genau hinter ihr bellt ein weiteres Reh, dessen Stimme ich überall erkennen würde, und lässt sie herumfahren. Ricke!

Fedoras Pferd wiehert erschrocken und steigt, sie muss den Spieß fallen lassen, um mit beiden Händen nach den Zügeln zu greifen. Ich schaffe es, mich zu befreien, und kann endlich fliehen. Während die Komtesse ihr Pferd beruhigt und darum kämpft, nicht abgeworfen zu werden, schießt an ihr vorbei Ricke auf mich zu und schließt sich mir an.

Während wir Seite an Seite durch den Wald hasten, schwanke ich zwischen Sorge und Freude. Es ist schön, zu sehen, dass es Ricke gut geht, und doch wäre ich glücklicher, sie an einem sichereren Ort zu wissen. Sie scheint jedoch zu spüren, dass sie ohne mich weitermuss. Als ich kurz stehen bleibe, hält sie ebenfalls an, reibt ihre Nase zum Abschied an meiner Wange und verschwindet dann zu meiner Erleichterung alleine im Unterholz. Hoffentlich geht sie den anderen Jägern aus dem Weg. Ob sie mir den ganzen Weg zum Schloss gefolgt ist? Was sonst sollte sie so weit weg von unserem heimischen Forst führen?

Doch bevor ich mir darüber weiter den Kopf zerbreche, muss mir erst einmal einfallen, womit ich vor den König treten soll. Ein Tier zu töten oder zu fangen, kommt nicht infrage, und Tannenzapfen oder Pilze wird er nicht gelten lassen. Irgendwie muss es mir gelingen, auszuscheiden, ohne ausgepeitscht zu werden, weil ich kein Geschenk überbracht habe. Während ich gedankenverloren auf das Moos zu meinen Hufen starre, knackt hinter mir ein Zweig. Ich fege herum, und da steht der Zehnender. Der prachtvolle Hirsch, den ich vorhin verjagt habe. Was will er hier?

Er neigt den Kopf fast wie bei einer Verbeugung. Vor mir? Zögernd trete ich auf ihn zu. Er ist so viel größer als ich. Wir sehen uns an. Er dreht sich um und stolziert einige Schritte tiefer in den Wald, bleibt erneut stehen und lässt ein kurzes, tiefes Röhren hören. Dabei blickt er über die Schulter zurück zu mir.

Will er, dass ich ihm folge? Neugierig gehe ich darauf ein und nähere mich bis auf zwei Schritte. Er stolziert weiter, hält inne, sieht zu mir und brummt. Das Spiel wiederholt sich dreimal, bis er sicher ist, dass ich verstanden habe. Dann erst läuft er schneller und schneller, sodass ich Mühe habe, mit ihm Schritt zu halten. Er scheint einem verschlungenen Pfad zu folgen, den nur er erkennen kann.

Nebel kommt auf, und es wird merklich kühler. Und das an einem heißen Sommernachmittag? Vor uns öffnet sich der Wald zu einer großen Lichtung. Hier hängen so viele Nebelfetzen, dass ich das gegenüberliegende Ende nur erahnen kann. Eine Gestalt schält sich aus den weißen Schleiern. Noch ein Hirsch, doch um einiges größer als der Zehnender, das Geweih noch mächtiger. Und er ist weiß, als wäre er dem Nebel selbst entsprungen, der ihn umgibt. Über die Lichtung hinweg spüre ich den Blick seiner goldenen Augen auf mir ruhen. Dann ist er verschwunden.

Der Zehnender, der mich hierhergelockt hat, macht ein paar Schritte in die Lichtung hinein und scharrt dort mit den Hufen. Als ich näher komme, tritt er zurück, und ich erkenne, was er mir zeigen wollte. Halb vergraben im Boden liegen dort zwei Geweihstangen. Der Hirsch zieht sich langsam zurück, sobald ich sie bemerkt habe, und lässt mich allein auf der Lichtung zurück. Im Schutz der niedrigen Bäume verwandle ich mich in meine menschliche Gestalt, um die Geweihe mit den Händen auszugraben. Sie sind groß, sehr groß. Und auch sehr schmutzig. Ich lege das Geweih in den Stoffbeutel und hänge ihn um.

Es ist ein langer Weg zurück. Mir begegnet keine einzige Kandidatin, und als ich den Waldrand erreiche, berührt die Sonne bereits den Horizont. Beim letzten Sonnenstrahl stolpere ich, nach Atem ringend, vor den König und sinke erschöpft auf ein Knie.

»Mein … Schatz für Euch, Eure Majestät«, keuche ich, streife den Beutel ab und lege ihn auf den Boden.

»Du bist fast zu spät«, rügt der Regent. »Alle anderen haben ihre Trophäen bereits präsentiert.«

Seine Hand weist zum Pferch. In der einen Hälfte liegen sieben tote Tiere. Kein Reh und auch kein Hirsch. In der zweiten Hälfte des Pferchs stehen mehrere Käfige. Fuchswelpen, mehrere Kaninchen und Eichhörnchen kauern darin und starren aus riesigen, angsterfüllten Augen zu den vielen Menschen herüber. Ich zähle mehr Trophäen als Kandidatinnen.

»Dann lass mal sehen.« Regent Ivald bückt sich und greift in meinen Beutel. Als er die Geweihstange hervorzieht, fängt Fedora schrill zu lachen an. Die anderen Kandidatinnen stimmen mit ein. »Beleidigung der Krone! Peitscht sie aus!« Ich muss nicht einmal den Kopf drehen, um zu erkennen, wer das ist.

Der Zwerg wiegt die Geweihstange in der Hand und blickt zum König. Auf dessen Stirn haben sich zwei tiefe Falten gebildet. Ich senke den Kopf, schlinge die Finger ineinander und beiße die Zähne zusammen, wappne mich für das, was da kommen mag.

»Wartet!«

Prinz Leonard springt aus dem Sattel seines Grauschimmels und reicht die Zügel einem der Soldaten. »Gebt sie mir, Meister Ivald.«

Der Regent reicht ihm die Geweihstange, und der Prinz beginnt laut zu zählen. Bis elf. »Elf Enden. Passt die zweite dazu?«

Er schnappt sich meinen Beutel und zieht sie heraus. »… neun, zehn, elf! Das ist das Geweih eines Zweiundzwanzigenders. Majestät, wisst Ihr von einem Hirschen dieser Größe in Eurem Wald?«

Der König schüttelt den Kopf. »Nicht zu Unseren Lebzeiten.« Seine Stimme verrät Interesse, und ich beginne zu hoffen, dass mein Fund doch anerkannt wird.

»Die Stangen sehen sehr alt aus. Und diese Farbe. Das liegt nicht nur am Schmutz.« Der Prinz winkt dem nächsten Wachsoldaten. »Hier! Wasch das im Springbrunnen dort, so sauber du kannst.«

Etwas erstaunt nimmt dieser die Geweihstange entgegen und hastet zum Springbrunnen im Pferch. Alle verfolgen gespannt, wie er sie eintaucht und versucht, sie mit seinem Kettenhandschuh zu säubern. Ein Diener eilt hinzu, ein weiches Tuch in den Händen, und nimmt ihm die triefend nasse Stange ab, um sie trocken zu reiben. Eingeschlagen in den Stoff, überreicht er sie dem Prinzen. Als dieser das Tuch öffnet, geht ein Raunen durch die Zuschauer. Das Geweih ist nicht länger grau und grünlich, sondern weiß. Kein gelbliches Knochenweiß, ein mit feinen Silberfäden durchsetztes, strahlendes Schneeweiß.

»Der Geisterhirsch«, murmelt Ivald und räuspert sich. »Eure Majestät, in alten Aufzeichnungen wird von einem sehr großen weißen Hirsch erzählt, der vor fast zweihundert Jahren im Schlosswald zum ersten Mal gesichtet worden ist. Er wurde zwar gesehen, doch nie geschossen und soll über siebzig Jahre lang immer wieder aufgetaucht sein. Noch heute halten sich die Gerüchte, dass er als Geist denjenigen begegnet, die bald dem Tod oder Schlimmerem ins Auge blicken werden.«

Ich spüre, wie mir das Blut aus den Wangen weicht, und zwinge mich, tief einzuatmen.

Der König blickt nachdenklich auf das Geweih: »Das Vermächtnis eines alten und mächtigen Geistes ist wahrlich ein ›Schatz‹ zu nennen. Wir wissen auch schon, was Wir Uns daraus anfertigen lassen werden. Küchenmädchen, du hast die Prüfung bestanden.«

So erleichtert ich auch bin, der Auspeitschung entgangen zu sein, auch dank des Einschreitens des Prinzen, die düsteren Worte des Regenten gehen mir nicht aus dem Sinn. Ein Gerücht, mehr nicht, sage ich mir. Und ich habe nur Nebel gesehen und einen Hirsch. Keinen Geist.

Außerdem bedeutet die Anerkennung des Geweihs, dass ich immer noch Teil der Brautschau bin und mich eine weitere Prüfung erwartet. Bestanden haben neben mir all jene, die lebende Tiere gebracht haben. Den Worten des Regenten nach sind sie als Gabe des Waldes höher zu werten als die mit Blut befleckten Kadaver, über denen sich schon die Fliegen zu sammeln beginnen. Zu den glücklichen Kandidatinnen, die es geschafft haben, zählen zu meinem Leidwesen auch Gisela und Fedora.

Regent Ivald verkündet noch weitere Details: »Die nächste Prüfung findet auf den Südlichen Inseln statt. Alle einundzwanzig verbliebenen Kandidatinnen stehen morgen zwei Stunden nach Sonnenaufgang vor dem Schlosstor zur Abreise bereit. Packt alles Nötige für vier Tage und Nächte in Eure Koffer. Eure Begleiter und die anderen Zuschauer verweilen in dieser Zeit im Schloss oder in der Hauptstadt.«

Danach sind wir entlassen. Rieke freut sich sichtlich für mich. Mehr als ich auf jeden Fall. Wir spazieren gemeinsam zurück zum Schloss. Vor der großen Treppe umarmt sie mich und flüstert mir zu: »Komm morgen gleich nach dem Frühstück zu mir, und bring deinen Koffer mit.«

Damit ist sie im Pulk der Adeligen verschwunden, ehe ich ihr sagen kann, dass ich gar keinen Koffer besitze …

König Gisir starrte durch das Fenster hinaus auf den Hof, wo aus großen Kesseln Dampfschwaden aufstiegen. »Wir sind immer noch der Ansicht, dass Wir den Pöbel nicht hätten einladen sollen.«

»Es sind nur jene, die auch bei Eurer Krönung geladen waren, Eure Majestät«, beschwichtigte Ivald. »Sie sind hier, um dem endlich fertiggestellten Denkmal für Eure Gemahlin ihre Ehrerbietung zu zollen.«

Ivald sah sich um, doch außer ihm und dem König war nur noch der dreijährige Leonard im Gemach der Königin. Der Prinz hockte zusammengesunken auf dem verlassenen Bett seiner Mutter, das auch mehrere Monate nach ihrem Tode noch so dastand, wie sie es zuletzt verlassen hatte. Versonnen starrte der kleine Junge auf eine Porzellanfigur in seinen Händen. Ein Kauz, kaum so lang wie seine Hand, braun gesprenkelt und mit großen orangen Augen. Ivald räusperte sich und trat näher an den König heran. »Und heute wird der Prinz das Seine dazu beitragen, um das Volk Unseren Plänen gewogen zu machen.« Gisir warf einen Blick zu seinem Sohn hinüber. »Leonard!«

Der Prinz hob den Kopf und blickte den König mit großen Kinderaugen an, dunkel vom darin versteckten Schmerz. »Ja, Vater?«

»Nenn Uns nicht Vater, wenn andere anwesend sind. Eure Majestät. Königliche Hoheit. Verstehst du? Wie oft müssen Wir dir das noch einbläuen?« Leonard duckte sich unter den harschen Worten und nickte.

»Und jetzt komm her. Zeig Uns den Gruß!«

Der Prinz rutschte vom Bett und stellte die Eule auf dem Beistelltisch neben dem Bett ab. Er rückte den Schwertgurt zurecht und zog das Schwert. Die blanke Klinge blitzte in der Sonne, als Leonard sie vors Gesicht hob und dabei strammstand.

»Tod und Verderben den Mördern meiner Mutter, der Königin. Ich schwöre Euch ewigen Hass und Rache und werde Euch leiden lassen, wie sie gelitten hat.« Dann steckte er das Schwert wieder ein und vollführte eine tiefe Verbeugung.

»Nein, nein, nein!« Gisir stellte sich neben ihn, zückte das eigene Schwert. »So muss das aussehen, nicht so unbeholfen. Du bist ein Prinz, kein Bauer. Noch einmal!«

Vier Mal, fünf Mal musste Leonard Salut und Schwur wiederholen, und jedes Mal hatte der König etwas auszusetzen. Das Gesicht des Prinzen wurde immer mutloser, und Tränen sammelten sich in seinen Augen. Schließlich packte der König seinen Sohn an der Schulter und schüttelte ihn.

»Wage es nicht, zu weinen! Dein erster öffentlicher Auftritt, und du blamierst Uns bis auf die Knochen.« Mit langen Schritten durchmaß der König den Raum bis zu der Kommode mit den Tierfiguren. »Und warum? Weil du dich ständig im Gemach deiner Mutter verkriechst, um hier zu spielen und zu greinen wie ein Mädchen.«

Der König nahm die Eule in seine schwere Hand und schmetterte sie auf den Boden, wo sie in viele kleine Stücke zersprang. Der Prinz begann am ganzen Körper zu zittern, und dicke Tränen liefen über sein blasses Gesicht. Der König sah ihn scharf an.

»Prinz Leonard, ab heute untersagen Wir dir, das Gemach der Königin zu betreten. Ivald, Ihr lasst es morgen räumen. Und jetzt zeig Uns Salut und Schwur, Sohn.«

Der Junge biss die Zähne zusammen, ballte die kleinen Hände zu Fäusten und starrte auf den Boden.

»Du widersetzt dich Uns? Deinem König?« Gisirs Stimme wurde lauter und lauter.

»Majestät«, Ivald trat zum Prinzen, legte ihm eine Hand auf die Schulter und sah den König bittend an, »seid so gütig und gewährt dem Prinzen etwas Zeit, sich zu sammeln. Er ist noch sehr jung, und die Fehler, die er macht, werden Euch von Nutzen sein.«

»Wie das denn?«, schnaubte Gisir erbost.

Doch Ivald ließ sich nicht beirren. »Mein König, des Prinzen Auftritt wirkt glaubwürdiger, wenn er sich vor lauter Schmerz und Aufregung verhaspelt. Die Nachricht von seiner Tapferkeit wird sich im Land verbreiten und das Herz Eurer Untertanen öffnen. In spätestens zwei Wochen werden sie mehr als willens sein, Eure Pläne zur Vergrößerung der Armee zu bejubeln. Sie werden danach gieren, dass die Mörder der Königin, die Rebellen, gefasst und bestraft werden, und allem zustimmen, was diesem Ziele zuträglich sein könnte.«

König Gisir wandte sich von der Kommode ab und rieb sich die Stirn. »Gut, Ivald. Wir vertrauen auf Euer Urteil. Doch was, wenn *er* wieder Ärger macht und Leonards Auftritt überschattet?«

»Er?«

»Eugenias Vater. Wir haben kein Verlangen, Uns wieder Ekarius' Anschuldigungen anhören zu müssen wie bei der Beerdigung von Eugenias Asche. Am liebsten hätten Wir ihn damals schon …« Des Königs Hand legte sich um den Griff seines Schwertes.

»Sorgt Euch nicht, mein König.« Ivald verbeugte sich. »Ich habe Vorbereitungen getroffen.«

Gisirs blasse Lippen verzogen sich zu einem schmalen Lächeln. »Gut, Wir verlassen Uns auf Euch …« Sein Blick senkte sich auf den Scheitel des trotzigen Prinzen.

»Und wegen Leonard … Ihr müsst sein wahres Erbe erwecken.«

»Den ersten Weg dazu habt Ihr mir untersagt.« Ivald zupfte an seinen Bartzöpfen. »Doch noch ist nichts verloren. Er ist Euer Fleisch und Blut, mein König. Überlasst seine Erziehung mir, und ich werde den Schaden, den die Königin angerichtet hat, wiedergutmachen.«

Der König nickte widerwillig. »Tut es. Ihr habt freie Hand.«

Zwei Mal klopfe ich an die Tür, ehe mir Rieke öffnet.

»Du bist früh, das ist gut!« Mit leuchtenden Augen und rot glänzenden Wangen zieht sie mich an der Hand ins Zimmer.

In ihrem Gemach sieht es aus, als wäre ein Sturm hindurchgefegt. Auf allen Möbelstücken und auch auf den Raumteilern liegen und hängen Kleidungsstücke.

»Wie groß ist deine Reisetruhe?«, fragt sie mich und weist auf das Chaos.

Ich lege das Kleid von gestern Abend vorsichtig über die Armlehne. »Ich habe keine«, gebe ich zur Antwort und blicke zu Boden. »Bis auf die Sachen bei der ersten Prüfung sind alle meine Kleider aus der Kleiderkammer für die Dienstboten.«

»Du bist ganz ohne alles hier angekommen?« Rieke pfeift durch die Zähne.

»Mein Gepäck ist auf der Reise verloren gegangen.«

Anders als Meister Reinald gibt sich Rieke mit diesem Satz nicht zufrieden. Sie betrachtet mich nachdenklich und wickelt dabei eine ihrer langen, dunklen Locken um den Zeigefinger. »Da steckt aber was dahinter, oder?«

Ich nicke. Allerdings denke ich nicht besonders gern daran zurück. Meine Eltern müssten inzwischen erfahren haben, dass ich im Schloss arbeite, dass es mir gut geht und ich sogar an der Brautwahl teilnehme. Die anderen Kandidatinnen aus Weißrosen haben sich sicher zu Hause darüber ausgelassen. Damit weiß es auch Jerome und wird wohl nicht länger auf meine baldige Rückkehr warten.

Rieke scheint zu merken, dass ich das Thema nicht vertiefen

möchte, und lenkt meine Aufmerksamkeit wieder auf die unzähligen, im ganzen Raum verteilten Kleidungsstücke.

»Das mit der Truhe ist halb so wild. Da ich im Schloss bleibe, kannst du meine haben. Und jetzt such dir einfach aus, was du mitnehmen willst. Du hast die freie Wahl!«

Kein Wunder, dass Rieke mich gleich nach dem Frühstück sehen wollte. Ich fühle mich ganz verloren zwischen all den Blusen, Röcken, Kleidern, Umhängen und Schuhen, die Rieke und ihre Zofe zusammengetragen haben. Teils aus dem Bestand des Palasts, teils sind es Sachen von Rieke, die extra für sie vor der Brautwahl angefertigt wurden. Die meisten Kleider sind mir ein wenig zu groß, aber wenn sie eng genug geschnürt werden können, geht es. Rieke reißt mich mit in ihrer Begeisterung, lässt keinen Dank und keine Bedenken zu, und die mit Silber beschlagene Truhe aus poliertem Kirschholz ist rasch bis an den Rand gefüllt.

Zuletzt besteht Rieke darauf, dass ich meine Arbeitskleidung gegen einen weit schwingenden blauen Rock mit hoher, geschnürter Taille und eine cremefarbene Bluse mit Trompetenärmeln tausche.

»Ich wünschte, du würdest mitkommen«, sage ich, nachdem wir die Lederriemen um die Truhe festgezurrt haben und erschöpft auf dem Sofa sitzen. Wie leicht es mir inzwischen über die Lippen kommt, dieses *Du*.

Rieke pustet ein Löckchen aus ihrer Stirn und lächelt. »Das würde ich furchtbar gern, glaube mir. Andererseits …« Sie senkt den Blick auf ihre verschlungenen Hände, und ich spüre, wie sie mit sich ringt. Wie hat sie gestern Abend noch gesagt? »Wir haben viel zu besprechen« oder so ähnlich. Bislang haben wir nur über Kleider geredet, Kutschfahrten und die Südlichen Inseln. Doch ich spüre, dass da noch etwas anderes ist, das Rieke auf der Seele brennt.

»Ich bin ganz Ohr«, stupse ich sie an.

Rieke strafft den Rücken. »Ach ... andererseits bin ich froh, etwas Ruhe zu haben. Ich werde lesen, spazieren gehen, ein bisschen reiten und so. Vielleicht fahre ich auch in die Hauptstadt zum Einkaufen, so wie die anderen.«

Das ist es nicht, was sie eigentlich sagen wollte, da bin ich sicher. Irgendetwas verheimlicht sie vor mir, doch ich schlucke alle Fragen hinunter. Auch ich habe ja schließlich meine Geheimnisse vor ihr.

»Ich habe Sir Bertold gesagt, dass er eine halbe Stunde vor der Abfahrt jemanden schicken soll, der dein Gepäck holt. Sie müssten gleich kommen.«

Da klopft es auch schon. Rieke öffnet und lässt die beiden Diener herein. »Zu den Kutschen«, sagt sie und weist auf die Truhe.

»Gute Reise!«, wünscht sie mir laut, dann beugt Rieke sich vor und umarmt mich, wobei sie mir leise ins Ohr flüstert: »Wir reden, sobald du zurück bist.« Ehe ich etwas entgegnen kann, hat sie sich schon von mir gelöst, huscht in ihr Gemach und schließt die Tür.

Draußen vor der Schlossmauer stehen die Kutschen bereit. Ganz vorn die größte, schwarz und golden, für den König, Prinz Leonard und den Regenten. Es folgen zwei in Schwarz und Silber für die Adeligen und dahinter vier gewöhnliche Reisekutschen für die bürgerlichen Mädchen, nur das königliche Emblem auf ihren Türen weist sie als der Kolonne zugehörig aus. Den Schluss bilden drei Kutschen für das Gepäck, die mit Truhen, Körben und Koffern beladen sind. Diener sind dabei, weitere Gepäckstücke zu verteilen oder festzuzurren, während die Kutscher Mühe haben, ihre Pferde ruhig zu halten.

Meine, also eigentlich Riekes, Reisetruhe hat noch nirgendwo Platz gefunden, wie es scheint. Unbeachtet steht sie am Rand des Weges. Sie werden doch nicht auch mich vergessen haben?

»Wo ist mein Platz?«, frage ich einen der Diener.

Er runzelt die Stirn. »Gute Frage. Warte, da kommt Sir Bertold.«

»Dich haben wir für die vierte Kutsche eingeplant«, antwortet der Haushofmeister auf meine Frage. »Die ist erst mit zwei Damen besetzt.«

»Und mit zwei Reisetruhen extra«, wirft der Diener ein. »Das wird eng.«

Wie sich herausstellt, sitzt in dieser Kutsche Gisela zusammen mit Ella, der Tochter eines Tuchhändlers. Ausgerechnet.

»Wir haben keinen Platz!«, protestiert Gisela sofort lautstark, als Sir Bertold ihr erklärt, dass ich noch mit in diese Kutsche soll.

»Es ist nicht unsere Schuld, dass die Adelsdamen zwei der Gepäckkutschen bekommen haben, obwohl wir Bürgerlichen doppelt so viele sind«, ereifert sich auch Ella. »Es ist schon schlimm genug, dass wir mit Gepäck in der Kutsche reisen müssen, und dann noch eine mehr? Und ihre Truhe am besten auch noch?«

»Was ist denn nun schon wieder los?« Plötzlich steht der Regent neben mir und Sir Bertold. »Seine Majestät möchte abfahren.«

Als Sir Bertold ihm das Problem erklärt, runzelt Regent Ivald die Stirn und wirft einen Blick in die voll beladene Kutsche. »Hmm … Das Umladen des Gepäcks würde zu lange dauern. Seine Majestät ist schon sehr ungeduldig. Ist noch in einer Kutsche etwas frei?«, fragt er Sir Bertold.

»Nur noch in der gleich hinter der königlichen«, erwidert dieser zögernd, »aber die drei Damen dort …«

Der Regent hört nicht weiter zu, sondern bedeutet mir eilig, ihm zur ersten der beiden Adelskutschen zu folgen. Die drei Vons in der Kutsche, Komtesse Fedora, Prinzessin Gerlinde und Komtesse Clara, protestieren nicht ganz so laut wie Gisela, dafür schärfer im Ton, als Sir Bertold ihnen eröffnet, dass ich mit ihnen fahren werde.

»Die Entscheidung ist nicht die Eure«, weist der Regent sie in die Schranken. »Steig ein, Mädchen!« Das gilt mir, und ich klettere gehorsam die Stufen hoch. »Die Truhe aufs Dach. Der Koffer da links passt noch in die Gepäckkutsche.«

»Guten Tag, Hoheit, Komtesse Fedora, Komtesse Clara«, grüße ich die drei, kaum dass der Diener die Kutschentür hinter mir ins Schloss gedrückt hat. Da nur noch neben Prinzessin Gerlinde Platz ist, wende ich mich ihr zu, woraufhin sie mich mit einem Blick mustert, als wäre ich ein Insekt. Sie rückt keinen Fingerbreit von ihrem Platz in der Mitte ab. Ich zwinge mich, weiterhin höflich zu lächeln, bevor ich mich links von ihr ans Fenster quetsche.

»Frechheit!«, zischt sie, doch da ihr meine Nähe offenbar unangenehm ist, weicht sie doch etwas zur anderen Seite aus.

Clara und Fedora haben ihre Fächer aufgeklappt, halten sie demonstrativ vors Gesicht und ignorieren mich.

Die Kutsche wackelt, als die Diener meine Reisetasche auf dem Dach befestigen und den einen Koffer dafür nach hinten bringen.

»Das sind Geschenke für meinen Vater, den Fürsten!«, kreischt Gerlinde erbost aus dem Fenster.

»Ich bitte um Vergebung, Durchlaucht«, entgegnet der Diener mit dem Koffer und verbeugt sich tief, »Befehl des Regenten.«

Gerlinde sinkt auf die Bank zurück und fächelt sich hektisch frische Luft zu, während sie versucht, mich mit Blicken aus ihren graublauen, goldgesprenkelten Augen zu erdolchen. Der Kutscher schnalzt mit der Peitsche, die Räder knirschen, und ein Ruck geht durch das Gefährt. Ich bin angenehm überrascht, wie wenig die Kutsche schwankt und holpert, und drehe mich zum Fenster, um die Aussicht zu genießen. Dennoch entgeht mir nicht, dass die drei anderen über die Ränder ihrer Fächer hinweg bedeutungsvolle Blicke tauschen. Da ist etwas im Busch, sagt mein Gefühl.

Und richtig, wenig später macht Fedora auch schon den Anfang. Sie klappt den Fächer zusammen und deutet auf mich. »Hat Rieke ihr Haustier nicht fein ausstaffiert?«

Gerlinde mustert mich von Kopf bis Fuß. »Seid Ihr sicher, Komtesse? Sind dies nicht eher die abgelegten Fetzen von Riekes Zofe?«

»Ihr irrt Euch, Durchlaucht. Ich erinnere mich, unserer lieben Komtesse Rieke derart gewandet schon öfter begegnet zu sein.«

Mit schlecht gespielter Überraschung zieht Clara ihre dunklen Brauen hoch. »Wirklich?«, piepst sie. »Etwa im Stall beim Ausmisten?«

Die Prinzessin und Komtesse Fedora kichern in ihre Fächer. »Nicht doch, werte Komtesse«, rügt Fedora. »Die liebe Rieke hat das doch nicht nötig. Im Stall von Schloss Wildenstein stehen mehr Stalljungen als Pferde herum, alles Riekes Haustierchen, aufgelesen aus sämtlichen Waisenhäusern der Grafschaft. Und da wären auch noch ihre dressierten Rehe …« Sie lächelt mich voll schleimiger Freundlichkeit an. »Sag, Küchenmädchen, hat sie dich auch gestriegelt und ausstaffiert, so wie sie es mit diesen tut?«

Jetzt schaffe ich es nicht länger, das starre Lächeln länger auf meinem Gesicht zu halten. »Dressierte Rehe?«, rutscht es mir heraus.

»Oh ja«, schnurrt Fedora wie eine Katze, die einen Sahnetopf entdeckt hat. »Unsere liebe Rieke hat ihnen Bänder mit Glöckchen umgehängt, als wären es Kühe. Wenn Graf und Gräfin von Wildenstein Gäste geladen haben, werden die Rehlein vorgeführt. Dann läutet Rieke mit ihrem Glöckchen, und sie kommen alle gesprungen, um ihr aus der Hand zu fressen. Und den Gästen natürlich auch.«

Ihre Hand taucht in den Beutel an ihrem Gürtel, fischt etwas heraus und hält es mir hin. Eine karamellisierte Walnuss. Mit der anderen Hand macht sie eine Bewegung, als schwenke sie ein Glöckchen. »Bimmelbimm!«

Ich fühle mich, als hätte sie mir mit der Faust in den Magen geschlagen, und ich spüre, wie mir das Blut aus dem Gesicht weicht. Gerlinde und Clara prusten vor Lachen hinter ihren Fächern. Doch das Schlimmste ist nicht ihre Häme oder die Gehässigkeit in ihren stumpfen Augen. Das Schlimmste sind die Zweifel, die an mir zu nagen beginnen.

Ist es das, was Rieke mir sagen wollte und dann doch nicht ausgesprochen hat? Dass ich nur ein Spielzeug für sie bin? Wie die zahmen Rehe im Park ihres Schlosses oder die Stalljungen, denen sie offenbar ein neues Zuhause auf dem Schloss gegeben hat? Und dass sich mein *Unterhaltungswert* vermutlich bald erschöpft haben wird? Habe ich nicht selbst erlebt, wie rasch die Komtesse sich an ihr *Publikum* anpassen kann, genau das sagt, was ihr Gegenüber hören möchte? Was ist ihr wahres Gesicht, ihr wahres Wesen? Wer ist sie? Komtesse Rieke. – Die Wahrheit ist: Ich habe keine Ahnung. Wie konnte ich nur so dumm sein?

Du bist nicht so leicht zu täuschen, erinnert mich die leise Stimme in meinem Hinterkopf. Da war keine Falschheit bei Rieke. Anders als bei diesen dreien, oder?

Daran halte ich mich fest, als ich mich entschlossen zur Seite drehe, den Vons die kalte Schulter zeige, während sie versuchen, mir noch mehr Gift ins Ohr zu träufeln.

Die Kutschfahrt zieht sich. Über Stunden. Nur unterbrochen von zwei Pausen bei Gasthöfen, wo Getränke und kleine Gerichte bereitstehen und wir uns die Beine vertreten können. Ich nutze die Gelegenheit und bin dankbar für jede Minute, die ich der Anwesenheit der anderen entgehen kann. Und frage mich allmählich wirklich, was es mit dieser ganzen Farce eigentlich auf sich hat. Warum wählt der König nicht einfach die ranghöchste Prinzessin aus und gibt sie seinem Sohn zur Frau? Am Ende wird es sowieso darauf hinauslaufen. Sie könnten uns dieses ganze Theater doch gleich ersparen. Eine Küchenmagd bei der königlichen Brautwahl. Kein Wunder, dass Gerlinde, Fedora und die anderen so auf mich reagieren.

Trotz des Könnens unseres Kutschers und der guten Federung bin ich sehr froh, als wir am frühen Abend endlich in Sturmhafen eintreffen. Auch den restlichen Tag über haben die Gehässigkeiten und Spitzen gegen mich nicht nachgelassen. Die Sonne ist bereits untergegangen, und wir halten direkt auf den Hafen zu, wo bereits zwei prachtvolle Segelschiffe bereitliegen.

Mein Herz macht einen freudigen Hüpfer, als mir klar wird, dass wir unsere Fahrt damit fortsetzen werden. Immerhin eine kleine Entschädigung. Bisher habe ich nur von Schiffen gelesen, nie hätte ich mir träumen lassen, selbst einmal eines zu betreten. Das größere ist natürlich das des Königs. Es sticht durch die großen Goldkronen auf den schwarzen Segeln sofort hervor. Auf der anderen Seite des Piers hat ein etwas kleineres Schiff geankert. Es ist mit weit weniger Kanonen bestückt, und ihm fehlen die prächtigen Aufbauten des königlichen Schiffes. Dafür liegt es tiefer im Wasser, was auf vollere Laderäume schließen lässt – wohl ein Handelsschiff. Vor beiden Schiffen stehen Matrosen bereit, um unser Gepäck in Empfang zu nehmen. Während die Kutsche des Königs und die Kutschen der Adeligen genau vor dem Landesteg des Königsschiffes halten, werden die bürgerlichen Mädchen sogleich auf das Handelsschiff geführt. Müde sehen sie aus, die Gesichter gequält, ihre Bewegungen sind unsicher und steif. Selbst Gisela protestiert nur schwach, als ihr klar wird, dass die Vons in Gesellschaft des Prinzen reisen dürfen.

»Die Überfahrt zur Dracheninsel wird die ganze Nacht dauern«, unterbricht sie der Regent mit lauter Stimme. »In Euren Kabinen stehen Phiolen bereit mit einem Schlaftrunk, der Euch vor der Seekrankheit bewahren wird.«

Zu meiner Überraschung wird meine Truhe zusammen mit dem Gepäck der Vons auf das Königsschiff getragen. Als ich zögernd folge, führt mich ein Matrose zwei Decks in die Tiefe zu einer der dort liegenden Kabinen. Sie ist einfach eingerichtet und nicht sehr geräumig. Das Bett ist eine Pritsche, auf der eine tiefe, nur halb gefüllte Waschschüssel steht. Daneben liegen zwei weiche Tücher. Vor der Pritsche steht ein runder Tisch, ein Teller mit Obst und Brot darauf, eine Wasserflasche und die erwähnte Phiole. Da meine Truhe nirgendwo zu sehen ist, werde ich wohl in meinen Kleidern schlafen müssen. Ich wasche mich, so gut es geht, esse ein paar Obststücke und etwas von dem Brot. Durch das kleine, quadratische Fenster kann ich auf den Steg hinunterblicken, wo Hafenarbeiter die schweren Taue lösen und das Schiff mit langen Stangen vom Steg wegdrücken. Über mir höre ich die lauten Rufe der Matrosen. Die Überfahrt hat begonnen.

Die Phiole steht immer noch ungeöffnet auf dem Tisch. Mir ist nicht danach, so rasch einzuschlafen. Das Schiff ist erfüllt von mir unbekannten, spannenden Gerüchen und Geräuschen. Ich schließe die Augen und überlasse mich meinen Rehsinnen, um so viele Eindrücke wie möglich einzufangen. Es riecht nach Tauwerk und geteertem Holz und natürlich nach Meer. Draußen kreischen die Möwen, und die schweren Schritte der Matrosen lassen die Planken zittern. Es ertönt lautes Flattern und das Geräusch von dicken Tauen, die gezogen und festgezurrt werden.

Als sich das schwere Tuch im Wind strafft, geht ein Ruck durch den schweren Rumpf. Das Schiff dreht sich und nimmt Fahrt auf. Inzwischen ist es draußen dunkel geworden, und durch das kleine Fenster meiner Kabine sehe ich, dass sich die Lichter des Hafens schnell entfernen. An Deck wird es allmählich ruhiger. Es schaukelt ein wenig, und ich merke, wie ich trotz all der neuen Sinneseindrücke langsam schläfrig werde.

Ein trockenes Gefühl in meinem Hals weckt mich, und ich muss husten. Der Wasserschlauch. Das Sternenlicht reicht nicht aus, meine Kajüte zu erhellen, und so taste ich mich im Dunkeln bis zum Tisch, wo der Schlauch liegt. Das Wasser schmeckt schal, doch es lindert das Kratzen in meiner Kehle. Mir wird bewusst, wie stickig es in dem winzigen Raum geworden ist. Meine Hände tasten über den Fensterrahmen, doch da ist kein Scharnier, keine Rille und kein Griff. Der Ruhe nach zu schließen, schlafen inzwischen alle, und es wird sicher niemandem auffallen, wenn ich mir kurz an Deck den Wind um die Nase wehen lasse.

Ich schlüpfe in die Lederschuhe, die mir Rieke geliehen hat, und verlasse die Kajüte. Die weichen Sohlen schlucken das Geräusch meiner Schritte vollständig. Hinter den Türen links und rechts kann ich die Mädchen leise schnarchen hören. Der Schlaftrunk in den Phiolen zeigt offenbar Wirkung. Die Kajüten des Königs, des Prinzen und des Regenten liegen ein Deck höher, ganz am Heck, dort, wo die ganz großen Glasfenster mit den vielen goldenen Ornamenten zu finden sind.

Vorsichtig steige ich die Stufen hinauf und öffne die Türe, die nach draußen auf Deck führt. Kühle Luft schlägt mir entgegen, eine Wohltat nach der muffigen Schwüle in der Kabine.

Ich gehe ein paar Schritte in Richtung Schiffsmitte, da bemerke ich eine Gestalt, die auf der linken Seite am Geländer lehnt. Der

Prinz. Er scheint meinen Blick zu spüren, denn er dreht sich zu mir um. Im Schein der Sturmlampen, die an den Masten hängen, kann er mich nicht übersehen. Ich sinke daher in einen tiefen Knicks in seine Richtung, ehe ich betont gelassen zur gegenüberliegenden Seite des Schiffes schlendere, um von dort auf das tintendunkle Wasser zu blicken und die Brise zu genießen. Die Nacht ist sternenklar, der Mond fast voll, und in seinem bleichen Licht glänzen die schmalen Streifen weißer Gischt, die unter dem Kiel hervorzuquellen scheinen. Es riecht nach Salzwasser, nach Algen, Fisch … und vor allem nach Freiheit.

Plötzlich höre ich ein leises Geräusch hinter mir und als ich mich umsehe, steht Prinz Leonard nur zwei Schritte entfernt neben mir und blickt ebenfalls hinaus auf das weite Meer. Ich war so versunken in diesen Anblick, dass ich ihn nicht habe kommen hören. Er schließt die Augen, atmet tief ein, und seine gelöste Miene lässt ihn viel jünger aussehen.

Dann dreht sich der Prinz zu mir, und unsere Augen treffen sich. Einen Atemzug lang. Dann wandert sein Blick über mein Gesicht, als suche er nach einer Antwort auf eine unausgesprochene Frage. Ich spüre das Hämmern meines Herzens bis in die Kehle. Da ist noch immer das unterschwellige Gefühl von Gefahr, das von ihm ausgeht, doch zugleich etwas anderes, das ich nicht deuten kann.

Nach einem weiteren langen Moment des Schweigens wendet er sich wieder dem Meer zu, räuspert sich und fragt in lockerem Ton: »Hat der Schlaftrunk nicht gewirkt?«

»Ich habe ihn nicht getrunken, Euer Hoheit«, entgegne ich ruhig. »Diese Reise ist viel zu aufregend, um sie zu verschlafen.«

»Das erste Mal auf einem Schiff?« Seine Mundwinkel zucken, als amüsiere ihn meine Begeisterung.

Und wennschon. »Ja, Euer Hoheit.«

»Und?«

Ich mache eine weite Geste auf das Meer hinaus. »Großartig. Diese Weite, diese Freiheit!«

Etwas von meiner Sehnsucht danach muss in meiner Stimme gelegen haben, denn er hebt die Brauen und sieht mich verwundert an. »Als Küchenmädchen bist du doch frei, zu bleiben oder zu gehen, wie du willst? Mir steht diese Wahl nicht offen. Ich kann noch nicht einmal selbst entscheiden, wen ich heirate.« Groll und Bitterkeit schwingen in seinen Worten mit.

Fast schäme ich mich, dass ich noch nie daran gedacht habe, wie es wohl für ihn sein muss, diese Brautwahl mitmachen zu müssen. Doch in einem irrt er sich.

»Mir geht es nicht viel anders, Hoheit«, sage ich. »Wenn ich frei wäre, nach meinen Wünschen zu handeln, wäre ich niemals heruntergekommen von diesem Balkon, zu welchem mich ein gewisser Jäger geführt hat. Er hat sich sicherlich blendend amüsiert, als ich entdeckt und vorgeführt worden bin.«

»Hat er nicht!« Prinz Leonard sieht mich offen an, und ich spüre trotz meines erneut aufkeimenden Ärgers die Ehrlichkeit in seinen Worten. »Er wollte dich nicht bloßstellen, es war Zufall, dass Meister Ivald dich dort entdeckt hat.«

»Lichtwasser voraus!«, ertönt auf einmal ein Ruf vom Ausguck, bevor ich länger überlegen kann, ob ich dem treuen Ausdruck seiner grünbraunen Augen wirklich Glauben schenken darf. Das Schiff macht erneut einen Ruck, dieses Mal fühlt es sich aber so an, als würde es durch irgendetwas ausgebremst. Ich taumle und kann mich gerade noch an der Reling festhalten. Um uns herum tauchen überall im Wasser goldene, pulsierende Kreise auf, größer als der Umfang einer gut gewachsenen hundertjährigen Eiche. Sie sind riesig. Als es mehr und mehr werden, verschmilzt ihr Licht zu einem goldenen Strom. Er ist es, der das Schiff immer weiter zu verlangsamen scheint.

»Kurs halten! Das sind Goldhelmquallen«, höre ich eine raue Stimme vom Steuerdeck her rufen. »Wir müssen uns ein Stück mittreiben lassen, bis der Wind uns hinausträgt!«

Da es jedoch nicht panisch klingt, schließe ich, dass wir uns nicht in unmittelbarer Gefahr befinden, und entspanne mich wieder etwas. Minutenlang stehen Prinz Leonard und ich nebeneinander an der Reling und genießen das Schauspiel, wie die Quallen auftauchen und sich wieder in die Tiefe sinken lassen. Es erscheint wie ein Tanz, jede für sich, und doch sind alle durch ihr Licht verbunden, eine Einheit.

Und dann, ganz plötzlich, greift der Wind in die Segel, das Schiff dreht ab, und wir gleiten aus dem nach Osten schwimmenden Strom wieder hinaus in das dunkle Wasser, weiter nach Süden.

»Wäre es wirklich ein so schlimmes Schicksal, mich zu heiraten?«, höre ich Prinz Leonard fragen. Trotz seines scherzhaften Tons spüre ich dahinter einen alten Schmerz.

Nachdenklich ziehe ich die Unterlippe zwischen die Zähne und knabbre daran, weil ich nicht weiß, wie ich in Worte fassen kann, was in mir vorgeht. Nein, so wie der Prinz sich jetzt gegeben hat, wäre eine Heirat mit ihm kein schlimmes Schicksal. Vor allem nicht verglichen mit dem, was Jerome für mich vorgesehen hatte. Dennoch würde es mir davor grauen, als Schwiegertochter unter einem Dach mit König Gisir leben zu müssen, seiner Grausamkeit und Willkür ausgeliefert zu sein. Aber es ist ohnehin egal, was ich denke, weil ja doch Fedora oder Gerlinde gewinnen wird – oder eine andere der Vons.

Während ich noch um Worte ringe, richtet Prinz Leonard sich auf und strafft die Schultern. »Nun gut, das ist auch eine Antwort.«

Er wendet sich ab, marschiert mit steifen Schritten auf die Tür zu und verschwindet unter Deck.

Mein erster Impuls ist, ihm nachzulaufen, mich zu entschuldigen und dann … ja, was dann? Ich kann ihm nicht offen sagen, was ich denke, und anlügen will ich ihn nicht.

Seufzend wende ich mich dem Meer zu, doch die dunkle Weite bietet weder Trost noch Antwort.

Als der Mond hinter der nächsten Wolkenbank verschwindet, kehre ich in meine Kajüte zurück. Um in der Schwüle überhaupt schlafen zu können, ziehe ich mich bis auf das dünne Hemd aus und schlüpfe so unter das weiche Laken. Die Atempause an Deck hat gutgetan, und die Wärme hier unten hüllt mich sofort ein.

Fäuste hämmern hart gegen meine Kajütentür. »Aufwachen!«, tönt eine dunkle Männerstimme. »Alle Gäste an Deck! Dracheninseln voraus!«

»Meister Ivald! Meister Ivald!«

Die mit Gold beschlagene Türe flog auf, und Prinz Leonard stürmte in die Bibliothek, dicht gefolgt von Benrit, dem Stallburschen.

Der Zwerg hielt den Blick auf das Pergament in seinen Händen gerichtet. »Eure königliche Hoheit, seid Ihr ein tumber Bauernlümmel oder der nächste Herrscher dieses Landes?«

Der Prinz zuckte zusammen ob der Härte unter der samtenen Glätte der Stimme und senkte den Blick auf den in ein weißes Tuch gehüllten Gegenstand, den er in Händen trug.

»Ich soll nicht über das Parkett stürmen wie ein Füllen«, murmelte er.

»Und?«

»Und … und Euch nicht belästigen, wenn die Tür zu Euren Gemächern geschlossen ist.«

»In der Tat, Ihr wisst es also noch.« Ivald rollte das Pergament zusammen und umwickelte es mit einem roten Seidenband. »Wieso verhaltet Ihr Euch dann nicht danach?«

»Bitte, Regent Ivald, ich wollte ihn aufhalten, aber …«, haspelte Benrit, der seinen Lederhut vom Kopf gerissen hatte und in seinen hageren Fingern drehte.

Ivald wies barsch mit dem Kinn zur Türe. »Genug! Begebe Er sich wieder dorthin, wo Er hingehört. Seine Hoheit kann für sich selbst sprechen.«

Benrit warf dem Prinzen einen zweifelnden Blick zu.

Dieser lächelte ihn an. »Schon gut, Benrit. Ich werde Meister Ivald alles erklären. Wir treffen uns im Stall.«

Der Stallbursche verbeugte sich vor dem Prinzen. »Sehr wohl, Hoheit. Wie Ihr wünscht.« Dann neigte er höflich den Kopf vor Ivald, drehte sich auf den Hacken um und stiefelte hinaus.

»Nun denn, Eure Hoheit«, hob Ivald an und wandte sich Prinz Leonard zu. »Was bedarf zu dieser frühen Stunde meiner Aufmerksamkeit?«

»Dies hier, Meister.« Leonard eilte zum Schreibtisch, dessen Platte ihm bis an die Schulter reichte, und setzte den verhüllten Gegenstand darauf ab, so vorsichtig, als wäre es ein Kästchen mit rohen Eiern.

Da Ivald keinen Finger rührte, sondern lediglich eine seiner sturmgrauen, buschigen Brauen hob, packte Prinz Leonard einen Zipfel des weißen Tuches und enthüllte einen kleinen, rechteckigen Käfig aus Weidenholz. Darin kauerte eine winzige Maus, kaum größer als die Faust des Prinzen, und zwängte ihr Näschen durch das lockere Geflecht, die flinken Augen voll Neugier, ohne jede Furcht.

»Eine Maus.« Der Zwerg strich sich über seine gewachsten Bartzöpfe. »Mein Prinz, von ihresgleichen treiben sich weit mehr im Schloss herum, als mir lieb ist.«

»Das weiß ich wohl.« Prinz Leonard stellte sich auf die Zehenspitzen, um besser über den Käfig hinweg in die dunklen Augen seines Mentors sehen zu können. Sein rundes Kindergesicht strahlte vor Stolz. »Desgleichen sagt Meister Reinald in der Küche auch immer. Und da die Küchenmädchen sich vor den toten Mäusen in den Fallen grausen, hat Benrit zusammen mit Oldred, dem Schmiedelehrling, eine Kistenfalle gebaut. Mit Wippe und Draht … und hier ist unser erster Fang.«

»Mit dem nun was geschehen soll, mein Prinz?«, fragte der Zwerg geduldig.

»Die Mäuse kommen erst in einen solchen Käfig, und wenn ich am Abend mit dem Stallmeister und Benrit ausreite, packt Benrit die Käfige in seine Satteltaschen. Wir reiten ohnehin immer entlang des Waldes südlich vom Schloss. Da oben im Käfigdach, seht Ihr, hier, da ist ein Türchen mit einer Öse und einem Haken. Sobald wir beim Wald sind, macht Benrit die Haken auf, dreht die Käfige um und schüttelt die Mäuse heraus.«

»Bemerkenswert.«

»Ja, nicht wahr? Das hat Hannah auch gesagt. Das mit dem Käfig war ihr Einfall. Sie sagte, meiner Mutter hätte das gefallen«, sprudelte es vor Begeisterung und Stolz nur so aus dem Prinzen heraus. »Die anderen Köche wollten die Mäuse an die Hunde verfüttern«, fügte er nach kurzer Atempause noch in entrüstetem Tonfall hinzu.

»Ein Einfall Eurer Kinderfrau also …« Ivald lehnte sich zurück und legte die Fingerspitzen seiner kräftigen Hände vor der Brust aufeinander. »Hoheit, Eure verehrte Mutter, die verschiedene Königin Eugenia, hatte in der Tat ein sehr weiches Herz«, sagte er, »und einen ebensolchen Verstand.«

Leonard sah den Zwerg mit großen Augen an. »Das verstehe ich nicht ganz …«

»Ich will es Euch erklären.« Ivald sprang von seinem dreifach gepolsterten Stuhl, trat an das Regal zu seiner Linken und zog aus dem untersten Fach eine große, flache Schale aus gehämmerter Bronze, die Innenseite fleckig vom Ruß verbrannter Dokumente. Er schob Tintenfässer und Papierstapel zur Seite und stellte die Schale neben den Weidenkäfig.

»Dieser Nager«, sagte er und schob den Haken auf, klappte das Türchen hoch und langte mit Daumen, Zeige- und Mittelfinger seiner Rechten hindurch. Ehe das quiekende Mäuschen recht wusste, wie ihm geschah, hatte der Zwerg es am Schwanz gepackt, herausgezogen und in die Bronzeschale gelegt. Mit der linken Hand fasste er das Tier am Genick und drückte es gegen das Metall, gerade fest genug, dass es ihn nicht beißen und nicht entkommen konnte.

»Dieser Nager«, wiederholte er, »hat sich am königlichen Korn fett gefressen. Womit hat Benrit ihn gelockt? Käse und Speck?«

Der Prinz nickte erschrocken.

»Und vom Köder blieb kein Krümel übrig, oder?«

Wiederum nickte der Prinz.

»Gefräßig wie ein Bauer«, murmelte Ivald, räusperte sich und fuhr fort: »Sein Atem, seine Zähne, wahrscheinlich auch sein Fell riechen für seine Mäusefreunde im Wald nach den Reichtümern der königlichen Küche. Und er wird ihnen erzählen, wo und wie er diese Köstlichkeiten gefunden hat. Sodann werden Scharen um Scharen neuer Mäuse Einzug in die Küche halten. Wird es Euren Vater freuen, wenn er Mäusekot in seinen Bohnen findet und Mäusehaare in seinem Brot?«

Prinz Leonard wurde blass um die Nase und schluckte. Mit der freien Hand tätschelte der Zwerg ihm den Kopf. »Es ist immer noch ein vorzüglicher Einfall, mein Prinz. Diese Falle, meine ich. Und ja, Benrit soll sie zum Wald tragen, dort die Maus herausholen und gegen eine Wurzel drücken und dann …« Ivalds Rechte wanderte zu seinem Gürtel, er langte nach dem Dolch, mit dem er Briefe zu öffnen pflegte. »Erst die Gedärme, von der Seite.« Die Messerspitze bohrte sich in das wehrlose Tier, das vor Schmerzen quiekte. Langsam zog er die Klinge an der Seite entlang. Das Quieken wurde höher und lauter. »Dann die Leber von der anderen Seite.« Blut floss in die Schale, vermischte sich mit den rußigen Rückständen auf der Bronze. »Und dann das Herz, ungefähr hier. Langsam, und die Klinge drehen. Sanft, ganz sanft …«

Es verstrichen gut zehn Atemzüge, bis der Körper erschlaffte.

Zufrieden wandte sich Ivald Prinz Leonard zu, der hilflos und wie versteinert zugesehen hatte.

Sacht legte er ihm die Hand auf die Schulter. »Mein Prinz, die Schmerzensschreie und das Blut sind nötig, um zusammen mit dem Geruch nach der Schlossküche allen Waldmäusen zu zeigen, dass sie hier nicht willkommen sind. Ich werde Benrit heißen, mit allen Mäusen so zu verfahren.«

»Aber Hannah …«

Der Zwerg nahm das weiße Tuch, mit welchem der Käfig verhüllt gewesen war, und rieb die Klinge damit sauber, ehe er sie in die Scheide an seinem Gürtel steckte. Das Tuch zerknüllte er und warf es zu den blutigen Resten des Mäusekörpers in die Schale.

»Macht Euch deshalb keine Sorgen, mein Prinz.« Der Zwerg schnippte mit den Fingern, und aus dem Schatten der Bibliothek trat eine jener Wachen, deren Helme mit schwarzem Nasen- und Wangenschutz versehen waren.

»Die Kinderfrau des Prinzen, Hannah, hat ihren Zweck erfüllt. Mit sechs Jahren ist der Prinz alt genug, dass er ohne sie auskommt. Schickt sie zurück in ihr Dorf mit … sagen wir, dreißig Goldstücken als Dank. Sie soll ein Loblied auf die Großzügigkeit unseres Königs singen.«

Die Wache verneigte sich schweigend erst vor dem Regenten, dann vor dem Prinzen und eilte davon.

»Ich will nicht, dass Hannah geht!«, protestierte der Prinz. »Sie erzählt so schöne Geschichten von Mutter, und sonst … sonst redet nur noch Benrit über sie.« Ein verdächtiger Glanz trat in seine Augen.

Funken glommen in Ivalds dunklen Augen. »Mein Prinz, seid Ihr denn schon so weit, die Klinge zu führen?«

Leonard schüttelte seinen Kopf, dass die weichen, dunklen Haare flogen.

Unbeirrt sprach sein Mentor weiter. »Dann seid Ihr auch noch nicht so weit, dass Seine Königliche Hoheit stolz auf Euch sein könnte.« Seine Stimme legte sich honigsüß auf die Seele des jungen Prinzen. »Und das ist doch Euer Wunsch, mein Prinz, nicht wahr?«

Leonards Augen weiteten sich. »Und dafür muss ich Mäuse töten?«, fragte er stockend.

»Nicht unbedingt.« Der Regent schob ihm den sauberen Dolch hin mit dem Griff voran. »Bislang war Euer Schwert nur ein Spielzeug. Wollt Ihr lernen, die Klinge eines wahren Kriegers zu führen?«

Leonards kleine Hand legte sich um den verzierten Griff, und er hob den Dolch in die Höhe. »Das ist …?«

»Die Waffe, mit der ich den Mörder Eurer Großmutter getötet habe«, erwiderte der Zwerg schlicht. »Anders als wir Leute vom ›Volk unter dem Berge‹ werdet Ihr noch wachsen und bald ein Schwert heben können, welches der Größe dessen Eures Vaters in nichts nachsteht. Ihr habt das Zeug zu einem echten Helden, mein Prinz.«

Fast ehrfürchtig legte der Prinz den Dolch wieder hin. Sein Blick wanderte zur Maus, und er schluckte. Skeptisch und mit zittriger Stimme fragte er: »Meint Ihr?«

»Ganz gewiss. Ihr seid König Gisirs wahrer Erbe.« Der Zwerg lächelte zufrieden, als er das hoffnungsvolle Leuchten in den Augen des jungen Prinzen sah. »Soll ich Euch zu einem solchen Helden machen? Der Weg ist lang und steinig, mein Prinz. Ihr werdet auch Schmerzen aushalten müssen. Doch am Ende …«

»Wird mein Vater stolz auf mich sein«, flüsterte Leonard, und ein entschlossener Zug trat um seinen Mund.

»Sicher. Und jetzt seid bitte so gütig und schickt mir Benrit, damit er den Kadaver beseitigt.«

Zögerlichen Schrittes verließ der Prinz die Bibliothek, und selbst, als die Tür längst hinter ihm ins Schloss gefallen war, wagte er es nicht, wie sonst den langen Gang hinabzustürmen, sondern setzte seine Schritte bewusst so, wie es sein Vater zu tun pflegte. Zumindest, bis er um die erste Ecke gebogen war.

In der Bibliothek kritzelte der Zwerg zufrieden lächelnd eine Notiz auf ein Stück Papier und rief eine weitere Wache aus den Schatten.

»Hier, für den Kampfmeister. Das Training des Prinzen beginnt morgen, sobald die Kinderfrau fort ist. Wie viele Günstlinge der Königin sind dann noch im Schloss?«

»Nur noch einer, von dem wir wissen, Regent. Benrit, der Stallbursche. Sollen wir ihn auch entfernen?«

Der Zwerg überlegte kurz. »Nein, wir lassen dem Prinzen dieses vertraute Gesicht. Aber der Kampflehrer soll den Stallburschen auch nach dem neuen Trainingsplan unterrichten, damit er dem

Prinzen später für eine ganz besondere Trainingseinheit gewachsen ist. Eine, die mehr bewirken wird als hundert Mäuse.«

Die Wache verbeugte sich tief und verschwand durch die Tür, während der Regent den nächsten Stapel Papiere zu sich heranzog und sich seufzend über die lange Liste an Zahlen beugte.

»Willkommen auf den Drachenklippen.« Quint, der Bürgermeister des einzigen Dorfes der Insel, weist mit dem Arm hinaus auf das Meer, das tief unter uns gegen die mächtigen schwarzen Basaltsäulen tost.

Gleich nach unserer Ankunft sind wir Kandidatinnen zusammen mit König Gisir, dem Prinzen und Regent Ivald nach einem Frühstück am Strand quer über die Insel geführt worden. Und neben einer atemberaubenden Aussicht erwarteten uns hier schon zwanzig Soldaten in schwarzen Lederrüstungen. Ihre braun gebrannten Arme und Gesichter verraten, dass sie schon länger auf der Insel sind. Mir bleibt keine Zeit, darüber nachzugrübeln, was der Grund ihrer Anwesenheit auf der Insel sein könnte, denn der Regent winkt uns Mädchen näher an den Rand der Klippen.

»Was sind das für Pflöcke dort mit den Ketten dran?«, höre ich Clara fragen.

»Daran hängen die Piratenkäfige«, antwortet ihr Fedora. »Immer noch?«, mischt sich Clara ein. »Werden die heute nicht mit Arbeitsdienst bestraft oder in die Armee gezwungen?«

»Genau, das sind die alten Käfige«, erklärt Quint, der ihre Frage auch gehört hat. »Sie werden nicht mehr frisch bestückt und dienen nur noch der Abschreckung.«

»Und die beiden Bottiche da vorn?« Gisela zeigt zu einer Stelle nur zwei Schritte vom höchsten Punkt der Klippe entfernt, und ich sehe, wie sich ihre Nase in leichtem Ekel kräuselt. »In dem großen sind doch Fische drin, oder?«

»Die sind Teil Eurer Prüfung«, erklärt nun der Regent und weist auf den Klippenrand zwischen der Kette und den beiden Wannen. »Seht Ihr da hinten den sichelförmigen Schatten im Meer?«

Wir alle nicken, und er muss uns nicht erklären, was wir da sehen. Der Mondsichelgraben bildet das offizielle Südende des Königreiches und ist in jeder Karte verzeichnet.

Der Regent verneigt sich in Richtung des schwarzen Baldachins. »Euer Majestät, Hoheit?«

König Gisir und Prinz Leonard treten unter ihrem Baldachin hervor und stellen sich neben ihn. »Die zweite Brautprüfung ist ein Tribut an die ›Beschützer des Reiches‹«, erklärt der König mit lauter Stimme, sodass er die Brandung übertönt. »Wie Ihr alle wisst, sind es von jeher die Meeresdrachen aus den Tiefen des Mondsichelgrabens, die verhindern, dass Feinde unsere Küsten erreichen. In der großen Wanne dort sind junge Gelbflossenthunfische, die Lieblingsnahrung der Wasserdrachen.«

Er winkt den bereitstehenden Soldaten. Zwei treten an den Bottich heran, jeder zieht einen Fisch heraus, schlitzt mit seinem Schwert dessen Bauch auf und schleudert ihn von der Klippe so weit wie möglich auf das Meer hinaus.

»Tretet näher, alle! Und seht!«, befiehlt der König, und wir alle rücken etwas vor.

»Da ist einer, Majestät!«, ruft Quint, und tatsächlich nähert sich vom Mondsichelgraben her ein lang gezogener Schatten.

Die beiden Soldaten schnappen sich noch zwei Fische und treten jetzt bis auf etwa einen halben Schritt an den Klippenrand.

»Stellt Euch auf die rechte Seite!«, ruft der Regent uns Kandidatinnen zu. Wir drängen uns rechts der Soldaten, nah genug am Klippenrand, sodass wir den rostigen Käfig gut einen Meter unterhalb der Soldaten hängen sehen. Und er ist nicht leer. Einige der Kandidatinnen ekeln sich hörbar, als sie die menschlichen Überreste des vor langer Zeit gerichteten Piraten darin entdecken. Ich bemühe mich, am Käfig vorbei auf die Wellen zu blicken. Tatsächlich, da ist ein langer Schatten, und er ist pfeilschnell …

Etwa einen Steinwurf vom Fuß der Klippen entfernt taucht er auf, und mir verschlägt es den Atem. Er ist genauso schön wie in den Büchern, ist mein erster Gedanke. Der gewaltige, schuppige Körper, der allmählich in den schlanken Schwanz überläuft, getragen von vier kräftigen Echsenbeinen. Keine Flügel, die wären unter Wasser wohl auch eher hinderlich. Ich kann Schwimmhäute erkennen, nicht nur zwischen den Klauen, sondern auch entlang der Beine und des Rückens. Die Schuppen des Drachen schillern in den unterschiedlichsten Grün- und Blautönen. Jetzt, da er in die Höhe schnellt, gleißen die silbernen Schuppen an Hals, Brust und Bauch im Sonnenlicht. Er ist majestätisch und gleichzeitig furchtbar, das eindrucksvollste Geschöpf, das ich je in meinem Leben gesehen habe.

Und ganz offenbar hungrig. Die Regeln dieses Fütterungsspiels scheinen ihm bekannt zu sein. Da das Wasser direkt unterhalb der Klippe für ihn zu seicht ist, springt er aus einer tieferen Stelle schräg empor, um die Beute in der Luft abzufangen. Sein Schwanz schlägt dabei immer wieder hart gegen die Basaltsäulen. Die Soldaten haben offenbar genau auf diesen Augenblick gewartet und werfen die Fische in sein weit aufgerissenes Maul. Kurz erspähe ich seine dolchartig gekrümmten, riesigen Zähne, bevor der mächtige Kiefer zuklappt und der Drache sich wieder ins Wasser fallen lässt. Dass er für den Sprung nach den Leckerbissen durch den Aufprall an den Basaltsäulen ein paar Schuppenstücke von der Unterseite der Klauen und des Schwanzes eingebüßt hat, scheint ihn nicht weiter zu stören. Ich kann die Stücke unterhalb der Klippe im Wasser treiben sehen, daneben zieht der Drache kleine Bahnen und wartet ganz offensichtlich auf Nachschub.

»Jetzt tretet alle zurück. Prinzessin Gerlinde, Ihr macht den Anfang. Nehmt Euch einen Fisch und leistet den Tribut an den Beschützer des Reiches!«, befiehlt König Gisir.

Wir weichen zurück, die Soldaten ebenso. Seine Majestät zieht sich unter den Baldachin zurück, während der Prinz neben dem Regenten ausharrt. Dieser zieht eine Kladde mit einem Blatt Papier darauf aus seiner Tasche und zückt einen Kohlestift.

Die Prinzessin steckt ihren Fächer weg und krempelt die Ärmel ihrer Bluse hoch, ehe sie einen der Fische aus dem Bottich zieht. Ich sehe, dass es sie große Überwindung kostet, und kann es ihr nicht verdenken. Der tote junge Thunfisch ist so lang wie ihr Arm und offenbar sehr glitschig, denn er droht ihr sofort wieder zu entgleiten. Doch Gerlinde packt fester zu, als ich ihr zugetraut hätte, und schleppt ihn bis an den Klippenrand. Trotz des Wassers und der großen Entfernung muss der Drache genau erkennen können, was hier oben passiert, denn kaum streckt Gerlinde die Arme mit dem Fisch über den Klippenrand, höre ich, wie der Meeresdrache erneut aus dem Wasser steigt. Gerlinde schreit auf, lässt den Fisch fallen und weicht zurück. Der Zwerg runzelt die Stirn und kritzelt ein paar Worte auf sein Blatt. Komtesse Fedora ist die Nächste. Sie ahmt das Verhalten der Soldaten nach und lässt den Fisch erst los, als der Drache sein Maul aufreißt. Der Zwerg nickt und macht sich eine Notiz. Komtesse Clara ist als Dritte an der Reihe und versucht, es möglichst elegant zu machen und den Fisch weit zu schleudern. Ein Mädchen nach dem anderen tritt an, einige ahmen Fedora nach, andere Clara. Die Drittletzte, ein Mädchen namens Barbara, wagt sich nur bis auf Armeslänge an den Klippenrand heran. Sie ist die Kleinste von uns allen mit wunderschönen gold-grünen Augen, einem winzigen Näschen und einem Krönchen aus hellbraunen Flechten über ihrem herzförmigen Gesicht. Mir ist entfallen, aus welchem Dorf sie kommt. Meist hält sie sich raus, wenn Gisela ihr Gift versprüht und Streit provoziert, und soweit ich erkennen kann, hat sie sich niemand Bestimmtem angeschlossen. Auch mit mir hat sie noch kaum ein Wort gewechselt. Der Fisch reicht ihr von der Brust bis zu den Knien, und ihre Arme zittern, als sie ihn über den Abgrund hält. Der Drache springt hoch, wirft seinen Körper gegen die Klippen … doch Barbara hält den Fisch noch immer fest, das Gesicht weiß vor Angst. Der Drache fällt zurück ins Wasser, allerdings ohne Beute. Barbaras Arme sacken herab, und ihre Schultern beben. Die Arme. Doch es scheint noch nicht vorbei zu sein.

»Er kommt zurück!«, ruft Quint, und tatsächlich springt der Drache ein weiteres Mal hoch empor, und dieses Mal fällt der Fisch.

Der Zwerg kratzt sich am Bart und murmelt etwas Unverständliches, ehe er sich ein paar Worte notiert.

Barbara tritt niedergeschlagen von der Klippe zurück. Da vor mir noch ein anderes Mädchen an der Reihe ist, bleibt mir noch ein wenig Zeit. Es tut mir leid, sie so traurig zu sehen, und da sich keine der anderen um sie zu kümmern scheint, gehe ich auf Barbara zu und lege ihr die Hand auf die Schulter. »Du hast es geschafft! Das war beeindruckend!«

Sie schnieft und stößt meine Hand fort. »Lass mich in Ruhe!«, faucht sie mich an, und der Blick aus ihren Augen ist auf einmal stumpf und boshaft. »Von einer wie dir, die sich beim Adel einschleimt, brauche ich kein Mitleid.« Erschrocken gehe ich auf Abstand. Da ruft der Regent auch schon meinen Namen.

Das Mädchen vor mir hat den Fisch gleich fallen lassen. Während sie und Barbara sich am zweiten Bottich die Hände säubern, ziehe ich von den drei verbliebenen Fischen den kleinsten heraus und trage ihn zum Klippenrand. Meine Theorie ist, dass alle, die den Fisch zu früh haben fallen lassen, ausscheiden werden. Regent Ivald hat immer genickt, wenn der Drache besonders hoch gesprungen ist, also werde ich den Fisch gleich fallen lassen, und damit hat dieser ganze Spuk dann hoffentlich bald ein Ende. Ich kann es kaum erwarten, im Schloss wieder meinen Platz in der Küche einzunehmen, wie ich es mit Meister Reinald abgesprochen habe. Noch hält er ihn für mich frei.

Dennoch werfe ich einen kurzen Blick in Richtung des Prinzen. Der hatte bislang nur Augen für den Drachen, aber jetzt sehe ich, dass er kurz aufblickt, als ich den Rand der Klippe erreiche. Tief, sehr tief geht es hinab, und obwohl ich ohne Probleme auf die höchsten Bäume klettere, wird mir beim Blick nach unten mulmig. Der Drache streckt schon erwartungsvoll seinen mächtigen Kopf aus dem Wasser. Ich hebe den Arm, um den Fisch fallen zu lassen, und … In dem Moment bekomme ich einen heftigen Schlag seitlich gegen den Rücken. Der Fisch rutscht mit aus der Hand, ich taumle einen Schritt zur Seite, pralle mit dem Knöchel gegen die Kette des Piratenkäfigs, verliere vollends das Gleichgewicht und falle …

Es geht so schnell, dass ich mir gerade noch die Arme vors Gesicht reißen kann, als ich auch schon hart auf dem Dach des Käfigs lande. Der Aufprall drückt die Luft aus meinen Lungen, und der Käfig neigt sich unter meinem Gewicht nach vorn. Gleich werde ich herunterrutschen und fallen. Verzweifelt kralle ich die Finger um die Gitterstäbe und drücke mich so eng an die Kette wie möglich. Meine Brust und meine Unterarme schmerzen, meine

Knie ebenso. Zumindest fühlt es sich nicht so an, als wäre etwas gebrochen.

Von oben tönt Prinz Leonards Stimme: »Festhalten, Rahel! Wir ziehen dich hoch! Ihr dort, helft mir!«

Der Käfig macht einen Ruck nach oben. Ich schöpfe Hoffnung, gleich haben sie mich hochgezogen. Dann höre ich den Prinzen lautstark protestieren: »Was soll das? Lasst mich! Nein!« Zugleich rutscht der Käfig wieder nach unten und schwingt dabei so heftig hin und her, dass ich Mühe habe, mich zu halten. Panik schnürt mir den Atem ab. Die Stimme des Prinzen entfernt sich. Unter mir schwimmt der Drache auf und ab. Ich liege da und warte, schließe die Augen, versuche, gleichmäßig zu atmen und mich zu beruhigen. Gleich werden sie den Käfig erneut hochziehen. Zehn Atemzüge, fünfzehn. Doch nichts passiert. Mir bricht der kalte Schweiß aus. Vorsichtig hebe ich den Kopf. »Hoheit! Regent Ivald, hallo! Helft mir doch!«, rufe ich nach oben, so laut ich kann. Meine Stimme überschlägt sich. »Hilfe!«

Nichts. Ich zwinge mich, die Augen zu öffnen. Der Drache hat mich fixiert und beobachtet jede meiner Bewegungen genau. Oben am Klippenrand kann ich niemanden mehr sehen. Haben sie mich wirklich zum Sterben hier zurückgelassen? Zumindest scheint von dort keine Rettung zu kommen. Hilflos schaue ich mich um, und mein Blick fällt auf den toten Piraten im Käfig. Sein Säbel liegt an seiner Seite, von der Kleidung sind nur noch Fetzen übrig, die den Blick auf sein Skelett freigeben. Mir läuft ein Schauer über den Rücken. Wenn ich nicht ebenso enden will, muss mir etwas einfallen. Die Angst verleiht mir die Kraft, mich vorsichtig diagonal in Richtung des Felsens zu schieben, bis ich mit dem Bauch auf dem Rand des Käfigdaches liege und mit den Füßen gegen die Käfigtür treten kann. Stumm flehe ich das Schicksal an, dass die Geschichten wahr sein mögen, in denen den gefangenen Piraten die Wahl blieb, in den Tod zu springen oder zu verdursten. Tatsächlich – nach dem zweiten Tritt springt sie auf, und ich kann mich ins Innere des Käfigs hangeln. Trotz des Skeletts neben mir fühle ich mich hier sicherer als auf dem schwankenden Dach. Unter mir schwimmt der Drache weiter hin und her.

»Rahel, du Arme!«

Ich blicke nach oben und sehe Gisela, die sich über die Klippe beugt. In den Händen hält sie einen Fisch.

Einen Fisch? Sie war doch schon an der Reihe.

»Es tut mir so leid, dass du deinen Fisch verloren hast. Ella tut es auch leid. Hier hast du einen neuen.«

Sie öffnet die Hände, und der Fisch landet genau auf dem Dach des Käfigs.

»Ups! Wie ungeschickt von mir, aber der Drache wird ihn trotzdem mögen, denke ich.« Lachend verschwindet sie, während ich vor Schreck erstarrt dasitze und nicht glauben kann, was Gisela, meine ehemals beste Freundin Gisela, gerade getan hat.

Da steigt auch schon der Drache unter mir aus den Fluten. Sein gewaltiger Körper schraubt sich in die Höhe. Doch dieses Mal begnügt er sich nicht mit einem Sprung. Beim Aufprall gegen die Felsen hakt er die silberfarbenen Krallen in Risse und Spalten und klammert sich fest. Was macht er denn bloß?

Und dann erkenne ich, was er vorhat. Er klettert! Ich kann nicht verhindern, dass meine Zähne aufeinanderschlagen. Langsam, aber unaufhörlich nähert er sich … die Tür ist nicht verschlossen, wenn er mit dem Kopf gegen den Käfig stößt … jetzt ist er auf meiner Höhe, ich könnte die Hand ausstrecken und seine glänzenden Schuppen berühren … ich halte den Atem an, er klettert weiter und stoppt erst, als sein Kopf über meinen Käfig ragt.

Die mächtigen Kiefer öffnen sich und packen ihn von oben, in der Absicht, den Fisch zu schnappen. Doch der liegt fast mittig auf dem Dach, sodass er ihn nicht zu fassen bekommt. Ich kaure mich auf dem Boden zusammen, während die scharfen Zähne über die Gitterstangen des Käfigdachs schaben. Noch halten sie. Aber wie lange? Die Kette knirscht, während der Drache immer heftiger am Käfig zerrt, und ich stelle mir bereits vor, wie sich der Pflock löst, der sie hält. Wenn nicht ein Wunder geschieht, werde ich entweder auf den Felsen da unten zerschmettern oder in den Fluten ertrinken. Ich kann nur hoffen, dass ich schon tot bin, bevor sich der Drache auf meine sterblichen Überreste stürzt.

Verzweifelt schließe ich die Augen, ziehe mich tief in mich selbst zurück und finde mich am Ufer eines Sees wieder, aus dem goldenes Licht wie Nebel aufsteigt. Ich strecke die Hände danach aus, und sogleich umhüllen mich die Strahlen wie ein Schleier, dringen durch meine Haut und werden ein Teil von mir. Als ich die Augen öffne, kann ich ihn spüren. Den Meeresdrachen. Er, nein, *sie* ist das fremdartigste Wesen, dessen Geist ich jemals berührt habe. Und sie leidet große Schmerzen. Ich zwinge mich, aufzustehen und nach oben zu blicken. Geradewegs hinein in das klaffende Maul, das sich fester und fester um meinen Käfig schließt, obwohl gerade das die Schmerzen noch verstärkt. Mein Blick wandert über die Reihen spitzer Zähne, bis ich die mit Tang umwickelte rot schillernde Zacke entdecke, die aus dem Gaumen ragt. Die Schleimhaut rings herum ist eitrig und geschwollen.

Ohne lange nachzudenken, kämpfe ich mich auf die Beine, strecke mich und greife mit den Händen durch die Gitterstäbe nach der seltsamen Scherbe. Ich bekomme den mit Tang umwickelten Teil zu fassen und ziehe mit aller Kraft daran. Gleichzeitig spüre ich, wie etwas von dem goldenen Licht über meine Hände auf die verletzte Stelle übergeht. Einen Augenblick später halte ich die fast armlange Scherbe in den Händen, und die klaffende Wunde im Maul der Drachin schließt sich. Sogleich lässt sie den Käfig los und schüttelt verwirrt den Kopf. Ihre rot schimmernden Augen richten sich auf mich, und für einen Atemzug spüre ich eine fremde Präsenz in meinem Geist. Ein vorsichtiges Tasten, dann ein Gefühl von Freude und Dankbarkeit. Die Meeresechse stößt sich von der Klippenwand ab und springt mit einer eleganten Schraubendrehung zurück in die blauen Tiefen. Zugleich verschwindet die fremde Anwesenheit. Erschöpft sinke ich zusammen.

»Zieht sie herauf!«, höre ich den König oben auf den Klippen befehlen, und prompt wird der Käfig Handbreit um Handbreit nach oben gezogen, bis über den Klippenrand und noch ein Stück weiter.

Die Soldaten öffnen die Käfigtür und helfen mir heraus. Mir tut alles weh, aber ich kann mich bewegen und laufen. Offenbar habe ich mir bei dem Sturz wirklich nur ein paar Abschürfungen und jede Menge blauer Flecken eingehandelt.

»Lass mich sehen, was du aus dem Drachenmaul gezogen hast!«, verlangt der Regent, und ich reiche ihm die Scherbe. Irgendwie wundert es mich nicht, dass er sich zuerst für die Beute interessiert, mich würdigt er keines Blickes. Quint steht hinter ihm und pfeift beim Anblick des rot schillernden Zackens. »Ein Stück Feuermuschel, und was für ein großes. Der Drache muss eine von ihnen zerbissen haben, und das Stück blieb ihm im Maul stecken. Sie sind unglaublich kostbar und seltener als Diamanten.«

»Wir werden Uns etwas daraus anfertigen lassen«, sagt der König zufrieden und winkt den anderen Kandidatinnen, sich neben mich zu stellen.

Währenddessen halte ich nach dem Prinzen Ausschau und entdecke ihn unter dem schwarzen Baldachin. Vier Soldaten stehen rechts und links von ihm. Seine Frisur ist zerzaust, und ein Ärmel seines Hemdes hängt in Fetzen herab. Unsere Blicke treffen sich, und für einen Augenblick kann ich seine Erleichterung spüren. Dann verschließt er sich wieder, und sein Gesicht erstarrt zu einer gleichgültigen Maske.

»Die Prüfung ist abgeschlossen«, verkündet der König, kaum dass sich alle Kandidatinnen rings um mich aufgebaut haben. Ich suche nach Gisela und Ella und entdecke die beiden ganz außen. Kein einziges Mal sehen sie zu mir her. War es wirklich Ella, die mich gestoßen hat? Und war es Absicht?

»Bestanden haben all diejenigen, die lange genug gewartet haben, dass der Seedrache einige seiner kostbaren Schuppen abschlug. Diese werden später von Quints Tauchern aufgesammelt und gehen als Geschenk an die Krone.«

Er nickt dem Regenten zu, der zehn Namen verliest. Fedora und Gisela gehören dazu. Nicht jedoch Ella, Clara oder Gerlinde. Dafür Barbara. Und ich. Ironischerweise ist es Giselas Fisch, der mir zugerechnet wird, da ich meinen durch Ellas *versehentlichen* Stoß, für den sie sich tränenreich entschuldigt, verloren habe.

»Bis zum Abend haben alle Kandidatinnen, auch die ausgeschiedenen, Zeit, sich frisch zu machen und für den Prinzen herzurichten«, erklärt der Regent.

Eskortiert von den Soldaten, machen wir uns auf den Rückweg. Ich bin wieder die Letzte und werfe noch einen Blick auf den Käfig. Der Regent hat sich nun über das Skelett gebeugt, und seine kleine Hand zieht etwas aus einem der Stiefel des toten Piraten heraus. Es sieht aus wie ein zusammengefaltetes Stück Papier. Noch bevor er aufblickt, habe ich zu den anderen aufgeschlossen.

Was soll ich nur anziehen? Ohne zu wissen, wie kühl es abends hier auf der Insel wird, stehe ich ratlos vor der großen Reisetruhe, nehme mal das eine, dann das andere Teil heraus, bis ich alle Röcke, Blusen und Kleider auf dem Bett, über dem Spiegel und der Stuhllehne verteilt habe. Meine Kammer in der Kaserne, dem einzigen Gebäude, das genug Platz für uns alle bietet, ist nur wenig größer als meine Unterkunft als Magd im Königsschloss.

Durch die dünnen Wände höre ich Barbara im Nebenraum rumoren. Die Vons haben Offizierszimmer bekommen, doch obwohl die sicher um einiges geräumiger sind als die einfachen Soldatenstuben, schienen sie nicht sonderlich glücklich darüber zu sein. Wohl auch, weil Prinz Leonard zusammen mit dem König und dem Regenten das Haus des Kommandanten bezogen hat, das genau auf der anderen Seite des Exerzierplatzes und damit außer Reichweite liegt.

Ich öffne das Fenster. Obwohl die Sonne jetzt schon tief steht, ist es noch immer schwülwarm, also schlüpfe ich in das eisblaue Kleid. Das Gemisch aus Leinen und Seide liegt leicht wie ein Windhauch auf meiner Haut, und der goldbestickte Saum des Rockes umspielt meine Knöchel. Da es gerade geschnitten ist und lediglich der goldgelbe Überwurf vorn über der Brust geschnürt werden muss, habe ich nicht das Gefühl, darin zu ersticken.

Mein Haar ist rasch gebürstet, und nach einigen vergeblichen Versuchen, es so elegant hochzustecken, wie Rieke es mir gezeigt hat, flechte ich es zu einem seitlichen Zopf, wie ihn meine Mutter bei Festen immer trägt.

Vor der Kaserne wartet bereits Quint auf uns. Ich bin die Erste und nutze die Zeit, mich mit ihm über die Insel zu unterhalten. So erfahre ich, dass die Abwesenheit von Jugendlichen bei unserem Spaziergang über die Insel kein Zufall war.

»Ab vierzehn sind sie in den letzten Jahren kaum zu ertragen gewesen. Um Frieden zu wahren, schicken wir sie zur Ausbildung zum Festland und bezahlen mit Königstürkis dafür.«

»Königstürkis?«

»Der Farbstoff, den wir aus den Schuppen der Meeresdrachen gewinnen. Die Steuereintreiber der Krone holen sich den größten Anteil, dafür dürfen wir die gesamte Ernte aus den Plantagen und Feldern behalten.«

Auch die Dracheninsel hat ihre »Festlandmädchen« zur Brautwahl geschickt, doch keine wurde am ersten Abend als Kandidatin erwählt, daher sind sie an ihre Ausbildungsstätten zurückgekehrt.

Inzwischen tauchen nach und nach die anderen Kandidatinnen auf. Die meisten der bürgerlichen Mädchen sind hübsch zurechtgemacht, doch längst nicht so aufwendig wie bei der Waldprüfung. Die Vons dagegen haben sich dieses Mal groß in Schale geworfen oder es zumindest versucht. Ohne die Hilfe ihrer Zofen sind die meisten der Kleider mehr schlecht als recht geschnürt, und statt komplizierter Frisuren tragen sie juwelengeschmückte Haarnetze oder aufwendigen Kopfputz mit Schleier. Auch einige andere Mädchen aus den Dörfern tragen wie ich Flechtfrisuren oder haben sich die Haare gekonnt zurechtgemacht, was die andere Seite mit giftigen Blicken quittiert.

Quint führt uns über einen mit flachen Steinen gepflasterten Weg zu einem Hügel, den ein Amphitheater krönt. Als wir durch die von reich verzierten Säulen getragenen Rundbögen aus schwarzem Basalt treten, bleibt selbst den Vons der Mund offen stehen.

Die zehn Reihen an Sitzblöcken aus Sandstein, die das schwarze Oval der Arena umgeben, bieten gut dreitausend Menschen Platz, wie Quint stolz erklärt, fünfmal so vielen wie das weiße Amphitheater in der Hauptstadt. Es können unmöglich so viele Menschen auf dieser kleinen Insel leben, wer also soll diese Ränge füllen?

Genau gegenüber des Besuchereingangs erhebt sich die Königsloge, überdacht von einem mit Perlmutt überzogenen steinernen Baldachin, der in der Sonne schillert und einen prachtvollen Anblick bietet. Der König und der Regent haben dort bereits auf gepolsterten Stühlen Platz genommen.

»Wo ist der Prinz?«, höre ich Ella flüsternd fragen.

Quint dreht sich zu uns um und zwinkert verschwörerisch. »Bitte hier entlang, die Damen!«

Er geleitet uns zur ersten Sitzreihe gleich vor der Arena, wo für die Vons sieben große Sitzkissen auf den Blöcken liegen, während wir anderen auf den nackten Steinen Platz nehmen und uns gespannt umsehen. Ich habe keine Ahnung, was jetzt folgt. Zwei Sitzreihen über uns steht ein runder Korb, gefüllt mit bunten Seidenblumen.

Als wir alle Platz genommen haben, ertönt eine Fanfare, und aus dem unterhalb der Königsloge gelegenen Eingang zu den Katakomben marschieren zwanzig Soldaten. In ihrer Mitte ein wahrer Schrank von einem Mann in knielanger Ledertunika. Das Muskelspiel seiner nackten, kräftigen Arme und Beine verrät, dass er noch nicht so alt sein kann, wie sein graues Haar und die tiefen Falten in seinem Gesicht vermuten lassen.

Jetzt erhebt sich der König und nickt ihm zu, woraufhin der Mann sich tief verbeugt. »Mein König, sechzehn mutige Kämpfer stehen bereit, Euch ihr Können im Wettstreit um den Titel ›Champion der Dracheninsel‹ vorzuführen.«

»Sie sollen eintreten, Kampfmeister!« Die Akustik der Arena verstärkt den unangenehmen Unterton in des Königs Stimme, bei dem sich mir die Härchen im Nacken sträuben.

Der Kampfmeister winkt, und begleitet von Fanfarenklängen betreten sechzehn Männer die Arena.

»Da ist er!«

»Der Prinz!«

»Der Dritte, gleich nach dem Riesen mit der Glatze!«

»Wie gut er aussieht. Diese Muskeln!«

Falls Prinz Leonard etwas davon mitbekommt, zeigt er es nicht. Seine Maske der höflichen Gleichgültigkeit hat er abgelegt. Er wirkt wachsam und angespannt, als er vor dem Kampfmeister Aufstellung nimmt. Alle tragen sie die gleichen Ledertuniken und geschnürten Sandalen an den Füßen sowie einen langen Kampfstab mit gepolstertem Ende in der rechten Hand. Über den Tuniken trägt jeder zusätzlich eine Schärpe in einer oder mehreren Farben. Die des Prinzen ist silbern.

Inzwischen hat Quint den Korb von oben geholt.

»Kandidatinnen, Ihr habt jetzt Gelegenheit, Euren persönlichen Champion zu wählen«, erklärt der Regent. »Fällt Eure Wahl auf den Sieger des Turnieres, werdet Ihr mit dreißig Goldstücken belohnt und erhaltet dies hier als ›Dame des Champions‹.«

Der Regent hält eine funkelnde Tiara in die Höhe.

»Überlegt Euch die Wahl daher gut!«

Die Stimme des Regenten ist kaum verhallt, da steht Quint mit dem Korb schon vor den Vons. »Sucht Euch die Blume in der Farbe der Schärpe Eures Champions und steckt sie an Euer Kleid.«

Sofort entbrennt eine hitzige Debatte unter den adeligen Damen. Einerseits wünschen alle lautstark dem Prinzen den Sieg, andererseits wirken die anderen Kämpfer viel erfahrener. Der Prinz wirkt gut trainiert, doch die anderen haben alle mehr Muskeln, die sie stolz zur Schau stellen. Bis auf einen älteren Mann, der ein wenig abseits lieber den Himmel betrachtet, als uns beeindrucken zu wollen. Seinem sehnigen Körper fehlt die Anspannung, stattdessen wechselt er gedankenverloren den Stab von der einen in die andere Hand. Zwei lange Narben zieren seine Wange und seine Stirn. Ein Lückenbüßer, der seine Nervosität verheimlicht? Ich rufe meine Rehsinne zu Hilfe. Nein, sein Verhalten täuscht nicht. Alle anderen Kämpfer, egal, wie siegessicher sie sich präsentieren, schwitzen, und das nicht nur der Wärme wegen. Der ältere Mann hingegen riecht lediglich nach Meereswind.

Eine Kandidatin nach der anderen trifft ihre Wahl. Sechs entscheiden sich für den Prinzen, die Übrigen verteilen sich auf die restlichen muskulösen Kämpfer und witzeln darüber, wie sich die anderen sechs wohl das Diadem teilen werden, sollte der Prinz als Sieger hervorgehen. Als ich an der Reihe bin und nach der weißgrauen Blume greife, ernte ich spöttische Blicke.

»Typisch Rahel, immer aufseiten der Verlierer und Prügelknaben«, ätzt Gisela drei Blöcke weiter.

Soll sie das ruhig denken. Mein Gefühl sagt mir, dass der ältere Mann für einige Überraschungen gut sein dürfte.

»Räumt die Arena!«, befiehlt der Regent von der Loge herab. Die Kämpfer verbeugen sich und treten ab. Bis auf zwei, den Prinzen und einen bullig wirkenden Kerl mit auffallendem Schnauzbart, der statt Augenbrauen nur zwei helle Streifen im braun gebrannten Gesicht trägt.

»Es stehen sich gegenüber: Prinz Leonard, Erbe des Reiches und Träger des Ordens zum Goldenen Schwert, und Jorim, Champion der Arena von Sturmhafen!«, verkündet der Kampfmeister.

Das erklärt natürlich, warum Prinzessin Gerlindes Blüte Jorims Farbe statt der des Prinzen zeigt.

»Der Kampf möge beginnen!«, ruft der König und läutet eine goldene Glocke.

Sogleich stürzt sich Jorim auf den Prinzen, wobei er den Kampfstab wie eine mächtige Keule schwingt. Prinz Leonard weicht zur Seite, und die wattierte Lederkugel gräbt sich knapp neben ihm in den Sand. So geht es weiter, Schlag auf Schlag. Jorim zeigt, was er kann, und führt einige beeindruckende Schwünge und Hiebe aus, doch der Prinz ist schneller. Während Gerlindes Champion mehr und mehr in Rage gerät, schwitzt Prinz Leonard nicht mehr als zu Beginn des Kampfes. Jorim scheint zu spüren, dass er dem Prinzen so nicht beikommt, und versucht es mit einer Finte, wobei er mit einer Hand den Stab wie eine Lanze nach vorn stößt, während er gleichzeitig die andere zur Faust ballt, um den Prinzen in die Seite zu treffen, sobald dieser ausweicht. Doch stattdessen lässt der Prinz seinen Stab fallen und packt mit beiden Händen den seines Gegners. Ein heftiger Ruck, und der Champion von Sturmhafen liegt mit dem Gesicht voran im Sand, während der Prinz den Kampfstab auf sein Genick drückt.

»Sieg für Prinz Leonard!«

Sechs Mädchen jubeln. Gerlinde reißt sich die Blüte vom Kleid, wirft sie zu Boden und zertritt sie wütend mit dem hölzernen Absatz ihres Lederschuhs. Ihrem düsteren Blick nach hat der Champion ihrer Heimatstadt bei seiner Rückkehr wenig Gutes zu erwarten.

Die folgenden Kämpfe gehen alle recht knapp aus. Sowohl Fedoras wie auch Giselas Champion sind noch im Rennen. Der von Clara auch und ebenso der von Ella.

»Den letzten Kampf der ersten Runde bestreiten Treutwin, Champion der Edelsteinarena, und Gilbert.«

Treutwin ist einen guten Kopf größer als mein Champion und trägt den Kampfstab, als wäre er so leicht wie ein Zahnstocher.

»Nicht mal einen Titel hat der Greis«, spottet Gisela, deren Champion als Kampfmeister der Roten Arena, also jener im Amphitheater der Hauptstadt, angekündigt worden ist.

Ich lege meine Hände in den Schoß und drücke Gilbert die Daumen. Den scheint sein Gegner nicht einmal groß zu interessieren, stattdessen geht er in die Hocke und beginnt mit seinem Stab ein verschlungenes Muster in den Sand zu malen.

»Senil ist er auch schon«, prustet Ella, und einige andere Mädchen stimmen kichernd mit ein.

Sein Gegner zieht die Brauen zusammen, bleibt aber ruhig stehen, bis der König das Signal gibt. Ohne Gilbert Zeit zu lassen, sich aufzurichten, wirft sich Treutwin auf ihn, den Stab mit beiden Händen haltend, als wolle er seinem Gegner den Kopf damit einschlagen. Doch als seine Waffe den Sand hochspritzen lässt, ist Gilbert längst ausgewichen. Im Gegensatz zu den anderen Kämpfern vergeudet er keine Zeit damit, seinen Gegner zu reizen. Noch während Treutwin damit beschäftigt ist, seinen eigenen Schwung abzufangen, trifft ihn Gilberts Stab genau am Knöchel. Ich sehe, wie der Champion der Edelsteinarena schmerzerfüllt nach Luft schnappt. Aber der Moment währt nur kurz, Treutwin rafft sich sofort wieder auf und schlägt nach Gilbert. Der hat seinen Stab in beide Hände genommen und fängt den Schlag ab. Doch Treutwin spannt die Muskeln an und drückt seine Waffe gegen Gilberts Stab. Der stemmt sich nur kurz dagegen, dann geht er in die Knie, und sein Gegner grinst. Ich sehe meinen Champion schon am Boden liegen, und tatsächlich wirft er sich nach vorn, taucht unter Treutwins Stab durch und macht eine Rolle im Sand. Sein Gegenüber verliert für einen Moment das Gleichgewicht, stolpert, fängt sich wieder und wehrt Gilberts Stoß gegen seine Brust gerade noch ab. Die beiden umkreisen einander. Treutwin sticht mit dem Stab wie mit einem

Speer auf Gilbert ein. Schnell und immer schneller. Gilbert weicht jedes Mal aus, und Treutwins Bewegungen werden hektisch, während sein Gesicht sich verfinstert. Er holt zu einem besonders heftigen Stoß aus, doch diesen lenkt Gilbert zur Seite ab und landet einen Treffer auf Treutwins anderen Knöchel. Der Champion der Roten Arena geht in die Knie und schleudert seinen Stab auf Gilbert, der sich darunter hinwegduckt. Einen Augenblick später liegt das gepolsterte Ende von Gilberts Stab auf Treutwin Kehlkopf.

»Der Sieger heißt Gilbert!«

»Unmöglich!«, ereifert sich Baronesse Hedwig, deren Blumenschmuck die Farbe von Treutwin zeigt. »Mein Vater ist Treutwins Sponsor. Er kann nicht verlieren, nicht gegen einen solchen Niemand! Da wurde manipuliert! Ganz sicher!«

Unterdessen verbeugt sich der geschlagene Treutwin in der Arena vor Gilbert, bevor er, gestützt auf zwei Soldaten, aus der Arena humpelt.

Nun wird die zweite Runde eingeläutet. Die Kämpfer schenken sich nichts, und einige Runden werden so brutal, dass ich gar nicht hinsehen mag. Bei einem Kampf zerbricht der Stab von Giselas Champion, der seinem Gegner daraufhin die scharfen Zacken der Bruchstelle in den Magen rammt, sodass dieser zusammensackt und die Hände wimmernd auf seinen Magen presst, während schon das Blut zwischen seinen Fingern hervorquillt. Er steht nicht wieder auf und muss auf einer Trage abtransportiert werden. Einen anderen trifft der Schaft des Stabs von Claras Champion so hart an der Stirn, dass er bewusstlos zu Boden geht und ebenfalls hinausgetragen werden muss. Ich fürchte um Gilbert, als dieser an die Reihe kommt, doch sein Gegner ist von der ersten Runde bereits angeschlagen, sodass er den Kampf schon nach wenigen Minuten für sich entscheiden kann.

Am Ende sind nach gut zwei Stunden nur noch Prinz Leonard, Giselas und Claras Champion sowie Gilbert im Rennen.

Der Prinz hat einige Mühe, Giselas Champion, einen massigen Riesen mit einer Mähne aus strohblonden Haaren, in die Knie zu zwingen, aber nach einem zähen Kampf gelingt es ihm. Claras Champion setzt vor allem auf harte Schläge, kann jedoch keinen einzigen davon bei Gilbert anbringen. Dieser wirft ihm so geschickt den Stab zwischen die Füße, dass er sich verheddert, stürzt und nicht mehr rechtzeitig hochkommt, um Gilbert auszuweichen.

Als das Finale ansteht, jubeln alle frenetisch dem Prinzen zu, auch die Kandidatinnen, die auf andere Champions gesetzt hatten. Ich bin die Einzige, die klatscht, als Gilberts Name genannt wird.

Der Kampf beginnt, und anders als in vielen der Kämpfe zuvor spielt rohe Gewalt kaum eine Rolle. Sowohl Prinz Leonard als auch Gilbert setzen vor allem auf Geschick und Geschwindigkeit, sodass ihr Kampf fast einem kunstvollen Tanz gleicht. Ihre Stäbe prallen aufeinander, doch keiner kann den anderen entwaffnen. Beide weichen den wechselseitigen Hieben und Stößen aus, und für mich ist nicht abzusehen, wer der Schnellere ist. Eines jedoch kann ich erkennen, je länger der Kampf dauert: Gilberts Bewegungen sind sparsam, elegant und wirken müheloser. Zudem scheint ihn nichts aus dem Gleichgewicht zu bringen, egal, welche Finte der Prinz versucht. Einige Male scheint es fast so, als wüsste er, wohin der nächste Angriff des Prinzen zielt, noch ehe dieser ihn überhaupt begonnen hat. Nicht nur ich halte den Atem an, auch die anderen Mädchen sind ganz still geworden. Schließlich ist der Prinz bei der Abwehr eines Hiebes den Bruchteil einer Sekunde zu langsam, und die Spitze von Gilberts Stab tippt gegen sein Herz.

»Der Sieger ist Gilbert.«

Schwer atmend verbeugen sie sich voreinander. »Warum habe

ich Euch noch nie bei Hofe gesehen? Sucht Ihr nach einer Stelle als Lehrmeister?«, fragt Prinz Leonard. »Es wäre mir eine Ehre, Euer Schüler zu sein.«

»Ich danke Euch für dieses großzügige Angebot, mein Prinz. Dazu bin ich im Augenblick zu ruhelos, ich wäre kein guter Lehrmeister, Eure Hoheit«, erwidert Gilbert mit einer weiteren Verbeugung. »Doch es mag eine Zeit kommen, in der ich Euch gerne an diese Worte erinnern werde.«

Während ich noch über die Bedeutung der Worte nachdenke, eilt auch schon Quint herbei und drückt mir einen Lederbeutel mit Münzen in die Hand. »Die Belohnung für Euren Champion.«

Dann hilft er mir, über die Umrandung der Arena zu steigen, und geleitet mich zu Gilbert. Alle Augen ruhen auf uns beiden, als wir uns unter der Loge gegenüberstehen und die Fanfare ertönt.

»Kandidatin Rahel überreicht dem neuen Champion der Dracheninsel dreißig Goldstücke von König Gisir, dem Gütigen, Gerechten und Großzügigen!«, verkündet der Regent feierlich.

Gilbert nimmt den schweren Beutel entgegen, und seine dunkelgrauen Augen suchen die meinen. »Weshalb habt Ihr auf mich gesetzt?«, fragt er neugierig. »Mitleid mit einem alten Mann?«

»Keinesfalls!« Ich schüttle energisch den Kopf. »Ihr wart als Einziger kein bisschen nervös. Es hat sich einfach richtig angefühlt, auf Euch zu vertrauen.«

Er lächelt, und für einen Augenblick spüre ich, wie er mich genauestens studiert, als wären meine Empfindungen ein offenes Buch für ihn. Erschrocken trete ich einen halben Schritt zurück, doch im nächsten Moment ist das Gefühl auch schon verschwunden. Gilbert drückt den Geldbeutel an seine Brust, verbeugt sich tief vor mir und murmelt so leise, dass nur ich es hören kann: »Es ist mir eine Ehre, Euch getroffen zu haben.«

Seine Verbeugung vor dem Prinzen fällt nicht ganz so tief aus und die vor dem König noch weniger. Den Regenten ignoriert er völlig, nickt stattdessen Quint und dem Kampfmeister zu und verschwindet dann im Eingang zu den Katakomben, bevor jemand ein weiteres Wort an ihn richten kann.

»Ein sonderbarer Kauz«, murmelt der Kampfmeister und kratzt sich den Hinterkopf. »Seinen Stil habe ich irgendwo schon mal gesehen, doch das muss ewig her sein. Wenn ich bloß wüsste, an wen er mich erinnert.«

Dann geleiten er und Quint mich feierlich hoch in die Loge, wo mir der Regent ein flaches Kästchen mit der Tiara darin überreicht. Auch aus der Nähe betrachtet ist sie atemberaubend schön: ein eleganter, schmaler Reif aus Perlenblumen und Kristallen, die zwischen den Blüten wie Tautropfen glitzern.

Ich bedanke mich mit einem tiefen Knicks und wage nicht, nach dem versprochenen Gold zu fragen. Zurück bei den anderen Kandidatinnen, wird mir die Schachtel förmlich aus der Hand gerissen und macht geöffnet die Runde.

»Die Tiara hat doch viel, viel mehr geglitzert, als der Regent sie hochgehalten hat«, meint Fedora abschätzig. »Ich habe fünf Tiaren, und alle sind sie schöner als *das* hier!«

»Wahrscheinlich hätten wir eine wirklich wertvolle bekommen mit echten Diamanten«, schlägt Prinzessin Gerlinde in die gleiche Kerbe. »Das ist wohl die Bettlerversion für Küchenmädchen.« Die Vons lachen und lassen die Schachtel achtlos in den Sand fallen. Prompt stimmen die Bürgermädchen in das Gelächter mit ein.

Mit hochrotem Kopf hebe ich die Schachtel auf und drücke sie fest an meine Brust. Sollen sie spotten, wie sie wollen, nie zuvor habe ich etwas so Wertvolles und Schönes besessen.

Während es nach und nach dunkel wird, bringen die Inselbewohner Tische und Stühle in die Arena und entzünden zahlreiche Kerzen und Fackeln. Blumengebinde und Geschirr folgen, ebenso Tücher, Sitzpolster, Besteck und Gläser. In erstaunlich kurzer Zeit stehen zwei perfekt gedeckte lange Tafeln im Sand der Arena.

Als am Himmel die ersten Sterne blinken, lädt der König zum gemeinsamen Abendessen. Prinz Leonard hat sich umgezogen und trägt jetzt eine tiefblaue, silbergesäumte Tunika über einem Seidenhemd. Uns Mädchen wurden lediglich feuchte Tücher gereicht, Kämme und Spiegel, damit wir uns frisch machen konnten.

Das Mahl ist opulent mit fünf Gängen, die Vorspeisen allesamt mit Fisch. Meister Reinald hätte sicher seine Freude daran. Er muss sich im Schloss zu dieser Jahreszeit mit Fisch aus den umliegenden Seen und Flüssen begnügen, da die Entfernung zum Meer zu groß ist, um in der heißen Jahreszeit frischen Fisch so weit zu transportieren. Als Hauptgang gibt es Ziegenbraten. Ich halte mich wie üblich an die Beilagen, aber auch die sind köstlich und sehr exotisch. Immer wieder stoße ich auf unbekanntes Gemüse und Obst, das sicher den üppigen Plantagen der Insel entstammt. Dazu wird reichlich Wein ausgeschenkt, und rings um mich werden die Gespräche gelöster und die Stimmung zunehmend ausgelassener. Ich begnüge mich mit Wasser und versuche wegzuhören, als die Sprüche in meine Richtung an unserem Tisch immer schärfer werden. Sie scheinen mein wieder einmal ungewolltes Weiterkommen bei der Prüfung noch nicht verwunden zu haben.

»Erst macht sie sich an die Vons heran, um in ihrer feinen Kutsche gefahren zu werden, und dann bekommt sie auch noch einen Platz auf dem königlichen Schiff, als wäre sie etwas Besseres als wir. Phhh!«, ereifert sich Ella gerade lautstark.

»Hast du sie deshalb über die Klippe gestoßen?«, fragt Barbara und lässt sich zum dritten Mal Wein nachschenken.

»Das war ein Missgeschick!« Ella wischt sich mit dem Ärmel über den fettigen Mund. »Ich wollte nur sehen, wie viele Fische noch im Bottich sind, und bin ausgerutscht.«

»Haha«, ereifert sich Hedwig, deren Champion gegen Gilbert verloren hat. »Jedenfalls ist es deine Schuld, dass der Prinz so ausgeflippt ist. Ich habe geglaubt, jetzt und gleich springt er ihr nach. Das hätte gerade noch gefehlt, dass er sich für so ein Nichts und Niemand in den Tod stürzt.«

»Wir haben uns alle erschreckt, und der Prinz ist eben ein echter Held. Wer sonst würde versuchen, ein *Küchenmädchen* zu retten? Ich bitte euch! Wahrscheinlich wollte er jemand ganz anderem imponieren.« Gisela hebt ihr Glas und trinkt es in drei Zügen leer.

Die anderen lachen. Ich hingegen bekomme keinen Bissen mehr hinunter. Neid und Boshaftigkeit liegen über der Tafel wie eine klebrige Wolke, die mir die Luft abschnürt. An der anderen Tafel schlägt der König soeben mit seinem Löffel gegen das Glas. Der offizielle Teil des Essens ist beendet. Quint, der ebenfalls mit an der Königstafel sitzen durfte, erhebt sich und entfernt sich mit mehreren Verbeugungen rückwärtsgehend in Richtung der Katakomben. Darauf habe ich gewartet. Mit der gemurmelten Entschuldigung, mir wäre nicht gut, stehe ich auf, knickse tief in Richtung des Königs und verlasse die Tafel, begleitet von schadenfrohem Gelächter.

Der Weg vom Amphitheater zur Kaserne ist zum Glück gut mit Fackeln ausgeleuchtet. Rechts und links des Weges liegen in undurchdringlicher Schwärze die Felder und Weiden der Insel. Auch andere Tiere scheint es hier zu geben, immer wieder vernehme ich unbekannte Rufe und Geräusche und lausche fasziniert. Vor dem Eingang des weiß gestrichenen Gebäudes stehen zwei Wachen und noch einmal zwei vor dem Haus des Kommandanten gegenüber. Beim Gedanken an das kleine, stickige Zimmer stocken meine Schritte. Jetzt, da ich den giftigen Mief aus Missgunst und Bosheit hinter mir gelassen habe, steht mir der Sinn nicht mehr nach Bettruhe. Dies ist mein erster und wahrscheinlich auch mein letzter Besuch hier auf der Dracheninsel. Morgen verbringen wir den Tag mit Spaziergängen durch die Plantagen und einem Mittagessen in Quints Dorf, bevor die Schiffe am Abend auslaufen.

Ich werde den heutigen Abend auf meine Art ausklingen lassen. Zuerst jedoch laufe ich in mein Zimmer, um die Tiara sicher auf dem Boden meiner Truhe zu verstauen.

»Wo geht es zum Strand?«, frage ich danach eine der Wachen, und der Mann deutet auf den mit weißem Sand bestreuten Weg.

Hier gibt es nur wenige Fackeln, sodass sich die Bäume und Sträucher entlang des Weges wie Schattenrisse gegen den Sternenhimmel abheben. Nach kurzer Zeit haben sich meine Augen jedoch an die Dunkelheit gewöhnt, und ich kann dem hellen Sandstreifen problemlos folgen. Keine fünf Minuten bin ich unterwegs, da rieche ich nicht nur das Meer, sondern auch Rauch und scharf gewürztes Fleisch. Zum Rauschen der Wellen gesellen sich knisternde Flammen und fröhliche Stimmen. Das Sandband führt um eine Felsformation herum und mündet in den breiten Uferweg, dem wir heute Morgen gefolgt sind. Von hier aus kann ich schon den mit Salzgras bewachsenen Streifen erkennen, und dahinter beginnt gleich der Sandstrand. Weiter östlich, nahe dem Pier, brennen große Feuer am Strand.

Natürlich! Heute ist Sonnwendnacht, und die Freudenfeuer wurden entfacht. Vom Königshaus werden die alten Traditionen schon lange nicht mehr aufrechterhalten, für das einfache Volk sind sie jedoch nach wie vor sehr wichtig. Das scheint hier nicht anders zu sein.

Die Seeleute sitzen rings um die Feuer herum auf Baumstämmen, lachen und singen. Einige halten große Fleischspieße über kleinere Kochfeuer, während andere bereits Gegartes auf große Palmblätter verteilen, auf denen es mit Brot und Fingern verzehrt werden kann. Auch wenn die Umgebung eine ganz andere ist, fühle ich mich einen kurzen Moment lang nach Weißrosen versetzt und genieße den Klang der vertrauten Lieder. Leise summend suche ich mir einen Felsen, auf dem ich mich niederlassen kann, und genieße das Meeresrauschen, während sich mein Blick abwechselnd auf die Feuer und die endlose Weite vor mir richtet. Die Zufriedenheit und Fröhlichkeit der Seeleute sind wie Balsam für mein aufgewühltes Gemüt. Lange schon war ich nicht mehr so mit der Welt im Einklang wie hier und jetzt.

Völlig versunken in meine Gedanken, höre ich ihn erst, als er neben mir steht und sich räuspert. Ich zucke zusammen und verschlucke mich fast, als ich den Prinzen erkenne. Ehe ich aufspringen und knicksen kann, hat er sich eine Armeslänge von mir entfernt auf einen anderen Felsen gesetzt und sieht wie ich zu den Feuern hinüber. Ist er mir etwa gefolgt? Was macht er hier?

»Du hast nicht auf mich gesetzt«, ergreift er nach einem kurzen gemeinsamen Augenblick des Schweigens unvermittelt das Wort, und es klingt fast ein wenig gekränkt.

»Ich wollte gewinnen«, antworte ich, ohne groß nachzudenken, und wünsche mir gleich darauf, die Worte ungesagt machen zu können.

Zu meiner Erleichterung scheint er eher neugierig als beleidigt. »Und deshalb wählst du den ältesten und schwächsten Kämpfer?

Woher wusstest du, dass er so gut ist? Wir haben ihn alle unterschätzt. In einer Schlacht wäre das tödlich.«

»Er hat nicht geschwitzt wie ihr anderen. Er schien mir nicht nervös zu sein, sondern sehr entspannt und selbstsicher.«

Prinz Leonard wirft den Kopf in den Nacken und lacht. »Das also war es. So einfach … « Er fängt meinen erstaunten Blick auf und fügt hinzu: »Ich dachte, es wäre wegen des Käfigs.« Ich runzle die Stirn, und er ergänzt: »Weil ich ihn nicht gleich hochgezogen habe.« Er krümmt die Hände, als hielte er noch die Kette. »Mein Vater hat den Soldaten befohlen, mich davon abzuhalten.«

Ich erinnere mich an seine Stimme, die von oben zu mir herabgetragen wurde, während ich verzweifelt versuchte, mich auf dem Käfig zu halten, und um mein Leben fürchtete. An die Wut und die Verzweiflung darin.

»Weshalb?«, frage ich ihn.

»Wegen Meister Ivald. Er war der Ansicht, dass der Käfig noch weiter kippen würde, wenn wir ihn hochziehen, und dass du dich dann nicht mehr halten könntest. Er hat zwei Soldaten nach Seilen geschickt, damit jemand zu dir hinunterklettern kann, doch der Drache war schneller.«

»Die Drachin«, korrigiere ich ihn geistesabwesend, während ich dem Regenten im Stillen recht gebe. Mein Halt auf dem Käfigdach war alles andere als sicher.

Prinz Leonard zieht die Brauen hoch. »Drachin? Woher willst du das denn wissen …?«

»Weiblicher Instinkt«, entgegne ich augenzwinkernd und ärgere mich über meine Unüberlegtheit. »Ich danke Euch«, füge ich noch schnell hinzu.

»Die Soldaten haben dich hochgezogen, nicht ich«, erwidert er.

»Nicht dafür. Ich danke Euch, dass Ihr es mir erzählt habt.« Mein

Blick geht zum Meer hinaus. »Es tut gut, zu wissen, dass man mich nicht mit Absicht so lange dort hat hängen lassen.«

»Mit *man* meinst du Seine Majestät und mich, oder?«

Ich beiße mir auf die Lippen und starre auf meine Hände.

»Verdammt noch mal!« Bei der plötzlich lauten und heftigen Stimme des Prinzen zucke ich überrascht zusammen. »Ich will, dass man ehrlich mit mir spricht. Offen. Außer Meister Ivald tut das keiner. Bisher dachte ich, du auch. Warum?«

Überrascht von seinem Ausbruch und seinem direkten Vorwurf gegen mich, blicke ich zu ihm hoch. Sein Ärger ist echt, das kann ich spüren. Seine Ratlosigkeit auch.

»Weil man für Majestätsbeleidigung bestraft wird, Hoheit«, erwidere ich vorsichtig.

»Weshalb denken alle, ich wäre wie mein Vater? Ich bin nicht er!« Seine Augen weiten sich, als würden ihn seine eigenen Worte überraschen.

»Weil *alle* nur Euer Kindergesicht auf den Münzen kennen und nicht wissen, was für ein Mensch Ihr seid. Könnt Ihr ihnen verübeln, dass sie Angst davor haben, ausgepeitscht zu werden?« Oder Schlimmeres, füge ich leise in Gedanken hinzu.

Er fährt sich mit der Hand über eine Stelle unterhalb seines Schulterblattes und schüttelt den Kopf. Seine Augen verdunkeln sich.

»Nein, das kann ich wahrlich nicht.« Eine Erinnerung an alten Schmerz scheint wieder hochzukommen. Kann es sein, dass …?

»Ihr … Ihr seid ausgepeitscht worden?«, stottere ich ungläubig. »Wer würde es wagen, Prinz Leonard, den Erben des Reiches …«

»Niemand«, unterbricht er mich brüsk. »Doch wie du sagst, keiner kennt mein Gesicht. Als Rekrut und späterer Offiziersanwärter ›Leon‹ habe ich die Peitsche oft zu spüren bekommen. Meine *Son-*

derbehandlung war besondere Härte.« Er stockt kurz. »Ganz im Sinne Seiner Majestät. Der Erbe des Reichs muss mehr aushalten können als ein *gemeiner* Soldat.«

Die letzten Worte spricht er wie ein Mantra. Mein Herz wird ganz weit, und meine Hand legt sich wie von selbst auf seinen Arm. Im gleichen Atemzug ziehe ich sie auch schon wieder zurück, und meine Wangen brennen.

Der Prinz tut, als hätte er es nicht bemerkt, doch die Bitternis weicht aus seinen Zügen. Sein Blick wandert zu den Feuern, und er wechselt das Thema. »Erzähl, wie war es, einem Drachen, pardon, einer Drachin so nah zu sein?«

»Intensiv. Besonders ihr Mundgeruch nach halb verdautem Fisch.«

Er muss lachen, und auch mir wird es wieder leichter ums Herz.

»Dass du ihr zwischen die Zähne gegriffen hast«, er schüttelt den Kopf, »das war das Mutigste, das ich je ein Mädchen habe tun gesehen. Und das Verrückteste.« Aber ich höre plötzlich leise Bewunderung in seiner Stimme. Und etwas anderes, einen neuen Unterton. Ist es – Respekt?

»Danke«, murmle ich und blicke zur Seite. »Ich … ich habe nicht nachgedacht.«

»Das war auch mein Eindruck.«

Seine Augen funkeln scherzhaft, jedoch weder spöttisch noch herablassend. Überhaupt, es fehlt ihnen der stumpfe Blick, wie ich ihn von so vielen anderen kenne. Aus ihnen spricht Lebendigkeit und Tatendrang, wie ich es bisher nur in Riekes wachen Augen gesehen habe. Und früher vielleicht bei Gisela, als wir noch gemeinsame Träume hatten.

In diesem Augenblick wird es bei den Seeleuten noch lebhafter. Eine Gruppe Inselbewohner ist dazugestoßen. Eine Frau hat ein Tamburin und eine Mandoline mitgebracht, die sofort in die

Hände eines der Seeleute gegeben wird. Einer der Matrosen holt eine Ziehharmonika und entlockt ihr auch gleich die ersten Töne. Die Seeleute stimmen mit ein, singen von Ferne, Heimweh und der Liebsten, die zu Hause wartet. Mir wird warm ums Herz, und ein Schauer läuft mir den Rücken hinunter. Diese Nacht scheint einen ganz eigenen Zauber zu entfalten.

Drüben bei den Feuern springen die Seeleute auf und bilden jetzt zusammen mit den Inselbewohnern Kreise um die großen Feuer. Die Musik wird rhythmischer, eine Flöte schließt sich den anderen Instrumenten an, zwei Trommeln bestimmen den Takt. Der Freudentanz beginnt. Diesen Teil liebe ich besonders.

»Kennst du diesen Tanz?« Der Prinz sieht mich erstaunt an.

Ich nicke. Meine Füße wippen von selbst im Takt, und meine Hände klatschen im Gleichklang mit den Tänzern. »Man tanzt ihn überall im Reich zur Sonnenwende um die Feuer.«

Der Prinz steht auf und reicht mir die Hand. »Bring ihn mir bei!«

Zögernd lege ich meine Hand in seine, und mit einem kräftigen Ruck zieht er mich in die Höhe.

»Also, erst nach links, einen Schritt, aufschließen, dann nach rechts, dann mit der Spitze nach vorn tippen, drehen, klatschen, richtig?«

Ich stelle mich neben ihn und korrigiere. »Erst eine halbe Drehung rechts, klatschen, dann eine halbe nach links, wieder klatschen, die Hände heben, Handflächen nach oben. Gut so …«

Nur drei Mal muss ich Prinz Leonard durch die genaue Abfolge dirigieren, dann beherrscht er sie perfekt. Zunächst setzt er seine Schritte sehr kontrolliert, statt sich vom Rhythmus tragen zu lassen und ihn zu fühlen. Seite an Seite tanzen wir im warmen Sand. Nach und nach werden seine Bewegungen geschmeidiger, gelöster.

Ich spüre, wie er sich langsam in die weichen Töne der Musik fallen lässt, eins wird mit ihnen. Sein Gesicht wirkt jünger, genau wie auf dem Schiff, als er aufs Meer hinausgeblickt hat. Ich wünschte, ich könnte vergessen, dass er der Prinz ist, und mich mit ihm einfach unter die Seeleute mischen, tanzen, bis die Sterne verblassen und die kürzeste Nacht vorüber ist.

»Sollen wir hinunter zum Feuer?« Kaum habe ich die Frage gestellt, würde ich sie am liebsten wieder hinunterschlucken.

Prinz Leonard lässt die Arme sinken und sieht sich um, als wäre er ganz plötzlich aus einem Traum erwacht. »Das geht leider nicht«, entgegnet er und seufzt. »Ich muss zurück, ehe sie nach mir suchen. Am besten mache ich einen großen Bogen, damit es so aussieht, als käme ich vom Amphitheater.« Den letzten Teil sagt er mehr zu sich selbst als zu mir.

Und ehe ich mich recht besinnen kann, hat er sich schon mit einer leichten Verbeugung bei mir für den Tanz bedankt, sich umgedreht und ist hinter dem Felsen verschwunden. Ich lausche und höre, wie sich seine Schritte eilig auf dem weißen Sandweg entfernen. Jetzt könnte ich hinüber zu den Feuern laufen, doch irgendwie ist mir nicht mehr danach. Stattdessen schlendere ich ein wenig den Strandweg entlang. Ich muss an Ricke denken. Ob sie wohl immer noch im Königswald ist und auf mich wartet? Genau wie Rieke. So schön die Dracheninsel auch ist, ich freue mich darauf, beide wiederzusehen. Und darauf, wieder meine Tiergestalt annehmen zu können. Seit der Waldprüfung bin ich nicht mehr als Reh unterwegs gewesen.

Jetzt bin ich zwar allein, doch hier auf der Insel gibt es keine Rehe. Ich biege um einen ausladenden Ginster, und da, vielleicht zwanzig Schritte entfernt, steht eine einsame Gestalt auf einem Felsen. Nicht sehr groß, ein Mann, den Rücken mir zugewandt, den

Kopf in den Nacken gelegt, als betrachte er die Sterne. Jetzt lockert er die Schultern und streckt die Arme empor. Ich erkenne ihn an seinen geschmeidigen Bewegungen. Es ist Gilbert, ganz sicher. Hinter mir ertönt ganz nah der Ruf eines Vogels, ich drehe mich um, kann aber nichts erkennen. Als ich wieder zum Felsen sehe, ist Gilbert verschwunden. Vor mir liegt die endlose Weite des Meeres. Ein großer Albatros steigt über den Wellen in den Nachthimmel.

Als die Kutsche vor dem Schlosstor zum Halten kommt, steht die Sonne schon tief am Himmel. Erleichtert klettere ich heraus und strecke mich. Es war eine ereignislose, wenn auch sehr beengte Fahrt in der Gepäckkutsche. Trotzdem bin ich froh, dass Gisela und Ella lieber zusätzliches Gepäck als mich in ihrer Kutsche haben wollten. Mir ging es ebenso, die Rückfahrt war trotz der beengten Verhältnisse so viel entspannter als der Hinweg.

Die ersten Diener laufen herbei, und sogleich geht schon wieder das Gezanke los, wer seine Truhen, Koffer und Körbe zuerst ausgeladen bekommt. Gleich nach dem König, dem Prinzen und dem Regenten, versteht sich. Am liebsten würde ich wieder in die Kutsche einsteigen und weiterfahren.

Stattdessen warte ich geduldig vor der Gepäckkutsche und halte größtmöglichen Abstand zu den anderen. Schließlich findet einer der Diener Zeit, mir mit Riekes Truhe zu helfen.

»Zum Zimmer der Baronesse von Wildenstein. Bitte.«

Er lächelt mir freundlich zu, und da ich nicht auf einen zweiten Diener warten will, packe ich mit an, und wir tragen die Truhe in den Gästetrakt, hieven sie dort die Treppe hoch und den Gang hinunter. Doch als der Diener an Riekes Zimmertür klopft, öffnet niemand.

»Ist die Baronesse ausgegangen?«, fragt er einen anderen Diener, der gerade aus dem Zimmer nebenan kommt und sich den schmerzenden Rücken reibt.

»Ja, sie wollte im Wald spazieren gehen.«

»Wie lange ist das her?«, erkundige ich mich.

»Sicher schon zwei Stunden. Sie wollte zurück sein, wenn die Kutschen eintreffen.«

»Ist sie schon öfter allein in den Wald gegangen?«, hake ich nach.

»Nein, nicht soviel ich weiß jedenfalls.«

Das hört sich gar nicht gut an. »Was trägt sie?«

»Das Kleid habe ich nicht gesehen, das war ganz unter ihrem roten Umhang versteckt.«

Ich bedanke mich bei beiden und laufe zurück zum Ausgang. Da stürmt Gisela herein, mit zusammengepressten Lippen und vor Empörung funkelnden Augen. »Deine feinen Von-Freundinnen haben alle Gästepferde des Königs für ihren Jagdausflug reserviert. Vielleicht nehmen sie ja dich mit, wenn du ihnen die Stiefel leckst.«

Ich muss mich zusammenreißen, um nicht ausfallend zu werden. Dann begreife ich, dass Gisela wohl mit den Vons reiten wollte und sich eine Abfuhr geholt hat. Geschieht ihr recht. Ein kleines zufriedenes Grinsen kann ich mir nicht verkneifen.

»Du weißt, was ich von der Jagd halte, Gisela. Ich gehe lieber im Wald spazieren. Das würde dir im Übrigen auch ganz guttun. Vielleicht bringt dich das endlich wieder zur Vernunft.« Mit diesen Worten rausche ich an ihr vorbei hinaus auf den Hof. Soll sie ihre schlechte Laune an jemand anderem abreagieren.

Auf dem Weg zum Schlosstor komme ich an Gerlinde, Clara und Fedora vorbei. Die drei sitzen gelassen im Sattel der prächtigen Stuten, die sie bereits bei der Waldprüfung geritten haben. Offenbar warten sie noch auf jemanden, auch wenn kein reiterloses Pferd in Sicht ist.

»Falls du im Wald Beeren sammeln willst, Küchenmädchen«, ruft mir Fedora nach, »verscheuch uns das Wild nicht, sonst könnte sich ein Pfeil verirren.« Die beiden anderen lachen.

Ich beachte sie nicht, sondern laufe durch das Tor.

»Habt Ihr Komtesse Rieke gesehen? Sie trägt einen roten Umhang und wollte in den Wald«, frage ich die Wachen. Der Ältere von ihnen nickt zuerst.

»Ja, sie ist zunächst den Weg entlanggelaufen und dann auf halber Entfernung zum Wald linker Hand vom Weg herunter und durch die Wiesen.«

Auch er kann sich nicht erinnern, Rieke schon einmal zum Wald laufen gesehen zu haben. Mein Unbehagen wächst. Hat sie sich verlaufen? Ist sie gestürzt und hat sich verletzt?

Auf halbem Weg kommen mir zwei Reiter entgegen. Junge Männer in Jagdkleidung mit Pfeil und Bogen bewaffnet, einen Jagdhund an ihrer Seite.

Sicher haben Fedora und die beiden anderen auf sie gewartet. Waffen habe ich bei keinem der Mädchen gesehen, aber wenn sie Unterstützung von den Jägern bekommen, ist das auch nicht notwendig. Fedoras Warnung fällt mir ein, und ich muss an Ricke denken. Hoffentlich ist sie nicht mehr im Wald.

Ich muss nicht lange suchen, bis ich den Weg finde, den Rieke genommen haben muss. Ein rotes Fädchen aus ihrem Umhang hat sich an einem Brombeerzweig dort verfangen. Mit langen Schritten stürme ich den Weg entlang, bleibe stehen und rufe Riekes Namen. Vergeblich. Ich erinnere mich, diesen Weg auch bei der Waldprüfung entlanggekommen zu sein.

Um die nächste Wegbiegung, erneut rufen, warten und lauschen. Keine Antwort. Keine Rieke. Doch an Borken und Büschen finde ich weitere rote Fäden, Riekes ausladender Umhang hat Spuren hinterlassen. Eilig laufe ich weiter. Zwei Wegbiegungen weiter finde ich allerdings keinen Hinweis mehr auf ihren Verbleib.

Vor mir gabelt sich der Weg rechts an einem großen Felsen. Ist sie nach links oder rechts gegangen oder umgekehrt? Noch einmal rufe ich laut nach ihr. Vergeblich. Frustriert will ich mich abwenden und zum Schloss zurücklaufen, um dort Hilfe zu holen, als es neben mir raschelt und ein Reh aus dem Gebüsch hervortritt. Es ist Ricke.

Ich strecke die Hand aus und mache einen langsamen Schritt auf sie zu. Plötzlich erklingt von Osten her ein Jagdhorn, gefolgt von Hundegebell. Ricke zuckt zusammen und wendet sich zur Flucht. Da ertönt ein schnappendes Geräusch, und sie stößt einen durchdringenden Klageruf aus, der mir in die Glieder fährt und mich vor Schreck erstarren lässt.

Ihr Hinterlauf ist in einem Tellereisen gefangen. Sofort bin ich bei ihr und räume mit zitternden Fingern das Laub rings um das Eisen zur Seite, während ich beruhigend auf sie einrede. Zu ihrem Glück ist das Eisen bereits rostig und hat sich nur zum Teil geschlossen. Der Knochen scheint nicht gebrochen, und ich sehe auch kein offenes Fleisch. Entschlossen greife ich in die Falle und ziehe die beiden Halbbögen mit aller Kraft weiter auseinander. Ein kleines Stück, noch eines, noch ein bisschen … Der Schweiß rinnt mir über die Schläfen, und das rostige Eisen gräbt sich schmerzhaft in meine Haut. Doch ich darf nicht nachgeben. Noch ein ganz klein wenig … Endlich! Ricke schafft es, ihr Bein aus der Falle zu ziehen, und ich kann loslassen. Während ich mir die verkrampften Finger reibe, humpelt Ricke ein paar vorsichtige Schritte. Ich bin so erleichtert, dass ich kurz auflache.

An Fedora und deren Freunde denke ich erst wieder, als ich das Trappeln von Hufen höre und der Hund um die Biegung geschossen kommt. Ich stelle mich zwischen ihn und Ricke, um sie zu schützen. Aber sie bleibt nicht stehen, sondern humpelt weiter, um den Felsen herum. Weiß sie denn nicht, dass sie bei mir sicherer ist? Der Hund knurrt und fletscht die Zähne, und als ich nicht zurückweiche, springt er einfach an mir vorbei, zu schnell, als dass ich ihn am Halsband fassen könnte, und jagt um den Felsen herum.

»Nein! Nicht Ricke!« Verzweifelt renne ich hinterher, in Erwartung, meine geliebte Freundin mit aufgerissener Kehle im Laub liegen zu sehen, doch als ich um den Felsen biege, bleibt mir der nächste Schrei im Halse stecken.

Hinter dem Felsen ist keine Ricke. Stattdessen sitzt dort Baronesse Rieke von Wildenstein in ihrem roten Umhang im Laub und reibt sich den gelb und blau gequetschten Knöchel.

Der Hund springt um sie herum und schleckt ihr das Gesicht ab. »Ja, Felix, ist ja gut, Felix«, murmelt sie und wehrt ihn ab. Mir wirft sie einen entschuldigenden Blick zu und sucht offensichtlich nach den passenden Worten. Ich traue meinen Augen nicht. Das ist doch nicht möglich! Wie …?

»Rahel, ich …«

Der Ton des Jagdhorns und laute Rufe nach dem Hund schneiden ihr das Wort ab. Felix bellt laut.

»Hilf mir, bitte, Rahel! Ich erkläre dir später alles! Vertrau mir«, flüstert Rieke und streckt die Arme aus. Wortlos fasse ich sie unter der Achsel und ziehe sie hoch. Just in dem Moment kommt ein junger Jäger um den Felsen geritten. Es ist derselbe, der mir auf dem Weg begegnet ist. Er ist der Besitzer des Hundes und Rieke offenbar gut bekannt.

»Dich schickt ein gnädiges Schicksal, Eckart«, strahlt sie ihn an.

»Ich bin in eine alte Falle getreten, und jetzt ist mein Knöchel nicht mehr zu gebrauchen. Rahel hier war so nett, mir zu helfen, aber mit einem Pferd wäre ich schneller beim Heiler. Bringst du mich ins Schloss?«

Von ihrem Redefluss überwältigt, kann Eckart nur nicken und ruft nach seinem Freund. Zusammen helfen sie Rieke auf Eckarts Pferd, während Fedora, Gerlinde und Clara Mitleid heucheln.

Mich behandeln sie wie Luft, wofür ich dankbar bin. Kaum sind Rieke und Eckart außer Sicht, setzen die vier anderen ihren Jagdausflug fort, und ich bleibe allein beim Felsen zurück.

Erst als ich ihre Pferde nicht mehr hören kann, mache ich mich auf den Rückweg. Zunächst gehe ich langsam, dann immer schneller. Rieke schuldet mir Antworten auf einen ganzen Berg an Fragen, und dieses Mal lasse ich mich nicht mit Ausreden abspeisen.

Vielleicht ist sie gar nicht hier. Seit fünf Minuten stehe ich vor Riekes Tür und kann es nicht über mich bringen, anzuklopfen. Es gibt so vieles, was ich wissen will, und doch fürchte ich mich vor den Antworten auf einige der Fragen. Während des Rückweges habe ich an unsere erste Begegnung gedacht, als Rehe. Wusste sie damals schon, wer ich bin? Warum hat sie mir hier im Schloss nicht endlich die Wahrheit gesagt? Sie wusste scheinbar alles über mich und hat mir dennoch nicht genug vertraut, sich zu offenbaren? Hat sie sich einen Spaß daraus gemacht, mich in die Irre zu führen? Mich bewusst getäuscht? Wieso? Fedoras Spott über die abgerichteten Rehe fällt mir wieder ein, und mein Arm sinkt herab. Was, wenn mehr an der Geschichte dran ist, als ich glauben wollte?

Von der Treppe her ertönen Schritte, und Anselm, einer der jüngeren Diener, eilt den Gang herunter auf mich zu. »Rahel, gut, dass ich dich hier finde. Der Regent verlangt nach dir.«

Der Regent? Nach mir? Weshalb? Mühsam schlucke ich die Fragen hinunter und nicke mit heftig klopfendem Herzen. Das heißt bestimmt nichts Gutes. Doch eine Wahl habe ich nicht. »Ich komme sofort. Wohin?«

»In den Vorraum des Thronsaales.« Anselm eilt voran, ich habe Mühe, mitzuhalten. Sosehr ich auch hin und her überlege, mir fällt nicht ein, warum mich der Regent rufen könnte. Wenn meine Rehgestalt aufgeflogen wäre, hätten mich doch sicher gleich Wachen geholt. An diesen Gedanken klammere ich mich, während wir die Treppe bis zum Erdgeschoss hinabsteigen und vom Gästetrakt in den mittleren Teil des Schlosses wechseln. Dort klopft der Dienstbote an eine schwarz lackierte Tür mit goldener Krone. »Tretet ein!«

Anselm dreht den Türknopf, und als die Türe aufschwingt, verbeugt er sich vor dem Regenten. »Sir Ivald, Kandidatin Rahel, wie befohlen.«

Der Regent nickt kurz, woraufhin ich zögernd den Raum betrete. An den mit kostbaren Intarsien ausgelegten Wänden prangen Porträts. König Enrik bei der Krönung, König Gisir als junger Prinz, König Gisir bei der Krönung, König Gisir hoch zu Ross. Von Prinz Leonard gibt es nur ein einziges Bild. Es zeigt ihn als Dreijährigen vor dem Denkmal der Königin, wie er sein Schwert hochhält, das ernste Kindergesicht von Trauer gezeichnet.

Erst als der Regent sich räuspert, wird mir bewusst, dass ich schon viel zu lange versunken auf das Porträt des Prinzen gestarrt habe. Mit hochroten Wangen knickse ich tief. »Ihr habt mich rufen lassen, Regent?«

Aus Neugier verlagere ich meine Wahrnehmung auf meine Rehsinne. Sofort schlägt mir ein unangenehmer, dumpfer Geruch entgegen, der mich am Atmen hindert, sodass ich mich ganz schnell wieder auf meine Menschensinne reduziere. Wieder habe ich diesen Geruch nach etwas Dunklem, Uraltem in der Nase, der wie eine Dunstglocke über seiner Gestalt hängt. Vielleicht hat es aber auch einfach nur mit seiner altertümlich anmutenden Kleidung zu tun. Er trägt das gleiche silbergraue Samtwams wie damals, als er im Garten an mir vorüberlief. Weder kann ich den Geruch genau benennen noch verhindern, dass mich dabei ein kalter Schauer überläuft und ich eine Gänsehaut bekomme.

Regent Ivald scheint davon jedoch nichts zu bemerken, er bedeutet mir, aufzustehen, und räuspert sich.

»Seine Majestät, König Gisir, der Gütige, Gerechte und Großzügige, hat mich beauftragt, dir den zweiten Teil des Preises auszuhändigen.« Er deutet auf eine mit goldenen Schnörkeln verzierte Schatulle auf dem Schreibtisch in der hinteren Ecke des Zimmers. »Dreißig Goldstücke, wie versprochen.«

Pflichtschuldigst mache ich einen noch tieferen Knicks. »Ich … ich danke Seiner Majestät von Herzen.«

»Schon gut, nimm es und geh.« Ungeduldig wedelt er mit den Fingern in Richtung Türe, als würde er ein lästiges Insekt verscheuchen.

Das lasse ich mir nicht zweimal sagen, und drei Atemzüge später stehe ich wieder draußen auf dem Gang, die kleine, schwere Schatulle eng an die Brust gedrückt. Ich kann mein Glück kaum fassen. Dreißig Goldstücke! Das heißt, ich kann die Tiara behalten, meine Eltern werden damit durch den Winter kommen und die Steuereintreiber bezahlen können. Sicher bleibt auch noch etwas für Heidrun und die Kinder. Die aufwendig verzierte Schatulle ist bestimmt auch ein paar Goldstücke wert.

Während ich mich wieder in den Gästetrakt begebe, überlege ich, wie ich das Gold am sichersten meinen Eltern zukommen lassen kann. Über Meister Herkant? Mit einem Boten aus dem Schloss? Alles auf einmal oder sicherheitshalber lieber in zwei oder drei Portionen? Als ich den Gang im zweiten Stock betrete, wäre ich fast mit Rieke zusammengestoßen, die mithilfe einer Holzkrücke gerade zur Treppe humpelt.

»Da bist du ja, Rahel!«, freut sie sich und hakt sich gleich bei mir ein, so als ob zwischen uns alles noch so wäre wie vor meiner Abreise zur Dracheninsel. »Begleitest du mich auf mein Zimmer? Du musst mir alles erzählen, was auf der Insel passiert ist.«

Überrumpelt lasse ich es zu, dass sie mich zu ihrem Gemach lotst und dabei plaudert wie ein Wasserfall. Über die Seerosen, die sie im Park gemalt hat, über das Picknick bei den Schwertlilienwiesen und den Markt in Eichengold. Kaum ist die Tür hinter uns ins Schloss gefallen, wird sie sehr ernst und bittet mich, auf einem der beiden Sessel Platz zu nehmen, während sie sich erleichtert in den zweiten sinken lässt. Ich schiebe die Schatulle mit den Goldstücken unter meinen Sessel und verschränke die Arme vor der Brust.

»Du hast mich belogen, die ganze Zeit über.« Meine Stimme zittert. »Weshalb? War ich nur ein Spielzeug für dich?«

»Nein, das darfst du nicht glauben! Natürlich nicht!« Sie beugt sich vor, und ihr Blick sucht den meinen. »Rahel«, sagt sie leise, und ich spüre, wie schwer ihr die Worte fallen. »Rahel, ich … ich konnte dir vorher einfach nicht die Wahrheit sagen.«

»Weshalb nicht?«, frage ich heiser.

»Ich habe es meinen Eltern geschworen«, antwortet sie schlicht. »Sie hätten mich sonst nie zu dir gelassen. Wären sie hier, würden sie mir dieses Gespräch sicher verbieten, aus Angst, dass wir unvorsichtig werden und auffliegen.« Sie zwinkert mir zu. »Du musst zugeben, wir sind keine besonders unauffälligen Rehe.«

Ich muss lächeln. »Nein, das sind wir wohl wirklich nicht. Aber was hat das alles zu bedeuten?«

Offensichtlich erleichtert, dass ich noch mit ihr spreche, lässt sie meine Hände los und macht eine einladende Geste. »Frag, was immer du mich fragen willst.«

»Seit wann weißt du von mir?«

»Kurz bevor wir uns das erste Mal begegnet sind, damals auf unserer Lichtung, da habe ich meine Eltern belauscht, wie sie von einem zweiten Rehwandlermädchen gesprochen haben und wo du wohnst. Allerdings haben sie mich dann erwischt, und Mutter war alles andere als glücklich, dass ich dich unbedingt treffen wollte. Aber ich habe so lange gebettelt, bis sie mir erlaubt haben, dass ich dich als Reh suchen darf. Dafür musste ich ihnen versprechen, mich nie vor dir zu verwandeln, damit niemand mich, Komtesse Rieke, so weit weg von zu Hause herumstromern sieht und unangenehme Fragen stellt. Sie haben furchtbare Angst davor, dass König Gisir mit mir, mit uns, so verfahren könnte, wie sein Vater, König Enrik, es nach seiner Machtergreifung mit all jenen getan hat, die irgendwelche *abnormalen* oder *übernatürlichen* Fähigkeiten zeigten.« Jeromes Drohung vom Scheiterhaufen fällt mir wieder ein, und ich schlucke.

»Ja, meine Eltern sind da genauso. Am liebsten hätten sie mich als Reh in der Hütte eingesperrt, damit ich im Wald nur ja keinem Fuchs, Wolf oder Bären und vor allem keinem Jäger begegne. Und sie haben mich eindringlich vor den Soldaten des Königs gewarnt«, werfe ich nachdenklich ein. »Aber bis heute wusste ich nicht, dass es außer mir noch andere gibt. Wie hast du uns genannt – *Wandler*?« Rieke nickt bestätigend, und ich fahre fort, meine Gedanken zu sortieren: »Mutter und Vater haben mir nur erzählt, dass es sehr alte Legenden über solche wie mich gibt. Mehr wussten sie nicht, alle alten Schriften wurden ja von König Enrik bei seiner Säuberung vernichtet.« Hoffnungsvoll wende ich mich an Rieke: »Sag, weißt du mehr? Können sich deine Eltern auch verwandeln? Wissen sie noch von anderen? Welche Gestalt können sie annehmen?« Einmal angefangen, sprudeln die Fragen nur so aus mir heraus.

»Nein«, antwortet Rieke und lacht über meinen kleinen Ausbruch. »Sie sind keine Wandler. Und auch nicht meine leiblichen Eltern. Ich bin ein Findelkind, genau wie du. Und leider weiß ich auch nicht viel mehr. Bei der großen Verfolgung durch König Enrik und dem Rachefeldzug von König Gisir nach Königin Eugenias Ermordung sind wohl fast alle Wandler umgekommen. Das meinen zumindest meine Eltern. Allerdings glauben sie, dass es noch einige Wandlerkinder geben muss, die damals gerettet und um ihrer Sicherheit willen Pflegeeltern anvertraut wurden. Aber du bist die Einzige, die ich je getroffen habe und von der sie wussten.«

Ich habe noch Mühe, all das zu verarbeiten, als mir plötzlich ein Bild in den Kopf schießt. Eine einsame Gestalt am Meer und ein großer Vogel, der sich auf schmalen, langen Schwingen in den Himmel erhebt.

»Rieke, ich glaube, ich habe einen getroffen. Einen anderen Wandler. Auf der Dracheninsel.«

Jetzt bin ich mit dem Erzählen an der Reihe. Und Rieke will alles wissen. Nicht nur über Gilbert und das Turnier, sondern auch über die Prüfung, die Meeresdrachen und mein Entkommen. Sie schafft es sogar, mir meine nächtlichen Begegnungen mit dem Prinzen zu entlocken, obwohl ich mir geschworen hatte, niemandem jemals davon zu erzählen.

»Vielleicht war euer Zusammentreffen am Strand ein Zeichen«, meint sie schließlich triumphierend und lächelt mich verschmitzt an.

»Ganz sicher nicht!« Mein Gesicht glüht plötzlich. »An deiner Stelle würde ich mein Gold auf Fedora setzen. Sie passt am besten zum Prinzen.«

»Das meinst du nicht ernst. Diese falsche, grausame Intrigantin und Prinz Leonard? Würde König Gisir eine neue Gemahlin suchen, dann wäre Fedora sicher meine erste Wahl. Die beiden hätten einander verdient. Aber Leonard? So wie du ihn schilderst, willst du ihn sicher nicht an so ein Biest gekettet sehen. Du magst ihn doch, oder?«

Widerstrebend nicke ich. »Irgendwie schon … Zumindest, wenn er gerade nicht den kalten Prinzen gibt. Oder den Jäger.« Mich schüttelt es beim Gedanken an unsere erste Begegnung. »Wenn ich ehrlich sein soll: Ich werde einfach nicht schlau aus ihm.«

Rieke lacht. »Na, das nenne ich ja mal eine echte Liebeserklärung!«, zieht sie mich auf. Im nächsten Augenblick ist sie aber wieder ganz ernst: »Rahel, ehrlich, wenn er dir etwas bedeutet, musst du um ihn kämpfen.«

Ich schüttle den Kopf. »Das hat keinen Sinn. Selbst wenn ich durch ein Wunder gewinnen sollte und der König mich akzeptieren würde als seine zukünftige Schwiegertochter: Ich wäre doch keinen Moment mehr allein für mich. Wie sollte ich da mein Geheimnis bewahren? – Unser Geheimnis«, füge ich hinzu. »Zumindest vor dem Prinzen. Und glaubst du, dann würde er mich noch heiraten wollen? Und vor seinem Vater schützen?« Die Worte schmecken bitter, und es tut weh, sie auszusprechen. Doch wozu sich etwas vormachen?

»Wenn er dich liebt, wird es ihm egal sein.« Rieke ist wirklich eine unerschütterliche Optimistin.

»Dem König auch?«, frage ich trocken, und darauf weiß selbst Rieke keine Antwort.

»Kommt nicht infrage!« Meister Reinald verschränkt die Arme vor der Brust. »Berta hustet die ganze Zeit, zwei Hilfsköche sind ausgefallen, und von den Dienern hat es auch ein paar erwischt.« Er legt mir eine Hand auf die Schulter. »In zwei Tagen ist die nächste Prüfung, und da musst du gesund sein. Bis auf Weiteres hast du Küchenverbot.« Damit dreht er sich um und schlägt mir die Küchentür vor der Nase zu.

Verdutzt trete ich einen Schritt zurück und falle fast die kleine Treppe herunter. Zunächst weiß ich nicht, wohin mit mir nach dieser unerwarteten Abfuhr, doch dann schlage ich den Weg zum Garten ein. Heute ist es nicht so warm wie in den letzten Tagen. Ein kühler Wind kräuselt das Wasser auf dem Teich vor den Ställen. Vielleicht sollte ich etwas Salbei und Spitzwegerich pflücken, damit Meister Reinald den Kranken einen Tee brauen kann?

Hinter meinem Rücken wird die Tür zum Gesindetrakt aufgestoßen. Rutger kommt herausgestolpert, in der einen Hand den großen Henkeltopf, in der anderen den Korb mit den Broten, sein Rücken gebeugt vom Gewicht des Leinenbeutels mit den Wasserschläuchen für die Gefangenen. Er ringt um sein Gleichgewicht, fängt sich gerade noch und wankt unsicheren Schrittes an mir vorbei. Aber er sieht nicht gut aus. Die Krankheitswelle hat ihn wohl auch nicht verschont. Ich kann gar nicht mit ansehen, wie er sich dahinschleppt.

»Rutger, warte!«

Er dreht sich zu mir um. »Was ist?«, krächzt er.

»Kann ich dir beim Tragen helfen?«

Er zieht die Nase hoch und kneift die rot unterlaufenen Augen zusammen. »Wie war dein Name noch gleich …?«

»Rahel, ich bin eines der Küchenmädchen«, erwidere ich schnell und greife nach dem Korb, in dem Brotscheiben, Holzschalen und Löffel liegen.

»Stimmt, jetzt erkenne ich dich. Was machst du hier draußen?«

»Kräuter pflücken für die Kranken«, antworte ich wahrheitsgemäß. »Du hörst dich auch an, als könntest du einen heißen Tee mit Honig gebrauchen. Kann nicht jemand anders für dich die Gefangenen versorgen? Komm, lass mich dir helfen.«

Nach kurzem Zögern überlässt mir Rutger sichtlich erleichtert seine Last. »Nur Seibold, und den hat es noch schlimmer erwischt.« Er hustet wieder. »Verdammtes Wetter. Mal heiß, mal kühl.«

Seite an Seite gehen wir weiter. Immer wieder muss Rutger innehalten und nach Luft schnappen. Er sieht wirklich elend aus.

Wir gehen am Ententeich und den Ställen vorbei bis zu dem ebenerdigen Gebäude aus roten Ziegeln, an dem Wilder Wein bis zu dem mit schwarzen Schindeln gedeckten Dach hochrankt. Daran angeschlossen ist eine bemooste, lang gezogene Erhebung, die bis zum Kasernengelände reicht. Der Kerker. Vor der schwarz gestrichenen Tür stellt Rutger den Topf ab und lässt den Ring des Türklopfers dreimal in rascher Folge auf das Holz fallen. Die Klappe des vergitterten Gucklochs wird angehoben.

»Rutger, du bist spät dran. Und wer ist das neben dir?«, brummt eine tiefe Stimme.

»Eines der Küchenmädchen. Seibold ist krank.« Rutger hustet erneut und wischt sich den Schweiß von der Stirn. »Gebt mir den Schlüssel, dann könnt ihr mittagessen gehen.«

Ketten rasseln, und gleich mehrere Riegel werden zurückgezogen, dann endlich schwingt die Türe auf. Der Wachsoldat, ein grauhaariger Kämpfer mit breiter Brust und vernarbtem Gesicht, winkt Rutger herein. Ich bleibe auf der Schwelle stehen und reiche ihm den Korb.

»Kann nicht einer von euch Rutger helfen? Es geht ihm wirklich schlecht. Er gehört ins Bett.«

Der Soldat schüttelt angewidert den Kopf. »Das Gesindel da unten zu füttern, ist nicht unsere Aufgabe. Den Strafdienst hat sich Rutger selbst aufgebürdet; die lose Zunge, nicht wahr?« Der schweigt und streckt die leere Hand aus, in die der Wachsoldat einen Schlüssel fallen lässt. »Aber dass du mir keinen vergisst, hörst du«, grinst er, und zu mir gewandt fügt er hinzu: »Wenn dir Rutger so leidtut, kannst du ihm ja helfen. Die Gefangenen freut's sicher, die hatten schon ewig keinen Damenbesuch mehr, das kann ich dir sagen!« Er lacht laut über seinen eigenen Witz, dann senkt er die Stimme. »Aber komm den Gittern nicht zu nahe. Wenn sie dich reinziehen, musst du bleiben.« Als er mein erschrockenes Gesicht sieht, wirft er den Kopf zurück und lacht erneut. Diesmal noch lauter. »Fridbert, wir können! Das Rattenfutter ist da!«, ruft er nach hinten. Aus dem schmalen Gang taucht ein zweiter Wachsoldat auf.

»Wird auch Zeit, ich schieb schon Kohldampf.«

Die beiden marschieren an mir vorbei, hinüber zur Kaserne. Herzlose Kerle! Rutger lehnt noch immer an der Wand. Den Topf hat er abgestellt, und er atmet schwer. Als die Soldaten außer Sicht sind, räuspere ich mich. »Ich kann dir helfen, wenn du willst. Sie haben es ja erlaubt.«

»Das war ein Scherz«, seufzt Rutger und wischt sich die feuchte Stirn. »Sie wissen genau, dass niemand freiwillig dort hinuntergeht.«

»Dann irren sie sich«, sage ich entschlossen und trete in den Gang. »Wenn du mich lässt …«

Rutgers blasse Lippen kräuseln sich zu einem matten Lächeln.

»Mut hast du ja. Na, dann komm, mal sehen, ob dein Magen ebenso stark ist.«

Er zieht die Tür zu und verriegelt sie von innen. »Wir beeilen uns lieber, damit die Ablöse dich nicht findet. Das könnte sonst übel für uns beide enden.« Er legt auch noch die Ketten vor.

»Sie müssen aber großes Vertrauen zu dir haben.«

»Deswegen?« Er hebt den Schlüssel hoch. »Der ist nicht für die Zellen«, erklärt er mir. »Damit verschließe ich die Tür, wenn ich fertig bin, ehe die Ablöse da ist.«

Er bedeutet mir zu folgen, ich nehme den Korb auf, und wir gehen rechter Hand an zwei Türen vorbei, die als »Speiseraum« und »Pritschenzimmer« ausgewiesen sind. Die Treppe nach unten in den eigentlichen Kerker ist schmal und steil und nur spärlich beleuchtet. Meine linke Hand krampft sich um den Griff des Korbes, die rechte um das Geländer. Ab der Mitte kümmert mich mein Gleichgewicht allerdings nicht mehr. Der aufsteigende Geruch ist so beißend, dass ich die Hand vor Mund und Nase halte und versuche, so flach zu atmen wie irgend möglich. Das Verlies besteht aus einem einzigen langen, schmalen Gang, an dem linker Hand, in Richtung Schlossmauer, eine Zelle an die nächste grenzt. Von der Treppe aus erkenne ich in der ersten davon eine Pritsche, ein Sitzbrett, das mit Ketten an der Wand befestigt ist, und ein Fensterloch gleich unterhalb der Decke. Die Abdeckung in der Mitte ist dem Gestank nach zu schließen eine Vorrichtung für die Notdurft. Was von außen wie eine bemooste Erhebung aussieht, muss das Kerkerdach sein, und auf der anderen Seite, zur Mauer hin, hat man so viel Boden abgetragen, dass etwas Licht und Luft in die Zellen gelangt. Mir schnürt es fast den Atem ab. Der Geruch nach Kot, Urin, Erbrochenem, faulendem Stroh und verwesendem Fleisch hängt in der Luft.

»Wie können Menschen hier nur überleben?«, frage ich.

Rutger dreht sich um. Erschöpfung und Resignation zeichnen sein schmales Gesicht. »Indem sie sich weigern, zu sterben.«

Er weist ganz nach hinten. »Da unten ist eine ›Schiebezelle‹, die immer leer bleibt. Alle zwei Wochen, also übermorgen wieder, wird ein Gefangener nach dem anderen dort hinein verlegt, und ein paar Soldaten aus der Kaserne müssen als Strafdienst die jeweilige Zelle säubern. Irgendwer hat immer etwas ausgefressen, und das will keiner zwei Mal machen, das kann ich dir sagen. Oder schlimmer noch: selbst einmal so enden. Da werden sie alle ganz schnell gehorsam.« In seiner Stimme klingt etwas mit, das ich nicht recht deuten kann. Ist es Verachtung? Oder Wut? Er spricht weiter: »Das dreckige Stroh und alles, was darunter liegt, befördern sie mit Wasser und Besen in das Stinkloch. Seine Majestät will nicht, dass der Gestank so schlimm wird, dass er bis zum Schloss reicht, und Gefangene, die länger leben, leiden auch länger.«

In mir kriecht Wut hoch. Was auch immer diese Gefangenen getan haben mögen, das hier ist einfach zu grausam. Ich zwinge mich, weiterzugehen, obwohl jede Faser meines Körpers danach schreit, umzudrehen, nach oben zu laufen und frische Luft zu atmen. An jeder Zelle ist ein Holzschild befestigt, auf dem der Name und das Verbrechen eingebrannt wurden. Die reichen von Majestätsbeleidigung über Befehlsverweigerung, Unterstützung von Rebellen bis zu Aufwiegelung. Wenn die zuständigen Richter ähnlich vorgehen wie in unserem Dorf, stimmt sicher nicht einmal die Hälfte dieser Anschuldigungen. Die Insassen der ersten paar Zellen liegen auf ihren Pritschen oder kauern unterhalb des Fensterlochs. Keiner sieht auf, als wir uns nähern.

»Die haben so gut wie aufgegeben. Es sind auch nicht mehr alle bei Verstand, also Vorsicht!«, erklärt Rutger.

Die Gesichter, auf die ich einen Blick erhaschen kann, gehören

Männern aller Altersstufen. Sie alle tragen den leeren Ausdruck von Hoffnungslosigkeit. Rutger hat recht, sie haben aufgegeben. Ihre Körper sind ausgemergelt, die Bewegungen langsam, ja fast lethargisch. Einige husten. Auf manchen Armen sind kleine Wunden zu sehen, Ekzeme und blutige Kratzer – sicher Spuren von Rattenbissen und Flohstichen, Bettwanzen, in manchen Fällen vielleicht sogar Krätze.

Mir zieht sich das Herz zusammen. »Wie lange müssen sie hier bleiben?«, frage ich ihn.

»Drei Jahre, sieben, zehn?« Er zuckt die Achseln. »Unterschiedlich. Kein Gesetz steht über dem Wunsch des Königs. Er oder der Regent lassen den Richter wissen, wie viel sie für angemessen halten. Und genauso lautet dann das Urteil.«

Mehr denn je wird mir in diesem Augenblick bewusst, dass ich durch meine Flucht ins Schloss eine Bedrohung gegen eine größere eingetauscht habe. Und die Gefahr, als Wandlerin entdeckt zu werden, ist gewachsen, weil ich als Kandidatin nicht mehr einfach nur ein Küchenmädchen bin, auf das niemand besonders achtet. Außerdem muss ich jetzt nicht mehr nur mein Geheimnis schützen, sondern auch Riekes. Außer ihr darf ich niemandem vertrauen. Weder Irmgard noch Meister Reinald. Niemandem. Wer weiß, wem diese Männer hier vertraut haben. Auch Gisela war einst meine Freundin, und jetzt …? Bestimmt würde sie mich, ohne mit der Wimper zu zucken, ans Messer liefern, um ihre Chancen zu verbessern. Ich darf nichts riskieren, muss noch vorsichtiger sein als ohnehin schon.

Was ist mit dem Prinzen?, flüstert die nagende Stimme in meinem Hinterkopf.

»War Seine Majestät jemals hier unten oder der Regent?«, frage ich stattdessen laut und bringe sie damit zum Verstummen. Vorerst.

Rutger schnaubt verächtlich. »Mehr als ein Mal. Und der Regent sogar noch öfter.« Nun verstehe ich die Anspielung auf Rutgers lose Zunge. So offen und kritisch hat noch niemand mit mir gesprochen.

»Ich war nie dabei«, fügt er hinzu, »doch weder hat sich die Zahl der Urteile seither verringert, noch sind die Strafen seitdem milder geworden. Seine Majestät hatte wohl trotz des Gestanks und der Verhältnisse hier kein Mitleid mit den armen Kerlen.«

»Kerle?«, wiederhole ich. »Keine Frauen?«

»Nicht in den letzten Jahren, soweit ich weiß«, sagt Rutger. »Die meisten Frauen bekommen Sofortstrafen wie Auspeitschen, den Pranger oder Arbeitsstrafen. Bei schweren Verbrechen verlieren sie eine Hand oder werden an ein Freudenhaus verkauft. Die wenigen, die für Jahre eingesperrt werden, büßen ihre Zeit im Stadtgefängnis ab, zusammen mit den *normalen* Verbrechern. Die haben mehr Platz und einen Anbau nur für Frauen. Hier sitzen nur Verurteilte, die dem Hof oder gar dem König selbst ein Dorn im Auge sind. Und da er Frauen nicht besonders achtet, fürchtet er sie auch nicht.« Leise fügt er noch hinzu: »Vielleicht ein Fehler.«

»Und die Zelle ganz hinten?« Hineinschauen kann ich nicht, denn es lehnen hohe Bretter von innen am Gitter und verdecken die Sicht. »Ist da auch jemand drin?«

Der Diener schüttelt den Kopf. »Die ist schon seit Jahren ungenutzt. Versuche bloß nicht, dich an den Brettern zu schaffen zu machen, um einen Blick dahinterzuwerfen. Der Regent hat es strikt verboten.« Er senkt die Stimme. »Und dem würde nicht entgehen, wenn auch nur ein Brett einen Fingerbreit verschoben wurde.« Wieder lauter fügt er hinzu: »Verstanden?«

Ich nicke. Eins brennt mir noch auf der Seele. »Was ist mit dem Prinzen? War er auch schon einmal hier?«

»Nicht, solange ich hier Essen verteile.«

Wenigstens etwas. Trotzdem. Er müsste sich doch dafür interessieren, wie es hier unten aussieht. Immerhin wird er zu seinem neunzehnten Geburtstag offiziell zum Mitregenten ernannt. Wie kann er dann so etwas dulden?

Ich schüttle den Kopf, um den Gedanken an den Prinzen zu vertreiben und mich wieder auf meine eigentliche Aufgabe zu konzentrieren. Alle Gefangenen, auch jene, die uns weiterhin den Rücken zukehren, haben inzwischen ihre leeren Wasserschläuche und Holzschalen dicht an die Gitterstäbe gerückt, sodass Rutger sie durch die Gitterstäbe hindurch gegen volle austauschen kann. Auf die mit dünner Suppe gefüllten Schalen legt er je eine Brotscheibe. Die benutzten von gestern wandern zu mir in den Korb, und die leeren Wasserschläuche ersetzen nach und nach die vollen in unseren Beuteln.

»Essen fassen!«, ruft Rutger in jede Zelle, sobald der Austausch vollzogen ist.

»Mehr kann ich nicht tun«, sagt er zu mir gewandt und seufzt. »Jetzt ist es an ihnen, ob sie schneller sind als die Ratten.«

Nach und nach wächst der Stapel an benutzten Schalen, und der Stoffsack wird immer leichter. Nach dem dreizehnten Gefangenen greift sich Rutger stöhnend an den Kopf und schwankt. Er hat sich übernommen. Ich wusste es. Als ich seinen Arm packe und ihn mir über die Schulter ziehe, kann er sich kaum noch auf den Beinen halten. »Du musst zum Heiler«, sage ich entschlossen und zerre ihn den Gang zurück zur Treppe.

»Geht nicht, wir sind noch nicht fertig.«

»Dann …«, mir fällt die Aufschrift auf einer der Türen oben ein, »dann leg dich ins Pritschenzimmer. Ich versorge den Letzten und komme dann nach.«

Während sich der fiebrige Rutger die Treppe hochquält, laufe ich zur letzten Zelle. Der Gefangene sitzt direkt bei den Gitterstäben, mit dem Rücken an die Wand gelehnt, die Beine auf dem Stroh ausgestreckt. Sein Alter ist schwer zu schätzen, sein dunkles Haar fällt in fettigen Strähnen bis zur Mitte seines Rückens, und die Hälfte seines Gesichts ist hinter einem struppigen Bart verborgen. Schale und Wasserschlauch liegen vor den Stäben, er muss sie hindurchgeschoben haben. An seiner Zelle fehlt das Holzschild, und als ich in die Hocke gehe, um nach der Schale zu greifen, legt er den Kopf schief und kichert schrill. In seinen Augen flackert ein ungesundes Licht. Mein Gefühl sagt mir, dass er schon weit länger hier unten ist als die anderen. Sein rechter Arm baumelt kraftlos an seiner Seite, als gehöre er nicht zu ihm.

»Hallo, ich bin Rahel«, wispere ich ihm zu und fülle die letzte saubere Schale mit Eintopf. Als ich die Schale zu ihm hineinschiebe, fixiert er sie gierig, rührt sich aber nicht vom Fleck. Und statt meine Frage zu beantworten, fängt er zu singen an.

»Die Königin ritt von dannen, der König blieb allein. Untreu war'n ihre Mannen, Verräter alle neun. Sie raubten ihr die Krone und stahlen all ihr Gold …«

»Nicht schon wieder!« und »Gib endlich Ruhe!« ertönt es aus den Zellen, die ihm am nächsten sind.

Ich kenne das Lied, es wird oft von Gauklern bei Festen gesungen. Aber eigentlich geht es anders herum. Der König verlässt sein Schloss, und die Königin bleibt zurück. Er wird ermordet von den neun Männern seiner eigenen Leibgarde, und der Hauptmann kehrt mit der Krone auf dem Kopf zur Königin zurück, die sich weigert, ihn zu heiraten, und daraufhin ebenfalls getötet wird.

Schlagartig bricht er den Gesang ab und stammelt: »Verzeiht … verzeiht … versagt … der Prinz … alles versucht … alles befolgt … immer getreu … versagt …«

Als ich mich seinen Gefühlen öffne, ihn zu lesen versuche, bekomme ich fast keine Luft mehr. So bedrückend ist das Gefühl der Schuld, die er glaubt, auf sich geladen zu haben. Er hat es verdient, zu leiden, dahinzuvegetieren, vor die Hunde zu gehen.

Mit dem Finger wische ich mir über die Wange. Meine Tränen werden ihm nicht helfen. Vorsichtig fasse ich durch die Gitterstäbe und lege eine Hand auf seine Schulter. Ich kann die klamme Haut und die gleich darunterliegenden Knochen durch den dünnen Kittel spüren. »Wenn ich dir doch helfen könnte«, flüstere ich heiser und konzentriere mich. Vor meinem inneren Auge erscheint erneut der goldene Nebel über dem See, der mir inzwischen schon fast vertraut geworden ist, auch wenn ich ihn nicht verstehe, mir immer noch nicht erklären kann, wo er herkommt. Aber ich weiß, was er bedeutet: Hilfe. Ganz ruhig, ohne danach zu greifen, allein mit meinem Willen, balle ich einen kleinen Teil der goldenen Substanz zu einer Kugel und schicke diese zu dem verzweifelten Gefangenen hinüber. Er zuckt zusammen, als hätte ich ihn geschlagen, und beginnt zu zittern. Das Flackern in seinen Augen wird heftiger. Mit einem erstickten Laut umklammert er seinen Kopf und krümmt sich zusammen. Ich bekomme Angst um ihn. Habe ich seinem kranken Geist zu viel zugemutet?

Doch dann richtet er sich auf und wendet sich mir zu. Das Flackern aus seinen Augen ist verschwunden. Sein Blick bohrt sich in meine Augen, als suche er etwas darin.

»Du bist eine klare Seele, wie sie es war«, murmelt er so leise, dass ich die Worte kaum verstehe. Seine Hand langt durch die Gitterstäbe hindurch und legt sich jetzt auf meinen Arm. Ich spüre Wärme und eine zaghafte Hoffnung, die in ihm glimmt. »Kannst … kannst du sie finden?«

»Wen?«, frage ich vorsichtig.

Statt einer Antwort nestelt er am Saum seines Kittels herum und fischt einen etwa fingerlangen, in ein Stück Stoff gewickelten Gegenstand heraus, den er mir in die Hand drückt.

»Das gehört ihr«, flüstert er so leise, dass ich mich anstrengen muss, ihn zu verstehen. »Sie haben sie weggebracht. Aber ich weiß, dass sie noch lebt. Sie würden nicht … Gib es ihr und sag, sie soll wieder ein Vogel werden und davonfliegen.«

»Was meinst du damit?«, frage ich atemlos, während ich den Gegenstand mit spitzen Fingern hastig in meine Rocktasche schiebe. Eine Frau, die sich in einen Vogel verwandeln kann? Wie Gilbert? Kann es sein …?

»Psst!«, zischt er, deutet in Richtung der anderen Zellen und fängt wieder an zu singen. Der Text passt immer noch nicht. »Wer soll die neun verdammen? Niemand hat sie gesehen. Es ward ein Raub der Flammen, was immer dort gescheh'n.«

»Kann keiner dem Irren das Maul stopfen?«, stöhnt der Gefangene in der Nachbarzelle. »Ich dreh noch durch!«

Ich versuche, dem Sänger noch ein weiteres Wort über die Unbekannte zu entlocken, doch er scheint wieder in fremde Welten entflohen zu sein und nimmt mich nicht mehr wahr. Ich kann es ihm nicht verdenken. Wahrscheinlich kann man hier unten nur so überleben.

Nachdem ich die leere Schale des »Irren« in den Korb gelegt habe, sehe ich kurz zur letzten Zelle hinüber. Zu gerne würde ich wenigstens einen winzigen Spalt schaffen, um zu sehen, was die Bretter verstecken sollen. So schwer kann es nicht sein, diese danach wieder ordentlich zurechtzuschieben. Ich richte mich auf und mache einen Schritt zur Zelle hin. Ein Blick nur, ein ganz kurzer …

»Und sieben weiße Raben beklagten ihren Tod. Nur Asche ward begraben, beim ersten Morgenrot!«

Die laute Stimme des Gefangenen lässt mich herumfahren. Sogleich jammern und fluchen die anderen nicht weniger laut. Ich schüttle den Kopf und spüre seine Blicke in meinem Rücken. Was ist nur in mich gefahren? Rutger hat mich doch gewarnt. Er würde bestraft, wenn hier unten etwas anders ist als sonst. Rasch schnappe ich mir Topf, Korb und den Leinenbeutel mit den jetzt leeren Wasserschläuchen und kämpfe mich die Treppe hoch. Die Tür zum Pritschenraum steht offen. Rutger liegt auf der ersten Pritsche, die Augen geschlossen. Als ich den Topf abstelle, schreckt er hoch.

»Fertig?«, fragt er benommen, und ich nicke.

»Auch der Letzte ist versorgt.«

Er rappelt sich hoch und lässt sich von mir den Leinenbeutel überstreifen, der nun, mit den leeren Schläuchen gefüllt, um einiges leichter ist. Als wir ins Freie treten, atme ich tief ein. Die frische Luft und das Sonnenlicht tun unglaublich gut.

Rutger beharrt darauf, alles wieder allein zurückzutragen, und schickt mich voraus, während er die Tür absperrt. Ich bleibe noch eine Weile im Garten und lasse den Wind den Kerkergeruch aus meinen Kleidern und Haaren blasen.

In Riekes Zimmer muss ich mir zuerst Gesicht und Arme sauber schrubben, ehe ich ihr von meinem Ausflug erzähle. Zunächst erschrickt sie darüber, dass ich ein solches Risiko eingegangen bin. Je länger sie mir zuhört, desto nachdenklicher wird sie allerdings.

»Was hat er dir gegeben?«, will sie wissen, als ich von dem Irren und seinem Lied berichte.

Ich nehme das schmale Päckchen heraus und schlage das Stoffstück zurück. Es ist eine Brosche. Eine silberne Feder mit einer Perle am Kiel. Kein besonders teures Stück, doch sehr elegant.

»Das mit dem Vogel«, meint Rieke nachdenklich. »Glaubst du, er meinte eine Wandlerin?«

»Möglich ist es. Ja, ich habe es auch überlegt.«

»Dann müssen wir sie finden!«

König Gisir stürmte die steile Treppe hinab ins Verlies, das Gesicht eine starre Maske der Anspannung.

Am Fuß der Treppe erwartete ihn ein einzelner Wachsoldat, der sich tief verneigte. »Eure Majestät.«

»Der Regent?«

»Dort hinten in der letzten Zelle, Sire.« Der Soldat wies zur einzigen offenen Gittertüre.

Der König nickte und eilte den nur schwach beleuchteten Gang hinab. Den Gestank, der ihm aus den leeren Zellen entgegenschlug, schien er nicht zu bemerken. Das Stroh war nur hastig zusammengekehrt worden, und in einigen Zellen machten sich die Ratten bereits über die halb verzehrten Rationen her.

In der offenen Zelle stand Regent Ivald über seine Kladde gebeugt, sein Kohlestift huschte über das Papier. Der König verharrte hinter seinem Rücken, die Augen auf die Rückwand der Zelle gerichtet. Sein Mund formte lautlos die Worte, die in weißen Lettern auf den Stein geschrieben waren.

»Was ist das hier, Ivald? Wie konnte es so lange unentdeckt bleiben?«, verlangte er mit harscher Stimme zu wissen.

»Eure Königliche Hoheit bemerkt sicher die dicke Schicht an Schmutz, die oberhalb der Schriftzeichen noch gut zu sehen ist. Die weiße Kreide wurde erst jetzt aufgetragen, um sie sichtbarer zu machen. Der Schreiber hat die Inschrift direkt in den Stein geritzt, sodass sie unter der Schmutzschicht verborgen geblieben ist«, erklärte Ivald geduldig.

»Und wer ist der Schreiber? Wurde der Gefangene befragt?«

Der Zwerg verneinte. »Eure Majestät, die Buchstaben sind älter als dreißig Jahre, mindestens. Und keiner der noch lebenden Gefangenen war damals schon hier eingesperrt.«

»Dann bringt Uns jemanden, der etwas wissen kann.«

Der Regent zog das Blatt von der Kladde, zerknüllte es und stopfte es in die Tasche seiner Tunika. »Wie Ihr befehlt, Sire.« Er steckte den Kopf aus der Zell und rief: »Ditwin!«

Der Soldat, der bereits am Fuße der Treppe gewartet hatte, eilte herbei und salutierte ehrerbietig. »Majestät. Regent.«

»Ditwin ist der Dienstälteste aller Soldaten im Schloss«, erläuterte Ivald zum König gewandt. »Daher habe ich umgehend nach ihm rufen lassen.«

König Gisir nickte ungeduldig. Bei jeder seiner anschließenden Fragen nach den früheren Insassen dieser Zelle blickte Ditwin erst Ivald an, als benötige er dessen Zustimmung, um seinem König Rede und Antwort zu stehen. Sichtlich ungehalten, verlangte Gisir, den Grund für dieses Zögern zu erfahren.

»Ditwin ist es nicht jeden Tag vergönnt, in Eurer Gegenwart weilen zu dürfen, Majestät«, beschwichtigte Ivald. »Er fürchtet Euren Zorn, sollte er die falschen Worte wählen.«

Der König wandte sich daraufhin der Wand zu, als wolle er erneut die Inschrift studieren. »Befragt ihn an Unserer Stelle. Wir wollen Antworten.«

Doch wie sich herausstellte, konnte Ditwin sich an keinen Gefangenen erinnern, der vor dreißig oder mehr Jahren in dieser Zelle seine Strafe verbüßt hatte, so weit reichte selbst sein Gedächtnis nicht. Allerdings wusste er, wo die alten Aufzeichnungen zu finden waren, sodass Ivald ihn sofort danach schickte.

Kurz darauf schleppte Ditwin gleich drei dicke Wälzer heran, in denen alle Verurteilten der letzten hundert Jahre aufgezeichnet worden waren. Der Regent nahm ihm die Bücher ab und erteilte ihm den Auftrag, Bretter zu besorgen, genug, um die Zelle vollständig den Blicken von außen zu entziehen.

Kaum war Ditwin über die Treppe verschwunden, blätterte Ivald hektisch durch die alten Seiten. Das schwache Licht schien ihn dabei nicht zu hindern. Den ersten Band legte er beiseite, den zweiten auch. Beim dritten verharrte er nach gut der Hälfte und pfiff leise durch die Zähne.

»Majestät, seht her!« Sein Zeigefinger tippte auf ein einzelnes Wort.

»Königszelle«, las Gisir. »Soll das etwa heißen, dass …«

»Das vermute ich in der Tat.« Ivald nickte. »Es war vor meiner Zeit am Hofe, und niemand sprach je darüber, doch wenn die Aufzeichnungen nicht lügen, hat Euer Herr Vater, König Enrik, hier seinen ärgsten Widersacher eingekerkert: König Laureyn vom Rosenthron, den letzten Herrscher der alten Dynastie.«

»So glaubt Ihr, er hat diese Zeichen hinterlassen? Weshalb? Um Uns in die Irre zu führen?«

»Das glaube ich weniger«, meinte Ivald. »Vielleicht hoffte er darauf, dass einmal einer seiner Nachfahren den Thron zurückgewinnt und dies hier liest. Er konnte ja nicht wissen, dass Euer Vater selbst die Nebenlinien auslöschen würde.«

»Und Ihr denkt, Bretter genügen? Sollte die Wand dann nicht besser zugemauert werden?«

Ivald zupfte an seinem Bart. »Irgendetwas an den Worten stört mich, das Ende klingt nicht vollständig, als ob der Schreiber unterbrochen worden wäre. Ich möchte sichergehen, sie im Laufe der Zeit erneut studieren zu können. Vielleicht gelingt es mir, den fehlenden Teil zu rekonstruieren.«

»Es sei Euch gewährt«, sagte Gisir. »Konzentriert Euch aber vor allem auf die Deutung des Zeitpunkts.«

»Wie Ihr befiehlt, Sire. Darf ich Euch in meinen Turm bitten? Ich habe dort einige astronomische Kalender gesammelt, in die ich gern einen Blick werfen würde. Vielleicht geben sie uns Aufschluss.«

Als die beiden den Kerker verließen, trafen sie auf Ditwin, der vor dem Eingang die ersten Bretter ordnete.

»Ab heute darf die Zelle nicht mehr betreten werden, außer von Seiner Majestät oder mir«, erklärte ihm Ivald. »Befestige die Bretter mit schweren Ketten, aber so, dass sich jene an der Zellentür mit dieser bewegen lassen. Verschließe dann die Zelle und bring mir den Schlüssel.«

Ditwin verbeugte sich und versicherte, alles sogleich nach den Wünschen des Regenten zu regeln.

»Ihr seid seiner sicher?«, fragte Gisir auf dem Weg zum Wohnturm des Zwerges.

»Es ist sein letzter Dienst. Er weiß es nur noch nicht.«

In seinem Turm angekommen, legte Ivald alle benötigten Unterlagen auf den Tisch im Empfangszimmer und verglich die Angaben mit der Reinschrift seiner Notizen, die er im Kerker während des Wartens auf die Gefängnisaufzeichnungen angefertigt hatte.

»Nun?«, fragte der König ungeduldig, als der Regent endlich die Bücher schloss.

»Mein König, alle Kalender verweisen nur auf ein Himmelsereignis, das zu den Worten der Inschrift passt. Von dort an gezählt, wird es genau einen Tag vor dem neunzehnten Geburtstag Eures Sohnes, Prinz Leonard, eintreten. Bis dahin müssen wir jenes Mädchen gefunden haben, das die Bedingungen erfüllt. Wir werden jedes Mädchen im Reich dafür prüfen müssen, und sie müssen es freiwillig auf sich nehmen. Das wird eine große Herausforderung.

Ich hätte da schon ein paar Vorschläge, wie wir dies in die Wege leiten …«

»Ich höre?« König Gisir hob beide Brauen.

»Ein wenig Geduld noch, Sire. Erst müssen wir die Armee so weit aufstocken, dass uns der Sieg gewiss ist …«

»Willkommen zur dritten und vorletzten Prüfung in der Verlorenen Stadt.« Der König dreht sich halb zur Seite, um auf den hohen, gemauerten Torbogen zu weisen, der direkt aus dem Felsen geschlagen worden sein muss. Dahinter herrscht dämmriges Halbdunkel.

»Eure Aufgabe, Kandidatinnen, besteht darin, bis Sonnenuntergang den Weg durch die Ruinen bis zum Herzen der Stadt zu finden. Von dort aus gibt es einen direkten Ausgang. Wenn Ihr diesen findet und ins Freie tretet, habt Ihr die Prüfung bestanden. Und lasst Euch gesagt sein, mehr als ein Weg führt dorthin.«

Der Prinz steht mit seinem höflichen, distanzierten Gesicht neben dem König und nickt jeder Einzelnen von uns zu. So als wünsche er jeder den Sieg. Als ich an der Reihe bin, ruht sein Blick keinen Herzschlag länger auf mir als auf den anderen zuvor. Es ist, als hätte es den Abend am Strand der Dracheninsel nie gegeben.

»Was ist mit den Wargen?«, meldet sich Giselas Mutter aus der Menge. »Gibt es sie wirklich?«

»Es gibt sie«, mischt sich der Regent ein. »Und sie sind gefährlich. Ein weiterer Grund, achtsam zu sein.«

Ein Raunen geht nicht nur durch die Zuschauer. »Sind … sind sie wirklich so groß wie ein Pferd?«, fragt Barbara mit leicht zitternder Stimme.

Mein Blick streift Fedora, die Gerlinde und Clara zuzwinkert, die bei den Zuschauern stehen. Ihre Hand liegt auf dem Griff eines schlanken Dolches, den sie in den Gürtel ihres grellgelben Rockes gesteckt hat.

»Sind sie nicht«, erklärt der Regent. »Vielleicht doppelt so groß wie normale Wölfe und doppelt so schwer. Doch«, er hebt die Hand, »wir haben überall mit Schlafmittel präparierte Köder verteilt. Die Warge haben sie gefressen und schlafen jetzt irgendwo in ihren Löchern. Wer unterwegs nicht mehr weiterweiß, der suche nach einer Schutzkammer mit weißem Kreidekreis auf der Tür. Von dort gelangt man ebenfalls zur Oberfläche. Wer diesen Weg wählt, ist allerdings ausgeschieden.«

Vor dem Eingang liegen auf einem Tisch Beutel mit Proviant und Wasserschläuche bereit. Er bedeutet uns, sie zu nehmen.

»Ihr werdet mit zehn Minuten Abstand eintreten, jede muss den Weg allein erkunden. Absprachen sind verboten.«

Es ist bereits früher Nachmittag. Ein früherer Start bedeutet für die Adeligen mehr Zeit, die Aufgabe zu lösen. Gisela spuckt Gift und Galle, doch der König stellt sich taub. Als Ranghöchste von uns zehn darf Fedora zuerst eintreten und winkt ihren Freundinnen und ihrer Mutter siegessicher zu, bevor sie im Dunkel verschwindet.

Baronesse Reinhilde, eine große Brünette mit länglichem Gesicht und auffallend grell bemalten Lippen, ist die Nächste. Gisela muss noch drei weiteren Kandidatinnen den Vortritt lassen, ehe sie als Sechste die Verlorene Stadt betreten darf.

Während ich warte, tue ich so, als studiere ich den Höhleneingang, beobachte aber aus den Augenwinkeln den Prinzen. Jetzt, da für ihn der offizielle Teil vorüber ist, lockert sich seine Maske, und ich kann seine Neugier spüren, seine Abenteuerlust und seine Enttäuschung, wieder einmal nur Zuschauer zu sein.

Als ich an der Reihe bin, ist der Nachmittag schon recht weit fortgeschritten, und die Sonne nähert sich den Wipfeln der Kiefern, die hier überall auf den Hügeln wachsen. Mir bleiben vielleicht noch drei Stunden.

Während ich durch die Öffnung trete, glaube ich, des Prinzen Blick auf mir zu spüren, doch ich drehe mich nicht um.

Heller Sand bedeckt die Wege durch ein Labyrinth aus Gängen, Höhlen und Kammern. Einiges dürfte auf natürlichem Wege entstanden sein, andere Teile wurden von den Erbauern aus dem Fels geschlagen. Breite Risse und vereinzelte Löcher in der Decke lassen Tageslicht herein. Dort, wo diese Öffnungen fehlen, wuchern grün und gelblich leuchtende Höhlenpilze, sodass Fackeln überflüssig sind. Zumindest solange es draußen hell ist. Besonders beeindruckend sind die großen Höhlen, in denen ganze Gebäude Platz gefunden haben. Von ihnen gibt es nur wenige, aber ich stehe staunend davor und frage mich, wie geschickt und erfindungsreich die Menschen sein mussten, die so etwas errichteten. Unter der Erde. Der Baustil kommt keiner anderen Stadt des Reiches gleich, alles wirkt behäbig und solide, und die in den Stein gehauenen Verzierungen bedienen sich abstrakter, wunderschöner Muster, wie ich sie nie zuvor gesehen habe. »Das alte Volk« werden die Erbauer genannt, die auch an anderen Stellen des Reiches solch steinerne Spuren hinterlassen haben. Ihre Zeit liegt so weit zurück, dass nur noch in Märchen und alten Volkssagen von ihnen berichtet wird. Schriften sind nie gefunden worden. Nicht auf Papier und nicht in Stein. Doch ihre Bauwerke zeugen von großem Können und Macht.

Als Letzte zu gehen, hat auch einen Vorteil: Ich kann den Spuren der anderen folgen, sehe, wo sie umgekehrt sind, und vergeude keine Zeit mit falschen Abkürzungen. Obwohl ich gar nicht mehr so sicher bin, ob ich wirklich ausscheiden möchte, beeile ich mich auch nicht besonders. Es ist einfach zu interessant, so viele der bronzenen Türen zu öffnen wie möglich, auch wenn dahinter meist nur leere Räume verborgen sind. Falls die Erbauer irgendwelche Gegenstände aus Holz, Stoff oder Papier zurückgelassen haben, sind sie längst zerfallen. Übrig geblieben sind Regale, Sitzbänke und Becken aus Stein. Hinter einer offenen Türe entdecke ich eine Küche mit zwei gemauerten Feuerstellen. Tische aus Stein ziehen sich die Wände entlang, und Keramikscherben liegen zwischen mit Grünspan überzogenen Töpfen und Pfannen aus Kupfer, von denen einige seltsame Einkerbungen an den Rändern aufweisen. Als ich an einen der Tische herantrete und einen Topf am Griff hochhebe, bricht dieser ab. Das Gefäß fällt laut scheppernd zu Boden. Erschrocken bücke ich mich danach und entdecke Abdrücke von Pfoten im Sand. Von sehr großen Pfoten. Ich betrachte die Einkerbungen am Topfrand. Bissspuren. Mir fallen die Worte des Königs zu den Wargen ein. Doppelt so groß wie Wölfe. Mindestens. Einige der Spuren sind verwischt, andere jedoch sehr klar, und sie überdecken sich zum Teil gegenseitig. Kein Zweifel. Warge sind hier gewesen, und zwar vor Kurzem.

Ich mache mir nicht die Mühe, die Tür zu schließen. Noch im Laufen erwecke ich mein Rehgehör. Nur zur Sicherheit, sage ich mir. Und da ist es, ein Schaben und Kratzen wie von Krallen auf Stein. Stumpfe Krallen, lang genug, um durch die Sandschicht bis auf den Boden zu dringen. Wargkrallen. Wo ist der nächste Schutzraum? Meine Blicke fliegen über die Bronzetüren der nächsten Kammern. Hier nicht und dort auch nicht, erst am Ende dieses Höhlenabschnittes entdecke ich eine Tür mit weißem Kreis. Doch als ich sie aufstoße, sehe ich zwar das große, runde Loch hoch oben in der Decke, doch weder Strickleiter noch Seil, um dorthin zu gelangen.

»Hallo! Ist da jemand oben? Die Warge sind erwacht!«

Niemand antwortet. Wenn ich wenigstens etwas hätte, mit dem ich Feuer machen könnte, um sie mir vom Leib zu halten. Stein brennt nicht, leider. Ich laufe schneller. Da! Die nächste Schutzkammer. Wieder ein großes Loch, aber keine Kletterhilfe. Der Sand auf dem Boden zeigt, dass eine Kandidatin schon vor mir hier gewesen sein muss. Ist sie vor den Wargen geflohen und hat dann die Strickleiter oder das Seil hochgezogen?

Egal, ich muss weitersuchen. Das Kratzen wird schwächer, aber es verschwindet nicht ganz. Noch habe ich etwas Zeit.

Draußen finde ich die Spuren der anderen Kandidatinnen wieder. Es sind weniger geworden. Ich zähle vier Abdrücke, die zielsicher in eine Richtung weisen. Sind hier alle der Ersten, also Fedoras, gefolgt? Vielleicht keine schlechte Wahl, wenn ich an das siegessichere Lächeln von Fedora denke. Weiß sie mehr über die Ruine als wir anderen? Vielleicht sogar, wie sie zum Herzen der Stadt gelangt? Auf meine Umgebung achte ich kaum noch. Die Spuren fordern meine ganze Aufmerksamkeit, auch weil das Tageslicht immer schwächer wird. Da um die Ecke, geradeaus, wieder links. Jetzt die Abzweigung rechts, und … ich stehe am Rand eines kuppelförmigen Raumes, fast so groß wie der Ballsaal im Schloss. Durch die große Öffnung an der höchsten Stelle der Kuppel kann ich den Himmel sehen. Eine Strickleiter hängt dort, und sie reicht bis auf Kniehöhe zum Boden herab. Gerettet!

Kaum habe ich den Fuß auf die zweite Strebe gesetzt, da höre ich Hilferufe genau aus der Richtung, aus der ich gekommen bin. Sie klingen eher wütend als verzweifelt, auch wenn ich keine einzelnen Worte ausmachen kann. Eine Männerstimme. Eindeutig. Eine der Wachen? Hat doch jemand meinen Ruf gehört und wollte mir zu Hilfe eilen? Gegen den Wunsch des Königs?

Wer auch immer es ist, ich kann ihn nicht den Wargen überlassen. Ich springe auf den Boden herab und laufe auf die Stimme zu. Atemlos erreiche ich die Tür zu einer jener Kammern, an denen ich eben einfach nur vorbeigelaufen bin.

Ich packe die beiden Türgriffe und ziehe sie nach außen auf, und … vor mir, im Zentrum eines ansonsten leeren Raumes, sehe ich Prinz Leonard. Bis über die Hüften steckt er in einer mit Sand gefüllten Bodenspalte. Mit gerötetem Gesicht, die Hände zu einem Trichter geformt, brüllt der Prinz gerade zu einer Lücke in der Decke, dass jemand verdammt noch mal endlich ein Seil herablassen möge.

Als er mich sieht, lässt er die Hände sinken, und ein breites Lächeln vertreibt die scharfen Falten von seiner Stirn. »Rahel, es geht dir gut!«

»Ja, Hoheit, ich bin wohlauf«, sage ich, unsicher, was ich von dieser merkwürdigen Situation halten soll. »Und habe Euch rufen hören. Was macht Ihr hier?«

Er blickt zur Seite und räuspert sich. »Ich … ähm … ich habe nachforschen wollen, weshalb ein gewisses Küchenmädchen nach fast drei Stunden noch immer nicht zurückgekommen ist, obwohl die anderen Kandidatinnen schon längst wieder im Schloss sind. Vier kamen bis zur Mitte, die anderen haben davor aufgegeben und sind ins Schloss zurückgekehrt. Ich sagte Seiner Majestät, dass ich ihnen folgen werde, und bin losgeritten. Allerdings nur bis auf den Hügel und zu einem der Löcher, wo noch ein Seil hing, an dem ich herabklettern konnte. Deine Spuren habe ich rasch gefunden. Dann dachte ich, ein Geräusch zu hören, war kurz unachtsam, und jetzt …«

»Werde ich Euch heraushelfen«, sage ich entschlossen und reiche ihm die Hand. Er verschränkt die Arme. »Ich bin zu schwer, und der Sand ist zäh. Besser, du gehst zur Kuppel, kletterst hinaus und rufst einen der Soldaten, die der König zurückgelassen hat.«

Er könnte recht haben. Die Stärkste bin ich nicht. Doch mein Rehgehör hat soeben wieder ein leises Kratzen ausgemacht. Noch ist es in einiger Entfernung, aber die Warge sind in unsere Richtung unterwegs. Ich kann hören, dass es nicht nur einer ist.

»Bitte, Hoheit. Ich habe frische Wargspuren gefunden. Sie schlafen nicht alle, und einzeln sind wir leichte Beute.« Vor allem der Prinz in seiner aktuellen Lage. Das spreche ich jedoch nicht laut aus.

Ich sehe, dass er kurz mit seinem Stolz ringt. Dann nickt er jedoch und nimmt meine Hand. Ich spanne die Muskeln an und stemme mich mit aller Kraft gegen den Boden. Zunächst tut sich überhaupt nichts, und ich spüre schon, wie meine Kräfte nachlassen, als ich plötzlich mit einem Ruck etwas nach hinten sacke und spüre, wie sich der Sand langsam lockert und nachgibt. Stück für Stück kommt der Prinz frei. Als er endlich ganz aus dem Spalt klettern kann, sind wir beide verschwitzt und ich völlig erschöpft. Aber der Prinz ist unverletzt, er rappelt sich auf, klopft den Sand ab und murmelt einen hastigen Dank.

Uns bleibt keine Zeit zum Ausruhen. Der Weg zurück ist zu gefährlich, und so folgt mir mein neuer Begleiter ins Herz der Stadt. Aber nicht nur er. Erneut höre ich das Schaben und Kratzen der Warge. Es kommt rasch näher. Viel zu rasch.

Auch der Prinz kann sie jetzt hören, wir beginnen zu rennen, weg von den Lauten, den Gang hinunter, biegen um die letzte Ecke, noch ein Stück geradeaus – und stehen in der rettenden Kuppel. Auf dem sandigen Boden liegt die Strickleiter samt Seil, mit dem sie draußen an einem Baum befestigt gewesen sein muss.

Wir sitzen in der Falle.

»Werft ein Seil herab! Auf der Stelle! Das ist ein Befehl Eures Prinzen!«

Seine Hoheit, Prinz Leonard, Erbe des Reiches, starrt durch die Lücke im Dach der Kuppel hinauf zum Himmel, dessen Rot allmählich in Violett übergeht. Ich lasse die Hände sinken, die ich mir auf die Ohren gedrückt habe, und werfe einen Blick in den Tunnel hinter mir. »Da draußen ist niemand mehr, Hoheit. Wir müssen zum Eingang zurück. Oder wisst Ihr einen anderen Weg?«

Prinz Leonards Schultern sinken herab, und er fährt sich mit beiden Händen durch das dunkle Haar. »Nein, kenne ich nicht. Aber warte, eines noch ...« Er zückt sein Schwert und schneidet das Befestigungsseil von der Strickleiter. Dann rollt er es zusammen und reicht es mir. »Nimm es mit. Wer auch immer es getan hat, ich werde ihn finden und dafür sorgen, dass er es bereut.« Das Grollen in seiner Stimme verheißt nichts Gutes.

Wortlos stecke ich es in meinen Proviantbeutel.

»Dann los!« Wie selbstverständlich übernimmt der Prinz die Führung. »Bleib einen halben Schritt hinter mir.« Seine Rechte liegt auf dem Schwertknauf. Schützend stellt er sich vor mich.

Ein warmes Gefühl keimt in mir auf. Gleichzeitig meldet sich die warnende Stimme in meinem Hinterkopf. Ich kenne den Weg, der Prinz nicht. »Sollte nicht ich vorangehen, Hoheit? Ich bin so lange hier herumgeirrt und kenne mich inzwischen einigermaßen aus.«

»Keine Sorge. So leicht verirre ich mich nicht.«

Bei der kalten Entschlossenheit in seiner Stimme schrecke ich zusammen und wage keinen weiteren Widerspruch. Er scheint es gar nicht zu bemerken. Den Kopf gesenkt, die Schultern leicht nach vorn gekrümmt, wie ein zum Sprung bereites Tier, eilt er voran. Nur mit Mühe kann ich mit ihm Schritt halten. Ab und an bleibt er stehen, studiert die Spuren im Sand, ehe er sich für eine Richtung entscheidet. Doch er fragt mich nicht, was ich vorschlagen würde oder woran ich mich erinnern kann. Längst sind wir an der Kammer vorbei, wo ich ihm aus dem Spalt geholfen habe.

Draußen bricht langsam die Nacht herein. Das letzte bisschen Dämmerlicht schwindet, und uns bleiben nur die Pilze als Lichtquelle. Ihre Farbe hat sich geändert. Statt grünlich leuchten sie jetzt blassweiß. Doch längst nicht hell genug, um das schwindende Tageslicht auszugleichen. Wie der Prinz überhaupt noch Spuren erkennen kann, ist mir ein Rätsel. Ich versuche, meine Rehsicht zu Hilfe zu nehmen, doch dabei verschwimmt der Rücken des Prinzen vor meinen Augen. So stolpere ich halb blind hinter ihm her und konzentriere mich auf Gehör- und Geruchssinn. Als ich deshalb ein paar Schritte zurückfalle, bleibt er stehen und dreht sich um. Seine Augen … ich muss schlucken, als ich das purpurne Leuchten darin sehe.

Der Prinz lächelt, als er mein erschrockenes Gesicht sieht. »Du musst keine Angst vor der Dunkelheit haben, Rahel. Es kann nicht mehr weit sein.«

Kann er sich nicht denken, dass mich etwas ganz anderes erschreckt hat? Offensichtlich nicht, denn er dreht sich wieder um, läuft einfach weiter. Vielleicht … vielleicht weiß er ja gar nicht, dass seine Augen so leuchten. Oder er will nicht darüber reden. Egal. Wichtig ist jetzt ohnehin nur, dass wir hier rauskommen. Unverletzt. Um alles andere kann ich mir später Gedanken machen. Ich schüttle den Kopf und konzentriere mich darauf, mit ihm Schritt zu halten. Und war einen Moment zu lange unaufmerksam. Ich höre die Warge erneut näher kommen. Und dieses Mal von zwei Seiten.

Hat der Prinz sie auch gehört? Er bleibt kurz stehen und flucht verhalten.

»Schneller!« Dann packt er mich am Handgelenk und zerrt mich mit sich. Es ist nicht mehr weit, ich kann bereits die Kiefern riechen. Zugleich wird aber auch der Raubtiergeruch unserer Verfolger stärker.

Vor uns liegt ein langer, gerader, etwa zwei Schritt breiter Gang, lediglich unterbrochen durch ein paar Nischen an beiden Seiten. Mit einem Schlag weiß ich, dass wir es diesen Gang nicht mehr hinunterschaffen werden. Der Warggeruch überlagert plötzlich alles andere, und ich höre sie knurren. Da! Vor uns leuchten vier gelbe Punkte in der Dunkelheit. Und hinter uns? Ich blicke zurück. Zwei weitere!

»Vorsicht!«, rufe ich, da hat mich Prinz Leonard auch schon zur nächsten Nische gezogen.

»Dahinein!«

Die Nische ist kaum tief genug für eine Person. Der Prinz stellt sich breitbeinig davor in den Gang und zieht sein Schwert.

Dann sind sie da. Drei muskelbepackte Bestien mit gelb glühenden Augen und einem furchterregenden Gebiss mit dolchartigen Zähnen. Der Buckel ihres Vorderrückens reicht dem Prinzen bis zum Bauch, und bei jedem Schritt schleifen die fingerlangen Krallen ihrer kräftigen Beine über den Boden.

Wir werden das überleben. Wir werden das überleben. Immer wieder sage ich mir in Gedanken diese Worte vor, während ich meine eiskalten Finger ineinanderschlinge und die Zähne aufeinanderpresse, damit sie nicht vor Angst klappern. Alles hängt vom

Prinzen ab. Ich darf ihn nicht ablenken, ihm meine Angst nicht zeigen.

Der Prinz geht in die Hocke und greift sich eine Handvoll Sand. »Erst der links …«, murmelt er. Seine Stimme klingt erstaunlich ruhig, doch sein Körper ist gespannt wie eine Sprungfeder. Er lässt die beiden rechts von uns nicht aus den Augen, doch es ist der Linke, der Größte der drei, dem er mit einer raschen Bewegung seines Handgelenks den Sand in die Augen wirft. Dabei kann er ihn höchstens aus den Augenwinkeln gesehen haben.

Der Warg heult kurz auf, schüttelt den Kopf, setzt zum Sprung an. Er macht einen mächtigen Satz auf den Prinzen zu, der wartet bis zum letzten Augenblick, dreht sich zur Seite und bohrt sein Schwert zielsicher in das weit aufgerissene Maul seines Angreifers. Die Klinge muss durch den Gaumen direkt ins Hirn des Wargs gedrungen sein, denn das Licht seiner Augen erlischt sofort.

Der schwere Körper poltert zu Boden und reißt dem Prinzen das Schwert aus der Hand.

»Verdammt, es steckt fest!« Vergeblich versucht er seine Waffe aus dem toten Warg zu ziehen. Dessen Jagdgefährten heulen auf, ein Gemisch aus Trauer und Wut. Ein Glück, dass der Gang zu schmal ist, als dass beide zugleich angreifen könnten.

Meine Hochachtung für den Prinzen wächst. Statt in Panik zu geraten, stößt er den Leichnam mit dem Fuß zur Seite und stellt sich in Kampfpose. Keinen Augenblick zu früh. Der zweite Warg stürzt sich mit geiferndem Maul auf ihn. Mir bleibt fast das Herz stehen. Doch der Prinz weicht aus und wirft sich mit seinem ganzen Gewicht gegen die Flanke des Warges. Gemeinsam gehen sie zu Boden, Sand spritzt in alle Richtungen. Dem Prinzen gelingt es, die Arme von hinten um den Hals des Tieres zu schlingen und dessen Kopf gegen den Boden zu drücken, sodass die scharfen Zähne nicht nach ihm schnappen können. Der Warg winselt und stemmt sich mit aller Kraft gegen den Würgegriff, der ihm die Luft abzuschneiden droht.

Ich kann kaum hinsehen. Leonards Gesicht ist schweißüberströmt, während er den Griff enger zieht.

Wären es nur zwei, würde ich auf den Prinzen setzen.

Doch der dritte Warg fletscht bereits die Zähne und duckt sich, um sich von hinten auf Leonards ungeschützten Rücken zu werfen. Ich sehe schon vor mir, wie sich die langen Fänge tief in den Nacken des Prinzen bohren, wie Blut aus seiner zerfetzten Schlagader spritzt und das Licht in seinen Augen erlischt, so wie gerade eben bei dem von seiner Hand getöteten Warg. Das darf nicht sein. Und mit einem Mal ist es da, das goldene Licht, ohne dass ich mich erinnern kann, es gerufen zu haben. Es pulsiert in meinem Herzen, durchflutet meinen Geist, kribbelt in meinen Handflächen. Es ist, als wäre da noch eine andere in mir, eine, die mein verzweifeltes Ich sanft zur Seite schiebt und handelt. Ich höre, wie der Prinz erstickt meinen Namen ruft. Erst da registriere ich, dass ich meine Nische verlassen habe und zwischen ihm und dem dritten Warg stehe. Meine Konzentration ist ausschließlich auf meinen Gegner gerichtet. Ob es an seinem Geruch liegt oder an der Art, wie er mich aus überraschend intelligenten Augen mustert, ich weiß plötzlich, wen ich da vor mir habe. Das ist kein Mitläufer – er ist der Rudelführer. Und plötzlich kommen die Worte wie von selbst.

»Du darfst ihn nicht töten«, höre ich mich sagen, und mit jedem Wort gebe ich etwas von dem Licht frei, lenke es zu ihm hinüber. Es ist keine Waffe, es kann ihn nicht verletzen, doch das ist auch nicht mein Ziel. Das Licht ist eine Brücke für meine Worte, für die Bilder und anderen Sinneseindrücke, die ich damit verbinde. Der Leitwarg soll verstehen. »Nimm die Deinen und ziehe dich zurück.

Dieser Mensch hier«, meine Hand weist nach hinten auf den Prinzen, »ist der Sohn meines Rudelführers, und wenn du ihn tötest, werden die anderen Menschen unseres Rudels zu Hunderten durch die Gänge schwärmen, mit Fackeln und Waffen.« Ich stelle mir die Soldaten vor, den Qualm der Fackeln, das Scheppern der Rüstungen, den Geruch von Wargblut an ihren Schwertern. »Sie werden jeden Winkel ausleuchten, jedes Loch ausräuchern und alle deines Rudels töten. Geh! Zieht euch zurück, wenn dir der Fortbestand deines Rudels wichtig ist.« Einen schier endlosen Augenblick rührt sich der Leitwarg vor mir nicht, die gelben Augen starr auf mich gerichtet, als wollten sie die Wahrheit meiner Worte ergründen. Doch dann glättet sich sein grau-rotes Fell plötzlich, und er jault leise.

Ich wende mich nach hinten und blicke in das überraschte Gesicht des Prinzen. »Bitte, Hoheit, lasst den Warg los. Sie werden sich zurückziehen.«

Wie zum Beweis meiner Worte gibt der Warg den Widerstand auf und liegt ganz ruhig auf dem Boden vor dem Prinzen. Leonard öffnet die Arme und rutscht vom Rücken des Tieres. Beide kommen fast gleichzeitig auf die Beine. Der Warg schüttelt sein Fell, winselt und schleicht mit gesenktem Kopf zu seinem Rudelführer hinüber. Dieser wirft einen letzten Blick auf den toten Warg, seinen Sohn, wie ich vermute, dreht sich um, und beide laufen an uns vorbei, tiefer in die Verlorene Stadt hinein.

Erst als sie außer Sicht sind, lässt die Anspannung des Prinzen nach. Er sieht mich an, öffnet den Mund, um etwas zu sagen, doch ich hebe erschöpft die Hand. Das goldene Licht hat sich wieder vor mir verschlossen, und bleierne Müdigkeit kriecht durch meine Glieder. Aber zum Ausruhen ist jetzt keine Zeit. »Hoheit, wir sollten zusehen, dass wir hier rauskommen, ehe womöglich noch mehr Warge unsere Spur aufnehmen.«

Prinz Leonard versucht, sein Schwert aus dem Kopf des Wargs zu ziehen, vergeblich. »Wir werden ihn spalten müssen«, murmelt er, lässt das Schwert, wo es ist, greift nach meiner Hand und zieht mich mit sich den Gang hinab. Die Wärme und Kraft seiner Hand drängen meine Erschöpfung zurück. Nach und nach gewinnen meine Schritte an Kraft, und ich kann wieder mit ihm mithalten. Als wir endlich den Eingang dieses unsäglichen Labyrinths erreichen und sich über uns der Nachthimmel spannt, atmen wir beide tief die frische Luft ein. Kein Mensch ist zu sehen.

»Hoheit«, sage ich vorsichtig, »Ihr könnt meine Hand loslassen.«

»So, kann ich das?«, fragt er heiser und zieht mich zu sich heran. In bleiches Mondlicht getaucht, wirken seine Züge sanfter, jünger. Er lässt meine Hand nun tatsächlich los, legt mir dafür aber beide Hände auf die Schultern und sieht mich ernst an. »Ist es nicht eher so, dass ich dich nie wieder loslassen sollte? Damit du tust, was ich sage, und dein Leben nicht leichtsinnig in Gefahr bringst?«

So harsch der Ton seiner Stimme auch ist, ich spüre den Nachhall seiner Angst und Verzweiflung darin. »Es war pures Glück, dass der Warg irgendwie verstanden hat, was du gesagt hast, und dir glaubte. Es hätte auch ganz anders enden können.« Seine Finger graben sich schmerzhaft in meine Schultern. Ich kann ihm noch nicht einmal widersprechen, nicht, ohne mein Geheimnis zu verraten. Mein Herz klopft heftiger, als er sich zu mir herabbeugt.

»Was ich getan habe, war nötig, Euch zu schützen. Und ich würde es jederzeit wieder tun. Ihr könnt mich nicht davon abhalten, Hoheit.«

»Nicht Hoheit«, murmelt er, hebt eine Hand und streicht mir eine Strähne aus der Stirn. »Leonard.«

Mein Mund wird ganz trocken, und ich streiche mit der Zunge über meine Lippen. »Aber …«

Seine Augen wandern zu meinem Mund. »So ein Mädchen wie du ist mir noch nie begegnet. Starrsinnig, naiv, verboten mutig.« Seine Finger streichen über meinen Hals, fassen mich am Kinn. Seine Lippen sind den meinen jetzt sehr, sehr nahe.

»Ich mag verdammt sein, doch bei allen Mächten, ich kann nicht anders«, flüstert er und presst seine Lippen auf die meinen. Mein Herzschlag setzt einen Augenblick aus, um gleich darauf mit fast schmerzlicher Intensität wiederzukehren. Er schmeckt nach Honig, nach Wald, dunkel, herb und süß zugleich. Der Kuss hat etwas Wildes an sich, als müsse Leonard sich auf diese Weise versichern, dass ich, dass wir am Leben sind. Dann wird er plötzlich sanft, liebkosend, lockend. Ich greife nach oben, lege meine Hand an seine Wange, er fasst nach ihr und hält sie dort fest.

»Prinz Leonard! Rahel!« Aufgeregte Stimmen und das Klappern von Rüstungen zerstören den Zauber, der uns beide gefangen gehalten hat. Hastig lösen wir uns voneinander, und der Prinz macht drei Schritte auf die Stimmen zu, während ich die Hände an die Brust presse und tief durchatme, um mein Herz zu beruhigen. Es ist nichts geschehen. Das war nur eine Reaktion auf die Todesangst, die wir beide durchlitten haben. Mehr nicht.

Lügnerin, flüstert die Stimme in meinem Hinterkopf, doch ich bemühe mich, wegzuhören.

Leonard wirft mir einen warnenden Blick zu. Auch er weiß, dass wir besser vergessen, was gerade geschehen ist.

»Ein Glück, Ihr seid wohlauf, mein Prinz.« Regent Ivald steht auf einmal vor uns. Ich habe ihn nicht kommen hören. »Als ihr nicht im Schloss anzutreffen wart, haben wir nach Euch gesucht und Euer Pferd auf der anderen Seite des Hügels gefunden. Seine Majestät ist außer sich vor Sorge. Wie konntet Ihr nur so unvorsichtig sein?«

Leonard zuckt die Achseln. »Ich habe mich gelangweilt, und wenn sich unbewaffnete Mädchen in dieses Labyrinth wagen …«

»Wo ist Euer Schwert?«, unterbricht ihn der Regent. Inzwischen kommen auch die Soldaten heran. Gleich sieben an der Zahl. Weiter oben, dort, wo zuvor all die Kutschen gestanden haben, höre ich das Knirschen von Rädern.

Der Prinz weist zur dunklen Öffnung im Fels. »Die Soldaten mögen unseren Spuren folgen. Sie werden auf einen toten Warg stoßen, in dessen Schädel meine Klinge steckt.«

»Ein Warg?« Die Augen des Regenten weiten sich. »Die Biester sollten doch schlafen! Das Mittel …«

»… war wohl zu schwach berechnet«, beendet der Prinz den Satz für ihn. »Und das ist nicht das Einzige, das nicht so war, wie es sein sollte.« Er winkt mir. »Das Seil!«

Sein Gesicht verrät kein Gefühl, als sich unsere Finger kurz streifen, während ich ihm das Seil der Strickleiter reiche.

»Seht Ihr, Meister Ivald?« Leonard hält dem Regenten das Seil hin. »Hier, der glatte Schnitt, das war mein Schwert. Doch da oben, wo es um den Baum geschlungen war, wie Ihr an den Harzspuren seht, hat jemand nachgeholfen.«

Ivald fährt mit dem Daumen über die Stelle. »Eine gezackte Klinge. Dieses Seil war …?«

»Jenes, an dem die Strickleiter im Herzen der Stadt befestigt war. Rahel und ich sind gleichzeitig dort eingetroffen.« Das klingt nach Zufall. Gut. »Die Sonne war noch nicht vollständig untergegangen, doch wir konnten nicht herausklettern, weil das Seil der Strickleiter gekappt worden ist. Wer auch immer es war, es hätte uns beide das Leben kosten können.«

Der Regent wirft mir einen nachdenklichen Blick zu. »Stimmt das, Küchenmädchen?«

Ich nicke. »Ihr werdet unsere Spuren bis dorthin verfolgen können, Regent Ivald.«

Der Zwerg nimmt das Seil, rollt es zusammen und reicht es an einen Soldaten weiter. »Du, bring das ins Schloss.« Der Soldat salutiert und läuft mit dem Seil hinauf zum Kutschenplatz. Dann verbeugt er sich tief vor dem Prinzen. »Hoheit, wir werden den Warg bergen und ins Schloss bringen. Seine Hoheit wird stolz auf Euch sein.«

Leonards Gesicht bleibt unbewegt. »Und Rahel?«

»Oben wartet eine Kutsche«, sagt der Regent zu mir gewandt. »Mit der kannst du zum Schloss zurückfahren. Komtesse Rieke von Wildenstein wollte schon einen eigenen Suchtrupp auf die Beine stellen, weil du nicht mit den anderen zurückgekommen bist.«

Oje, arme Rieke! Sie muss das Schlimmste befürchtet haben. Leonard dreht mir den Rücken zu und sammelt die Soldaten um sich, um mit ihnen den Weg zum Kadaver zu besprechen. Vergeblich warte ich auf einen Blick, ein Lächeln, ein Nicken, irgendein Zeichen … doch es ist wohl besser so. Mit Mühe kämpfe ich meine Enttäuschung nieder, knickse vor dem Regenten und stammle einen leisen Dank, ehe ich, begleitet von einem Soldaten, zum Kutschenplatz laufe. Nicht irgendeine Kutsche steht dort, sondern die Kutsche des Königs.

»Anweisung des Regenten!«, ruft der Soldat dem Kutscher zu. »Bring Kandidatin Rahel ins Schloss und schick uns einen schnellen Zweispänner mit drei Lagen Sackleinen auf dem Boden. Der Prinz hat einen Warg getötet, den wir ins Schloss schaffen müssen.«

Der Kutscher macht große Augen, widerspricht jedoch nicht, als ich in die Kutsche steigt. Verglichen mit jener der Vons sind die Sitze breiter und weicher gepolstert. Der Kutscher schnalzt mit der Peitsche, und die Pferde setzen sich in Bewegung. Dank der vorzüglichen Federung spüre ich kaum etwas von der Unebenheit des Weges. Nicht einen Blick habe ich für die Landschaft ringsum. Meine Gedanken kreisen einzig um Prinz Leonard und den Kuss. Ungläubig betaste ich meine Lippen. Nein, geschwollen sind sie nicht. Trotzdem werde ich das Gefühl nicht los, dass der Regent ahnt, was zwischen uns vorgefallen ist. Vielleicht hat er uns sogar beobachtet. Weshalb hat er dann kein Wort darüber verloren? Jedenfalls nicht mir gegenüber.

Mein Herz beginnt wieder heftiger zu klopfen. So gern wüsste ich, was der Prinz in diesem Moment denkt. Leonard!

Doch wozu? Es wird keinen zweiten Kuss geben. Der Prinz kann keine Kandidatin derart bevorzugen. Und er trifft auch nicht die Entscheidung über die Siegerin. Außerdem, fällt mir siedend heiß ein, so wie es scheint, habe ich es jetzt endlich geschafft: Ich habe das Ziel nicht erreicht und bin damit ausgeschieden. Eine andere wird Leonards Braut.

»Ihr wagt es, zu leugnen?« Die Augen des Regenten verengen sich zu schmalen Schlitzen.

Gerlinde schiebt das Kinn vor. »Ich bin keine einfache Magd. Niemand kann mich so einfach beschuldigen. Auch Ihr nicht.« Ihr schneidender Blick wandert zu mir herüber. Ich stehe auf der anderen Seite des Raumes vor dem Porträt des Prinzen und verfolge gebannt die Szene, die sich vor meinen Augen abspielt. Gerlindes Mund verzieht sich zu einem abfälligen Lächeln. »Und schon gar nicht irgendein dahergelaufenes Küchenmädchen, das vergessen hat, wo sein Platz ist.«

Clara, die sich dicht an Gerlinde gedrängt hat, starrt wortlos auf die Spitzen ihrer Seidenschuhe.

»Ach so …« Der Regent lehnt sich vor, die Ellenbogen auf die polierte Platte des Schreibtischs in der hinteren Ecke des Empfangsraums gestützt, und legt die Fingerspitzen aufeinander. »Ihr glaubt, Rahel hätte Euch angeschwärzt?«

»Ist es nicht so? Wie sonst …?« Gerlinde bricht ab und presst die Lippen aufeinander.

Der Regent kichert in seinen Bart hinein. Aber es ist ein freudloser Laut, und ich bin froh, nicht das Ziel seines Unmutes zu sein. »Eine andere Kandidatin hat beobachtet, wie Komtesse Fedora Euch ihr Messer überreichte. Nun, die Komtesse hat dies auch unumwunden zugegeben. Allerdings sagt sie, sie hätte Euch lediglich gebeten, das Messer sicher zu verwahren, zusammen mit dem Gürtel und der Scheide für den Dolch. Sie war entsetzt, als sie hörte, was Ihr mit ihrem Familienerbstück angerichtet habt.«

Gerlinde schnappt hörbar nach Luft. »Diese falsche Schlange«, zischt sie und ballt die Fäuste.

»Wollt Ihr Komtesse Fedora der Lüge bezichtigen?« Der Regent wirft mir einen raschen Blick zu. Ihm scheint es fast Spaß zu machen, die Prinzessin vorzuführen. Mir ist die ganze Situation mehr als unangenehm. Natürlich sollen sie bestraft werden. Doch weshalb sie noch zusätzlich demütigen? Eigentlich steckt ohnehin Fedora dahinter, da bin ich mir sicher. Aber so wie es aussieht, hat sie es mal wieder geschafft, ihren Kopf aus der Schlinge zu ziehen und die Schuld auf andere abzuwälzen. Heute Abend ist der große Ball vor der finalen Prüfung, und wieder wird es davor nur leichte Häppchen für die Vons geben, damit sie alle in die teuren Kleider passen, die in den letzten beiden Tage aus der nahe gelegenen Hauptstadt geliefert wurden.

Der Regent räuspert sich und fährt fort: »Wir haben den Gürtel mit der Scheide und dem Dolch in einem Gebüsch nahe der Kuppelöffnung gefunden. Wolltet Ihr ihn dort später abholen und Komtesse Fedora zurückgeben, wenn sich die Aufregung gelegt hat?«

Gerlinde öffnet den Mund, besinnt sich jedoch, klappt ihn wieder zu und presst, um Selbstbeherrschung ringend, die Lippen zusammen.

Der Zwerg lehnt sich zurück. »Wie dem auch sei. Der Griff war schmierig und roch leicht nach Veilchen. Und da Ihr meinen Nachforschungen gemäß die Einzige seid, die ihre Hände ständig mit Veilchencreme einreibt, sieht Seine Majestät Eure Schuld somit als erwiesen an und hat seine Entscheidung getroffen.«

Clara hebt den Kopf, ihre Augen sind angstvoll geweitet. »Ich … ich weiß, Gerlinde hätte niemals absichtlich den Prinzen in Gefahr gebracht. Wenn wir … wenn wir nur gewusst hätten, dass Seine Hoheit auch da unten ist …«

»Das ist nicht der Punkt.« Der Regent richtet sich auf. »Für die Entscheidung Seiner Majestät zählt nur, dass Ihr es gewagt habt, die Brautwahl zu manipulieren.«

Er schlägt den kleinen Gong auf seinem Schreibtisch. »Prinzessin Gerlinde, Seine Majestät, König Gisir, der Gütige und Gerechte, hat beschlossen, dass Ihr im Schloss nicht länger willkommen seid. Nur angesichts der Verdienste Eures Vaters verzichtet Seine Majestät auf eine offizielle Anklage. Ihr werdet noch in dieser Stunde Eure Habseligkeiten packen und nach Hause reisen. Eure Mutter wurde bereits informiert.«

»Und … und der Ball?«, platzt Gerlinde heraus. »Mein Kleid, das Geschmeide …« Ich habe das Gefühl, dass sie nicht einmal eine Kerkerstrafe so hart treffen würde wie die Aussicht, den wohl wichtigsten Ball ihres Lebens zu verpassen. Alle Vons werden sich das Maul darüber zerreißen.

Doch der Regent schenkt ihr keine weitere Beachtung und wendet sich bereits zu Clara. »Ihr, Komtesse Clara, habt versäumt, Eure Freundin von ihrem Vorhaben abzubringen. Ihr habt mich und die Wachen im Unklaren über ihre Absichten gelassen. Dafür seid auch Ihr vom heutigen Ball ausgeschlossen. Ihr werdet diesen Abend in Eurem Zimmer verbringen und darüber nachdenken, wem Eure Loyalität gilt. Seine Majestät wird anhand Eurer Antwort am morgigen Tag entscheiden, wie mit Euch weiter verfahren werden soll.«

Mit hochrotem Gesicht nickt Clara. Auch ihr steht die Enttäuschung ins Gesicht geschrieben, doch im Gegensatz zu Gerlinde wagt sie keine Einwände.

»Eines noch. Kandidatin Rahel …«

Ich blicke auf.

Der Regent winkt mich zum Schreibtisch. »Aufgrund der Spuren, die wir verfolgen konnten, steht außer Frage, dass du die Aufgabe gelöst hättest, wären dir die Warge nicht in die Quere gekommen. König Gisir hat in seiner Güte beschlossen, dies anzuerkennen. Du darfst an der nächsten Prüfung teilnehmen, die auf dem Ball verkündet wird.«

Ich kann nicht verhindern, dass mein Herz bei diesen Worten einen Sprung macht. Im Gegensatz zu Rieke hatte ich fest mit meinem Ausscheiden gerechnet und mir eingeredet, dass es mir nichts ausmacht. Ohne großen Erfolg.

»Ich … danke Euch … und Seiner Majestät«, stammle ich und sinke in einen tiefen Knicks. Der Zwerg nickt, doch in seinen Augen lese ich weder Wohlwollen noch Freundlichkeit, sondern kaltes Kalkül und eine Warnung. Hat er uns am Ende doch gesehen?

Danach sind wir drei entlassen. Clara und Gerlinde beschießen mich mit giftigen Blicken, ehe sie die Köpfe zusammenstecken und halblaut darüber tuscheln, wer sie verraten haben könnte. Ich selbst habe auch keine Ahnung. Mein erster Verdacht lag bei Fedora. Aber vielleicht steckt ja Gisela dahinter, die sicher keine Gelegenheit auslassen würde, die Zahl ihrer Konkurrentinnen zu verringern. Obwohl sie sicher ausrasten wird, wenn sie erfährt, dass ich nun ebenfalls weiterhin im Wettkampf stehe.

Schmunzelnd mache ich mich auf den Weg zur Küche. Rieke lauert schon vor der Küchentür. »Und?«, fragt sie, kaum dass ich um die Ecke komme. »Waren sie es?«

Ich nicke und erzähle halblaut, was ich gehört habe. »Unglaublich, dass sich Fedora wieder einmal herauswinden konnte«, ereifert sie sich. »Darin war sie schon immer gut.«

Dann hakt sie sich bei mir ein. »Wir gehen auf mein Zimmer. Bis heute Abend haben wir noch viel zu tun. Ich habe eine Überraschung für dich!« Wir laufen zu ihrem Gemach, wo uns ihre Zofe Amanda erwartet. Die resolut wirkende Frau mit dem strengen, von grauen Strähnen durchzogenen Dutt begrüßt Rieke, macht einen kleinen, formvollendeten Knicks und nickt mir lächelnd zu.

»Hast du es geglättet?«, fragt Rieke gespannt.

»Wie Ihr es angeordnet habt«, erwidert sie und weist auf den Raumteiler, hinter dem Riekes Bett steht. »Ich habe es dort ausgebreitet. Alles liegt bereit.«

»Danke. Du hast genug getan, den Rest schaffe ich allein«, sagt Rieke. »Mach dir noch einen gemütlichen Abend.«

»Komtesse … Eure Haare?«

»Da weiß ich schon was. Keine Sorge. Ich werde perfekt aussehen.«

Mit Zweifeln in den Augen verabschiedet sich Amanda und verlässt das Gemach. Rieke zieht mich zum zweiten Raumteiler, hinter dem Dampf zur Zimmerdecke aufsteigt. »Erst baden, dann Haare waschen, danach üben wir Hoftänze. Ich lass uns ein paar Häppchen aufs Zimmer bringen. Das wird ein langer Nachmittag.«

Sie hat nicht übertrieben. Während meine Haare langsam trocknen, tanzt sie mir sämtliche Schrittfolgen vor, die ich nach ihren Worten *unbedingt* beherrschen muss. »Wenn dein Prinz mit dir tanzt, willst du ihm ja nicht auf die Zehen treten«, erklärt sie leise.

»Er ist nicht *mein* Prinz«, wehre ich genauso leise ab, »das habe ich dir doch schon hundert Mal gesagt.« Vielleicht war es doch ein Fehler, ihr von dem Kuss zu berichten? Aber ich wäre sonst einfach geplatzt und musste mich jemandem anvertrauen.

Sie dämpft ihre Stimme. »Und ich sage dir nur, dass ich einfach spüre, dass ihr beide zusammengehört. Ich wette, es war auch sein erster Kuss.«

Jetzt glühen meine Ohren. »Rieke, bitte …« Obwohl … der Gedanke, dass unser Kuss für ihn genauso neu und aufregend war wie für mich, lässt mein Herz erneut schneller schlagen. Ich fächle mir mit der Hand Luft zu, um meine Wangen zu kühlen.

»Wie ging das noch nach der zweiten Drehung?«

Zum Glück ist Rieke eine sehr geduldige Lehrerin. Wir üben gut drei Stunden lang, und als die Sonne untergeht, ist sie endlich zufrieden. »Ein Glück, dass du sowieso gerne tanzt«, sagt sie. »Du wirst mir keine Schande machen. Zeit für die Belohnung. Komm und schau!«

Sie schiebt den Raumteiler zur Seite und gibt den Blick auf ihr Bett frei. Darauf liegt ein Kleid, perlweiß, silbern und mitternachtsblau, in einer Pracht, wie ich es noch nie zuvor gesehen habe.

»Hier.« Rieke reicht mir einen Bogen Papier. Die Schriften würde ich jederzeit wiedererkennen. Eine Nachricht meiner Eltern. Ich fliege über die Zeilen.

Rahel, uns geht es gut. Die zwanzig Goldstücke waren eine wunderbare Überraschung. Wir haben das Angebot des Grafen von Wildenstein angenommen und sind auf sein Gut gezogen. Mach Dir also um uns keine Sorgen. Wir sind stolz auf Dich. Sei vorsichtig, und sieh Dich vor bei Hofe!

Mutter hat noch zwei Zeilen drangehängt.

Das Kleid ist ein ungetragenes Erbstück Deiner Großmutter
aus ihren Zeiten als Stickerin im Schloss.
Ich habe es für Dich angepasst.
In Liebe, Deine Eltern

Ich atme tief durch. »Rieke, dein Vater …«

»… ist sehr froh, deinen angeworben zu haben, um neue Holzfäller auszubilden. Der Wald ist sein ganzer Stolz, und jetzt hat er jemanden gefunden, der diese Liebe teilt und mit dem er auf Augenhöhe fachsimpeln kann.« Damit ist für sie alles gesagt, und während ich noch einen Dank stammle, wendet sie sich wieder den Themen des heutigen Abends zu. »Willst du jetzt endlich das Kleid anprobieren?«, drängt sie. »Der Stil ist einzigartig«, schwärmt Rieke weiter, während sie mir in das blaue Unterkleid hilft. »Die Ärmel sind weit, wie bei meiner Robe. Und der Ausschnitt …«

»… ist viel zu tief«, murmle ich.

»Im Vergleich zu dem, was Fedora tragen wird, ist das hier sehr dezent.« Rieke zupft den Saum zurecht. Das Kleid hat weder eine Schnürung, noch trägt man ein Mieder darunter. Es ist unterhalb der Brust gerafft und fällt in weichen, langen Falten bis zum Boden. Um meine Brüste zu betonen, ist genau unterhalb ein breites silbernes Band aufgenäht worden, das hinten auf dem Rücken zusammenläuft und in einem breiten Streifen aus Silbergarnfäden bis zum Saum reicht. Dasselbe Band schmückt die weiten Ärmel. Darüber kommt noch ein Überkleid aus durchscheinendem Organza, wie Perlmutt schimmernd, der mit silbernen Ornamenten und winzigen Kristallen bestickt ist.

»Du siehst aus wie der Sternenhimmel selbst«, sagt Rieke fast andächtig. »Die anderen werden sicher grün vor Neid.«

Dann drapiert sie meine langen braunen Haare geschickt zu Locken, von denen sie einige herauslöst und sie mit kristallbesetzten Silbernadeln hochsteckt.

Sie selbst schlüpft in ein prächtiges Gewand aus cremefarbenem, goldbesticktem Seidendamast über einem blassrosa Unterkleid, das leicht durchschimmert. Ich flechte ihr wunderschönes dunkles Haar zu zwei Zöpfen, die sie mit flinken Fingern zu einer Krone hochsteckt und mit rosa Seidenblüten schmückt.

»Warte, eins fehlt noch«, sagt Rieke und befestigt die Federbrosche genau unterhalb meines Ausschnitts. »Wie abgemacht, dein einziger Schmuck. Vielleicht bekommen wir so einen Hinweis.«

Ich weiß, wie sehr es sie ärgert, dass ihre Nachforschungen zur Besitzerin der Brosche bislang im Sand verlaufen sind. Mit den Fingerspitzen taste ich über das kalte Silber. Die Brosche passt zum Stil des Kleides und wird sicher einige Blicke auf sich ziehen. Einen Versuch ist es wert.

Rieke streift die Schlinge ihres Fächers über ihr Handgelenk und öffnet die Tür. »Unser Plan steht?«, vergewissert sie sich, und ich nicke. Sie geht voran, ich bleibe in der Tür stehen und werfe meinem Spiegelbild einen langen Blick zu. Mir verschlägt es den Atem. Das vornehm wirkende Mädchen mit dem zarten Gesicht und den funkelnden Augen, das meinen Blick erwidert, ist mir fremd und könnte genauso gut einem alten Gemälde entsprungen sein. Erst bewundert, dann tot und vergessen. Energisch schiebe ich diesen düsteren Gedanken von mir und schließe die Türe. Auf mich wartet der aufregendste Abend meines Lebens.

»Wie geht es ihm?« Benrit hatte den Kammerdiener am Ärmel gepackt. »Er wird doch wieder gesund?«

»Die Heiler haben getan, was sie konnten«, erwiderte Johann und befreite seinen Ärmel aus dem Griff des Stallknechts. »Du weißt, wie zäh er ist, Benrit.«

Der Stallbusche senkte den Kopf. »Es ist meine Schuld.«

»Jetzt rede keinen Unsinn!« Das Tablett in Johanns anderer Hand bebte. »Sieh dich an!« Er wies auf den dicken Verband an Benrits Arm. »Du solltest im Bett liegen und deinen Arm schonen.«

»Aber … Seine Hoheit hat so lange gebraucht, mich zu entwaffnen. Er ist doch erst zwölf und ich fast dreißig. Wenn ich aufgegeben hätte, bevor er bis auf die Knochen nass geworden ist …«

»Du hattest so wenig eine Wahl wie Seine Hoheit«, schnitt ihm Johann das Wort ab. »Du durftest nicht nachgeben, und er musste genug Härte entwickeln, dich um jeden Preis, auch um den des Blutes, zu besiegen. Daher auch die scharfen Klingen statt der üblichen Übungsschwerter aus Holz. Der Regent und Seine Majestät, der König, waren doch die ganze Zeit dabei und haben alles strengstens überwacht.«

Benrit schüttelte stumm den Kopf. »Ich … ich habe ihr doch versprochen, ihn zu beschützen, für ihn da zu sein.« Johannes musste nicht fragen, wen er meinte. Tiefer und tiefer sanken Benrits Schultern herab. »Und wenn Seine Hoheit jetzt stirbt … Hätte ich doch nur mein Schwert fallen lassen!«

»Seine Majestät hätte dich geheißen, es wieder aufzuheben und weiterzumachen«, erwiderte Johann und rückte die Teekanne zurecht.

Der Zwerg hatte genug gehört. Er trat aus der Nische und warf Benrit einen Blick zu, bei dem der Stallknecht nach dem nächsten Mauseloch Ausschau hielt, um sich darin zu verstecken.

»Der Schwertmeister hat seine Zeit an Ihn verschwendet«, spottete Ivald und ließ keinen Zweifel daran, dass damit nicht der Prinz gemeint war, der wenige Schritte entfernt in seinem Bett mit dem Fieber rang. »Glaubt Er, dass in einem Krieg Soldaten nur bei Sonnenschein und lauen Winden die Klingen kreuzen?« Er unterbrach Benrits Gestammel mit einer scharfen Handbewegung und wies den Gang hinunter. »Sobald Er genesen ist, harren der Stallmeister und die Pferdeäpfel Seiner.«

Mit hochrotem Gesicht stapfte Benrit in Richtung Empore. Vor der großen Treppe drehte er sich noch einmal um. »Wenn Ihr ihn retten könnt, Meister Ivald, ich bitte Euch, tut es!«

Ivald murmelte etwas in seinen Bart und deutete Johann, ihm aus dem Weg zu gehen. Während der Diener das Teegeschirr zur Küche trug, öffnete Ivald die Tür zu Leonards Schlafgemacht.

Kaum war er eingetreten, da schlug der Prinz die Augen auf und versuchte sich aufzurichten.

»Ach … Ihr seid es«, murmelte er, als er den Zwerg erblickte, und sank in die Kissen zurück.

»Seine Majestät lässt fragen, wie es Euch geht, Hoheit?«

»Ach ja?« Die Augen des Prinzen glänzten, und er fingerte nach dem Tuch auf seiner Stirn. »Ich wette mit Euch, Seine Majestät hat kein einziges Mal nach mir gefragt.«

Der Zwerg zuckte mit keiner Wimper. »Ihr seid sein Erbe und von großer Bedeutung für das Reich.«

Leonard verdrehte die Augen. »Und wennschon. Habt Ihr gesehen, was ich angerichtet habe? Benrit wird vielleicht nie wieder ein Schwert halten können.«

»Wie ist es dazu gekommen, mein Prinz?«

»Ich weiß nur noch, dass der Schwertmeister zu mir sagte, er hätte es im Gefühl, dass ich Benrit heute entwaffnen könne. Ich müsse alles versuchen, egal, wie viel Zeit es koste, und mein Vater würde von einem Fenster aus zusehen. Wir haben gekämpft, Benrit mit dem Holzschwert und ich mit scharfer Klinge. Es lief wirklich besser als sonst, doch Benrit wollte nicht aufgeben. Sein Schild war schon löchrig und sein Schwert nur noch ein Holzstumpf. Der Regen wurde immer stärker, ich fror, zugleich brannte ich innerlich und war wütend, so richtig wütend, weil er sich nicht ergeben wollte. Und dann, als er stolperte, sah ich zum ersten Mal hoch zu dem Fenster, wo mein Vater mir zusah – doch da war niemand. Der Schwertmeister hatte mich angelogen. Danach weiß ich nichts mehr. Als ich wieder zu Sinnen kam, kniete ich im Dreck bei Benrit, und … all das Blut …«

»Weigert Ihr Euch deshalb, alle Kräfte zu sammeln, um zu gesunden?«, hakte der Zwerg nach.

»Ich verdiene es, krank zu sein. Um ein Haar hätte ich Benrit zum Krüppel gemacht, den Einzigen, der mit mir noch über Mutter geredet hat, über ihre Jugend und über Großvater Ekarius.«

»Sooo«, der Zwerg zupfte an seinem Bart, »hat er das?«

»Ja. Und bestimmt hasst er mich jetzt.«

»Das denke ich nicht. Benrit erhält eine großzügige Entschädigung und kann jederzeit in sein Heimatdorf zurückkehren, sollte er Euch nun nicht mehr dienen wollen.« Ivald zog einen Hocker zum Bett heran, stellte sich darauf und befühlte Leonards Stirn. »Das Fieber ist gestiegen.«

»Was Ihr nicht sagt.« Der Prinz schloss die Augen. »Wenn Ihr mich langweilen wollt, könnt Ihr genauso gut gehen. Sterben kann ich auch allein.«

»Habt Ihr Johann deshalb weggeschickt?«

»Er ist schlimmer als eine alte Amme. ›Wollt Ihr nicht doch einen Schluck Tee trinken? Soll ich das Tuch wechseln? Ist es zu hell im Gemach? Zu heiß? Zu dunkel?‹ Ich will doch nur meine Ruhe! Außerdem war der Tee zu bitter.« Der Prinz drehte sich zur Seite.

»Wenn das so ist …«, der Zwerg mimte den Enttäuschten, »dann wollt Ihr auch sicher keine Geschichte mehr hören, Eure Hoheit.«

Leonard wälzte sich herum, wobei das Tuch von seiner Stirn glitt. Der Zwerg fing es auf und tauchte es in die Schüssel mit Wasser, die neben dem Bett stand.

»Eine neue Geschichte?«

»Eine, die ich Euch noch nie erzählt habe.«

Der Prinz kniff die Augen zusammen, hin- und hergerissen zwischen dem Wunsch zu schlafen und der Neugier auf die Geschichte. Es gab im ganzen Reich keinen besseren Erzähler als Ivald. »Vor drei Wochen erst habt Ihr mir gesagt, ich sei zu alt für Heldengeschichten vom Volk unterm Berg.«

»Diese Geschichte ist auch keine Heldengeschichte. Es ist die Geschichte der Dämonen«, sagte Ivald und ließ sich auf der Bettkante nieder.

»Dämonen? Was sind Dämonen?«, fragte Leonard. »Geister?«

»Geister? Sicher nicht. Sie sind aus Fleisch und Blut, sie atmen, sie essen, sie werden geboren, sterben, und sie sehen aus wie Menschen.«

»Oh …« Leonard gähnte. »Wie langweilig.«

»Nur Geduld, Eure Hoheit«, schmunzelte der Zwerg. »Dämonen mögen aussehen wie blasse Menschen, doch in ihrem Inneren sind sie ohne Schwäche. Kein Mitgefühl trübt ihren Verstand, kein Herzschmerz der ›wahren Liebe‹ bringt sie dazu, all diese Dummheiten zu begehen, mit denen Menschen ganze Bücher füllen. Sie übertreffen Menschen an Schnelligkeit und Kraft, kennen weder Rücksicht noch Gnade«, fuhr der Zwerg fort, während des Prinzen Aufmerksamkeit wieder geweckt war. »Im Reich der Unterwelt eroberten sie die Gebiete der Kobolde. Eklige, kleine Kreaturen, die sich schneller vermehren als Karnickel. Das ›Volk unterm Berg‹, das bislang immer nur gegen die Kobolde gekämpft und die Dämonen in Ruhe gelassen hatte, sah das mit Furcht. Die Zwerge, wie sie von den Menschen in ihrer Unwissenheit mitunter auch genannt werden, fürchteten, dass die Dämonen auch sie unterjochen würden, wenn sie ihnen nicht zuvorkämen. Doch wie kämpft man gegen derart überlegene Kreaturen? Da erschien ein Zauberer unter ihnen und versprach, er würde ein Geschöpf beschwören, welches die Dämonen alle vernichten könnte und die Kobolde noch dazu. Dafür verlangte er jedoch den größten Schatz der Zwerge: die magischen Edelsteine. In ihrer Bedrängnis gingen die Zwerge auf seine Forderungen ein und übergaben ihm, wonach ihn begehrte. Der Zauberer nahm den Schatz der Zwerge an sich und begab sich mitten unter die Dämonen. Obwohl er keiner der Ihren war, beachteten sie ihn zunächst nicht weiter. Die perfekte Tarnung und die Unsichtbarkeit im richtigen Augenblick zählten zu seinen größten Fähigkeiten. Wie er dem Volk der Zwerge versprochen hatte, erschien über dem Königspalast der Dämonen ein Ungeheuer, eine riesige, schuppige Echse mit gewaltigen Schwingen.«

»Ein Drache?«, fragte der Prinz, völlig gefangen von der Geschichte.

»Ist das der Name für solch ein Wesen? Gut, dann war es ein Drache. Die Dämonen erschraken, doch sie gerieten nicht in Panik. Mit Steinen, Speeren und Pfeilen beschossen sie den Drachen. Der öffnete sein Maul und spie schwarzes Feuer. Es hüllte die Dämonen ein, und sie fielen bewusstlos zu Boden. Danach verschwand der Drache, und die Späher vom ›Volk unterm Berge‹ jubelten, denn sie glaubten die gefährlichen Feinde tot. Die Zwergenkrieger schwärmten aus, um die Schätze der Dämonen zu plündern. Doch kaum betraten sie die Stadt, erhoben sich die Dämonen wieder, furchterregender und herzloser als jemals zuvor, und metzelten die Eindringlinge nieder. Das Volk unterm Berge war einem Betrüger auf den Leim gegangen und wurde von den Dämonen gnadenlos unterworfen. Der Zauberer ward nie wieder gesehen, genauso wenig wie die magischen Edelsteine.«

»So ein Halunke«, murmelte der Prinz.

»Vielleicht.« Der Zwerg zuckte die Schultern. »Wahrscheinlicher ist, dass es ihn nie gegeben hat und die Zwerge sich, wie alle Schwächlinge, einen Sündenbock erdachten, um ihre Niederlage gegen die Dämonen zu erklären. Im Volk der Dämonen erinnert sich nämlich niemand mehr an diese Kreatur, die Ihr einen Drachen nanntet. Einzelne Steine des Zwergenschatzes tauchten zudem wieder auf: in der Schatzkammer des Königs der Dämonen.«

»Das ist keine gute Geschichte. Die Bösen haben gewonnen.« Leonard drehte enttäuscht den Kopf zur Seite und schloss erschöpft die Augen. Der Zwerg runzelte die Stirn. Diese Apathie war kein gutes Zeichen. Wenn das Fieber nicht bald gebrochen wurde …

»Nicht die Bösen, die Stärkeren«, korrigierte er den Prinzen und beugte sich näher zu ihm. »Hört jetzt gut zu, Prinz Leonard!«

Die Eindringlichkeit seiner Worte schreckte den Prinzen aus dem Halbschlaf. »Was … ist die Geschichte noch nicht fertig?«

»Sie hat noch nicht einmal richtig begonnen, Hoheit. Schließt Eure Augen wieder!« Der Prinz gehorchte. »Jetzt spürt tief, ganz tief in Euch hinein. Da, wo Eure Freude sitzt, Eure Trauer, Euer Zorn,

Euer Schmerz. Fühlt hinein, bis Ihr einen Punkt erreicht, klar wie ein Stück Winterhimmel. Taucht darin ein, lasst seine Kälte frei, dass sie in Eure Glieder strömt, Eure Haut, Euer Haupt.«

Halb im Delirium befolgte der Prinz die Anweisungen seines Lehrmeisters, geleitet von dessen Stimme fand er die Kälte seiner Seele und überließ sich ihr.

»Genau so!«, flüsterte Ivald und rutschte von der Bettkannte zurück auf den Hocker.

Leonard begann am ganzen Körper zu zittern. »Es ist so kalt, so furchtbar kalt …«

»Das geht vorüber«, flüsterte der Zwerg beschwörend. »Haltet aus, bis Ihr nichts mehr spürt. Kein Brennen, kein Frieren, keine Freude, keinen Schmerz.«

»Ich will nicht!« Der Körper des Jungen bäumte sich auf.

»Ihr müsst! Denkt an Euren Vater, Leonard! Weshalb wohl lacht der König über Verletzungen, die andere Krieger das Leben kosten? Weshalb wohl vermag er bei größter Hitze das halbe Reich zu durchqueren, ohne ins Schwitzen zu geraten, und warum hat ihn noch nie eine Krankheit in die Knie gezwungen, auch wenn das ganze Schloss darniederlag? Ich will es Euch verraten, mein Prinz. Der König nutzt schon lange diesen Quell der Kraft, und er ruht auch in Euch!«

Leonard schluckte, biss die Zähne zusammen, und ein purpurner Schimmer erschien in seinen Augen.

Es dauerte keine zwanzig Atemzüge, und die Röte wich aus Leonards Gesicht. Der Zwerg atmete auf: Das Fieber war gebrochen. Der Junge hatte es geschafft.

Ivald erhob sich und schritt auf die Tür zu.

»Meister Ivald!« Die Stimme klang älter und rauer als zuvor.

Der Zwerg drehte sich noch einmal zum Bett. »Ja, mein Prinz?«

»Ich habe es Benrit gezeigt, nicht wahr? Wer der Stärkere ist.«

Ivald verbarg sein Lächeln nicht. »Das habt Ihr.«

»Bald werden sie mich fürchten lernen. Alle.«

»Ganz gewiss. Um Benrit macht Ihr Euch keine Sorgen mehr?«

»Weshalb sollte ich?« Der Prinz kuschelte sich tiefer unter seine Decken. »Er ist nur ein Dienstbote«, hörte Ivald ihn murmeln. Er blieb vor der Tür stehen, bis er den gleichmäßigen Atem des Prinzen vernahm. Leonard war eingeschlafen.

Als Ivald leise die Tür öffnete und hinaus auf den Gang trat, stand er König Gisir gegenüber.

Betont vorsichtig schloss der Zwerg die Tür hinter sich. »Was führt Euch hierher, Majestät?«, fragte er den König und ging einige Schritte den Gang entlang, sodass Gisir ihm folgen musste.

Der König schnaubte. »Dieser Schwachkopf Benrit kam in den Thronsaal gestürmt und jammerte, dass der Prinz sterben wird und dass es seine Schuld sei.« Er blickte zur Tür. »Vor dem versammelten Thronrat hatten Wir keine Wahl, als alles liegen und stehen zu lassen. Wie steht es um ihn?«

»Das Fieber ist besiegt.« Der Zwerg senkte die Stimme. »Sein Erbe hat es bezwungen.«

»Ah … endlich. Wir fürchteten schon, der Schaden, den seine Mutter angerichtet hat, sei unumkehrbar.«

»Noch hat er einen weiten Weg vor sich, mein König. Sobald er aus dem heilsamen Schlaf erwacht, wird sich die Dunkelheit, die in ihm schlummert, wieder vor ihm verschließen, und er wird vergessen haben, was ich ihm erzählte. Doch der Same ist gesät, er hat zu keimen begonnen und wird weiter wachsen.«

»Benrit beharrte darauf, es sei seine Schuld, dass der Prinz krank wurde.« Der König verschränkte die Arme vor der Brust. »Niemand schadet Unserem Erben, ohne dafür zu büßen. Deshalb wird er hängen. Oder … wäre eine Haft im Kerker ausreichend? So zwanzig Jahre, was meint Ihr?«

»Majestät, ich wäre für den Kerker. Überlassen wir es doch dem Schicksal, ob er mit seiner Verletzung dort unten im Kerker überlebt. Wenn ihm der Strick erspart bleibt, wird dies Euren Beinamen als ›der Gütige‹ vor dem Rat stärken. Und ob er bei Verstand bleibt während der langen Jahre der Haft …«

Der König nickte. »Ihr habt wieder an alles gedacht, Ivald. Wir sind mit Euch zufrieden.«

»Ich lebe, um unserem Ziel zu dienen, königliche Hoheit«, erwiderte der Zwerg und verneigte sich.

Der König wandte sich um und deutete mit dem Kinn in Richtung des prinzlichen Gemachs. »Wie soll es weitergehen, wann ist er so weit?«

Der Zwerg rieb sich die Nase. »Schwer zu sagen. Wir werden ihn noch drei Jahre hier trainieren, danach soll er wie geplant unter falschem Namen als einfacher Soldat durch alle Garnisonen gereicht werden und sich bis zum Offizier hocharbeiten. Wir schicken jedem der Kommandanten den Befehl, ihn mit besonderer Härte zu behandeln. Und wenn das nicht reicht, habe ich da schon eine Idee …«

DIE LETZTE PRÜFUNG

»Weshalb starren uns alle an?«, flüstere ich Rieke zu, als wir den Ballsaal betreten. Das ist natürlich übertrieben, so groß und voll, wie der Saal ist. Dennoch fühlt es sich so an. Heute Abend sind nicht nur die Kandidatinnen und ihre Begleiter hier. Vons aus dem ganzen Reich sind zum Ball angereist.

»Es wird sicher heftig gekuppelt werden«, vermutet Rieke halblaut hinter ihrem Fächer, als sie ihre Augen über den versammelten Adel schweifen lässt. Ja, ganz sicher. Und doch, etwas ist merkwürdig. Mindestens hundert festlich gekleidete Frauen und Mädchen sind hier versammelt, und gut die Hälfte trägt lediglich drei Farben: Weinrot, Gold und Tannengrün.

Als ich das Rieke gegenüber bemerke, kichert sie. »Überraschung!«

Ich komme nicht mehr dazu, sie zu fragen, was sie damit meint, denn Fedora steuert geradewegs auf uns zu. Ihr Ausschnitt ist noch einen Fingerbreit gewagter als bei der Vorstellungsrunde und ihr Mieder noch enger geschnürt. Ihr Kleid ist aus einem prächtigen, wie könnte es anders sein, tannengrünen Stoff. Mächtige weinrote Puffärmel zieren es, und zahlreiche goldene Rüschen vom Ausschnitt bis zum Saum erhöhen die pompöse Wirkung des Kleides. Ein bisschen zu viel für meinen Geschmack. In ihren Augen schimmert Neugier, als sie Rieke von oben bis unten mustert. »Werte Komtesse, Euer Kleid überrascht mich.«

»Eures ebenso, meine Liebe«, flötet Rieke im gleichen süßlichen Tonfall zurück. »Welch originelle Farben ihr für den heutigen Abend gewählt habt.«

Es folgt noch mehr lockeres Geplauder und offenkundige Bewunderung für die »unvergleichliche Eleganz«, mit der Fedora ihr Kleid zu tragen versteht. Schließlich klappt diese den Fächer zusammen und rauscht davon.

»Was sollte das?«, flüstere ich ihr zu. Jetzt starren uns noch mehr Leute an, auch die Männer.

»Die liebe Fedora hat bestimmt den Schreck ihres Lebens bekommen, als sie den Ballsaal betreten hat«, raunt Rieke mir schadenfroh zu. »Gleich nachdem ihr von der Dracheninsel zurückgekommen seid, haben Amanda und ich uns recht lautstark über den Prinzen und seine Lieblingsfarben unterhalten. Amanda hat sie angeblich seinem Kammerdiener entlockt. Fedoras Zofe hat das mitbekommen. Das arme Mädchen ist nicht besonders hell. Jedenfalls war Fedora sicher der Meinung, sie wäre die Einzige, die heute Abend Kleider in des Prinzen ›Lieblingsfarben‹ tragen würde. Doch die liebe Fedora hat keine Ahnung, wie das Netzwerk der Zofen und Mägde funktioniert, wer wem wofür einen Tipp, einen Gefallen schuldet. So machte das *Geheimnis* die Runde, und siehe da …«

Ich unterdrücke ein Lachen. »Lass mich raten. Die Farben sind Tannengrün, Weinrot und Gold.«

»Wie hast du das nur herausgefunden?«, prustet Rieke, klappt den Fächer zusammen und wird wieder ernst.

»Und weshalb das Ganze?«, frage ich sie. »Damit uns alle begaffen?«

»Nicht uns. Dich«, verbessert mich Rieke. »Mein Kleid ist nett, aber deines einzigartig. Und genau deshalb würden dich die Frauen im Saal am liebsten alle erwürgen.«

»Na toll. Danke.«

»Keine Ursache« entgegnet sie doch glatt, obwohl ihr die Ironie in meiner Stimme nicht entgangen sein kann. »Wichtig sind ohnehin nur die Männer. Die jungen Männer. Wir müssen deinem Jäger zeigen, dass nicht nur er ein ganz bestimmtes Reh im Visier hat.«

Rasch blicke ich nach rechts und nach links, um mich zu vergewissern, dass uns niemand belauscht. »Musst du immer so direkt sein?«, flüstere ich.

»Das erspart Zeit. Ah, die Musik beginnt.«

Ich wende den Kopf in die Richtung, aus der die Klänge kommen, und mein Blick fällt auf den Balkon, auf dem ich mich vor einer gefühlten kleinen Ewigkeit versteckt hatte. Ich kann nicht glauben, dass seither erst zehn Tage vergangen sind.

Heute ist er mit Musikern besetzt. Ich kann nicht alle genau erkennen, aber die Instrumente lassen sich auch so eindeutig erkennen. Zwei Trommeln, zwei Schalmeien, zwei Harfen, eine Drehleier, eine Fiedel und drei Flöten. Eine muntere Melodie flutet durch den Saal und wird nach wenigen Augenblicken durch die Fanfaren abgelöst. Sir Bertold verkündet die Ankunft der drei wichtigsten Männer des Reiches. Sogleich bilden die Ballbesucher ein Spalier, um ihnen Platz zu machen. Der Einzug ist ähnlich beeindruckend wie beim Vorstellungsabend, doch heute bin ich von Anfang an mitten unter den Gästen. Wie Rieke halte ich mich jedoch im Hintergrund und bewege mich mit ihr auf die großen Glasfenster zu, vor denen das Holzpodest aufgebaut wurde.

Von hier aus haben wir einen guten Blick auf die drei vergoldeten Stühle, die in gleichem Abstand nebeneinander auf dem schwarzen Samt stehen.

König Gisir, gewandet in ein schwarzes Hemd, eine graue Hose und eine goldbestickte Weste, trägt wieder den goldfarbenen Umhang. Prinz und Regent tragen silberne Umhänge, passend zu ihren grauen Tuniken über den schwarzen Hosen. Der Zwerg nimmt rechter Hand, der Prinz linker Hand des Königs Aufstellung. Alle sehen prächtig aus, doch ich kann meinen Blick nicht von Leonard lösen, und mein Herz fängt bei seinem Anblick wild an zu pochen. Seit unserem Kuss habe ich ihn nicht mehr gesehen.

Die Fanfaren ertönen zum zweiten Mal. Der König räuspert sich, das Getuschel erstirbt, und es wird augenblicklich still.

»Kandidatinnen und Gäste«, beginnt er »als die Brautwahl begann, vermochte dieser Saal all die jungen Damen des Reichs nicht aufzunehmen, die mit großen Hoffnungen angereist waren. Nun sind es nur noch fünf. Tretet vor!«

Sir Bertold ruft uns der Rangfolge nach auf.

»Komtesse Fedora von Krähenfels.« Fedora macht wieder ihren tiefen Knicks und wird auf die erste Stufe des Podestes gebeten.

»Baronesse Reinhilde von Erlenfurt.« Die große Brünette trägt ein Kleid mit weinrotem Oberteil und goldfarbenem Rock und ebenfalls auffallend großen Puffärmeln.

»Gisela aus Weißrosen.« Auch Gisela trägt ein mit goldenen Rüschen geschmücktes tannengrünes Kleid über einem sehr eng geschnürten Korsett. Statt Puffärmeln hat sie goldene Handschuhe gewählt, die ihr fast bis zu den nackten Schultern reichen. Bequem scheint es jedenfalls nicht zu sein, bei dem Knicks läuft ihr Gesicht rot an, und ich höre sie nach Luft schnappen, als sie sich neben Reinhilde stellt. »Barbara aus Rotenbach.«

Ihr steht das weinrote Kleid am allerbesten, dem tun auch die goldfarbenen Puffärmel und die tannengrünen Zierborten keinen Abbruch. Neben Gisela wirkt sie noch viel jünger, fast wie ein Kind, das sich hierher verirrt hat. Ihre gold-grauen Augen wirken riesig in dem herzförmigen Gesichtchen, und ihre rosa Lippen bilden einen süßen Kirschmund.

»Rahel aus Weißrosen.«

Rieke schiebt mich zum schwarzen Teppich nach vorn, sodass ich auch meinen Knicks machen kann. Ich wage einen Blick zu Leonard hinüber, doch er scheint über meinen Scheitel hinweg in die Menge zu blicken. Nicht einmal ein kurzes Nicken bekomme ich von ihm.

Jetzt stehen wir alle fünf auf der untersten Stufe, die Köpfe ergeben gesenkt, und warten.

»Kandidatinnen, auf Euch wartet morgen die letzte, große Prüfung. Auf dem Gelände des Schlosses, nicht im Schloss selbst, wurde ein königliches Symbol versteckt, das Ihr finden und Uns überbringen müsst. Ihr habt dazu von Sonnenaufgang bis Sonnenuntergang Zeit. Ihr dürft einen Helfer oder eine Helferin wählen, die Euch unterstützt, an jene Orte zu gelangen, wo Ihr das Versteck vermutet. Derjenigen, die vom Schicksal auserwählt wurde, eines Tages als Königin Seite an Seite mit Unserem Sohn über dieses Königreich zu regieren, wird es bestimmt sein, das Versteck zu finden. Darum lasst uns heute, am Vorabend dieses bedeutungsvollen Tages, feiern. Der Ball möge beginnen!«

Rieke steht nur wenige Schritte vom Podest entfernt und fächelt sich Luft zu. Sie will heute Abend nur beobachten und trägt lediglich einen Tanzschuh, während der weiterhin bandagierte Knöchel in einem weichen Filzschuh steckt. Immerhin braucht sie die Krücke nicht mehr. Die Musik setzt wieder ein. Alle blicken auf den Prinzen. Ihm gebührt die erste Wahl. Und natürlich ist jeder der Anwesenden gespannt, welche Kandidatin er zuerst zum Tanz auffordern wird. Ich versuche, seine Gefühle zu lesen, doch er blickt immer nur an mir vorbei, und ich kann keine Verbindung zu ihm aufbauen. Kein einziges Mal treffen sich unsere Blicke. Fedora stellt sich schon in Pose, streckt die Hand aus, in Erwartung, dass er sie zum Tanz führen wird, doch er lässt sich auf seinen Sessel sinken.

»Seine Hoheit verzichtet auf den Tanz«, verkündet Sir Bertold.

Ein enttäuschtes Murmeln setzt ein. Doch die anderen jungen Männer lassen sich nicht lange bitten und scharen sich um das Podest. Gleich zehn wollen mich zum Tanz auffordern, und auch die anderen vier Kandidatinnen werden umschwärmt.

Zum Glück spielt die Musik eine der einfacheren Melodien, sodass ich mich nicht auf jeden Schritt konzentrieren muss. Mein erster Partner ist ein junger Baron aus Möwengischt, einige Jahre älter als ich. Er ist ein sicherer Tänzer und weiß mit spannenden Legenden über Stürme und das Meer zu unterhalten. Trotzdem bin ich froh, als die letzten Töne erklingen und er mich wieder freigibt. Seine Nähe war mir unangenehm. Der nächste Tanz gehört dem Sohn eines Grafen aus Eichengold, ein aufgeblasener Jüngling, dessen schweißfeuchte Hand mir die Finger quetscht. Er prahlt mit seinen Reitkünsten und damit, sich vor Verehrerinnen kaum retten zu können. Widerlich. Tanzpartner folgt auf Tanzpartner. Ich merke mir ihre Namen und Gesichter, aber nur solange wir uns auf dem Parkett unterhalten. Und der Prinz lässt weiter jeden Tanz aus, die Unruhe im Saal wird größer, die Anspannung ist jetzt förmlich greifbar.

In einer kurzen Pause zwischen den Tänzen kehre ich zu Rieke zurück. Auch sie ist unzufrieden, denn niemand hat mich bislang auf meine Brosche angesprochen. Neben Rieke stehend, warte ich lustlos auf meinen siebten Tanzpartner, als sich plötzlich der Prinz erhebt, die Stufen herabsteigt und den Saal durchquert, bis er vor Fedora haltmacht. Ihr Gesicht strahlt, als er sich vor ihr verbeugt und um den Tanz bittet. Sie reckt den Hals und bedankt sich auffällig laut, damit auch wirklich jeder mitbekommt, wer die erste Wahl des Prinzen ist.

Und dann beginnt der Tanz. Ich werfe immer wieder Blicke zu

den beiden hinüber, wie auch alle anderen um mich herum. Die beiden sind kein sehr harmonisches Paar. Er setzt die Schritte mit Bedacht, sie ist ihm in ihrem Eifer immer voraus. Ich bin so abgelenkt, dass ich mich nur schwer auf meinen Tanzpartner konzentrieren kann. Zwei-, dreimal tanzen wir dicht an Leonard und Fedora vorbei. Ich versuche, ihm einen Blick zuzuwerfen, doch er dreht den Kopf stets in die andere Richtung. Weicht er mir etwa aus? Oder ist es Zufall?

Nach diesem Tanz fordert Leonard Reinhilde auf, danach Gisela und Barbara. Ich lasse diese beiden Tänze bewusst aus, um mit Rieke durch die Menge zu spazieren in der Hoffnung, dass doch noch jemand auffällig auf die Brosche starrt. Ohne Erfolg.

Für den Auftakt zum zwölften Tanz stehe ich jedoch wieder am Rand der Tanzfläche, für die nächste Aufforderung bereit. »Jetzt bist du an der Reihe«, flüstert mir Rieke zu. Ich nicke nur und tue so, als würde ich im Spiegel meine Frisur kontrollieren. Er kommt, er kommt auf mich zu. Mein Herz klopft wie wild, und ich drehe mich um.

Doch der Prinz verbeugt sich nicht vor mir, stattdessen macht er vor Rieke halt. An ihm vorbei sehe ich, wie Barbara ihr Schmollmündchen zu einem breiten Grinsen verzieht.

»Darf ich um diesen Tanz bitten, Komtesse?« Der Klang seiner Stimme ist deutlich rauer und kälter, als ich sie in Erinnerung habe. Und seine Augen … bilde ich es mir ein, oder liegt ein purpurner Schimmer auf dem grünen Strahlenkranz?

Rieke schnappt nach Luft. »Eure Hoheit, ich … ich … mein Knöchel«, stammelt sie. Er blickt an ihr hinab auf den bandagierten Fuß. »Und?« Die Gleichgültigkeit seines Tonfalles lässt mich erschauern. Da ist etwas Fremdes, Dunkles in seinem Wesen, das ich nicht deuten kann.

»Es tut noch weh. Ich fürchte, ich muss Euch diesen Tanz abschlagen, Eure Hoheit.« Rieke hat sich wieder gefasst und zieht mich zu sich her. »Tanzt doch mit Rahel, damit habt Ihr alle Kandidatinnen aufs Parkett geführt.«

»Soll das eine Beleidigung sein?« Sein Ton wird schärfer. »Ich bin der Prinz, Erbe des Reiches, und sie ...« Jetzt endlich sieht er mich an. Voll kalter Verachtung, wie ich sie vielleicht von König Gisir oder dem Regenten erwartet hätte, nicht jedoch von Leonard. Nicht nach unserem Kuss. Wieder versuche ich, seine Gefühle zu lesen, doch ein dunkler Schleier liegt über seinem Innersten, ich spüre nichts außer Kälte und Abwehr.

Umso mehr bin ich mir der neugierigen Blicke bewusst, die auf uns ruhen. Hämisches Kichern geistert durch den Saal, und Getuschel brandet auf, das sich anhört wie das Zischen einer ganzen Grube giftiger Schlangen. Ich kämpfe die Tränen zurück, schiebe die Enttäuschung in den hintersten Winkel meiner Seele und klammere mich an meinen Stolz, während ich spüre, wie etwas in mir stirbt.

»Lass nur, Rieke«, höre ich mich sagen und staune, dass meine Stimme nur ein klein wenig zittert. Ohne den Blick von seinen Augen abzuwenden, erkläre ich laut: »Ich habe diesen Tanz sowieso schon jemandem versprochen, und da sind noch viele andere, die gern mit Seiner Hoheit tanzen würden.«

Für einen winzigen Moment löst sich der Schleier auf, und ich blicke in einen Strudel aus Schmerz, Schuld und Hoffnungslosigkeit. Dann wird Leonards Aufmerksamkeit auf meine Brosche gelenkt. Er runzelt die Stirn. »Woher habt Ihr die?«, fragt er langsam.

»Erkennt Ihr sie vielleicht, Hoheit?«, mischt sich Rieke ein. Ich kann die Aufregung in ihrer Stimme hören. »Wisst Ihr etwas über die Frau, der sie einst gehörte?«

Er reibt sich die Stirn. »Nein, ich glaube nicht. Möglich, dass ich eine ähnliche Brosche vor langer Zeit einmal gesehen habe. Ich bin mir nicht mehr sicher, wo …«

Gleich darauf kehrt die Kälte in seine Augen zurück.

»Die Brosche passt zu Euch«, sagt er wieder zu mir gewandt, und ein schmales Lächeln kräuselt seine Lippen. »Weder besonders schön noch kostbar. Ein Ding, von dem es sicher Dutzende gibt.«

Ich spüre, wie mir das Blut aus den Wangen weicht. Die weiblichen Vons in Hörweite schnappen erst hörbar nach Luft, ehe sie hinter ihren Fächern zu kichern beginnen. Leonard nickt Rieke noch kurz zu, ehe er sich von uns abwendet und mit steifen Schritten den Saal durchquert, um zum zweiten Mal mit Barbara zu tanzen.

»Was war denn das?«, murmelt Rieke verwirrt und wütend zugleich.

Ich schließe die Augen, versuche, mich und meine Gefühle zu sortieren. Aber ich kann es mir ebenso wenig erklären wie sie. Niemand achtet mehr auf uns. Der Prinz schenkt Barbara auch noch den letzten Tanz. Sie sonnt sich in ihrer neuen Rolle als Favoritin und genießt die plötzliche Aufmerksamkeit in vollen Zügen. Die übrigen Gäste haben sich in zwei Lager gespalten, und die einzige Frage, die sie beschäftigt, ist die, auf wen sie am nächsten Tag ihr Gold setzen sollen: Fedora oder Barbara?

»Und du bist dir wirklich sicher, dass wir ernsthaft nach dem Symbol suchen sollen?« Rieke steht am Fenster ihres Gemachs und blickt mich stirnrunzelnd an. »Nach gestern Abend?«

Ich sehe hinunter, auf den handgezeichneten Plan des Schlosses und seiner Umgebung, und versuche, mich zu konzentrieren. Doch vor meinen Augen erscheint immer wieder Barbaras siegessicheres Lächeln, als sie Leonard die Hand zum dritten Tanz reicht. Mit einem knackenden Geräusch zerbricht der Kohlestift in meiner Hand. Die beiden Stücke fallen mir aus den zitternden Fingern, die ich nun zu Fäusten balle. »Gerade deshalb.«

Der gestrige Abend endete als Albtraum. Wir Kandidatinnen mussten gleich nach dem König, dem Prinzen und dem Regenten den Saal verlassen. Ich natürlich als Letzte. Die Besucher, die sich rechts und links des Teppichs aufgereiht hatten, jubelten vor allem Fedora und Barbara zu, Gisela und Reinhilde wurden mit gnädiger Zustimmung bedacht und ich mit spöttischen Blicken und spitzen Bemerkungen. Der reinste Spießrutenlauf, um es mit Riekes Worten zu sagen. Obwohl mir all das eigentlich völlig egal war, in mir brannten und brennen noch Leonards verächtliche Worte. Wie konnte er nur?

Energisch nehme ich den halbierten Stift wieder auf, versuche die Erinnerung zu verscheuchen und betrachte die Zeichnung. Die Bereiche innerhalb der Schlossmauern dürften vollständig sein. Fehlt noch der Park.

Rieke beugt sich leicht aus dem Fenster und schüttelt den Kopf. »Falsches Biest.«

»Wen meinst du?«, frage ich.

»Ella. Ist sie nicht eigentlich Giselas Freundin?«

»Soweit ich mitbekommen habe, ja. Weshalb?«

»Sie steht da unten bei den Apfelbäumen. Zusammen mit Barbara. Sie stochern mit irgendwas in der Erde herum.«

»Und Gisela?«

Rieke hebt die Schultern. »Nicht zu sehen. Komisch. Ella hat sich wohl eine neue, vielversprechendere Verbündete gesucht.«

Rieke spaziert vom Fenster zum Sofa und setzt sich neben mich. »Hier fehlt noch der Teich und dort der Rosengarten mit dem Denkmal«, sagt sie und tippt mit dem Finger auf noch leere Flecken meiner *Karte.* »Hat der Regent gesagt, wie weit außerhalb des Schlosses ihr suchen sollt?«

Ich schüttle den Kopf.

»Oder wie das Symbol aussieht? Ein Schwert? Eine Krone? Ein Schlüssel?«

»Nein. Nichts. Es könnte genauso gut auch nur eine Zeichnung sein oder gleich der zweite Rosenthron, von dem niemand weiß, wo er hingekommen ist.«

»Hat er überhaupt irgendetwas gesagt, das nützlich sein könnte?«

»Nur, dass es auch Symbole gibt, die als falsche Fährten verteilt wurden, und dass wir daher alle Dinge, die wir finden, erst einmal ihm bringen müssen. Wir dürfen bis Sonnenuntergang suchen. Sobald das Symbol gefunden wird, ertönen Fanfaren, und die Flagge am vierten Turm wird gehisst.«

»Wie passend«, schnaubt Rieke.

Ich sehe sie fragend an.

»Ist doch klar, sie warten darauf, dass Fedora irgendein Ding herbeischleppt, das als ›königliches Symbol‹ durchgehen kann, und erklären sie zur Siegerin. Somit ist der Schein der *Bestimmung* gewahrt, und die Bürgerlichen haben immerhin bis zum Ende mitspielen dürfen. Nicht zu vergessen, dass der Prinz mit Fedora seine standesgemäße Frau bekommt. Verdient hat er sie, du hattest recht.«

»Niemand verdient Fedora«, widerspreche ich bestimmt und lasse den Stift sinken. »Und Leonard … er war nicht er selbst.« Der Satz ist wie ein Mantra, das ich gestern Nacht wieder und wieder in die Dunkelheit geflüstert habe. Mein ganzes Hoffen klammert sich daran. Gestern haben wir festgestellt, dass Rieke Menschen und Tiere nicht so lesen kann wie ich. Ihre Gefühle und Stimmungen bleiben ihr verschlossen. Sie irrt sich in Bezug auf Leonard. Sie muss sich einfach irren.

Rieke wirft mir einen zweifelnden Blick zu. »Ich wünschte, ich wäre mir da so sicher wie du«, sagt sie, seufzt und nimmt die zweite Hälfte des Stiftes. »Hier wäre dann noch die lange Hecke als Abgrenzung zum verwilderten Park.«

Den Park können wir von Riekes Fenster aus nicht vollständig überblicken. Ungefähr auf halbem Weg zum Wald geht er in Wiesenland über.

»Wenn das Symbol dort irgendwo vergraben wurde, werden wir es nie finden«, sagt Rieke und reibt sich die Stirn. »Wo sollen wir nur anfangen?«

»Deshalb haben wir doch die Karte gezeichnet.« Ich lege den Stift hin, schließe die Augen und horche in mich hinein. Ein königliches Symbol, ein magisches Versteck ... doch statt einer Krone oder eines Thrones sehe ich Leonards Gesicht vor mir, sein entspanntes Gesicht, wie er auf das Meer hinausblickte, seine brennenden Augen, bevor er mich küsste ... Meine Hand legt sich wie von selbst auf eine Stelle der Karte.

»Der Rosengarten. Also im Park?«

Aus Angst, meine Stimme könnte meine Gedanken verraten, nicke ich nur. Rieke legt den Arm um meine Schultern.

»Egal, wie zäh du dich gibst, du hast heute Nacht kaum geschlafen, oder?«, haucht sie in mein Ohr. »Du liebst ihn, nicht wahr?«

»Ich weiß es nicht«, flüstere ich ebenso leise zurück. Liebe soll doch schön sein, das Herz mit Harfenklängen und die Welt mit Rosenduft erfüllen. Und Sicherheit geben. Das dachte ich zumindest bisher. Mein Herz hingegen verlangt nach Kriegstrommeln, es ist verletzt und zornig, und nie zuvor habe ich mich so unsicher gefühlt.

Ich ringe mir ein Lächeln ab und drücke Riekes Arm. »Egal, wir müssen jetzt erst einmal dieses Symbol finden.« Und dann werde ich herausfinden, was mit Leonard geschehen ist.

Die anderen Kandidatinnen laufen schon seit einer Stunde auf dem Gelände herum. In Erwartung, dass wir womöglich durch Gebüsch kriechen oder Löcher graben müssen, sind wir einfach und praktisch gekleidet, wodurch ich mich gleich wieder viel mehr wie ich selbst fühle. Aus einer Vorahnung heraus hat Rieke mir wieder die Federbrosche angesteckt. »Wer weiß, wem wir begegnen.«

Als wir das Schloss durch das Haupttor verlassen, stoßen wir fast mit Gisela zusammen, die mit ihrer Mutter zusammen einen verwitterten Schild die Stufen hinaufwuchtet. Er zeigt das Wappen des Königs, die goldene Krone auf schwarzem Grund. »Ich habe es gefunden!«, triumphiert Gisela, als sie mich erkennt. »Die Krone sieht genau aus wie die auf dem königlichen Siegel. Das ist ganz bestimmt das gesuchte Symbol.«

Ihre Mutter macht nicht ganz so ein zuversichtliches Gesicht. »Ich weiß nicht«, höre ich sie murmeln, »besonders gut versteckt war es ja nicht.«

Wir sind noch nicht beim Brunnen angelangt, da stürmt Fedora aus der Schmiede. »Gefunden!«, schleudert sie mir ins Gesicht. »Ihr seid zu spät!«

Zwei Schritte hinter ihr schleift Clara ein gewaltiges Schwert in einer ledernen Scheide ins Freie. Ihr Haar und ihr Kleid sind mit Staub bedeckt. »Fedora, warte doch!«, jammert sie. »Hätten wir nicht eines der kleineren nehmen sollen?«

»Ein König gibt sich nicht mit Zahnstochern zufrieden. Und jetzt komm endlich! Dieses Mal irre ich mich nicht.«

»Das hast du bei den Löffeln auch gesagt, und die waren es nicht, trotz der Kronen auf den Griffen!«, schimpft Clara gerade laut genug, dass wir es hören können, ehe sie hinter Fedora zum Eingang stolpert.

Ein breites Lächeln erhellt Riekes Gesicht. »Langsam glaube ich, der König meint es ernst, und es ist wirklich irgendwo ein ganz bestimmtes Symbol versteckt worden. Wir haben vielleicht doch eine Chance.«

Das Tor steht weit offen, der Park wirkt verlassen. Wir schlagen den Weg zum Rosengarten ein. Mannshohe Rosenbüsche bilden einen dichten Ring um das Denkmal der Königin: eine elegante Säule, von goldenen Rosen umrankt. Die echten Rosenbüsche erblühen gerade in voller Pracht, weshalb es ratsam ist, den Kiesweg durch den Rosenbogen zu benutzen.

»Denkst du, das Versteck könnte irgendwie speziell riechen?«, rät Rieke ins Blaue hinein, während wir auf den Bogen zuschlendern. »Nach dem Regenten vielleicht? Er hat doch das Symbol versteckt.«

»Einen Versuch ist es wert.« Wir öffnen beide unsere Rehsinne, und gleich beim Rosenbogen trägt der Wind mir einen Geruch heran, den auch tausend Blüten nicht vor mir verstecken könnten.

»Er ist hier«, flüstere ich. »Leonard ist hier.«

»Dann geh!« Rieke schubst mich auf den Kiesweg. »Nutz die Gelegenheit. Sprecht euch aus, ich schau mich derweil da drüben etwas um, vielleicht finde ich ja etwas.«

Ich zögere. Was, wenn er wieder so kalt und arrogant ist wie gestern? Wenn er mich verspottet und der Kuss ihm wirklich nichts bedeutet hat?

Dann ist es besser, du erfährst es hier als vor den anderen wie gestern Abend, flüstert die Stimme in meinem Hinterkopf. Ich schlucke und mache den ersten Schritt. Der Kies knirscht unter meinen

Ledersohlen. Der Weg macht einen Bogen um zwei hohe Büsche, dann ist der Blick frei zum Denkmal. Auf dem ausladenden Sockel der Marmorsäule sitzt Leonard und starrt auf ein Rosenbäumchen mit weißen Blüten. Als er meine Schritte hört und mich erkennt, springt er auf.

»Was willst du denn hier?« Sein Tonfall klingt harsch, doch es fehlt die Kälte von gestern Abend.

»Ich … ich möchte wissen, was mit dir los ist, Leonard.«

Endlich bin ich nahe genug, um seine Augen deutlich zu sehen. Erneut erkenne ich einen purpurnen Schimmer darin.

»Sie weiß wohl nicht, wo Ihr Platz ist. Geh Sie mir aus den Augen!« Da ist wieder diese frostige Stimme, die einem Fremden zu gehören scheint.

»Das kann ich nicht. Sag mir, was dich so verändert hat. Weshalb bist du so kalt geworden, so …«

»Unmenschlich?«, schneidet seine Stimme mir das Wort ab. »Es hat Sie nicht zu interessieren. Sie soll in die Küche zurück zu Ihresgleichen.«

»Nicht ohne eine Antwort.«

Nur eine Armeslänge trennt mich noch von ihm. Das Kalte, Dunkle liegt wie eine Glocke über seinem Fühlen. Er ist so viel größer als ich, so viel stärker. »Muss Sie erst für Ihre Anmaßung bestraft werden?«, zischt er.

»Das bist nicht du«, sage ich langsam und strecke die Hand nach ihm aus.

Er zuckt unter meiner Berührung zurück, als hätte er sich verbrannt. »Lass das!« Verzweiflung bricht die Kälte in seiner Stimme. »Du hast keine Ahnung …«

Dann schnellen seine Hände vor und packen mich an den Schultern. Er schiebt mich von sich weg, und durch das dünne Leinen meiner Bluse spüre ich die Kälte seiner Finger. Doch sein Inneres ist nicht länger vor mir verborgen. Ich fühle wieder tiefe Hoffnungslosigkeit, Schuld und Schmerz. Und Entschlossenheit. Wie ich sie gespürt habe, als er mich vor den Wargen beschützen wollte. Doch hier ist kein Warg. Hier sind nur wir beide. Was also fürchtet er?

»Gib auf!«, herrscht er mich an. »Vergiss die Prüfung und kehr in dein Dorf zurück. Hier bist du nicht sicher.«

»Sicher wovor? Vor der Willkür deines Vaters? Oder vor deiner?«

Er blickt zur Seite, ohne die Hände von meinen Schultern zu nehmen. »Das verstehst du nicht.«

»Dann erkläre es mir! Ich will es verstehen. Will *dich* verstehen.« Ich lege eine Hand auf die des Prinzen. Seine kalte Haut erwärmt sich unter meinen Fingern. Einen Atemzug lang hält er still, lässt es geschehen. Dann weiten sich seine Augen, und er stößt mich zurück, sodass ich um ein Haar gegen das Rosenbäumchen pralle.

»Das kannst du nicht. Niemand kann das.« Bitterkeit mischt sich in seinen Schmerz. »Lass mich einfach in Ruhe!«

»Wie kann ich das?«, flüstere ich und lege meine Fingerspitzen auf die Unterlippe. »Unser Kuss …«

Sein Blick heftet sich an meinen Mund. »Das war nichts … nichts Besonderes«, stößt er heiser hervor.

Seine Schultern sinken herab, und ich spüre, wie das Dunkle wieder Besitz von ihm ergreift.

»Falls Sie sich darauf etwas einbildet«, sagt er mit kalter, arroganter Stimme, »ist Sie mehr als nur naiv. Einfach dumm.« Mit steifen Schritten geht er an mir vorbei. Bei der ersten Wegkehre wirft er mir noch einen warnenden Blick zu. »Ich weiß, was ich meinem Erbe schuldig bin. Ich bin König Gisirs Sohn. Als solcher werde ich Sie niemals heiraten, selbst wenn mein Vater Sie zur Siegerin kürt. Versteht Sie?«

Dann ist er um die Kehre gebogen, und ich höre nur mehr seine hastigen Schritte dem Rosenbogen zustreben.

Ich habe verloren.

»Rahel?« Rieke beugt sich zu mir herunter und legt mir die Hand auf die Schulter. »Ich habe den Prinzen wegstürmen sehen … Es ist nicht gut gelaufen, oder?«

»Leonard … er verbirgt etwas vor mir«, sage ich langsam und stemme mich vom Sockel des Denkmals hoch. »Einen Moment lang dachte ich, ich dringe zu ihm durch. Aber dann hat er wieder zugemacht.«

»Du hast geweint.« Rieke zückt ein Tüchlein und reicht es mir.

»Danke.« Energisch wische ich mir über das Gesicht. »Nein, ich … ich bin nur wütend.«

»Sollen wir trotzdem weitersuchen?«, fragt sie, als ich ihr das Tüchlein zurückgebe.

»Auf jeden Fall!« Ich blicke hoch zu dem perfekten Gesicht aus weißem Marmor. Mein Versuch, auf mein Gefühl zu hören, hat hierhergewiesen, zum Rosengarten. Nicht ganz genau zum Denkmal, doch die Karte ist auch nicht sehr präzise. Dabei habe ich an Leonard gedacht, nicht an das Symbol. Es ist einen zweiten Versuch wert. »Lass uns noch mal die Karte befragen.«

Wortlos zieht Rieke den Papierbogen aus dem Gürtel und breitet ihn auf dem Sockel aus. Ich stelle mich davor, schließe die Augen und lasse meine Gedanken wandern.

Ein Symbol … nur welches? Eine Krone für eine Königin? Ein Diadem? Oder doch der verschwundene Thron? Vielleicht sollte ich eher an das Versteck denken, an etwas Verborgenes, Verhülltes. Etwas, das verschlossen ist und nur auf mich wartet …

»Rahel, du leuchtest!«, höre ich Rieke erschrocken rufen.

Gleichzeitig spüre ich, wie die goldene Kraft in meiner Seele brennt. Ohne dass ich sie gerufen habe. Fast so, als hätte sie ihren eigenen Willen, ihr eigenes Ziel. Ich öffne die Augen und blicke auf den Plan. Golden schimmert jede Linie, jede Fläche bis auf zwei Stellen. Ein dunkler Punkt im Thronsaal und ein kaltes rötliches Glühen inmitten des verwilderten Parks.

Einen Wimpernschlag später ist das Leuchten verschwunden, und der Plan sieht aus wie zuvor.

»Rahel, deine Augen!«, höre ich Riekes bestürzte Stimme neben mir. »Sie … sie waren plötzlich golden.«

Während ich mir die Stelle einpräge, an der ich das purpurne Glühen gesehen habe, erzähle ich ihr von dem goldenen Licht und seiner Kraft und was es mir gerade auf der Karte gezeigt hat. Auch dass ich mir nicht erklären kann, was es ist oder woher es kommt, verheimliche ich nicht. Und dass es mir bereits das Leben gerettet hat. »Ich dachte, das wäre einfach, weil ich eine Wandlerin bin.«

»Dann müsste ich es doch auch haben. Warte!« Rieke schließt die Augen. Ich spüre, wie sie sich ganz in sich selbst zurückzieht.

Etwa zehn Atemzüge später blickt sie mich an und schüttelt enttäuscht den Kopf. »Da ist kein goldenes Licht, keine Tür, kein See und auch kein Nebel.«

»Vielleicht ist es einfach nicht der richtige Moment«, denke ich laut. »Als ich die Kraft das erste Mal fühlte, war ich ein Reh und hatte Todesangst.«

Rieke seufzt. »Na gut. Damit müssen wir uns wohl später befassen. Also jetzt zum verwilderten Park?«

»Ja, und zwar drüben auf der anderen Seite.«

Nachdem wir um die Hecke herumgelaufen sind, müssen wir uns durch verfilztes Gras und Gestrüpp kämpfen, bis wir die Stelle erreicht haben, die auf der Karte rötlich geleuchtet hat. Sie liegt genau unter einem wilden Rosenstrauch. Mit Zweigen stochern wir zwischen den holzigen Teilen, biegen vorsichtig die stachligen Zweige auseinander, doch da ist nichts.

»Es kann an der Karte liegen«, tröstet mich Rieke. »Wir sollten einfach in etwas größerem Umkreis der Stelle suchen, die du gesehen hast. Ich nehme die linke Seite, du die rechte.«

In meiner Hälfte stoße ich auf Mauerreste, halb vermodertes Holz und noch mehr wilde Rosensträucher. Der Nachmittag ist bereits halb vorüber, und außer schmutzigen Händen, Grasflecken und Kratzern auf beiden Armen habe ich nichts vorzuweisen. Rieke ebenso wenig.

Erschöpft hocken wir uns auf einen der Mauerreste und fächeln uns mit großen Blättern Luft zu. »Wenigstens hat noch keine Fanfare das Ende der Suche verkündet«, versucht Rieke mich aufzumuntern. Das stimmt. Aber das kann sich jeden Moment ändern. Erschöpft benetze ich meine trockenen Lippen mit der Zunge.

Rieke sieht es und scherzt: »Wenn du noch ein bisschen Geduld hast, kommt das Wasser von oben.« Sie deutet zu den dunklen Wolken, die inzwischen aufgezogen sind. Eine drückende Schwüle hat sich breitgemacht. Nach den vielen Sonnentagen ist ein Gewitter längst überfällig.

Während ich versuche, neue Kraft zu sammeln, knurrt mein Magen. Erst jetzt merke ich, wie hungrig ich inzwischen bin. Das Mittagessen haben wir ausfallen lassen, und hier draußen gibt es nur Rosensträucher, Holunder mit noch grünen Beeren, Moos und … mein Blick bleibt an einem Strauch auf halber Strecke zur Schlossmauer hängen. »Sieht das aus wie frühe Himbeeren?«, frage ich Rieke.

»Himbeeren?« Ihre Augen leuchten. »Ich liebe Himbeeren! Wo?«

»Da drüben!« Ich deute in Richtung der Himbeeren.

Im Nu ist Rieke aufgesprungen und stürmt davon. Ich habe Mühe, mit ihr Schritt zu halten. Das Gelände hat seine Tücken mit versteckten Steinen, verborgenen Mulden und Löchern. Prompt bleibt Rieke mit der Fußspitze an etwas hängen, stolpert und fällt auf die Knie.

»Hast du dich verletzt?« Ich helfe ihr auf die Füße. Sie ist ein wenig blass um die Nase und reibt sich ein Knie.

»Das gibt einen üblen blauen Fleck«, quetscht sie zwischen den Zähnen hervor. »Dämlicher Stein!«

Ich stutze. »Da ist kein Stein.«

Rieke dreht sich zu der Stelle und tastet mit der Fußspitze im Moos. »Hier, siehst du das?« Sie bückt sich, ihre Finger wühlen sich durch das weiche Grün und bringen einen verrosteten Eisenring zutage. »Horch!« Sie lässt ihn fallen, und es tönt dumpf und hohl.

Eilig legen wir die Stelle um den Ring herum frei und befreien sie von den dicken Moospolstern. »Holz. Eine Falltür.« Mir stellen sich die Nackenhärchen auf.

»Hast du jemals Bilder von der Dornenburg gesehen?«, fragt Rieke aufgeregt.

»Dornenburg?«

»Ja, der Sitz der alten Dynastie, bevor sie sich entschieden, das Rosenschloss zu bauen, und dafür die alte Burg abtrugen, um das Material zu nutzen.«

Als sie mein verwundertes Gesicht sieht, fährt sie rasch fort: »Meine Eltern haben ein paar der alten Bücher vor der Verbrennung durch König Enriks Schergen retten können. Den alten Zeichnungen nach stand die Burg hier, im verwilderten Park, und nicht dort oben, wo heute das Schloss steht. Also könnte diese Falltür …«

»… zum Keller der Dornenburg gehören«, beende ich ihren Satz.

»Ja, genau. Wenn das kein gutes Versteck ist, dann weiß ich nicht.«

Hastig versuchen wir die Tür zu öffnen. Es kostet einige Anstrengung, die alten Scharniere knirschen, doch es gelingt. Jetzt fällt Licht auf eine schmale Treppe, die steil hinabführt. An ihrem Ende scheint ein Gang zu beginnen. Rieke klettert voran, ich folge mit einigen Stufen Abstand.

Das Tageslicht reicht gerade bis zum Fuß der Treppe.

Der modrig riechende Gang vor uns liegt im Halbdunkel. Ein gutes Stück voraus erkennen wir ein flackerndes Licht. Jemand muss vor Kurzem erst hier gewesen sein. Also existieren noch andere Eingänge, denn die Falltür wurde seit Jahren nicht geöffnet. Vorsichtig, Schritt für Schritt, gehen wir auf das Licht zu. Obwohl die Wände des Gangs nicht verputzt sind, gibt es weder Pfützen, noch hängen Wurzeln von der leicht gewölbten Decke. Nach zwanzig Schritten stehen wir vor einer Gabelung. Die rechte Seite des Gangs wird noch weiter durch mehrere Öllampen erhellt, die linke liegt im Dunkeln.

»Warte!« Rieke nimmt eine der Lampen vom Haken. »Wir sollten zuerst die Falltür schließen.«

Da hat sie recht, sie verrät uns sonst. Gemeinsam laufen wir zur Treppe zurück. Auf der Unterseite der Falltür ist ein weiterer Ring angebracht, sodass sie sich auch von innen schließen lässt. Einen Riegel gibt es nicht, weder außen noch innen. Gut.

Wieder bei der Weggabelung, sieht Rieke mich fragend an: »Was sagt dein Gefühl?«

»Links«, antworte ich, ohne zu zögern. In dieser Richtung vermute ich die Stelle mit dem rötlichen Leuchten. »Wir können eine der Lampen mitnehmen.«

»Mein Gefühl sagt rechts. Was jetzt?« Ratlos sehen wir uns an.

Wir könnten uns teilen, doch Riekes Blick verrät mir, dass sie das ebenso wenig möchte wie ich. Dann lässt mich ein leises Geräusch aufhorchen. »Da vorn ist jemand.« Ich öffne meine Rehsinne. »Ein Mensch.« Der Geruch ist eindeutig.

Rieke schluckt. »Nur einer?« Sie scheint sich nicht so schnell öffnen zu können wie ich.

Ich nicke. »Es ist eine Frau.«

»Sonst niemand?«

»Nur Stroh, Ratten … Es riecht wie im Kerker!«

Vorsichtig laufen wir nach rechts und versuchen, uns so lautlos wie möglich zu bewegen. Das Gewölbe ist hier nur halb so breit wie vor der Teilung des Gangs. Eine leere Kammer, noch eine, dann eine mit einer Tür, eine Biegung nach links, und wir stehen vor einer Gefängniszelle. Rechts und links des Gitters hängen zwei Lampen, aber ihr Licht kann nur einen Teil der Zelle erhellen. Hinten im Halbdunkel liegt jemand auf einer hölzernen Bank.

Ich trete so nah an das Gitter heran wie möglich. »Hallo, könnt Ihr uns hören?«

Die Gestalt wälzt sich herum und richtet sich auf.

Erst als sie bis auf zwei Schritte an das Gitter herankommt, können wir Einzelheiten erkennen. Eine Mähne dunkler, verfilzter Haare, von silbergrauen Strähnen durchzogen. Das Gesicht blass und knochig, die dunklen Augen übergroß. Vom linken verläuft eine gezackte Narbe bis ans Kinn hinunter.

Sie blinzelt ins Licht. »Hat *er* euch geschickt?« Ihre Stimme klingt rau, als hätte sie sehr lange mit niemandem mehr gesprochen.

»Wer? König Gisir?«, frage ich.

Ihre Lippen teilen sich zu einem verächtlichen Lächeln. »Gisir? Der macht sich bestimmt nicht selbst die Finger schmutzig. Wie also seid ihr hereingekommen?«

»Durch die Falltür dahinten«, erkläre ich. »Wir haben sie durch Zufall gefunden. Wer hat Euch hier eingesperrt, wenn nicht der König?«

Die Frau kommt ganz nah an das Gitter. »Die fiese kleine Ratte, die unser Reich vergiftet hat. Ivald!« Ihr Blick wandert über mein Gesicht. »Du kommst mir irgendwie bekannt vor, Kind …« Dann sieht sie die Federbrosche und zieht scharf die Luft ein.

»Meine Brosche!« Ihre Hand schnellt vor, zwischen den Gitterstäben hindurch, und krallt sich um das Schmuckstück.

Erschrocken versuche ich zurückzuweichen, doch ihre Hand hat erstaunlich viel Kraft, und sie lässt nicht los. »Woher hast du sie?«

»Eure Brosche?« Riekes Stimme überschlägt sich fast. »Rahel, wir haben sie gefunden! Los, sag es ihr!«

Ich nicke. »Die Brosche hat mir ein Gefangener im Kerker gegeben. Er lässt Euch ausrichten, Ihr … Ihr sollt wieder ein Vogel werden und davonfliegen.«

Sogleich lässt die Gefangene die Brosche los, packt die Gitterstäbe mit beiden Händen und schließt die Augen. »Der Gefangene«, sagt sie heiser, »hat er einen Namen?«

»Es stand keiner auf der Zelle«, sage ich. »Er hat ständig gesungen.« Ich versuche mich an die Worte zu erinnern. »Die Königin zog von dannen, der König blieb allein. Untreu war'n …«

»Benrit«, unterbricht sie mich. »Er lebt also noch. Und mir hat diese Ratte weisgemacht, dass Leonard ihn auf dem Gewissen hat.«

Wir beide wechseln einen langen Blick. »Der Prinz?«, frage ich vorsichtig. »Ihr kennt ihn?«

Ein sehr trauriges Lächeln geistert über ihr Gesicht. »Ich kannte ihn. Doch das ist lange her.«

Eines seiner Kindermädchen vielleicht? Oder eine Dienerin seiner Mutter?

Rieke räuspert sich. »Das … mit dem Vogel, von dem dieser Benrit sprach. Könnt Ihr … seid Ihr … eine Wandlerin?«

Die Augen der Frau weiten sich.

»Ihr müsst keine Angst haben, es uns zu sagen«, füge ich rasch hinzu. »Rahel und ich, wir beide sind es auch.«

Ihr Blick schießt zwischen uns hin und her. »Rahel … aber natürlich! Jetzt weiß ich, an wen du mich erinnerst. Du bist das Ziehkind des Holzfällers in Weißrosen.«

Jetzt bin ich an der Reihe zu staunen. »Ihr kennt mich?«

Statt einer Antwort wendet sie sich Rieke zu. »Dann bist du die Ziehtochter des Grafen von Wildenstein.«

Diese nickt stumm. »Aber woher …«

»Das ist eine lange Geschichte«, sagt sie und seufzt. »Belassen wir es dabei, dass ich eure Eltern einige Male besucht habe, als ihr noch sehr klein wart. Deshalb könnt ihr euch nicht an mich erinnern. Ich aber kenne euch sehr wohl.«

Mir schießen Tausende Fragen in den Kopf. »Warum wurdet Ihr eingesperrt? Weiß der König von Euch? Kennt er dieses Verlies? Und … Leonard? Wenn wir ihm Euren Namen nennen …«

»Wird er euch nicht glauben«, sagt die Gefangene, und ihre Stimme klingt unendlich traurig. »Und wenn er mich sehen würde, er würde mich wohl nicht einmal erkennen.« Sie nimmt eine Strähne ihres verfilzten Haares in die Hand und betrachtet sie mit einem seltsam schiefen Lächeln. Ihre andere Hand tastet über die Narbe. »Nicht einmal meine Stimme ist noch dieselbe. Ich habe zu viel geweint, zu viel geschrien, zu viel geschwiegen. Wer würde denn glauben, dass ich dieselbe bin, für die sie im Rosengarten ein Denkmal errichtet haben?«

»Eu...Eugenia? Ihr seid Königin Eugenia?« Meine Gedanken überschlagen sich. Diese bemitleidenswerte Frau in dem sackartigen Leinengewand soll die wunderschöne, elegante Königin sein? »Aber Ihr seid tot! Eure Überreste ruhen im Rosengarten in der Erde unter Eurem Denkmal.«

Die Gefangene seufzt. »Was Gisir dort hat begraben lassen, war lediglich ein Teil meiner armen Else. Sie haben die Leiche meiner Zofe in die Kutsche geworfen, ebenso wie Jacob, den Kutscher, und alles zusammen angezündet.«

»Wer sind *sie*?«, hakt Rieke nach. Ihre Stimme zittert vor Aufregung.

»Die Elitesoldaten des Königs, jene neun, die er mit Ivald jedes Jahr auf die Rundreise durch das Reich schickt. Ich musste zusehen, gefesselt und geknebelt, während ich auf meinen eigenen Tod wartete.«

»Und doch lebt Ihr ...« Riekes Stimme klingt fast andächtig. »Wie das?«

»Das habe ich mich auch immer wieder gefragt«, erwidert Eugenia und hebt die hageren Schultern. »Ivald behauptet, er hätte Gisir überzeugt, mich noch am Leben zu lassen, weil ich für sie noch von Nutzen sein könnte. Doch was er damit meinte, hat er nie erklärt. Ich glaube, ihm gefiel es, mich ständig in Angst zu versetzen, dass ich nie wusste, ob sein nächster Besuch mein Todesurteil bedeutete. Er weidet sich an der Angst anderer und zieht Kraft daraus.«

»Dann wart Ihr über fünfzehn Jahre in dieser Zelle gefangen?« Ich an ihrer Stelle hätte vermutlich längst den Verstand verloren.

»In dieser hier erst ein halbes Jahr.« Sie deutet den Gang hinab, wo noch mehr Öllampen hängen. »Dort liegen noch zwölf weitere Zellen, in jeder von ihnen habe ich einige Zeit verbracht. Und davor saß ich jahrelang in der hintersten Zelle des Schlosskerkers.«

»Die Zelle, wo das Gitter mit Brettern abgedeckt ist, sodass man nicht hineinsehen kann?«

»Nur Bretter? Sie haben die Prophezeiung nicht zugemauert?«

»Welche Prophezei…?«

»Still!« Die Königin legt den Kopf schief, schließt die Augen und lauscht. »Wachen! Nehmt die linke Abzweigung, in die Höhle bis ganz nach hinten, kein Trampeln, kein lautes Wort! Schnell!«

Die Angst in ihrer Stimme verbietet alle weiteren Fragen. Rieke und ich nehmen die Öllampe und rennen, so lautlos und schnell es uns möglich ist. Um die Ecke, den Gang zurück. Als wir bei der Gabelung kurz stehen bleiben, fängt mein Rehgehör zwei dumpfe Stimmen auf, die sich lautstark unterhalten und sich von der anderen Richtung nähern.

Also wenden wir uns nach links und betreten den unbeleuchteten Gang. Rieke trägt die Öllampe vor sich her, sodass ihr Körper den Lichtschein fast völlig abschirmt. In diesem Gang gibt es keine Zellen. Nur drei leere Kammern und nackte Wände. Ein paar Schritte weiter macht der Gang einen Bogen nach links und geht in eine natürliche Höhle über. Der Boden ist mit einer dünnen Schicht Erde bedeckt, die über Jahrhunderte durch die Risse an der Decke herabgerieselt sein muss. Wurzeln hängen hier wie bleiche Fäden bis knapp über unsere Köpfe.

»Kannst du sie noch hören?«, fragt Rieke leise.

Ich lausche. Ganz schwach vernehme ich das Scheppern von Rüstungen. »Gehen wir lieber noch ein kleines Stück.«

Nun laufen wir abwärts, und mit jedem Schritt treten die Wände weiter zurück, die Wurzeln hängen jetzt eine Armeslänge über unseren Köpfen. Es riecht viel feuchter als vorher, und zahlreiche phosphoreszierende Pilze sprießen auf dem Boden und aus Rissen in der Wand. Ich fühle mich an die Verlorene Stadt erinnert.

»Da vorn ist die Höhle zu Ende.« Das flackernde Licht von Riekes Lampe fällt auf grau-grün gebänderten Stein. Sackgasse.

»Warten wir hier«, schlägt Rieke leise vor und stellt die Öllampe auf einen Vorsprung, sodass ihr Schein einen warmen, goldenen Kreis auf den Boden malt. »Da, die großen Steine sehen halbwegs trocken aus.«

Inzwischen sind wir zu weit von den Gefängniszellen entfernt, als dass ich hören könnte, ob noch jemand bei der Königin ist. Wenn wir zu ihr zurückkehren, werden wir sehr vorsichtig sein müssen. Erst einmal können wir nicht mehr tun als warten.

Eine Weile sitzen wir schweigend auf den Steinen. Dann dreht sich Rieke zu mir und fragt leise: »Kannst du mir noch mal zeigen, wie du das mit dem goldenen Licht machst?«

»Gut. Also, du musst nach innen spüren«, versuche ich in Worte zu fassen, was ich bisher immer nur instinktiv getan habe. »Dorthin, wo alles herkommt, was man fühlt. Und noch tiefer. Geh weiter, dorthin, wo es ganz still ist. Versuche, dich dorthin zurückzuziehen und …«

Riekes Augen weiten sich. »Du leuchtest wieder.«

Ich blicke auf meine Hände. Stimmt, eine schwache goldene Aura umgibt meine Haut. Geisterhaft. Vielleicht, wenn ich nicht will, dass es hinausfließt … Kaum dass ich beginne, darüber nachzudenken, wird der Schein schwächer. Doch ganz auflösen will er sich nicht, fast so, als würde die Kraft mich necken, mir zeigen, dass ich noch weit davon entfernt bin, sie wirklich zu kontrollieren.

»Darf … darf ich dich anfassen?«, fragt Rieke.

Wortlos strecke ich ihr die Hand hin. Ihre Finger fühlen sich kühl an, als sie sich um meine schließen. »Frierst du?«

»Ein bisschen.« Riekes Lippen haben einen bläulichen Ton angenommen, und ihre Zähne klappern.

Ohne lange zu überlegen, gebe ich etwas von der Kraft durch meine Hände an Rieke ab, um sie zu wärmen.

»Rahel!« Sie schnappt nach Luft und zuckt zurück, als hätte sie etwas gebissen.

»Habe ich dir wehgetan?«, frage ich erschrocken.

»Nein, nicht wirklich. Mir war nur …« Ehe Rieke den Satz beenden kann, sehe ich aus den Augenwinkeln einen rötlichen Schimmer. Ich wende den Kopf, das Licht scheint aus der Felswand zu kommen und wird immer intensiver. Jetzt ist es eher Purpur als Rot. In meinen Augen spüre ich immer noch ein wenig von der goldenen Kraft. In dem Moment, als ich sie gehen lasse, verschwindet auch das purpurne Leuchten.

»Hast du das auch gesehen? Das Licht? Genau da?«

Ich laufe zur Wand hinüber, strecke die Hand nach dem Fleck auf, und statt hartem Felsen ist da lediglich Kälte, die sich wie ein Film um meine Haut legt. So kalt, dass selbst mein Blut zu frieren scheint.

»Ihh!« Vor Schreck vergesse ich, dass wir eigentlich leise sein müssten. »Ich kriege sie nicht mehr heraus!« Panik durchflutet mich, meine Hand steckt im Felsen fest. Rieke eilt mir zu Hilfe, doch auch für sie ist der Stein rings um mein Handgelenk hart. Sie zieht an meinem Arm, der sich jedoch kein bisschen bewegt. Eisnadeln bohren sich in meine Fingerspitzen, meine Handflächen, wandern unter meiner Haut meinen Arm empor. Kälte, die so wehtut, dass sie brennt. Wenn sie mein Herz erreicht, wird es zu Eis gefrieren. Das weiß ich instinktiv. Wut beginnt in mir zu brodeln.

Das goldene Licht hat die Stelle gefunden, jetzt soll es mir verdammt noch mal auch wieder hier heraushelfen! Ich beiße die Zähne zusammen, schließe die Augen und versuche zu wiederholen, was ich Rieke vorgeführt habe. Doch was zuvor mühelos gelang, ist jetzt auf einmal zäh. Die Kälte lässt meine Gedanken träge werden. Riekes Arme schließen sich um meine Schultern, und ich spüre, wie sie versucht, mich von hinten zu wärmen. Wie aus großer Ferne höre ich ihr Schluchzen und dass sie verzweifelt meinen Namen ruft. Ich darf sie nicht allein lassen. Wir müssen die Königin befreien und Leonard ... und langsam spüre ich die Kraft zurückkehren. Das Licht strömt wie von selbst in meinen Arm, und die Nadeln verschwinden. Die Wärme kehrt in meinen Arm zurück, in meine Handfläche, meine Finger. Jetzt kann ich auch erneut das purpurne Leuchten sehen, das meine Hand gefangen hält. Das goldene Licht beginnt es bereits zu durchsetzen, es aufzufressen. Ein bisschen noch, dann ist auch das letzte Purpur zu Gold geworden, und ich kann meine Hand befreien.

»Du, du hast es geschafft!« Rieke zieht mich von der Wand weg zum Schein der Lampe. Ihr Gesicht ist ganz blass. »Lass dich ansehen, bist du verletzt?«

Ich hebe die Hand und drehe sie hin und her. Keine Spuren. Nicht einmal Abschürfungen oder rote Flecken.

An Rieke vorbei fällt mein Blick auf die Wand, und ich erstarre. »Rie...Rieke, die Wand!«

Alarmiert dreht sie sich herum. Beide starren wir ungläubig auf das, was eben noch fester Fels war. Ein Stück, so groß wie die zweiflügelige Tür zum Ballsaal, ist verschwunden. Stattdessen gähnt da eine Öffnung, durch die fremdartiges Licht hereinströmt. Dahinter liegt so etwas wie ein Garten. Geschwungene Beete, in denen keine Blumen, sondern fedrige Gebilde und faustgroße Kugeln auf langen, fast mannshohen Stielen wachsen, dazwischen Knäule aus sich windenden Bändern, die allesamt in den unterschiedlichsten Farben leuchten, viel stärker als die Pilze in der Höhle.

»Was ist das?«, krächzt Rieke.

Ich kann nur ratlos den Kopf schütteln. In diesem Augenblick tauchen fünf Gestalten im Garten auf. Es sind Männer, stämmig und muskulös, mit langen Haaren, von hellgrau bis mattgolden. Ihre Haut ist noch blasser als die König Gisirs, dem sie in Größe und Körperbau nahekommen. Sie tragen alle die gleichen weiten Hosen und Westen aus glänzendem dunkelgrünem Material und kupferfarben schimmernde Umhänge. Ihre blank polierten Helme sind mit unterschiedlichen, farbigen Steinen geschmückt. Mit ihren kurzen Schwertern, die in allen Regenbogenfarben schillern, gestikulieren sie in unsere Richtung. Soldaten? Rebellen? Instinktiv drücken wir uns an die Wand neben dem seltsamen Tor und halten den Atem an.

Schließlich tritt einer von ihnen ganz nah an die Lücke heran und sticht mit seiner Klinge in die Öffnung.

»Keine Quarzwand. Der Durchgang ist frei!«, ruft er den anderen Soldaten zu. Seine Art, das *R* zu rollen, und die Überbetonung der Zischlaute machen es nicht leicht, ihn zu verstehen. Aber er spricht unsere Sprache.

»Andwari, lauf zum Palast und melde König Ghirdan, dass wir ein neues Zufallstor gefunden haben und erkunden, wohin es führt.«

Der Angesprochene salutiert und antwortet mit dem gleichen fremdartigen Akzent. »Sofort, Kommandant!« Er dreht sich um und verschwindet aus unserem Sichtfeld. Der Kommandant steckt den Kopf durch die Lücke, und sein Blick fällt auf uns.

»Wen haben wir denn da?« Er wirft den Kopf zurück und lacht, ein blechernes Lachen, das mir kalte Schauer über den Rücken jagt, während seine Männer mit gezückten Schwertern zu ihm aufrücken.

Weglaufen. Hilfe holen. Schreien. Wenn wir Glück haben, sind die Elitesoldaten des Königs noch im Keller. In Anbetracht der Umstände wären sie wohl das kleinere Übel. »Schrei. So laut du kannst!«, flüstere ich Rieke zu, wende mich zur Seite und rufe aus voller Kehle. »Hilfe! Helft uns! Eindringlinge!« Rieke stimmt mit ein. Die Höhlenwände werfen unsere Stimmen zurück, und sie hallen durch den Gang. Hoffentlich weit genug.

»Schweigt!« Der Kommandant springt durch die Lücke und landet nur wenige Schritte von uns entfernt.

»Seine Augen!«, haucht Rieke entsetzt. Sie wirken ziemlich groß in dem eckigen Gesicht mit dem breiten Kinn, und sie leuchten. Ein purpurner Schimmer. Wie bei Leonard in der Verlorenen Stadt.

Wäre er nur hier, hätten wir eine Chance, schießt es mir in den Kopf, und ich sende einen stummen Hilferuf. Wie damals im Wald, als die Wespen mich gerettet haben, spüre ich, wie ein Teil der goldenen Kraft mit meiner Stimme davongetragen wird, sowohl nach hinten in den Gang als auch durch das Tor hinaus in den fremdartigen Garten.

Inzwischen sind auch die anderen drei Soldaten durch das Tor getreten, und die vier bilden einen lockeren Halbkreis um uns.

»Kesket«, sagt der Kleinste der vier in respektvollem Ton, »Kesket, sieh dir ihre Augen an, ihre Haare! Das sind keine Daimon!«

Ein wachsamer Ausdruck tritt in ihre Gesichter. »Ihr zwei! Was seid ihr?« Vier schillernde Schwerter richten sich auf uns. Die Kälte in der Stimme des Kommandanten lässt keinen Zweifel daran, was mit uns geschehen wird, sobald sie die Antworten haben, die sie brauchen. Kalte Tropfen Angstschweiß perlen mir die Schläfen hinab.

»Wenn da noch mehr kommen, werden sie alle und jeden im Schloss niedermetzeln«, haucht Rieke mit zitternder Stimme und gibt damit genau das wieder, was ich in diesen Fremden lesen kann. Kaltes Kalkül, gefühllose Entschlossenheit, sich zu nehmen, was sie wollen. Und dafür zu töten.

»Was hast du gesagt?« Die Schwertspitze des Kommandanten deutet auf Rieke, die ihre Lippen zusammenpresst. »Wir brauchen nur eine von euch als Führerin. Und die andere wird sicher gesprächiger, wenn sie uns bei der *Arbeit* sieht.«

Ich spüre Riekes Furcht und schiebe mich vor sie. Die goldene Kraft ist noch da, doch die Daimon, wie sie sich eben selbst genannt haben, sind keine Warge und werden sich nicht besänftigen lassen, das spüre ich. Schon winkt der Kommandant zwei seiner Soldaten heran, die sich Rieke schnappen sollen.

»Wagt es nicht!«, zische ich. »Ihr werdet ihr nichts tun, oder …« Mir fällt keine Drohung ein, die auch nur halbwegs glaubwürdig klingt, und das kalte Grinsen auf ihren Gesichtern wird größer. Ich fühle mich schwach und nutzlos, kann nichts tun, um sie zu retten. Mit einem Schlag gewinnt das goldene Licht in mir wieder an Stärke, drängt meine Zweifel, meine Angst zur Seite.

Die beiden Soldaten, die Rieke ergreifen wollten, schrecken vor dem plötzlich gleißend hellen Licht zurück. Sie sind so abgelenkt, dass sie die rot glühende Wolke nicht wahrnehmen, die plötzlich hinter ihrem Rücken über dem Garten erscheint und lautlos durch das Tor in unsere Höhle schwebt.

Ich sehe, dass sie aus vielen kleinen wimmelnden Wesen besteht.

Wie Insekten, nur wenig größer als Sandkörner, und es sind Tausende. Erst als der glühende Schwarm beginnt, sich langsam herabzusenken, bemerkt sie der Kommandant und schreit auf.

»Blutfunken!«

Einer der Soldaten schlägt nach der Wolke und schreit auf, als sich ein Teil der Insekten an seine Haut heftet. Im Nu ist seine ganze Hand von vielen kleinen schwarzen Punkten bedeckt, aus denen Blutstropfen austreten. Mit schmerzverzerrtem Gesicht wickelt er sie in seinen Umhang.

»Lasst sie nicht an euch herankommen, Dummköpfe!«, brüllt der Anführer. »Wenn sie eure Augen erwischen, seid ihr blind! Nehmt die Umhänge und haltet sie auf Abstand, bis sie verglühen.«

Die Soldaten gehorchen und reißen ihre Umhänge hoch. Zunächst sieht es so aus, als wollten sie sich damit schützen. Doch dann beginnen sie, einen Luftstrom zu erzeugen und ihn gezielt gegen die Wolke zu richten, sodass sich diese langsam zerteilt und auflöst. Die ersten Insekten werden dadurch gegen die feuchten Höhlenwände getragen, wo sie noch einmal heftig rot glühen und dann wie grauer Staub tot zu Boden rieseln. Ich mache einen vorsichtigen Schritt zurück, weg von den Daimon. Noch sind sie abgelenkt. Rieke tut es mir nach. Einen zweiten. Die Insekten folgen uns nicht, sie haben es nur auf unsere Gegner abgesehen.

»Rieke«, ich greife nach ihrer Hand, »such nach deiner Kraftquelle! Versuch es noch mal. Schnell!«

»Jetzt? Sollen wir nicht davonlaufen und Hilfe holen?«

»So viel Zeit haben wir nicht. Sie dürfen die Falltür nicht erreichen. Bitte!«

Noch sind die Daimon mit den Insekten beschäftigt, aber es sind nicht mehr viele übrig, und es scheinen auch keine mehr nachzukommen. Viel Zeit bleibt uns nicht. Ich spüre, wie Rieke sich zwingt, ruhig zu atmen, sich nach innen wendet … Sacht schicke ich etwas von meinem goldenen Licht zu ihr hinüber. Zugleich vergrößern wir den Abstand zu den Eindringlingen, indem wir uns rückwärts vortasten. Ich lasse sie nicht aus den Augen, während Rieke damit beschäftigt ist, sich trotz ihrer Panik nach innen zu richten.

»Rahel?« Riekes Hand fühlt sich mit einem Schlag sehr kühl an. Ich lasse sie los, und sie hält ihre beiden Hände wie eine Schale vor die Brust. »Ich … ich sehe etwas. Ein Licht … weiß und silbern …«

Aus ihren Handflächen steigen silberne Funken auf, wirbeln durcheinander. Frischer, kalter Wind zupft an meinen Haaren.

»Da sind sie!« Die Daimon haben auch die letzten Insekten vernichtet, und der Kommandant weist nun mit seinem Schwert in unsere Richtung. »Sie versuchen zu fliehen! Ergreift sie!«

Ich ziehe Rieke in eine Nische an der Wand hinter uns und presse meine Hand gegen den Felsen. Goldene Funken verteilen sich auf die vielen Pilze, die alle mit einem Schlag ihre feinen, leuchtenden Sporen entlassen.

Plötzlich fegt ein kalter Luftstrom knapp an mir vorbei, ergreift die Pilze und trägt ihre Sporen zu den Daimon. Sie scheinen sich in ihren Lungen festzusetzen, denn unsere Angreifer husten und spucken plötzlich, schnappen verzweifelt nach Luft.

Rieke! Sie hat es irgendwie geschafft, Wind zu erzeugen und ihn auf sie zu richten. »Kannst du noch mal?«, frage ich sie atemlos. Doch Rieke lehnt mit aschgrauem Gesicht an der Wand und schüttelt den Kopf.

Jetzt wäre der Zeitpunkt, zu fliehen.

Du hast das Tor geöffnet. Nur du kannst es wieder schließen und das Reich vor einer Invasion durch diese fremden, hasserfüllten Wesen bewahren, flüstert meine innere Stimme.

»Lauf, hol Hilfe!«, rufe ich Rieke zu, hoffe, dass sie versteht, und renne um die Daimon herum. Vor der Lücke stehend, strecke ich beide Hände aus und rufe das goldene Licht zurück, welches sogleich wie ein kaum sichtbarer Rahmen die Ränder umgibt. Je mehr davon auf meine Hände überströmt, desto stärker kehrt auch der blaue Schimmer zurück. Und dann beginnt der Fels wieder zu erscheinen und die Lücke zu schließen.

»Rahel, pass auf!«

Aus den Augenwinkeln nehme ich eine Bewegung war und lasse mich zu Boden fallen. Die Klinge schrammt gegen den Fels.

Hinter mir schreit Rieke schrill auf. Ich wälze mich herum und sehe, wie ihr einer der Soldaten das Schwert in die Schulter bohrt. Blut rinnt über die bunte Klinge, benetzt seine bleichen Hände, während der Daimon das Schwert aus Riekes Schulter zieht. Sie sinkt in sich zusammen und bleibt regungslos auf dem Boden liegen.

Ich muss zu ihr, muss ihr helfen. Über mir ein Schatten, ich werfe mich zur anderen Seite, und der Absatz des Kommandanten bohrt sich an der Stelle in die Erde, wo eben noch mein Kopf war.

In diesem Augenblick ertönt ein zorniges Gebrüll und lässt uns alle erbeben.

Und dann steht er plötzlich in der Höhle. Ein Schatten, mindestens zweieinhalb Meter hoch, breit wie ein Schrank und zottelig. Die kleinen Augen leuchten genauso purpurn wie die der Daimon. Er reißt das Maul auf und brüllt erneut, so laut, sodass mir die Ohren klingen. Die Daimon beachten Rieke und mich nicht länger, sie kreisen um ihren neuen Feind. Ich nutze die Chance, rapple mich auf und stolpere zu Rieke hinüber. Das Licht, das ich aus dem Tor gezogen habe – ich schicke es in ihre Wunde. Zunächst passiert nichts, doch dann zuckt ihr Arm, und sie bewegt sich.

»Danke«, höre ich ihre Stimme, als sie wieder zu Bewusstsein kommt. Sie klingt so schwach, dass ich Mühe habe, sie zu verstehen. »Hast du den gerufen?«

»Nein, ich glaube nicht.« Dennoch, etwas an dem gewaltigen, zornigen Bären kommt mir bekannt vor. Seine Klauen haben sich tief in die Kehle des Kommandanten eingegraben und zerfetzen sie, sodass dieser wie eine leblose Stoffpuppe zusammensackt. Die übrigen Daimon versuchen, den Bären von verschiedenen Seiten zu attackieren, doch ihr Gegner ist überraschend wendig und fegt zweien von ihnen die Schwerter mit seiner riesigen Pranke aus der Hand, während er mit der anderen den toten Kommandanten gegen die Felswand schleudert. Im nächsten Moment hat er auch die beiden Entwaffneten zu Boden gerissen. Die Wucht des Aufpralls ist so groß, dass sie nicht mehr aufstehen. Mit weit aufgerissenem Maul springt das riesige Tier jetzt auf den Kleineren der beiden los und zertrümmert dessen Schädel mit einem Prankenhieb. Dem anderen durchtrennt er mit einem Biss seiner fingerlangen Fangzähne die Kehle. Der Letzte hat sich hinter ihn geschlichen, holt bereits zum tödlichen Schwerthieb aus, doch der Bär muss ihn gehört haben. Seine Hinterpranke trifft den Daimon mitten in die Brust und schleudert ihn wie eine Puppe gegen die Felswand. Es gibt ein hässliches Knacken, als sein Genick bricht und er leblos zu Boden fällt.

Zwei, drei Atemzüge lang rührt sich keiner von uns. »Sind … sind jetzt wir an der Reihe?« Rieke hat den Kopf gehoben, und langsam kehrt die Farbe in ihr Gesicht zurück. Nur der blutige Riss in ihrem Kleid erinnert noch an die Wunde in ihrer Schulter. Ich sende einen stummen Dank aus. Am liebsten würde ich mich jetzt eine Weile auf die Erde legen und ausruhen, wäre da nicht der Gestank nach dem Blut der Daimon und der Geruch nach Tod, der sich auf uns legt und mir die Luft raubt.

»Ich glaube nicht.« Langsam richte ich mich auf und mache einen Schritt auf den Bären zu. Diese Augen … Kann es wirklich sein, dass …?

»Leonard? Bist du das?«

Der Bär weicht vor mir zurück. Doch ich bin mir sicher. Meine Stimme überschlägt sich fast vor Glück. Er ist wie wir! Er ist ein Wandler.

»Leonard, der Kampf ist vorbei, du kannst dich wieder zurückverwandeln.«

Der Bär schüttelt den Kopf und brummt leise. Mit einer Pranke fährt er sich über den Schädel, als versuche er, sich die Haut wie eine Maske abzureißen. Und mit einem Mal beginne ich zu verstehen.

»Hast du dich jemals zuvor verwandelt?«, frage ich ihn. Ein Blick in seine hilflosen Augen gibt mir die Antwort.

»Gut. Hör mir zu. Du hast dich oft genug im Spiegel gesehen, oder? Mach die Augen zu und denk dir, dass dein Menschen-Ich neben dir steht. Besinne dich auf dein Spiegelbild, wie du es kennst. Dann stell dir vor, wie dein Bären-Ich sich auflöst und du wieder zu deiner menschlichen Gestalt zurückkehrst.«

Und tatsächlich schließt der riesige Bär, der gerade noch fünf mächtige Kreaturen getötet hat, nun gehorsam die Augen. Sein Körper erschauert, dann verschwimmt er vor unseren Augen, verformt sich, und einen Wimpernschlag später steht Leonard vor mir. Rieke neben mir stöhnt ungläubig auf. Leonard scheint es nicht anders zu gehen, er hält seine Hände vor die Augen, betrachtet sich von oben bis unten und von allen Seiten. Ich kann es ihm nicht verübeln.

»Keine Sorge, es ist noch alles an dir dran«, sage ich und lächle.

Er lächelt nicht zurück. Stattdessen schiebt er die Leiche des Kommandanten mit der Stiefelspitze zur Seite. »Was um alles in der Welt sind das für Wesen? Ihre Kraft … sie war nicht menschlich.«

»Daimon, so haben sie sich genannt, Hoheit«, ergreift Rieke jetzt zaghaft das Wort.

»D-a-i-m-o-n …« Er widerholt das Wort, und sein Gesicht verdüstert sich. »Dämonen. Also ist es wirklich wahr.«

»Sind sie von dort gekommen?« Leonard zeigt auf den Spalt, der noch immer einen Blick auf einen schmalen Streifen des fremdartigen Gartens erlaubt – und auf eine neue Gruppe Daimon, die sich jenseits davon aufgebaut haben. Einer schiebt sich genau vor den Spalt, ein bleiches, kantiges Gesicht über einem mit Edelsteinen reich verzierten, tiefvioletten Gewand. Die Augen leuchten purpurn unter den fast unsichtbaren Brauen. Seine Nase, sein Kinn, seine Stirn – das Ebenbild König Gisirs, nur noch bleicher im Gesicht.

»König Ghirdan, geht nicht zu nah an das Tor«, ruft einer der Soldaten hinter ihm.

Leonard und der fremde König starren sich an, und Leonards Augen beginnen, purpurn zu glühen.

»Mischblut«, zischt der König, »hast du meine Soldaten getötet? Dafür wirst du sterben!« Er dreht den Kopf und ruft seinen Gefolgsleuten über die Schulter zu: »Bringt die Portalsteine, wir müssen das Tor weiten!«

»Nein!« Ich dränge mich neben Leonard und lege meine Hände auf den Felsen. Willig kehrt der Rest des goldenen Lichts in meine Hände zurück. Das Letzte, was ich von den Dämonen sehe, ist das wütende Gesicht ihres Königs, als der Spalt sich in festen Stein wandelt. Das Tor ist geschlossen.

Erschöpft lasse ich die Arme sinken. »Wir sind wieder sicher vor ihnen.«

»Nicht ganz.« Bitterkeit schwingt in Leonards Stimme.

»König Gisir ist einer von ihnen«, schlussfolgert Rieke langsam.

»Und damit auch Ihr.« Kälte breitet sich erneut in mir aus. Dieses Mal kommt sie von innen.

Der Prinz reibt sich die Stirn. »Ivalds Werk, und ich kann ihn dafür nicht einmal verfluchen. Ohne ihn wäre mein Vater gestorben, und mich hätte es nie gegeben.« Er wirft mir ein schiefes Lächeln zu. »Bis zu dem Abend nach unserem Kampf mit den Wargen in der Verlorenen Stadt glaubte ich noch, ich wäre König Enriks Enkelsohn und hätte mein Glück gefunden.« Seine Stimme klingt sanft und so voll Sehnsucht, dass sich mir das Herz zusammenzieht. »Bis Ivald mir die Wahrheit über meine Abstammung offenbarte.« Er betrachtet seine Hände, als könnten sie sich jederzeit wieder in Bärenpranken verwandeln. »Jetzt weiß ich endlich, *was* ich bin. Ein Wechselbalg, ein Halbdämon und noch dazu ein Bärenmonster.« Sein Blick ist voller Abscheu immer noch auf seine Hände gerichtet. »Wer könnte so jemanden lieben?«

Er sieht mich an, und ich spüre wieder diese Mischung aus Schmerz und Entschlossenheit. »Ich würde dich verletzen, dich vielleicht sogar töten.«

Mein Herz fängt an zu glühen und beginnt, die Kälte langsam zu vertreiben, die sich in mir ausgebreitet hat. In meinen Augen brennen Tränen. Leonard ist anders. Er ist kein reiner Daimon. In ihm schlummert noch eine andere Macht. Vielleicht haben wir eine Chance.

Sacht lege ich meine Hand in die seine. Er zuckt zusammen, doch er stößt mich nicht fort.

»Sieh mich an, Leonard!« Er hebt den Kopf, und seine Augen weiten sich, als er das goldene Leuchten in meinen erblickt. »Du bist nicht der Einzige hier, der ein Geheimnis hütet.« Ich blicke ihm fest in die Augen und sehe, wie er zaghaft Hoffnung schöpft ... Aber noch versteht er nicht ... ich muss es ihm zeigen.

Lächelnd ziehe ich meine Hand aus seiner zurück und blicke zu Rieke hinüber. »Gemeinsam?«

Sie richtet sich auf. »Aber nur kurz. Wir müssen zurück.«

Ich nicke und konzentriere mich. Als die Verwandlung vollzogen ist, steht Leonard mit offenem Mund vor mir. »Du … ihr …?« Er geht in die Knie und blickt mir in die Augen. »Das Reh, das Reh mit den goldenen Augen. Das warst du? Ihr Mächte, ich hätte dich töten können, damals im Wald!« Seine Finger streichen sacht über meinen Hals, als er sich daran erinnert, wie er mit dem Pfeil auf mich zielte. Dann wird er mit einem Schlag noch blasser. »Ich habe viel Wild getötet und gegessen. Waren darunter etwa auch solche wie ihr? Haben wir Menschen geschlachtet?«

Ich verwandle mich zurück, und auch Rieke neben mir nimmt wieder ihre menschliche Gestalt an.

»Das hast du nicht«, beruhige ich ihn. So viel immerhin haben mir meine Eltern erzählen können. »Wenn wir als Tier sterben, verwandeln wir uns im Tod in Menschen zurück. Die Tiergestalt ist nur geliehen.«

»Versteht Ihr«, ergänzt Rieke, »Ihr seid kein Monster, Hoheit. Wir alle drei gehören einem alten Geschlecht an. Wir sind ›Wandler‹. Die alte Königsdynastie entstammte diesem Geschlecht. Doch es ist kaum noch jemand übrig geblieben, nachdem König Enrik sie erbarmungslos verfolgen und abschlachten ließ, um seinen Anspruch auf den Thron zu sichern. Auch Ihr müsst diesem Geschlecht angehören, sonst könntet Ihr Eure Gestalt nicht wandeln. Eure Mutter …«, Rieke hält inne, »Königin Eugenia ist auch eine Wandlerin. Ihr habt diese Gabe von ihr geerbt.«

»Ist?«, unterbricht sie der Prinz. »Ihr meint wohl, *war*. Meine Mutter ist schon lange tot, verbrannt von dieser verrückten Zauberin bei einem Überfall im Auftrag der Rebellen.«

»Welche Zauberin?« Rieke und ich wechseln einen angstvollen Blick. »Und weshalb seid Ihr überhaupt nahe genug gewesen, uns zu hören?«

»Ivald hat mich hierhergeführt. Er hat die Mörderin meiner Mutter hier unten eingesperrt, damit sie niemandem mehr schaden kann. Er hat sie all die Jahre hier unten gefangen gehalten, sodass ich eines Tages Rache für meine Mutter nehmen kann. Dieser Tag ist jetzt gekommen.« Seine Stimme wird plötzlich wieder hart und kalt.

»Was heißt das?«, drängt Rieke angstvoll.

»Das Urteil ist bereits gesprochen. Ivald und die Soldaten haben das Weib abgeführt. Ich bin zurückgeblieben, um noch kurz meine Gedanken zu ordnen, doch dann hat mich ein Gefühl in diesen Seitengang einbiegen lassen. Das Tor … ich glaube, es hat mich gerufen.« Er reibt sich die Stirn. »Oder das, was jenseits des Tores liegt.«

»Das Urteil …«, erinnert ihn Rieke ungeduldig.

»Der Mörderin soll das gleiche Schicksal widerfahren, das sie meiner Mutter zuteilwerden ließ. Brennen wird sie! Heute Abend noch. Gleich nach dem Ende der Brautwahl. Im Rosengarten vor dem Denkmal für meine Mutter.«

Rieke erbleicht. »Eure Hoheit, Leonard, die Frau in der Zelle ist keine Zauberin, sondern Eure Mutter! Königin Eugenia lebt!«

Leonard starrt sie an, als wäre sie nicht bei Verstand. »Das kann nicht sein, ich würde sie doch erkennen und Ivald … Ivald hat mich noch nie belogen.«

Ich nehme die Brosche von meiner Bluse und lege sie in seine

Hand. »Erinnerst du dich, dass dir die Brosche gestern bekannt vorkam? Sie gehört der angeblichen Zauberin. Sicher hast du als Kind damit gespielt. Wenn du die Augen zumachst und dich zurückversetzt …«

Mit zweifelnder Miene schließt er die Augen. Seine Finger tasten über die Rillen und Erhebungen im Silber, über die Perle in ihrer Mitte. »Ein Lied, ich höre, wie sie ein Lied singt, über einen Vogel im Käfig, der davon träumt, in den Sommer zu fliegen …« Er stockt, spricht nach einer Pause aber leise weiter. »Jetzt ist da ein Vogel, der auf dem Fensterbrett sitzt. Eine Eule, glaube ich, mit orangefarbenen Augen. Sie beobachtet mich, bis ich eingeschlafen bin.«

»Eine Eule«, wiederholt Rieke. »Königin Eugenias Wandlergestalt ist eine Eule.«

»Hätte sie dann nicht jederzeit aus der Zelle entkommen und davonfliegen können?«, frage ich mich halblaut.

»Siehst du hier Fenster?« Rieke schüttelt den Kopf. »Wenn sie versucht hätte, als Eule zu fliehen, hätte sie den Augenblick abpassen müssen, wenn jemand den Keller betritt. Sie hätte an ihm vorbeifliegen müssen und ihr Geheimnis verraten. *Euer* Geheimnis.«

»Aber … aber dann wird sie sich auch nicht verwandeln, um der Hinrichtung zu entkommen. Um ihren Sohn zu schützen. Und uns«, schlussfolgere ich. »Wir müssen sie retten!«

Leonard drückt mir die Brosche in die Hand. Noch haben wir seine Zweifel nicht zerstreut. Die giftige Saat des Regenten hatte viel Zeit, Wurzeln zu schlagen und zu keimen. Er hat das von langer Hand geplant und wollte Leonard seine eigene Mutter töten lassen. Aus purer Grausamkeit. Oder steckt noch mehr dahinter? Mir läuft ein kalter Schauer den Rücken herunter.

Leonard fährt sich mit beiden Händen durch die Haare. »Wenn ihr recht habt … aber das würde heißen, dass die Wache meines

Vaters Bescheid weiß und er vermutlich auch.« Er ballt die Fäuste. »All diese gespielte Trauer, der Rosengarten, das Denkmal. Und dabei wusste er … er wusste es die ganze Zeit. Dass sie gar nicht tot ist. Wenn ich denke, wie sie ausgesehen hat … halb verhungert, zerlumpt, elendig … und er hat sie so gesehen und es geduldet, sich am Ende noch daran ergötzt. Er ist wahrlich ein Dämon!«

Ich spüre den Zorn, der in ihm lodert, und sehe das purpurne Flackern in seinen Augen. Rieke und ich wechseln einen besorgten Blick.

Rieke räuspert sich. »Hoheit, die Königin hat nicht erwähnt, dass König Gisir sie jemals besucht hat. Entführt und eingesperrt wurde sie von den Elitewachen unter dem Befehl Ivalds.«

»Und jeder Gedanke an Vergeltung muss warten, bis sie in Sicherheit ist. Leonard, du musst den Wachen sagen, dass du dein Urteil wieder zurücknimmst. Und wer sie wirklich ist.«

Ich spüre, wie es hinter seiner Stirn arbeitet. »So einfach ist das nicht. Dieses ›Urteil‹ war laut Ivald angeblich ein Geschenk meines Vaters zu meiner Ernennung als Mitregent, das ich als erste Amtshandlung bestätigt und für rechtskräftig erklärt habe. Es steht aber nur dem König zu, ein ausgesprochenes Urteil wieder zurückzunehmen. Die Elitewachen sind handverlesene Soldaten meines Vaters, sie gehorchen nur ihm. Und Ivald.«

»Und wer wäre auf Eurer Seite, wenn Ihr Euch gegen beide stellen müsst?«

»Einige der Offiziere in der Kaserne waren meine Vorgesetzten, andere haben mit mir gedient. Sie würden bestimmt zu mir halten. Auch viele der Soldaten kennen mich als Kameraden, sie stehen sicher hinter mir. Gegen den Regenten würden sie sich wenden. Doch wenn es gegen meinen Vater, ihren König, geht …« Er hebt die Schultern. »Ich weiß nicht, ob sie so weit gehen würden.«

In mir beginnt eine Idee zu keimen. »Aber gegen den Regenten würden sie sich wenden, meinst du? Sie verehren ihn nicht wie den König?«

»Nein, überhaupt nicht. Sie halten ihn im Geheimen für einen Wichtigtuer, der ihnen auch noch jährlich den Sold kürzt, damit es für die neuen Rekruten reicht. Dabei machen die nichts als Ärger. Sie kennen keine Disziplin und respektieren die Befehlskette nicht. Niemand weiß, warum der Regent die Armee in den letzten Jahren so drastisch aufgestockt hat.«

Ich hebe eines der merkwürdigen Schwerter auf. »Leonard, kannst du dem da den Helm abnehmen?«

Er sieht mich verwundert an. »Bitte. Wir brauchen ihn und das Schwert hier, um die Offiziere zu überzeugen, dass eine fremde, böse Macht versucht, den Palast zu unterwandern. Solch ein Schwert gibt es im ganzen Reich nicht, oder?«

Leonard verneint und löst den Helm vom Kopf des Kommandanten und dreht ihn hin und her. »Was ist das für ein Material? Und dieser Stein …«

Rieke hat das Schwert aufgehoben und reicht es mir. »Ich verstehe, worauf du hinauswillst, Rahel. Wir wissen nicht, wie viele sich mit Seiner Hoheit gegen den König stellen werden. Es wird leichter sein, ihnen einzureden, dass der Regent der Quell dieser bösen Macht ist und den König in der Hand hat.«

»Genau. Darin sehe ich unsere einzige Chance. Wir drei allein können uns nicht gegen die Elitesoldaten, den König und den Regenten zugleich stellen. Wenn Leonard mit diesem Schwert und dem Helm in die Kaserne kommt …«

»Nein!« Rieke streckt Leonard die Hand hin. »Euer Siegelring, Hoheit. Ich nehme das kleine Tor auf der Rückseite und schleiche mich hinter den Ställen vorbei zur Kaserne. Wenn ich Euren Ring vorzeige, wissen Eure Männer, dass ich in Eurem Namen spreche, Hoheit. Und glaubt mir, ich bin sehr gut darin, die hysterische Adelige zu mimen, die gerade vom Prinzen vor vier unheimlichen Eindringlingen gerettet wurde. Den Rest denke ich mir unterwegs aus. Ihr beide«, sie bückt sich und nimmt dem Kommandanten den Umhang ab, »ihr beide müsst herausfinden, ob Eugenia schon im Rosengarten ist oder wohin sie sie sonst gebracht haben.«

Wenig später klettern wir die steile Treppe hoch und verlassen den Keller. Es ist inzwischen später Nachmittag und der Himmel mit dicken schwarzen Wolken überzogen. Warmer Wind peitscht uns ins Gesicht. Dagegen war es im Keller fast angenehm kühl. Auf dem Dach des Schlosses flattern nur drei der königlichen Flaggen. Die Fanfare hätten wir überhören können, doch dieses Zeichen beweist, dass das königliche Symbol noch nicht gefunden wurde.

Leonard bemerkt meinen Blick und drückt kurz meine Hand. Ich nicke ihm zu. Die Brautwahl ist unwichtig geworden.

»Wenn ich mich von meinem Vater lossage, gibt es keinen Prinzen mehr, um den sie sich streiten können«, murmelt er.

»Nur noch einen Rebellen.«

»Drei Rebellen«, sage ich entschieden, »drei siegreiche Rebellen.« Den Gedanken an das, was sein wird, wenn wir versagen, lasse ich nicht zu. Das goldene Licht hat sich zurückgezogen, und ich weiß nicht, ob ich es heute noch einmal rufen kann. Wäre da nicht Eugenia, würde ich auf der Stelle ins Moos fallen und schlafen.

Rieke hat Helm und Schwert in den Umhang gewickelt und den Siegelring des Prinzen eingesteckt. Wir begleiten sie bis zu dem kleinen Tor und laufen dann weiter, immer dicht an der Palastmauer nach Westen, bis wir dort auf die lange Hecke stoßen, die auf dieser Seite den verwilderten Park begrenzt. Wer immer jetzt im Rosengarten ist, wird uns nicht kommen sehen.

»Wir können uns immer noch trennen«, sage ich leise zu Leonard, als wir uns dem Rosengarten nähern. »Ich sehe hier nach, und du lässt dir den Kerker zeigen.«

Er schüttelt stumm den Kopf. Sein Gesicht ist düster, und er hat die Hand auf den Schwertgriff gelegt. Wir sind noch nicht bei den Büschen angelangt, da hören wir bereits König Gisirs Stimme.

»Und weshalb erfahren Wir erst jetzt davon, dass Ihr die Mörderin Unserer Gemahlin gefangen habt? Wir wissen von keinem Prozess gegen sie. Weshalb können Wir sie nicht befragen? Was, wenn sie einen Auftraggeber hatte?«

Wir sehen uns an. »Er weiß es nicht«, formt Leonard stumm mit seinen Lippen, und ich nicke. Und nach all den Jahren im Kerker erkennt auch er Eugenia nicht.

»Verzeiht Eurem unwürdigen Diener, Sire«, Ivalds Stimme trieft vor Demut, »diese Frau ist eine Zauberin, und wir wollten Euch nicht ihrer gefährlichen Macht aussetzen.«

»Wenn sie so mächtig wäre, hätte sie sich nicht von Euch fangen lassen«, schnaubt Gisir. »Ich will wissen, was sie zu sagen hat. Er da! Nehme Er ihr den Knebel ab!«

Wir schleichen uns an den Büschen entlang und finden eine Stelle, von der aus wir zur Säule blicken können.

Auf dem Rasenstück davor ist ein Scheiterhaufen errichtet worden mit einem Pfahl in der Mitte, an den Eugenia gefesselt worden ist. Stolz aufgerichtet steht sie da, mit dem schwarzen Stoffknebel im Mund, und ihre Augen funkeln vor Zorn. Ein kleines Eisenbecken mit glühenden Kohlen steht gleich linker Hand der Säule, zwei Fackeln liegen daneben.

Der Elitesoldat, auf den der König zeigt, steht links neben dem Scheiterhaufen, zwei weitere rechts davon, und nochmals sechs etwas abseits bilden ein Spalier entlang des Weges. Wie befürchtet sind es zu viele, als dass Leonard mit ihnen allein fertigwerden könnte.

Der vom König angesprochene Soldat blickt zu Ivald, doch der schüttelt den Kopf. Daraufhin verbeugt sich der Soldat tief. »Sire, ich teile Regent Ivalds Bedenken.«

Gisirs blasses Gesicht läuft krebsrot an. »Er wagt es, sich gegen Uns zu stellen?« Sein Blick wandert von Soldat zu Soldat. »Ihr alle? Ivald, was geht hier vor?«

»Nichts, was Euch beunruhigen sollte, Majestät.« Ivald weist zum Ausgang des Gartens. »Wir sind nur in Sorge um Euer Wohlbefinden. Weshalb setzt Ihr Euch nicht auf Euren Thron und schmiedet Pläne, was sein wird, wenn Ihr über zwei Reiche herrscht?«

»Führt Ihr hier neuerdings Befehl?«, zischt der König mit schmalen Augen, ein unterschwelliges Grollen in seiner Stimme lässt die Umstehenden erzittern. Er stemmt die Fäuste in die Hüften. »Solltet Ihr nicht vielmehr im Schloss sein und die Funde der Kandidatinnen begutachten? War überhaupt etwas dabei, das Uns als Hinweis dienen kann, ob eine von ihnen die Richtige ist?«

»Alles Trödel und Schund. Derzeit sitzen diese nutzlosen Dinger bei Tee und Kuchen im kleinen Speisesaal. Nur das Küchenmädchen scheint wie vom Erdboden verschluckt.«

»Was, wenn keine von ihnen es findet?«

»Noch sind drei Stunden Zeit bis Sonnenuntergang, Sire. Und wir können morgen am Geburtstag des Prinzen die Suche fortsetzen. Lasst uns nun gemeinsam zum Schloss zurückkehren.«

Der König lächelt ein schmales Lächeln. »Versucht Ihr Uns abzulenken?« Er dreht sich auf den Hacken seiner Schuhe um und marschiert geradewegs zum Scheiterhaufen. Ehe der Soldat begreift, was der König vorhat, zieht Gisir sein Schwert und bohrt es in dessen Hals. Blut spritzt auf das kostbare Wams des Königs. Mit einem gurgelnden Geräusch bricht der Soldat in die Knie. Ohne ihn eines weiteren Blickes zu würdigen, zieht Gisir sein Schwert aus dem Leichnam und stößt ihn mit dem Fuß zur Seite.

»Niemand widersetzt sich Unserem Befehl!« Seine Augen sind nur noch zwei schmale Schlitze, als er den Scheiterhaufen besteigt und mit seinem besudelten Schwert den Knebel durchtrennt.

»Sprecht. Was hat Sie mit dem Tod Unserer Gemahlin zu schaffen?«

»Nicht einmal dir sieht er ähnlich. Und auch nicht deinem Vater«, krächzt sie. »Sei dankbar, dass ich dir erlaube, dich mir zu unterwerfen. Also hör auf zu weinen wegen dieses kleinen Tropfens Blut. Er wird Schlimmeres erdulden müssen auf seinem Weg.«

Der König zuckt zurück und stolpert rückwärts vom Scheiterhaufen herunter. »Meine Worte, meine Worte«, stammelt er und vergisst seine königliche Sprache. »Wie kannst du davon wissen?«

»Ich kann dir noch mehr Worte nennen, die nur zwischen uns gefallen sind. Erkennst du mich denn immer noch nicht?«

»Eugenia? Was …? Du lebst! Wie …?«

»Frag den, der mich jahrelang in Kerkerzellen vor dir verstecken konnte. Den, der die Fäden in der Hand hält, nach denen auch du tanzen musst.«

Der König hebt sein blutiges Schwert und dreht sich zu seinem Regenten um.

»Stimmt das, Ivald?«, grollt der König. »Eugenia war die ganze Zeit am Leben? Ihr habt Uns die ganzen Jahre über belogen?«

Ivald sinkt auf ein Knie und senkt den Kopf.

»Nur für unser gemeinsames Ziel, Majestät. Dafür, dass Ihr das Reich zurückgewinnt, das Euch vorenthalten wurde. Dafür, dass Euer Sohn endlich sein Erbe annimmt.« Er breitet die Arme aus und legt sein Gesicht in teilnahmsvolle Falten. »Ich weiß, wie wütend Ihr wart, dass sie«, er zeigt auf Eugenia, »Leonard zu einem nutzlosen Weichling machte. Erst dachte ich, ein paar Jahre Abwesenheit wären genug, und das Entfernen all ihrer Vertrauten aus seinem Umfeld. Doch wie Ihr wisst, ist er immer noch zu weich, die Dämonenkraft noch zu schwach in ihm.«

»Weshalb habt Ihr Eugenia dann überhaupt am Leben gelassen?«, bohrt der König nach, noch immer nicht völlig überzeugt, und wischt das Schwert am nassen Gras sauber, ehe er es einsteckt.

Der Zwerg atmet sichtlich auf, nun, da der König ihm gestattet, weiterzusprechen. »Nennt es eine Laune oder eine Ahnung. Ihr Tod ist uns erst jetzt von Nutzen. Wenn Prinz Leonard die Fackel auf den Scheiterhaufen wirft und ich ihm danach unter vier Augen eröffne, wen er so qualvoll hat sterben lassen, wird sein Selbsthass die letzte Schranke niederbrennen, die ihn von seinem wahren Erbe trennt. Er wird dann in allem Euer Sohn sein, Sire.«

Neben mir knirscht Leonard mit den Zähnen. »Diese Ratte!«, flüstert er.

»Und Ihr gebt mir Euer Wort, dass ihr Tod seinen Zweck erfüllt?«

»So wie ich Euch das Wort gab, als Ihr Euer Pony loswerden wolltet. Habe ich damals gelogen?«

Der König neigt den Kopf, dann bedeutet er Ivald aufzustehen.

Der Regent klopft sich den Sand von der Hose. »Darf ich davon ausgehen, dass mein Plan Eure Zustimmung findet?«

»Gisir!« Eugenias Stimme sinkt zu einem heiseren Flüstern. »Hör nicht auf ihn! Er wird dein Reich an sich reißen, wenn du auf dem Feldzug gegen deinen Bruder bist. Ich weiß, dass du Rache an ihm nehmen willst, weil dein Vater dir, dem schwächlicheren, wenngleich älteren Bruder, den rechtmäßigen Platz an seiner Seite verweigerte und dich töten lassen wollte. Aber lass dich nicht täuschen. Er wird Leonard ermorden, wenn dieser ihm Widerstand leistet. So wie ihr zusammen Enrik ermordet habt. Ja, schau nicht so überrascht! Glaubst du, du bist der Einzige, der gern prahlt? Er hat mir alles verraten. Auch die Sache mit den Dämonenfunken!«

»Knebelt sie!« Der Soldat auf der anderen Seite des Scheiterhaufens folgt sogleich dem Befehl des Regenten. Eugenia wehrt sich nach Kräften, windet sich, schleudert den Kopf hin und her … vergeblich.

»Aber nicht zu fest«, tönt nun des Königs Stimme. »Er soll abfallen, sobald sie brennt. Wenn sie schon stirbt, wollen Wir wenigstens ihre Stimme hören, wie sie um Gnade winselt.« Er lacht und klopft Ivald auf die Schulter, sodass der Zwerg in die Knie geht.

»Dieser … dieser …« Leonard neben mir ist aufgesprungen und zieht sein Schwert.

Im gleichen Moment höre ich Schritte, und Rieke taucht hinter der Hecke auf, den kupferfarbenen Umhang im Arm. Ein Mann mit getrimmtem weißem Bart und einer Generalsschärpe um die Hüften folgt ihr. Hinter den beiden tauchen zwei weitere Männer auf, beide tragen Offiziersschärpen und führen eine Gruppe Soldaten an, die zu allem entschlossen wirkt. Ich zähle acht, nein zwölf Männer insgesamt. Wird das genügen?

Als ich mich zu Leonard wende, um ihn zu fragen, steht er nicht mehr neben mir, sondern stapft die Büsche entlang zum Eingang des Gartens, das Schwert fest umklammert.

Ich signalisiere Rieke, dass sie leise sein müssen. Keiner der Männer trägt eine Rüstung, lediglich verstärkte Lederharnische, die ihnen fast bis zu den Knien reichen. Mit weichen, langen Schritten durchqueren sie die Rasenflächen, und als sie endlich neben mir stehen, ist Leonard bereits durch den Rosenbogen getreten.

»Was machst du hier?«, fährt der König den Prinzen an. »Solltest du nicht im Schloss auf die Fanfaren warten?«

»Mir war langweilig, und außerdem«, Leonard deutet mit der Schwertspitze auf Eugenia, »ist das doch meine Gefangene, nicht wahr, Ivald?«

Der Zwerg räuspert sich. »Nicht ganz, mein Prinz. Eigentlich ist sie die Seiner Majestät.«

»Aber Ihr sagtet mir, es wäre meine Entscheidung, sie zu begnadigen oder das Urteil der *Richter* vollstrecken zu lassen.«

»Und Ihr habt weise entschieden, Hoheit«, schmeichelt Ivald mit falscher Süße, während er ihm entgegentritt. »Eines zukünftigen Königs würdig. Der Gerechtigkeit muss Genüge getan werden.«

Leonard beachtet ihn nicht. Er geht an den Soldaten vorbei, als wären sie nicht hier, bis er vor dem König steht. »Was, Eure Majestät, wäre in Euren Augen das gerechte Urteil für jemanden, der eine Königin tötet oder töten lässt?«

Der Zwerg horcht auf und gibt den Elitesoldaten Handzeichen.

Die sechs Soldaten, die eben noch Spalier standen, rücken zusammen und bilden einen Halbkreis, der Leonard den Weg zum Ausgang versperrt.

»Der Tod natürlich. Du hast in Unserem Sinne entschieden. Diese Zauberin verdient es, zu sterben, wie deine Mutter starb.«

»Nur, dass meine Mutter, Königin Eugenia, nicht tot ist.« Für einen Augenblick treffen sich seine und Eugenias Augen. Der Blick der Königin ist weich und dankbar.

»Mutter, es tut mir leid.« Seine Stimme bebt leicht. »Ich hätte Euch erkennen müssen, auch ohne Worte.« Sie schüttelt heftig den Kopf und versucht etwas zu sagen, doch der Knebel verschluckt es. Tränen rinnen ihr über die hohlen Wangen.

»Schwächling!« König Gisir zieht sein Schwert. »Ich hätte niemals auf Ivald hören und längst wieder heiraten sollen. Dann hätte ich schon längst fünf, sechs Söhne, sicher jeder würdiger als du!«

Rasend vor Wut, schlägt Gisir mit dem Schwert nach Leonard, doch dieser pariert. Die Elitegardisten hinter Leonards Rücken zücken ihre Schwerter.

»Helft dem Prinzen!«, rufe ich unseren Soldaten zu, die sogleich Lücken in die Rosenbüsche hauen. Rieke bleibt atemlos neben mir stehen. »Für die Rüstungen blieb keine Zeit«, keucht sie entschuldigend.

Der König lässt sich durch den Tumult nicht beirren und schlägt weiter auf Leonard ein. »Es wird Zeit, dass ich dir zeige, wozu dein wahres Erbe fähig ist!« Seine Stimme wird rauer, kälter, und auch seine Augen leuchten nun purpurn. Die Schwerthiebe prasseln nur so auf den Prinzen ein, der Schritt um Schritt zurückweicht. »Am Boden wirst du liegen, und um Gnade wirst du winseln. Genau wie deine Mutter.«

»Sir Silias!«, ruft Leonard dem General zu, »nehmt den Zwerg gefangen!«

»Verteidigt mich!« Sogleich bildet die Elitegarde einen Kreis um Ivald. Leonards Verstärkung ist zahlenmäßig zwar überlegen, doch ihre Gegner sind besser gerüstet und stärker.

»Womit hat er Euch gekauft?«, fragt Silias und verpasst dem Hauptmann der Garde einen Hieb gegen den Helm. »Gold, Edelsteine? Titel?«

Beim Letztgenannten zuckt der Hauptmann kurz zusammen. »Also der Titel.« Mit grimmiger Miene verstärkt Silias seinen Angriff. Rechts und links von ihm gehen die Ersten seiner Männer verletzt zu Boden. Die Lederharnische bieten einfach nicht genug Schutz, und sie schaffen es nicht, durch den Trupp der Elitesoldaten zu brechen, um Leonard zu Hilfe zu kommen. Der gerät immer mehr in Bedrängnis und kann Gisir nur noch mühsam abwehren.

Rieke neben mir legt den Umhang auf den Boden und wickelt

das schillernde Schwert und den Helm aus. »Prinz, nehmt das!«, ruft sie Leonard zu und schleudert das Schwert knapp über dem Rasen zu ihm hinüber.

Leonard hört sie, duckt sich unter dem Schwerthieb seines Vaters, geht in die Knie und nimmt das fremde Schwert auf. Als der König es sieht, weiten sich seine Augen. »Ein Dämonenschwert! Genau, wie Ihr sie beschrieben habt, Ivald! Wo hast du das her?«

»Von einem Dämon, der es nicht länger brauchen kann.« Mit zwei Schwertern gelingt es Leonard besser, die Schläge seines Vaters abzuwehren, und er gewinnt wieder an Sicherheit.

»Das Tor. Das Tor wurde geöffnet?« Die glühenden Augen des Königs wandern zur Lücke in den Rosenbüschen und saugen sich an mir fest. »Das Küchenmädchen! Sie ist ›das zarte Wesen mit den zwei Seelen‹ aus der Prophezeiung im Kerker! Es passt alles! Ihr hattet recht, Ivald. Die Prüfungen haben ihren Dienst getan, Ivald. Wir haben das Mädchen mit den goldenen Augen gefunden. *Sie* selbst ist der Schlüssel! Ivald, lasst die Fanfaren ertönen. Wir haben Unsere Braut gefunden!«

Er leckt sich die Lippen, und mir rinnt es kalt den Rücken hinab. Das steckte also dahinter. Es war kein Zufall, dass ich heute diesen Durchgang geöffnet habe. Die ganze Brautwahl war eine Inszenierung. Eine Suche nach dem einen Mädchen, das ihm bei seinen Plänen behilflich sein kann. Das das Tor zu dieser fremden Welt öffnen und ihm seine Rache ermöglichen soll. Leonard ist ihm dabei genauso egal wie die Mädchen und das Königreich. Darum auch die vielen Soldaten überall im Reich. Er hat sich in aller Heimlichkeit auf einen Krieg vorbereitet. Einen Krieg gegen diese fremden Wesen, diese Daimon. Den ich ermöglichen soll. Jeder gefallene Soldat würde meinetwegen sterben. Ich schmecke bittere Galle. Lieber wäre ich tot, als das zuzulassen und Gisir zu Diensten zu sein.

»Nicht, solange ich lebe!« Leonard schlägt härter zu, treibt den König einen weiteren Schritt zurück, doch dieser lacht nur und kontert mit immer brutaleren Hieben.

»Sofort, mein König. Zuvor muss ich jedoch noch etwas erledigen …« Ivalds Stimme erklingt nicht etwa aus dem Pulk der Elitesoldaten, sondern vom Denkmal her. Dort steht der Zwerg neben dem Kohlebecken und drückt ein Fackelholz tief in die glühenden Kohlen. »Bevor Ihr dieses Mädchen ehelichen könnt, muss Königin Eugenia sterben. Und dieses Mal vor aller Augen.«

»Nein!«, schreien Rieke und ich. Aber Ivald hat die brennende Fackel bereits auf den Scheiterhaufen geworfen. Als Leonard die Flammen aus dem Holz schlagen sieht, wechseln seine Augen schlagartig die Farbe. Blitzschnell tauscht er die beiden Schwerter, sodass er das Dämonenschwert jetzt in der Rechten hält.

»Du hast einen großen Fehler gemacht, Vater«, höre ich seine Stimme, die jetzt ebenso rau und kalt klingt wie die des Königs. »Du hast dich nur auf deine Dämonenkraft verlassen. Deine Technik ist jämmerlich.« Mit der Linken fängt er den nächsten Schlag des Königs ab, tänzelt zur Seite, holt aus und bohrt das Dämonenschwert Gisir mitten ins Herz. Blut quillt aus dem Mundwinkel des Königs, als dieser im Todeskampf die Hände um die schillernde Klinge legt. Das Licht in seinen purpurnen Augen erlischt, und er sackt regungslos zu Boden.

»Mutter!«

Rieke und ich laufen zu Leonard hinüber. Das Dämonenlicht ist aus seinen Augen gewichen. Stattdessen rinnen ihm nun Tränen über die Wangen. Er hat seinem Vater den goldenen Umhang von den Schultern gerissen und versucht, damit die hochzüngelnden Flammen zu ersticken. Aber es sind zu viele, und der Stoff fängt sofort Feuer. Rieke wirft auch den Umhang der Dämonen über die

Scheite. Ohne Erfolg, denn das fremdartige Material schmilzt und klebt fest. Der Scheiterhaufen brennt bereits lichterloh, und dichter Qualm verwehrt uns die Sicht auf Eugenia, während wir hilflos davorstehen. Wir können sie nicht befreien, ohne selbst zu verbrennen. Mühsam halte ich mit Riekes Hilfe Leonard zurück, der es trotzdem versuchen will. Hinter uns höre ich, dass die Elitesoldaten die Schwerter zu Boden werfen und sich ergeben. Doch meinen Blick habe ich fest auf den Scheiterhaufen gerichtet. Die goldene Kraft in mir ist machtlos gegen das Feuer. Ich überlege, ob es nicht irgendeinen anderen Weg gibt, Eugenia zu retten. Plötzlich sehe ich durch den Qualm hindurch ein blaues Leuchten ... das sofort wieder erlischt. Oder war es der Widerschein der Flammen?

Einen Atemzug später öffnet der Himmel seine Schleusen. Ein wahrer Wasserfall stürzt auf uns herab und löscht das Feuer. Nass bis auf die Knochen, reißt sich Leonard von uns los und stürmt die noch glosenden Scheite hinauf, nimmt Eugenia den Knebel aus dem Mund und zerschneidet ihre Fesseln. Sie fällt ihm in die Arme. Behutsam trägt er sie zu uns herunter und bettet sie auf den Rasen. »Mutter!« Leonards Gesicht ist ganz blass vor Angst, und er streichelt ihr das aschgraue Gesicht. »Wach auf, bitte!«

So rasch der Regen gekommen ist, so abrupt endet er auch wieder. Auch ich knie nun neben der Königin und greife nach ihrem Handgelenk. Der Puls ist da, aber sehr schwach. Ihr Gesicht und die Arme sind rot von der Hitze, es beginnen sich bereits Brandblasen zu bilden, zum Glück hat der Regen Schlimmeres verhindert. Doch der Qualm hat ihr zugesetzt, hätte sie fast erstickt, und ich bin nicht sicher, wie viel Schaden ihre Lunge genommen hat. Sie darf nicht aufhören zu atmen!

Riekes Hand legt sich auf meiner Schulter. »Rahel, kannst du etwas tun?«

Habe ich noch genug Kraft? Das goldene Licht antwortet mir, indem es meine Hände in eine zarte Aura hüllt. Sie ist kaum sichtbar, was gut ist, denn ich spüre die Blicke der Soldaten im Rücken. Hoffentlich reicht es aus.

»Drehen wir sie auf die Seite, dann bekommt sie leichter Luft«, höre ich mich sagen. »Leonard, du musst sie festhalten, Rieke, hol die Heiler!«

Während ich die Königin mit Leonards Hilfe auf die Seite drehe, greife ich nach innen, rufe mir das Bild von dem See mit dem goldenen Nebel vor Augen. Er erscheint, doch dieses Mal ist der Nebel bleich wie gesponnenes Mondlicht. Ich finde kein Licht darin, um es Eugenia zu schenken. Meine Kraft ist verbraucht.

Ich spüre Leonards Blick auf mir ruhen, seine Verzweiflung und zugleich auch Hoffnung. Hoffnung, die ich nicht erfüllen kann. Bitterer Geschmack sammelt sich in meinem Mund, und Tränen brennen in meinen Augen. Meine Hand tastet nach Eugenias Puls, der mit jeder weiteren Sekunde, die verstreicht, schwächer wird. Zugleich spüre ich, wie zäh sie ist, ihren unbändigen Willen, der sie um jeden Atemzug kämpfen lässt. Ihr Leben darf hier nicht enden, nicht so. Ich schließe die Augen. Es muss etwas geben, das ich tun kann, etwas, das ich noch nicht versucht habe. Und dann weiß ich es. Ich stelle mir vor, wie ich das Licht des Sees selbst an mich ziehe, es in mich aufsauge und zu Eugenia lenke. Es wehrt sich. Brennende Schmerzen jagen durch meinen ganzen Körper, werden stärker mit jedem Augenblick. Dennoch, ich gebe nicht nach, und endlich … beugt sich das Licht meinem Willen. Ich kann fühlen, wie es Eugenia von innen durchflutet.

Sie regt sich, hustet, würgt … und schnappt nach Luft. Einen Moment später flattern Eugenias Lider, und sie öffnet die Augen.

»Leon…Leonard, mein Leonard«, krächzt sie. Er kniet neben

ihr, ergreift Eugenias andere Hand und streicht ganz sanft darüber, als hätte er Angst, sie zu zerbrechen. Dankbarkeit und unendliche Erleichterung spiegeln sich in seinen Zügen wider, die sich langsam entspannen.

Vor meinen Augen beginnt sich alles zu drehen.

»Rahel, was ist mit dir?« Leonards Stimme klingt wie durch eine Wand aus Distelwolle, wie von ganz weit her.

Ich will antworten, finde aber nicht die Kraft für Worte. Dann schlägt die Dunkelheit über mir zusammen.

»Und fertig!« Rieke tritt einen Schritt vom Spiegel zurück, damit ich ihr Werk bewundern kann. Sie hat meine rotbraunen Locken wie beim Ball hochgesteckt und mit kleinen, perlenbesetzten Goldnadeln fixiert. »Soll ich es wirklich tragen?« Meine Hand tastet zu dem Diadem, dem Preis, den ich auf der Dracheninsel gewonnen habe. »Es ist ja nicht so, als ginge es bei der Krönung um mich.«

Drei lange Wochen sind ins Land gezogen, seit König Gisir durch die Hand seines Sohnes starb. Die Brautschau wurde für beendet erklärt, ohne eine Siegerin zu verkünden, und so sind die anderen Kandidatinnen nach der Einäscherung des Königs in ihre Dörfer und Schlösser zurückgekehrt. Leonards neunzehnter Geburtstag wurde nicht gefeiert, da das ganze Land in Trauer ist. Gestern erst sind die drei Wochen offiziell zu Ende gegangen. Heute wird Leonard gekrönt und Bürger und Adelige aus allen Teilen des Reiches sind geladen. Gerüchten nach soll die Zeremonie wie zu den Zeiten der alten Dynastie ablaufen. Der Thronsaal wird aus allen Nähten platzen.

»Natürlich geht es auch um dich.« Rieke drückt mir die Schulter und kontrolliert mit einem raschen Blick in den Spiegel ihre eigenen dunklen Locken, in denen silberne Nadeln blitzen. »Eigentlich sogar um uns beide, die Retterinnen der Königswitwe. Was glaubst du denn, weshalb uns Eugenia die dort geschickt hat?«

Auf Riekes Bett liegen zwei Kleider. Im Schnitt erinnern sie an mein dunkelblaues Kleid, nur dass die Ärmel eng anliegen und die Röcke weiter schwingen. Riekes ist in stürmischem Himmelblau gehalten, exakt die Farbe ihrer Augen, das durchscheinende weiße Überkleid mit vielen silbernen Rosen bestickt, auf denen Kristalle wie Tautropfen glitzern. Meines ist grünblau wie die Schuppen der Meeresdrachen, das goldfarbene Überkleid ist mit goldenen Ranken und weißen Perlen verziert. So wunderschön die Kleider auch sind, richtige Freude mag in mir nicht aufkommen.

Als ich nach der Rettung Eugenias erwachte, hatten sie mich schon in Riekes Zimmer gebracht. Zusammenbruch durch Erschöpfung, sagten die Heiler, und dass ich mich die nächsten Tage schonen müsse. Aus den Tagen wurden drei Wochen. Drei Wochen, in denen es fast ununterbrochen geregnet hat, sodass wir nur einen einzigen kleinen Spaziergang in den Wald machen konnten, um uns für kurze Zeit zu verwandeln. Riekes Eltern schickten ihr eine Kiste mit Büchern, und meine Mutter legte meinen Stickrahmen dazu und eine Notiz, dass sie und Vater auch zur Krönung geladen seien.

Bei dem Gedanken daran, die beiden wiederzusehen, muss ich lächeln. Es scheint so lange her zu sein, dass ich die beiden das letzte Mal in unserer Hütte sah. Dabei sind nur ein paar Wochen vergangen. Für mich fühlt es sich an wie ein anderes Leben.

Rieke verscheucht meine trüben Gedanken mit ihrer Begeisterung und der Vorfreude auf die Krönungszeremonie. Wir helfen uns gegenseitig in die Kleider, denn Amanda ist befördert worden und jetzt Zofe der Königswitwe. Eugenia hat die letzten drei Wochen laut Rieke ebenfalls vollständig in ihren Gemächern verbracht, nicht einmal bei der Einäscherung Gisirs war sie zugegen. Sie sei noch zu geschwächt, haben die Heiler verlauten lassen. Heute wird sie zum ersten Mal vor das Volk treten.

»Geht es ihr wirklich schon wieder gut genug?«, frage ich Rieke, meine einzige Verbindung zur Außenwelt.

»Laut Amanda, ja. Ihre Majestät hat genug davon, wie eine Glasfigur behandelt zu werden.«

»Ich kann es ihr nachfühlen«, murmle ich und seufze. »Wenigstens kann sie Leonard jeden Tag sehen.«

»Ich habe dir doch gesagt …«, beginnt Rieke geduldig, bestimmt schon zum zehnten Mal.

»… dass er zu viel zu tun hat und seine Pflichten Vorrang haben«, wiederhole ich und starre auf meine Finger. Dennoch, bei jedem Klopfen an die Tür habe ich gehofft, es wäre Leonard. Kein einziges Mal hat er sich blicken lassen. Keine Nachricht, gar nichts. So, als ob ich für ihn nicht mehr existierte. Nun, da er König wird und seine Mutter wieder an seiner Seite ist. Vielleicht muss es so sein, denke ich still für mich.

Die offizielle Version von König Gisirs Tod liest sich ganz anders als die Wahrheit, die Rieke und ich kennen. Demnach hat der hinterhältige Regent Ivald nicht nur König Enrik vergiftet, sondern König Gisir auch systematisch in den Wahnsinn getrieben, um mithilfe der Elitesoldaten der königlichen Garde die Krone an sich zu reißen. Damit wurde auch erklärt, weshalb der König seine Gemahlin als Zauberin verbrennen lassen wollte und seinem eigenen Sohn nach dem Leben trachtete. All das Gerede über die Dämonen ist lediglich des Königs Irrsinn entsprungen, und die Schmiede haben herausgefunden, dass das »Dämonenschwert« aus Stahl besteht, das bunte Schillern wird durch einen Titanüberzug erzeugt. General Silias hat Rieke instruiert, was wir erzählen dürfen und was nicht. So wissen nur wir beide, der Prinz und eine Handvoll Vertrauter von den vier Leichen, die in Säcke gestopft und im Wald vergraben wurden.

»Keine neue Spur von Ivald, oder?«, frage ich Rieke. Diese schüttelt den Kopf. »Nicht, seit er vor einer Woche in Sturmhafen gesehen wurde. Die Wachen stehen immer noch vor seinem Turm, um sicherzustellen, dass sich niemand an den Unterlagen dort zu schaffen macht. General Silias ist sich immer noch nicht sicher, ob Ivald seine Verfolger damit nur auf eine falsche Fährte locken wollte, gerissen, wie er ist. Von den Südlichen Inseln gab es keine Meldungen, dass er dort aufgetaucht sei. Was aber kann er sonst so weit im Süden wollen?«

Etwas nagt in meinem Hinterkopf. Etwas, das mit Ivald zu tun hat, an das ich mich erinnern müsste … Doch sosehr ich auch grüble, es will mir nicht einfallen.

Jemand klopft an unsere Tür, und ich zucke zusammen.

»Rieke, dürfen wir reinkommen?« Nicht Leonards Stimme, sondern die des Grafen von Wildenstein, Riekes Vater.

Statt einer Antwort eilt Rieke zur Tür, reißt sie weit auf und umarmt stürmisch ihre Eltern. Überglücklich schließen sie sich in die Arme.

Hinter ihnen, mein Herz macht einen Freudensprung, stehen meine Eltern. Und ich erkenne sie kaum wieder. Beide tragen edle Gewänder in dunklem Smaragdgrün, die Ränder sind kunstvoll mit kleinen Zierborten besetzt. Eine Stola aus weißer Spitze verleiht Mutters einfach geschnittenem Kleid eine elegante Note, und Vater ist mit einem Schwert gegürtet und trägt ein Militärabzeichen.

Aber das Schönste sind ihre strahlenden Augen, mit denen sie mir entgegenblicken. Auch ich eile ihnen jetzt entgegen und umarme sie voll Dankbarkeit.

»Na, Matthias«, der Graf lächelt breit, als Rieke ihn endlich wieder freigibt, »sehen sie nicht wie Prinzessinnen aus, unsere jungen Damen?« Wie zur Demonstration sinken Rieke und ich zeitgleich in einen tiefen Knicks.

Vater nickt und räuspert sich. »Wir sind so froh, dass es dir gut geht, Rahel.« Mutter nimmt meine Hände in ihre. Ihre Augen blicken forschend in die meinen. Dann lächelt sie, als hätte sie gefunden, was sie sucht. »Du bist erwachsen geworden, Rahel.«

»Und ihr beide, gut seht ihr aus«, sage ich und wische mir über die feuchten Augen. Vater verbeugt sich vor Rieke, als hätte er niemals Rückenschmerzen gehabt. »Wir können Euch nicht genug danken, Komtesse, dass Ihr uns Nachricht von Rahel geschickt habt. Wir waren sehr in Sorge.«

»Nicht so steif, Matthias. Sie heißt Rieke. Keine Förmlichkeiten.« Die beiden Männer wechseln einen bedeutungsvollen Blick.

Rieke runzelt die Stirn, und auch ich kann fühlen, dass sie uns etwas verschweigen.

»Überlasst mir die Erklärung.« Riekes Mutter bittet uns alle, Platz zu nehmen, ehe sie die Hände im Schoß faltet und beginnt. »Rieke, du und Rahel, ihr habt dieselben Blutseltern.«

Wir beide blicken uns an, ungläubig. Wir sind Schwestern? Beide blicken wir zugleich über das Sofa hinweg auf den Spiegel. Unsere Haare und Augen haben andere Farben. Auch hat Rieke dunklere Lippen und eine höhere Stirn. Aber die Nase … das Kinn, die Wangenknochen, die Ähnlichkeit ist nicht zu leugnen … weshalb ist mir das nicht früher aufgefallen? Auch Rieke scheint es für einen Moment die Sprache zu verschlagen.

Doch dann bestürmt sie ihre Mutter mit Fragen, während ich immer noch wie versteinert dasitze. Lachend hebt die Gräfin die Hände.

»Langsam, langsam.« Mit einem Blick in meine Richtung ergänzt sie: »Nein, Rahel, deine Eltern wussten es nicht.«

»Wer sind unsere Blutseltern? Leben sie noch? Warum haben sie uns weggegeben?«, sprudelt es aus Rieke heraus.

»Sie hießen Jonata und Kilian, und sie starben kurz nach eurer Geburt. Sie wollten verhindern, dass ihr verfolgt und weggesperrt werdet, möglicherweise sogar getötet. Enriks Regime kannte keine Gnade.«

Viel mehr erfahren wir nicht. Nur, dass Königswitwe Eugenia mit unseren Eltern befreundet gewesen war und dass sie mit ihrem Ziehvater Ekarius von unseren leiblichen Eltern ins Vertrauen gezogen wurde, um nach passenden Zieheltern für Jonatas und Kilians neugeborene Zwillinge zu suchen. Denn auch wenn ich ihr nicht gleiche wie ein Spiegelbild, sind Rieke und ich genau das: Zwillinge. Die Gräfin hätte uns damals gerne beide aufgenommen, doch sie fürchtete, dass wir zu viel Aufmerksamkeit auf uns ziehen würden. Zwillingsgeburten sind selten.

»Rieke hat mich angelacht, als ich sie in den Arm genommen habe«, erzählt sie. »Rahel, du warst so schüchtern, hast immer das Gesicht versteckt und geweint. Ich dachte, du fühlst dich nicht wohl bei uns.« So wurde aus Rieke eine Komtesse.

»Mein Kutscher kannte deinen Vater aus seiner Zeit beim Militär«, ergänzt der Graf zu mir gewandt. »Er wusste, dass Matthias die Tochter der besten Stickerin des Schlosses geheiratet hatte. Und dass er nicht mehr unter Enrik dienen wollte, obwohl er ein begnadeter Kämpfer war. Jemand, der ein kleines Mädchen beschützen konnte. Eugenia machte ihn ausfindig, und ich sorgte im Verborgenen dafür, dass er die Stelle als Holzfäller in Weißrosen erhielt. Kurz nachdem er mit seiner Frau dort einzog, hat Eugenia dich dort auf der Schwelle abgelegt. So lange sorgte sie für dich und hielt dich bei Ekarius versteckt. Wir haben dich nie besucht oder uns Weißrosen auch nur genähert, um dich nicht in Gefahr zu bringen.«

Mehr wollen sie uns einfach nicht erzählen, egal, wie sehr wir auch bitten und drängen. »Alles zu seiner Zeit«, erklärt der Graf und dabei bleibt es. Als der Gong ertönt, sind die beiden sichtlich erleichtert, unseren bohrenden Fragen zu entkommen.

»Beeilen wir uns, damit wir einen guten Platz bekommen«, drängt die Gräfin.

Heute gibt es keine vorgeschriebenen Plätze, keine Trennung der Vons von den Bürgerlichen, obwohl Erstere darüber sichtlich erbost sind, wie ich mit Blick auf das ein oder andere bekannte Gesicht feststelle.

»Bitte, folgt mir«, sagt Sir Bertold, und seine Handbewegung schließt uns alle mit ein. Wir werden um das Gedränge herumgeführt, ganz nach vorn zu der Reihe unterhalb des steinernen Thronpodests. Dort stehen vier weißhaarige Männer mit verwitterten Gesichtern, lediglich bekleidet mit hellen Leinenhemden und schwarzen Hosen. Sie sind sichtlich aufgeregt.

»Es ist also wahr«, höre ich die Gräfin ihrem Gatten zuflüstern. »Sie krönen ihn nach dem alten Ritual. Meine Mutter erzählte mir einst davon.«

»Hoffen wir, dass es ihm mehr Glück bringt als dem armen Laureyn.«

Wir reihen uns neben den vier alten Männern auf. Mein erster Blick zum Podest gilt dem Rosenthron, von dem ich nur Zeichnungen kenne. So besonders sieht er gar nicht aus. Ein großer Sessel mit Armstützen und einer hohen Rückenlehne, wie aus einem schwarzen Stein geschnitten. Auf der Sitzfläche liegt ein grünes Kissen, auf dem ein gezackter Goldreif ruht. Die Krone. Sie wirkt sehr schlicht, aber edel und elegant, so ganz anders als die überladene Krone, die Gisir trug.

An keiner Stelle auf dem Thron erkenne ich Rosen oder andere Verzierungen, alle Kanten sind gerade, keine geschwungenen Linien. »Ist das überhaupt der Rosenthron?«, frage ich Rieke flüsternd.

»Ja und nein«, antwortet die Gräfin an ihrer Stelle. »Bei Gisirs Krönung wurde aus dem alten Rosenthron der Schattenthron. Schau dir den Boden an, auf dem er steht.«

Erst denke ich, es liegt am Luftzug, der bei jedem Öffnen der Türe die Flammen in den Kerzenleuchtern tanzen lässt. Doch je länger ich hinsehe, desto deutlicher meine ich einen Schatten zu erkennen, der vom Thron aus wie eine lange schwarze Zunge über die Treppe fließt, ehe er unter dem goldfarbenen Teppich verschwindet, der von der Tür bis zur ersten Stufe reicht.

»Normalerweise decken sie die Treppe auch ab, damit man den Schatten nicht sieht«, murmelt jemand hinter unserem Rücken.

»Vielleicht ist das bald nicht mehr nötig«, antwortet eine andere Stimme. Zustimmendes Murmeln von mehreren Seiten.

Sie erwarten, dass der neue König den Schattenthron von seinem Makel befreit, nun, da sich herausgestellt hat, dass er, wie seine Mutter Eugenia, dem alten, rechtmäßigen Herrschergeschlecht entstammt, das vor König Enriks Machtergreifung die Könige stellte und den Frieden im Land aufrechterhielt. Doch was, wenn der Schatten nicht weichen will, weil auch Leonard dämonisches Erbe in sich trägt? Werden sie ihm dann die Gefolgschaft verweigern?

Ich zähle nur zwölf Wachen. Und das bei gut zweihundert geladenen Gästen. Was, wenn ein Tumult ausbricht? Einige Gäste hegen wohl Zweifel, denn es mischen sich auch kritische Töne in das Gemurmel.

»Wieso hat der Prinz nur so wenige Wachen auf seiner Seite?«

»Verweigern ihm die anderen den Gehorsam?«

»Hat eigentlich schon irgendwer die angeblich wiedergekehrte Königin gesehen?«

Das Raunen um uns herum wird lauter, und die Stimmung beginnt sich aufzuheizen. Dabei sind noch längst nicht alle Geladenen eingetreten. Das Gedränge wird immer schlimmer, und manche Gäste fahren schon die spitzen Ellenbogen aus, um sich Luft zu verschaffen.

Rieke und ich nutzen die Zeit, um uns nach alten Bekannten umzusehen. Ich entdecke Barbara und Gisela gleich in der dritten Reihe und in den Reihen dahinter weitere Kandidatinnen mit ihren Eltern. Fedora, Gerlinde und Clara haben sich wiedergefunden und stecken die Köpfe zusammen. Ich fange einen von Fedoras giftigen Blicke auf und nicke ihr höflich zu, woraufhin sie rasch zur Seite schaut.

»Sie wird es nicht wagen, dir dumm zu kommen«, raunt mir Rieke zu. »Auch sie spürt, dass hier ein neuer Wind weht.«

»Weil wir die Königswitwe gerettet haben?«

»Nicht nur deshalb. Siehst du irgendwo ein schwarzes Banner?«

Sie hat recht. An den Wänden hängen nun grüne Banner mit zwei goldenen Rosen darauf. Das Wappen der alten Dynastie? Ehe ich Rieke danach fragen kann, ertönen die Fanfaren.

Sir Bertold ist in seinem Element. »Seine Hoheit, Prinz Leonard, der Erbe des Reiches und Träger des Ordens vom Goldenen Schwert, und Ihre Königliche Hoheit Eugenia, Königswitwe des verschiedenen Königs Gisir.«

Der Einzug beginnt. Zugleich wird die Tür in der Wand hinter dem Thron geöffnet, und zwei weitere Wachen schleppen einen zweiten großen Sessel auf das Podest, um ihn neben den Rosenthron zu stellen. Kaum jemand achtet darauf, alle wollen sie den Prinzen sehen und vor allem natürlich die tot geglaubte Königswitwe.

Wir beide können die Köpfe noch so recken, zwischen uns und dem goldenen Teppich, auf dem sie zum Podest schreiten, stehen zu viele Menschen.

»Wie schön sie noch immer ist«, hören wir es raunen.

»War sie wirklich so lange gefangen?«

»Was für ein Kleid!«

Dann endlich erreichen sie das Podest und steigen langsam die Stufen empor. Zunächst habe ich nur Augen für Leonard, der ein prächtiges Wams in genau demselben Grün und Gold trägt wie das neue Wappen. Müde sieht er aus und trotzdem gefasst und distanziert, so wie all die Tage während der Brautschau.

Die Frau an seiner Seite hätte ich fast nicht wiedererkannt. Amanda und die Heiler müssen wahre Wunder vollbracht haben. Verschwunden ist die filzige Mähne, dunkle, seidige Locken quellen unter einem funkelnden Diadem hervor. Ihre Wangen wirken voller, und die scharfen Falten um ihren Mund sind fast gänzlich verschwunden. Ein rosiger Hauch betont ihre Wangenknochen, und ihre Lippen glänzen dunkelrot. Triumph funkelt in den dunklen Augen, und ich kann sehen, wie sie das Bad in der Menge genießt. Ihr Kleid ist ein wahres Kunstwerk, das Unterkleid aus weißem, goldbesticktem Brokat und goldener Spitze scheint durch das prachtvolle Überkleid aus schwarzer, goldbestickter Seide hindurch. Sie sieht wahrhaft königlich aus und überstrahlt alle anderen Frauen im Saal. Ihre linke Hand liegt auf dem Arm des Prinzen, der sie bis zur obersten Stufe führt. Dort drehen sich beide zur Menge um, die kollektiv den Atem anzuhalten scheint. Leonard steht genau vor dem Schattenthron, Königswitwe Eugenia vor dem verhüllten Stuhl.

Sie ist es auch, die nach einem weiteren Fanfarenstoß das Wort ergreift. »Vor drei Wochen hat unser Reich seinen König, meinen Gatten, verloren.« Ihre Stimme klingt immer noch heiser. Dennoch bin ich sicher, dass jedes ihrer Worte auch noch im hintersten Winkel des Saals verstanden wird. Die Menschen hängen an ihren Lippen. »Heute wird diese Lücke gefüllt. Durch meinen Sohn, unseren geliebten Kronprinz Leonard. Ich bitte die Gesandten des Landes, ihre Wahl zu treffen.«

Die vier alten Männer steigen die Stufen bis zum Rosenthron empor, während der Prinz zwei Stufen hinabsteigt und sich dann ihnen zuwendet. Währenddessen greift der Erste nach der Krone und ... hält plötzlich einen schmaleren gezackten Reif in den Händen, der sich von der Krone gelöst zu haben scheint. So geht es weiter, bis jeder der vier einen Reif in Händen hält.

»Habt Ihr Eure Wahl getroffen, welcher Teil des Reiches derzeit am meisten der Macht des Rosenthrons bedarf?« fragt die Königswitwe.

Die vier Männer nicken gleichzeitig. »Das haben wir«, sprechen sie mit einer Stimme.

Die Königswitwe neigt respektvoll den Kopf. »Prinz Leonard, knie nieder und empfange die Krone des Landes!«

Der Prinz kniet nieder mitten in dem schwarzen, klebrigen Schatten.

Der Erste der vier tritt vor und hält seinen Kronreif hoch. Ich stehe nahe genug, um die Ähren zu erkennen, die in den Reif geprägt worden sind.

»Prinz Leonard«, hebt der alte Mann an, »ich kröne Euch im Namen aller Bauern dieses Landes. Möge Euer Wesen und Wirken unsere Felder und Weiden gesunden lassen, uns reiche Ernten und gesundes Vieh bescheren. Nehmt Ihr die Krone an?«

»Ich nehme sie an.« Prinz Leonards Stimme ist kühl und fest.

»Ein Bauernkönig«, höre ich in der zweiten Reihe jemanden wispern. »Wie der arme Laureyn auch. Und dann, als die Ernten ausgeblieben sind …«

Doch damit nicht genug. Der alte Mann kniet ebenfalls nieder, und der zweite tritt vor. Sein Kronreif ist mit einem Muster aus feinen Schuppen bedeckt.

»Prinz Leonard«, hebt er an. »Ich kröne Euch im Namen aller Fischer und Seeleute. Mögen durch Euer Wesen und Wirken die Fischgründe immer reichlichen Fang bringen und alle Schiffe heil in den Hafen zurückkehren. Nehmt Ihr die Krone an?«

»Ich nehme sie an.«

Mit einem hörbaren Klicken setzt der Fischer seine Krone auf jene, die Leonard bereits trägt. Die beiden dünnen Ringe scheinen miteinander zu verschmelzen. Zwei Kronen werden eine. Ein leises Raunen ist zu hören. Das Wort »Doppelkönig« macht die Runde.

Nun tritt auch der Dritte vor und präsentiert die Krone, deren Gold das Muster von gemasertem Holz zeigt. »Prinz Leonard, ich kröne Euch im Namen aller Waldhüter, Schreiner und Baumeister. Mögen durch Euer Wesen und Wirken die Bäume gedeihen und die Wälder von Bränden und Krankheiten verschont bleiben. Nehmt Ihr die Krone an?«

»Ich nehme sie an.«

Als der dritte Reif auf die beiden anderen gesetzt wird, verstärkt sich das Raunen und Murmeln hinter mir. »Gab es das jemals?« Doch niemand scheint eine Antwort zu wissen. Der vierte Gesandte hebt seine Krone empor, und die Menge verstummt. Dieser Reif ist völlig glatt, ohne jede Prägung oder Verzierung. »Prinz Leonard, ich kröne Euch im Namen aller Bergleute, Edelsteinsucher und Goldschmiede. Mögen durch Euer Wesen und Wirken die Loren und Beutel stets voll sein und alle Bergmänner gesund aus den Minen heimkehren. Nehmt Ihr die Krone an?«

Leonard nimmt auch die vierte Krone an. Als er sich erhebt, kann ich an der Anspannung in seinem Nacken sehen, wie schwer die Last sein muss, die jetzt auf ihm ruht. Und das in vierfachem Sinne.

»Was schwört Ihr mir?«, fragt er die vier alten Männer, die nun vor ihm knien.

»Die Kraft unserer Arme, die Treue unserer Herzen und die Weisheit unserer Ältesten«, erwidern sie mit einer Stimme.

»Erhebt Euch«, fährt Leonard fort. »Ich, König Leonard I., schwöre Euch: Wir tragen die Bürden dieses Reiches gemeinsam.«

Keine schmückenden Beinamen, keine Liste an Titeln.

Mit Mühe kommen die vier Greise auf die Beine, und während der König zu seinem Thron hochsteigt und sich uns zuwendet, begeben sie sich zurück zur ersten Reihe.

»Lang lebe und herrsche König Leonard!«, ruft die Königswitwe, strahlend vor Stolz.

»König Leonard!«, wiederholt nun der ganze Saal, und es hallt von den Wänden wider. Kein Zögern, kein Zaudern. Die scheinbare Leichtigkeit, mit der er die Bürde der schweren Krone und die Verantwortung für das Königreich und dessen Bewohner auf sich genommen hat, begeistert die Menge. Sir Bertold klopft mit dem Stab auf den Boden, und die Jubelrufe verhallen, während Leonard erneut das Wort ergreift.

»Mein Volk, wie es der Brauch verlangt, ernenne ich einen Regenten. Meine Mutter, Königswitwe Eugenia, wird mit meiner Stimme sprechen, und ich bin dankbar für ihren weisen Rat.«

Tief verbeugt er sich vor der Königswitwe, tritt zu dem verhüllten Stuhl und nimmt das goldene Tuch ab. Darunter kommt ein Thronsessel zum Vorschein, vergoldet und mit Rosenornamenten aus Feuerperlmutt geschmückt.

»Das ist doch nicht der echte zweite Rosenthron?«, raunt jemand hinter mir seinem Nachbarn zu.

»Natürlich nicht. Wohl ein symbolischer Ersatz für die Regentin«, antwortet dieser.

»Lang lebe Regentin Eugenia!«, ruft Sir Bertold. Die Menge nimmt den Ruf begeistert auf. Eugenia lächelt huldvoll und nickt in alle Richtungen.

»Mein Volk, nach alter Sitte würde ich jetzt den Treueschwur von jedem Einzelnen in diesem Raum entgegennehmen. Noch sind jedoch nicht alle Verräter aufgespürt, die mit Ivald gemeinsame Sache gemacht haben, und keine Lügen sollen diesen Tag verderben. Jeder, der von meinem Vater oder Großvater ein Amt, eine Würde, eine besondere Aufgabe oder einen Titel erhalten hat, wird in den nächsten Wochen und Monaten vorgeladen werden, mir und meiner Regentin persönlich die Treue zu schwören. Und wir werden jeden Einzelnen auf Herz und Nieren prüfen.«

Misstrauische Blicke schießen hin und her. Der Prinz, nein, der König hat es nicht ausgesprochen, doch der Verdacht, dass sich unter den Gästen Verräter verbergen, liegt auf der Hand.

»Noch habe ich keinen Erben«, fährt Leonard fort. »Mein Vater rief diese Brautschau aus, und ich möchte allen Kandidatinnen meinen tiefen Respekt ausdrücken für das, was Ihr auf Euch genommen habt, um meine Hand zu erringen.« Er verbeugt sich in Richtung der Vons und in Richtung der Bürgerlichen. »Doch jetzt, da ich frei bin, meine eigene Wahl zu treffen, möchte ich heute und hier meine Verlobung verkünden mit Rahel, Tochter des Holzfällers Matthias aus Weißrosen.«

Mein Herz macht einen Sprung. Ist das wirklich wahr?

Unsere Blicke treffen sich, und mein Puls beginnt zu rasen. Für einen kurzen Moment sind wir beide ganz allein in diesem Saal, vergesse ich all die Menschen um uns herum. Mein Mund ist trocken, und ich bringe kein Wort heraus. So lege ich all mein Fühlen, meine Liebe zu ihm in mein Lächeln, meinen Blick. Er lächelt zurück, für einen kurzen Moment ist er strahlend, gelöst und erleichtert. So wie ich ihn bisher nur in wenigen Momenten erlebt habe, wenn wir alleine waren. Er streckt mir die Hand entgegen. Ich trete vor, greife seine Hand, und er zieht mich nach oben. Sein Griff ist fest, doch ich spüre ein leichtes Beben seiner kühlen Finger, als er mich die letzte Stufe hinaufführt zu Eugenia. Ganz kurz streift sein Daumen zärtlich über meine Handfläche, und mir jagt ein feiner Schauer über den Rücken. Doch kaum wenden wir uns wieder den Gästen zu, zieht er sich von mir zurück und ist wieder ganz der starke, ernsthafte Monarch.

So klingt auch seine Stimme fest und kühl, als er verkündet: »Die letzte Aufgabe meines Vaters war, ein königliches Symbol zu finden, das irgendwo verborgen war. Doch Rahel hat etwas gefunden, das mir viel, viel mehr bedeutet. Nämlich die Frau, die ich über alles verehre und lange entbehren musste, meine Mutter, unsere geliebte Regentin Eugenia.«

Eugenia tritt vor und nimmt mich vor aller Augen in die Arme. »Schau nicht so überrascht, Rahel«, flüstert sie mir ins Ohr. »Oder hast du geglaubt, mein Leonard hätte dich vergessen? Stell dich da hinüber, zwischen meinen und seinen Thron. Du und Rieke, ihr gehört jetzt zu uns.«

Immer noch ungläubig, blicke ich in die Menge. Ich fühle mich zur Schau gestellt, kann spüren, wie sehr es jetzt dort unten brodelt. Gerade unter den Vons. Sie werden mich hassen. Dafür, dass ich ihnen *ihren* Prinzen geraubt habe. Doch dann fällt mein Blick auf Rieke, sie strahlt mich an, und augenblicklich entspanne ich mich. Der Graf und die Gräfin stehen mit meinen Eltern vereint neben ihr, neben *meiner Schwester*. Mutter hat Tränen in den Augen. Ich bin nicht alleine.

»Und als meine Verlobte erhält sie den Titel Lady Rahel von Weißrosen.«

»Lang lebe Lady Rahel von Weißrosen!«, ruft Sir Bertold, und Applaus ertönt, wenn auch deutlich zögerlicher als zuvor bei Leonard und Eugenia.

Und das fällt mir nun auch nicht schwer, denn Leonard dreht sich zu mir um und schenkt mir ein warmes Lächeln, ehe er fortfährt: »Die Hochzeit wird in einem halben Jahr, bei Wintervollmond, stattfinden. Bis dahin wird meine Mutter, Regentin Eugenia, meine Braut auf die Aufgaben einer Königin vorbereiten.«

Zustimmendes Gemurmel ist zu hören. Ein halbes Jahr Zeit. Das ist gut. Und Eugenia wird mir helfen.

Leonard wirft seiner Mutter einen fragenden Blick zu, und sie nickt. Er tritt einen halben Schritt zurück, vor den Schattenthron, und lässt sich dann andächtig auf dem grünen Kissen darauf nieder. Als sein Rücken die hohe Lehne berührt, hält der ganze Saal den Atem an.

Der Schatten beginnt zu brodeln, fast scheint er zu verdampfen, dunkle, dünne Nebelschwaden steigen hoch. Einen Augenblick später ist er verschwunden.

»Der Thron! Seht nur, der Thron!«, dringen die aufgeregten Rufe durch die Halle.

Der schwarze Kristallthron hat eine wasserklare Farbe angenommen. Zarte Rosenknospen aus Kristall erscheinen auf seiner Oberfläche.

»Der Rosenthron ist erneut erblüht!«, verkündet die Königin mit Tränen in den Augen. Applaus brandet auf, Jubelrufe erfüllen den Saal. Menschen fallen einander in die Arme. Leonards Hand greift nach hinten, fasst nach meiner, und er zieht mich zu sich heran. Ich spüre die Tiefe seine Gefühle zu mir, ebenso wie seine tiefe Dankbarkeit und Erleichterung, auch wenn er sie hier, vor allen Gästen, nicht offen in Worte fassen kann. Glücklich erwidere ich den Druck seiner Finger.

Während ringsum alle das Erblühen des Throns feiern und ich einfach nur Leonards Nähe genieße, beginnt sich eine der Rosenknospen am hinteren Teil der Armlehne zu öffnen. Niemand sonst scheint es zu bemerken. Mir stockt der Atem, als sich die Blütenblätter entfalten und das Herz der Knospe offenbaren. Es ist tiefschwarz.

DANKSAGUNG

Mein Dank gilt meiner Familie und meinen Freunden für ihre Unterstützung während des Entstehens dieses Buches und meinen beiden großartigen Lektorinnen Christina Köhl und Eva Wansleben, ohne die »Schattenthron« niemals eine so wunderbare Geschichte geworden wäre. Herzlich danken möchte ich auch Marie Braner für das märchenhaft schöne Cover, das uns alle inspiriert hat.